Maria Grund wurde in einem Vorort von Stockholm geboren. Sie arbeitete viele Jahre als Drehbuchautorin in London und New York und lebt heute auf der schwedischen Insel Gotland. Ihr großes Thrillerdebüt *Fuchsmädchen* wurde für den Crimetime Award nominiert sowie von der Swedish Academy of Crime Fiction als bestes Debüt des Jahres ausgezeichnet und stürmte in Deutschland sofort die SPIEGEL-Bestsellerliste. Mit *Rotwild* setzt sie die erfolgreiche Thrillerreihe um die beiden Ermittlerinnen Sanna und Eir auf der atmosphärischen Insel vor Schwedens Küste fort.

Fuchsmädchen in der Presse:

»*Fuchsmädchen* spielt eigensinnig mit sämtlichen Zutaten des Genres und wurde in Maria Grunds Heimat zum besten Krimi-Debüt 2021 gewählt.« *stern*

»*Fuchsmädchen* ist zweifellos ein Thriller-Highlight des Jahres 2022! Maria Grund liefert eine packende Geschichte ab, in der einfach alles passt und stimmig ist.« *Krimi-Couch.de*

»Ein nervenaufreibender und filmischer Ermittlerkrimi, der Startschuss einer vielversprechenden Autorin.« *Aus der Nominierung für den Crimetime-Award 2020*

»Ein beeindruckendes Debüt!« *Uppsala Nya Tidning*

»Einer der fesselndsten Thriller des Jahres. Mit gekonnter Sprache baut Maria Grund Spannung auf. Man kann dieses Buch kaum aus der Hand legen.« *Aus der Begründung der Swedish Crime Fiction Academy zum Preis für das beste Debüt des Jahres*

»Ein ganz ausgefuchster Nord-Noir, der auch sprachlich keinen Grund zur (An-)Klage gibt.« *Kleine Zeitung (A)*

»Riesiges Lob für dieses geniale und hochspannende Thriller-Debüt!« *Mainhattan Kurier*

Außerdem von Maria Grund lieferbar:
Rotwild

Maria Grund

FUCHS MÄDCHEN

Thriller

Aus dem Schwedischen von
Sabine Thiele

PENGUIN VERLAG

Die Originalausgabe erschien 2020
unter dem Titel *Dödssynden*
bei Modernista, Stockholm.

FSC www.fsc.org MIX Papier aus verantwortungsvollen Quellen FSC® C014496

Klimaneutral* Druckprodukt ClimatePartner.com/14044-1912-1001

Penguin Random House Verlagsgruppe FSC® N001967

1. Auflage 2023

Redaktion: Marie-Sophie Kasten
Umschlaggestaltung: www.buerosued.de
Umschlagabbildung: mauritius images/Volodymyr Burdiak/
Alamy, www.buerosued.de
Satz: Uhl + Massopust, Aalen
Druck und Bindung: GGP Media GmbH, Pößneck
Printed in Germany
ISBN 978-3-328-10963-1

www.penguin-verlag.de

Der Nebel hüllt ihn ein. Auf dem weichen Moos kommt der Junge schnell voran. Er weicht den Dornen aus, die seine Haut ritzen, und den Ästen, die sich nach seinen Augen und seinem Haar strecken. Die nackten Beine und Füße sind eiskalt. Ohne die schützende Baumwolle der Unterhose hätten die Peitschenhiebe der Wurzelschösslinge ihn schon längst zu Fall gebracht.

Verzweifelt springt er über Sturmholz und rennt zwischen den eng stehenden Kiefern und vermodernden Eschen hindurch. Immer schneller schlägt sein Herz, bis es den Schmerz beinahe übertönt. Und die Stimmen, die ihn aus den Schatten hinter ihm jagen.

Hätte sich nicht vor ihm das Loch aufgetan, seinen Fuß umklammert und ihn zu Fall gebracht, wäre er vielleicht entkommen. Doch als er mit dem Gesicht auf dem bemoosten Stein aufprallt, die Arme ausgestreckt wie am Kreuz, und sich seine Augen nach hinten verdrehen, hört er sie immer näher kommen:

»Tötet den Wolf, tötet den Wolf, tötet den Wolf …«

KAPITEL EINS

Sanna Berling sieht sich in dem leeren, ausgebrannten Zimmer um. Die Sonne fällt durch die salzverkrusteten, staubigen Fenster und taucht alles in schmutziggelbes Licht. Der durchdringende Geruch nach Rauch und Schimmel setzt sich im Rachen fest. Bei jedem Besuch erscheint ihr der Raum noch dunkler. Vielleicht weil die Bäume vor dem Haus ungehindert wachsen dürfen, vielleicht kommt es ihr aber auch nur so vor, weil sie so unerträglich müde ist.

Vorsichtig streicht sie mit den Fingern über eine rußige Stelle, und eine vergilbte Kindertapete kommt zum Vorschein. Mit geschlossenen Augen streift sie mit der Hand an der Wand entlang, während sie zur Tür geht. Im Türrahmen bleibt sie wie immer bei den Buchstaben stehen, die darin von ungelenker Kinderhand eingeritzt sind, und berührt sie mit den Fingerspitzen: »HAU AB«.

Als sie ins Freie tritt, steigt ein Schwarm kleiner Vögel aus dem großen, absterbenden Baum vor dem Haus. Ihre Flügelschläge erfüllen die Luft, während sie hektisch davonflattern, als müssten sie vor einem Unwetter fliehen.

Vor ihr erstreckt sich eine weite Landschaft. Dieser ganze Teil der Insel – von den angrenzenden Feldern und Wiesen, die bis zum Weg reichen, über die Kirche und noch weiter bis zur kargen Küste – ist Ödland. Da klingelt ihr Handy.

Sie nimmt den Anruf an, lauscht der Stimme am anderen Ende.

»Ich bin gerade hier«, antwortet sie. »Lehn ab. Ich verkaufe nicht. Noch nicht.«

Sie erntet lautstarken Protest, verzieht jedoch keine Miene, während sie zu ihrem schwarzen Saab geht. Beim Wegfahren folgt ihr der Hof im Rückspiegel, als würde er sie mit seinen verkohlten, blinden Fenstern beobachten.

Aus dem Autoradio ertönt knackend die Stimme eines Vertreters der Kommunalverwaltung: *»... die harten Restriktionen und Maßnahmen der letzten Jahre haben die Region vor große soziale Herausforderungen gestellt und unser Sicherheitsempfinden auf vielfältige Weise beschädigt. Dennoch haben sie nicht zu einem ausgeglichenen Budget geführt ... Wir müssen an einem Strang ziehen und weitere Einsparungen vornehmen, ohne gleichzeitig noch mehr Unterkünfte, Einrichtungen und andere wichtige Institutionen zu schließen, auf die die wachsende Gruppe von der Gesellschaft Ausgestoßener und Bedürftiger angewiesen ist ...«*

Sie schaltet das Radio aus und den CD-Spieler ein und gibt Gas. Robert Johnson and Punchdrunks' »Rabbia Fuori Controllo« dröhnt aus den Lautsprechern, während vereinzelte Höfe und Häuser neben der Straße vorbeiziehen. Sonst besteht die Landschaft aus Wiesen, Feldern und dunklen Waldabschnitten. Dann wird der kleine Hauptort der Insel sichtbar, bevor Sanna schließlich in ein Industriegebiet einbiegt. Vor ihr erstrecken sich rissiger Asphalt und Container hinter hohen, mit Stacheldraht verstärkten Zäunen.

Ein junger Mann in einem T-Shirt-Kleid mit Puffärmeln, weitem Kragen und dicken Schulterpolstern bewegt sich ruckartig an einer Ampel. Eine Augenbraue fehlt, die andere ist mit Filzstift hoch auf der Stirn aufgemalt. Seine Füße stecken in schmuddeligen Badeschlappen, und jedes Mal, wenn er den rechten Fuß aufsetzt, zuckt er wie ein verletzter Hund. Als sie an ihm vorbeifährt, scheint er sich für ein paar Sekunden zu entspannen. Er sieht sie schüchtern an, erkennt sie wieder. Sie bremst ab, holt etwas vom Rücksitz, lässt das Fenster herunter und wirft ihm eine Strickjacke aus Wolle zu. Er wickelt sich hastig darin ein und murmelt etwas, vielleicht einen Dank.

Sie fährt auf eine schmale Schotterstraße und an einem Grundstück mit Wohnwagen und Zelten vorbei. Ein Hund bellt irgendwo im Dunkeln, als sie rechts abbiegt und auf das unansehnliche Schild mit der Aufschrift »Garage« zurollt.

Die Tür schleift knarzend und quietschend über den Betonboden. Sie schaltet eine Lampe in der Ecke ein, die ein weiches Licht auf das Feldbett mit der Decke und dem Kissen wirft. Über dem Bett ist der Raum niedriger als in der restlichen Garage, wo sie den Saab ein wenig schief abgestellt hat, mit dem Schlüssel in der Zündung.

Sie wirft ein paar Rechnungen und Werbeflyer auf einen Stuhl, schlüpft aus dem kurzen schwarzen Wollmantel und lässt ihn auf den Boden fallen, bevor sie ihre Hose auszieht. Dann streift sie sich ein Paar Kopfhörer über die Ohren.

Den Schlüssel zur Garage und ihre Polizeimarke wirft sie auf den Campingtisch, der gleichzeitig als Nachttisch fungiert. Sie landen auf einem Gegenstand, einem kleinen runden Handspiegel, auf dem »Erik« steht. Dann drückt sie drei kleine lilafarbene Tabletten aus einem Blister und schluckt sie.

Ihr Blick wird bereits verschwommen und geht ins Leere, als sie sich auf das Feldbett legt.

»Ich komme«, flüstert sie und versinkt in der Dunkelheit.

Die Türglocke der diensthabenden Apotheke läutet laut und vernehmlich, als Eir Pedersen über die Schwelle tritt. Sie bewegt sich rasch und leicht nach vorn gebeugt, die Schultern hochgezogen, die Augen voll nervöser Energie. Sie sieht, wie die Apothekerin hinter dem Tresen sie beobachtet, als sie mit der Hand in die Innentasche der engen Lederjacke greift. Diskret, aber beunruhigt. Eir erkennt diesen Blick, sie ist ihn gewohnt. Die Frau in dem weißen Kittel hat auch bestimmt eine Hand am Alarmknopf. Sie könnte etwas sagen, um die Situation zu entspannen, doch dafür hat sie nicht die Energie. Sie geht einfach nur zum Tresen und legt zwei Ausweise darauf. Mit dem Zeigefinger tippt sie leicht auf einen der beiden.

»Es müsste ein Rezept für Tabletten und Tropfen vorliegen. Ich bekomme die Tropfen.«

Die Apothekerin betrachtet die Ausweise, tippt etwas in den Rechner und sieht Eir unter ihrem Pony hervor an.

»Finden Sie es nicht?«, fragt Eir. »Gibt es ein Problem? Falls ja, dann können Sie folgende Nummer anrufen …«

»Nein, alles in Ordnung«, antwortet die Frau rasch und verschwindet in den Nebenraum zu den Medikamentenschubladen.

Eir sieht sich in dem kleinen Laden um. Alles steht ordentlich an seinem Platz. Der hübsche alte Steinboden ist sauber, die Beleuchtung ungewöhnlich sanft für eine Apotheke. Vom Festland her kennt sie Apotheken, die großen klinischen Containern mit kaltem Neonlicht an der Decke und vollgestellten Regalen ähneln. Hier fühlt sie sich dagegen an einen altmodischen Süßigkeitenladen erinnert.

»Bitte sehr«, unterbricht die Apothekerin ihren Gedankengang. »Haben Sie sonst noch einen Wunsch?« Sie legt ein Fläschchen Methadon in eine Tüte und schiebt diese über den Tresen.

Eir liest den Preis auf dem Kassendisplay ab und bezahlt. »Gibt es noch einen kürzeren Weg nach Korsparken als den an der Trabrennbahn entlang?«

»Sie meinen, *Korsgården?*«, korrigiert die Apothekerin sie.

»Ja, genau.«

»Von dem Platz hier vor der Tür gehen Sie die Anhöhe da drüben hinauf. Hinter der Stadtmauer folgen Sie der Hauptstraße und gehen dann über den Sportplatz bei der früheren Eishockeyhalle.«

»Vielen Dank.«

Eir wendet sich zur Tür.

»Ich würde allerdings trotzdem den Weg über die Trabrennbahn nehmen«, sagt die Apothekerin noch. »Um diese Uhrzeit.«

Die kleine, von einer Mauer umgebene Stadt liegt still im Herbstdunkel. Die Gassen winden sich wie Schlangen um den schräg abfallenden Platz. Das Kopfsteinpflaster ist feucht, und einige hartnäckige Blätter glänzen im Dunkeln an den verholzten Rosenbüschen.

Es beginnt zu regnen. Eir hat Gewitter schon immer geliebt, sie fühlt sich dann ruhig und befreit und rundum entspannt. Doch jetzt fallen nur ein paar magere Tropfen zu Boden.

Schon wenige Schritte hinter der hübsch beleuchteten Stadtmauer verändert sich die Umgebung. Mehr Schaufenster sind vernagelt, immer öfter sieht sie schrottreife Autos und mit Graffiti beschmierte Straßenschilder. Die Straßen werden weniger. Sie nimmt eine Abkürzung über eine Straßenbaustelle und einen Sportplatz, bis sie zu einem heruntergekommenen Wohngebiet mit älteren Reihenhäusern und dicht aneinandergedrängt stehenden, niedrigen Mietshäusern kommt. Gartenmöbel stehen verloren herum, die Mülltonnen quellen über. Ein Stück weiter vorne besprühen gerade zwei junge Mädchen ein Garagentor mit Farbe.

Eines hebt den Kopf, als Eir sich nähert, sprüht dann aber gleichgültig weiter. Auf dem Garagentor leuchtet in grellpinker Schrift das Wort »STIRB«.

»Wohnt ihr hier?«, fragt Eir ruhig.

»Was?«, sagt das Mädchen. Sie hat pechschwarze Locken, trägt große Ringe in den Ohren, an ihrem Hals prangt eine Totenkopftätowierung.

Eir stopft die Tüte mit dem Methadon in die Innentasche ihrer Jacke und zieht den Reißverschluss hoch.

»Ist das *eure* Garage?«, fragt sie weiter.

Die Mädchen sehen einander an, versuchen, die Situation einzuschätzen. »Ja, das ist *unsere* Garage«, erwidert die eine.

Eir holt ihr Handy hervor, doch der Akku ist leer. Sie seufzt resigniert. »Wenn ich also an dem Haus dahinten klingele, wird eure Mutter aufmachen?«

Das andere Mädchen – mager und durchtrainiert mit rasiertem Kopf und einem großen Drachen auf dem Pulloverärmel – geht langsam um sie herum. Aus dem Augenwinkel sieht Eir, dass sie ein Messer gezogen hat und es hinter dem Handgelenk versteckt.

»Kümmer dich nicht darum, wenn du nicht eins auf die Fresse willst, du verdammte …«, zischt sie und kommt einen Schritt näher.

Eir beendet den Satz, indem sie dem Mädchen ihren Ellbogen ins Gesicht rammt. Die Angreiferin stolpert nach hinten, lässt das Messer fallen und greift sich an die Nase. Da wirft sich ihre Freundin mit der Totenkopftätowierung auf Eir und zieht sie nach hinten. Ein Schlag trifft ihren Mund, doch dann bekommt Eir den Arm des Mädchens zu fassen und bringt es zu Fall, sodass es mit dem Kopf gegen die Gehsteigkante prallt.

»Du hast mir meine verdammte Nase gebrochen ...«, knurrt das Drachenmädchen.

Eir dreht sich um. Die andere steht vornübergebeugt da und presst den Pullover gegen die Nase.

»Du bist ja völlig irre!«, kreischt sie.

Eir packt ihren Arm und will sie gerade zum Gehsteig zerren, als sich das Totenkopfmädchen von hinten auf sie stürzt und wild mit der Spraydose fuchtelt. Eir duckt sich und krallt sich in den Locken der Tätowierten fest. Währenddessen hat das Drachenmädchen sich das Messer wieder geschnappt, doch Eir packt sein Handgelenk so fest, dass es die Klinge fallen lässt. Schnell tritt Eir das Messer unter ein Auto.

Sie schleift das Drachenmädchen über den Asphalt zum Garagentor, merkt dabei jedoch, dass sie beobachtet wird. Hinter einer Gardine in dem dunklen Haus neben der Garage steht ein junges Mädchen im selben Alter wie diejenigen, mit denen Eir gerade gerungen hat. Das Licht wird eingeschaltet, und eine ältere Frau im Morgenmantel erscheint am Fenster.

Sie scheucht das Mädchen fort und wählt eine Nummer auf ihrem Handy. Anhand der Lippenbewegungen erkennt Eir, dass sie mit der Polizei sprechen möchte, wobei sie nervös die Straße hinunterschaut.

Eir richtet sich auf, atmet tief durch und versucht sich zu beruhigen. Sie wischt das Blut von dem Riss in ihrer Lippe, schiebt die Hände in die Taschen und geht weiter.

KAPITEL ZWEI

Alles ist mit Raureif überzogen, als Sanna am nächsten Morgen zu dem alten Kalksteinbruch auf der Ostseite der Insel fährt.

Das türkisfarbene Wasser in dem riesigen Krater liegt still da. An der Kante steht ein Krankenwagen, der Pick-up der Polizeitaucher und ein Streifenwagen, dessen Türen offen stehen. Die Taucher rollen gerade ihre Neoprenanzüge zusammen und verstauen sie auf der Ladefläche des Pick-ups. Ein Mädchen liegt auf einer Bahre in einem offenen Leichensack. Behutsam schiebt jemand ihre langen roten Haare hinein.

Sanna stellt den Wagen ab und steigt aus. Der Boden ist fest unter ihren Stiefeln und voller Wurzeln, Steine und Kaninchenlöcher. Hier und da liegt Müll, den Badegäste zurückgelassen haben; Plastikbesteck, Eisverpackungen und eine leere, gesprungene Weinflasche. Sie hört das Meer in einigen Kilometern Entfernung an die Steinstrände schlagen, wie fast überall auf der Insel.

Der Kalksteinbruch ist ein beliebter Badeplatz. Verglichen mit den überfüllten Buchten, in denen man endlos ins Meer hinauswaten muss, kann man hier einfach ins Wasser springen und sich abkühlen. Doch zu dieser Jahreszeit ist der Ort verlassen. Die einzigen Anzeichen, dass sich hier sonst Menschen aufhalten, sind außer dem Müll auf dem Boden ein rostiger Badesteg und zwei kleine Umkleideschuppen hinter einem Gehölz.

Niedergeschlagen betrachtet sie die Leiche auf der Bahre. Aus der Ferne sieht sie klein und mager aus, die Füße sind abgespreizt wie bei einem toten Vogel.

Kriminalkommissar Bernard Hellkvist steigt aus seinem Wagen und wirft ihr einen Blick zu. Sanna denkt daran, wie verärgert er am Telefon geklungen hat. Der große, kräftige und breitschultrige Mann war morgens schon immer schlecht gelaunt gewesen, und heute ist es nicht anders. Jetzt wippt er auf und ab und schlingt die Arme gegen die Kälte um den Brustkorb. Eine Zigarette hängt zwischen seinen schmalen Lippen, und nach einem letzten Zug lässt er den Stummel auf den Boden fallen. Wie immer sieht er aus, als hätte er einen Kater. Er kneift die Augen zusammen und nickt ihr knapp zu.

»Und das alles an einem Sonntag«, knurrt er. »Heute hätte ich mir das Spiel angeschaut.«

»Wo sind die anderen?«, fragt Sanna.

»Jon war schon hier, ist aber wieder gefahren. Gibt nicht mehr viel zu tun. Ich hätte dich nicht anrufen sollen, du müsstest eigentlich gar nicht hier sein. Aber bevor wir sie hochgeholt haben, wusste ich ja noch nicht, ob es Selbstmord war.«

»Ich hatte sowieso nichts vor.«

Er lächelt und sieht dann auf seinem Handy nach der Uhrzeit.

»Wissen wir, wer sie ist?«, fragt Sanna.

»Mia Askar, vierzehn Jahre, fast fünfzehn. Offiziell haben wir sie noch nicht identifiziert, aber ihre Mutter war vor ein paar Tagen auf dem Revier und hat sie als vermisst gemeldet. Sie hatte ein Foto dabei und sie sehr detailliert beschrieben. Deshalb weiß ich, dass es sich um das verschwundene Mädchen handelt. Die Jugend von heute ist so verdammt selbstsüchtig.«

Sanna wirft ihm einen scharfen Blick zu.

»Okay, okay«, rudert er zurück. »Tut mir leid. Aber ein bisschen wütend darf ich doch wohl sein? Es geht schließlich um meinen jüngsten Enkel und außerdem sein erstes Auswärtsspiel.«

»Bald kannst du den ganzen Tag Fußball schauen. Jetzt sind es ja nur noch zwei Wochen.«

»Ich weiß. Es kann mir gar nicht schnell genug gehen.«

Sanna seufzt. »Was ist mit der Spurensicherung?«, fragt sie.

»Es war doch Selbstmord.«

»Aber die Techniker sind auf dem Weg?«

»Sie sind im Norden, dort gab es einen Einbruch in eine alte Kaserne. Und auch wenn sie nicht beschäftigt wären, weißt du doch, dass sie wegen so einem Scheiß längst nicht mehr kommen.«

Sanna schluckt ihre Verärgerung hinunter. Bernard nennt Selbstmord immer »Scheiß«. Vielleicht weil Selbstmord auf der Insel immer öfter vorkommt, oder weil die Polizei mittlerweile nur noch »aufräumt und wegschafft«.

»Wenn du wirklich willst, dass wir uns mit ihnen anlegen, damit sie herkommen …«, fügt er trotzig hinzu.

»Handschuhe?« Sie streckt ihm die Hand entgegen, ohne ihn anzusehen.

Er angelt nach einer Schachtel im Wagen und wirft ihr das Gewünschte zu. »Wie willst du eigentlich ohne mich zurechtkommen?«, meint er grinsend.

Sanna antwortet nicht. Bernard rückt den abgewetzten Gürtel in seiner Cordhose zurecht und folgt ihr zur Bahre.

»Ein Hundespaziergänger hat sie gefunden«, berichtet er.

»Sie trieb da draußen, wo das Wasser am tiefsten ist. Hat den armen Kerl fast zu Tode erschreckt. Er dachte, er hätte eine Wassernymphe gesehen.«

»Wohnt er hier in der Nähe?«

»Nein. Hier wohnt doch niemand in der Nähe. Er hat gesagt, dass er manchmal mit seinem Hund hierherfährt und spazieren geht.«

Das Mädchen auf der Bahre trägt nur eine löchrige Jeans. Das wellige rote Haar klebt an ihren Wangen, den Schultern und den Brüsten, fast wie eine zweite Haut. Sie hat etwas Friedliches an sich. Wären da nicht die blauen Lippen und die krampfhaft gespreizten Zehen, hätte sie auch einfach nur tief schlafen können.

Sanna zieht sich mit einem schnappenden Geräusch die Latexhandschuhe über, umrundet die Leiche und betrachtet die Hände des Mädchens. Keine Kratzer, die Nägel sind sauber und ordentlich geschnitten. Vorsichtig dreht sie die Hände nach außen und sieht die Schnittwunden an den Handgelenken.

»Du, ich habe gehört, dass du gestern schon wieder ein fettes Angebot abgelehnt hast«, bemerkt Bernard. »Jons Schwester arbeitet doch bei dem neuen Maklerbüro«, fährt er fort, als sie nicht antwortet. »Alle wissen daher, dass du wieder Millionen Kronen für den Hof ausgeschlagen hast…«

»Die Leute reden zu viel.«

»Möglich. Aber wäre es nicht trotzdem schön?«

Sanna sieht ihn wütend an.

»Loszulassen, meine ich.«

»Das habe ich.«

»Ja, aber du weißt ja, dass du immer noch…«

»Ich habe alles, was ich brauche«, unterbricht sie ihn.

Er blinzelt in das bleiche Sonnenlicht. »Na ja, du weißt ja, wie ich darüber denke.«

Die Schnitte an den Handgelenken des Mädchens sind gerade und tief. In einer Wunde scheint sich Rost zu befinden, doch als Sanna die Substanz berührt, zerkrümelt sie wie Sand.

»Bald ist Eriks Geburtstag«, sagt sie und merkt sofort, wie sich Bernards Laune verschlechtert.

»Ja, stimmt. Er wäre wie alt geworden …? Vierzehn?«

»Fünfzehn.«

Bernard lächelt unbeholfen. Vorsichtig legt sie die Hände des Mädchens wieder an den Körper.

»Wir haben immer gesagt, dass wir ihm da draußen auf dem Hof Mopedfahren beibringen wollen, damit er dann zu diesem Geburtstag seinen Führerschein machen kann«, erzählt sie. »Patrik hatte schon zu Eriks Geburt ein Dakota-Motorrad gekauft und es selbst auf Vordermann gebracht.«

»Puch Dakota? Ein Klassiker.«

Sie schweigt.

Bernard versucht es erneut. »Ja, ich weiß, dass es beschissen ist. Aber er kommt nicht zurück. Und Patrik auch nicht. Du bist ja noch keine alte Frau und auch nicht total hässlich, du könntest noch mal jemanden kennenlernen. Glaubst du nicht, dass dein Mann das gewollt hätte? Dass du dein Leben weiterlebst?«

Sie untersucht weiter schweigend die Leiche des Mädchens.

»Eins ist auf jeden Fall sicher«, fährt Bernard fort. »Er ist nicht mehr auf dem Hof. An dem Grundstück festzuhalten, damit die beiden noch länger bleiben, ist nur eine Lüge. Wenn du meinen Rat willst, tu dir einen Gefallen und verkauf. Sieh nach vorne.«

Sie mustert aufmerksam das Gesicht des Mädchens, kann jedoch keine Spuren von Gewalt entdecken. Dann lässt sie den Blick über den Boden um sie herum schweifen. Nichts, nicht einmal ein Insekt.

»Habt ihr Rasierklingen gefunden oder etwas anderes, mit dem sie sich umgebracht hat?«

Bernard sieht langsam ungehalten aus. »Hier gibt es *nichts* mehr zu tun. Außer dem Papierkram und dass wir die Familie benachrichtigen müssen. Oder willst du persönlich ins Wasser gehen und nach Rasierklingen suchen?«

Einer der Polizeitaucher nähert sich, bleibt stehen und weiß offensichtlich nicht, an wen er sich wenden soll.

»Was gibt es?«, fragt Sanna.

»Ich wollte nur sagen, dass wir das so gelassen haben.« Er deutet auf die Haare des Mädchens.

In den dichten roten Wellen ist ein fester Strick zu sehen. Er ist dick, aus Baumwolle und um etwas gewickelt, das wie ein schwarzes Gummiband aussieht. Auch wenn es nur etwa einen halben Meter lang ist, hat es sich in den Haaren im Nacken verfangen.

»Ich meine nur, dass so etwas wie Algen und Müll, was sich an den Leichen im Wasser verfängt, von allein abfällt, wenn wir sie rausholen«, erklärt er. »Aber das hier sitzt fest. Und nachdem ja keine Spurensicherung da ist …«

»Darüber müsst ihr euch keine Gedanken machen«, sagt Bernard.

»Habt ihr etwas im Wasser gesehen, von dem der Strick stammen könnte?«, fragt Sanna.

»Nein«, antwortet der Mann. »Aber in dem See treibt alles Mögliche herum. Es lässt sich nicht sagen, woher die Schnur stammen könnte.«

»Danke«, erwidert Sanna. »Ist der Leichenwagen auf dem Weg?«

»Ja.«

»Eine Obduktion ist doch nur Zeit- und Ressourcenverschwendung«, murmelt Bernard, als der Taucher davoneilt.

»Du weißt, dass sie in solchen Fällen immer durchgeführt wird.«

Er sieht zur Hüfte des Mädchens. Über dem Jeanssaum hat jemand eine Zahl auf die Haut geschrieben: 26. Die blaue Farbe ist verblichen, als ob sie schon lange auf der Haut war. Oder als ob jemand versucht hätte, sie abzuwaschen.

»Sagt dir das was?«, fragt Sanna.

Er schüttelt den Kopf. »Aber es sieht aus, als ob das von einem Edding stammt. Meine Enkelkinder malen sich damit an, sobald sie so einen Stift in die Finger bekommen. Und wenn man Pech hat, kriegt man die Farbe ewig nicht mehr runter. Sie hält sogar eine Wäsche bei fünfundneunzig Grad aus. So etwas hat sie wahrscheinlich auch gemacht.«

Sanna dreht noch einmal die Hände des Mädchens um. »Sie hat das nicht selbst getan.«

»Doch, das hat sie«, beharrt er müde. »Sie hat sich die Handgelenke aufgeschlitzt. Das siehst du doch. Und jetzt hör auf.«

»Nicht *das*. Ich meinte die Zahl. Die hat sie sich nicht selbst auf den Leib geschrieben.«

Sie stellt sich ans andere Ende der Bahre. Bernard folgt ihr.

»Jemand anders hat das aufgemalt, jemand, der *vor* ihr stand.«

»Okay, okay …«, erwidert Bernard. »Dann war es eben ihr Freund oder irgendeine Freundin. Trotzdem ist das ganz eindeutig Selbstmord.«

»Also, sind wir hier fertig?«, drängt er, als Sanna nicht antwortet.

»Wurde Eken informiert?«

»Ja.« Bernard lächelt hinterhältig. »Er hat sich total gefreut, dass ich ihn wegen eines Teenagerselbstmordes aufgeweckt habe.«

»Du weißt, dass wir ihn anrufen sollen.«

»Es ist seine letzte Ferienwoche, und er ist Tausende Kilometer weit weg.«

»Ich glaube, dort gibt es auch Telefone.«

»In ein paar Tagen ist er doch wieder da. Im Moment kann er ja sowieso nichts machen.«

Sanna schweigt. Ernst »Eken« Eriksson ist ihr Vorgesetzter. Geliebt. Gefürchtet. Respektiert. Vor einem Jahr war er an Arthrose erkrankt und kam nach einiger Zeit zurück in die Arbeit, doch manche Bewegungen fallen ihm immer noch schwer. Der Urlaub im Warmen, um die Beschwerden zu lindern, ist seine erste richtige Auszeit seit über zehn Jahren. Eigentlich sollen sie während seiner Abwesenheit jemanden vom Festland hinzuziehen, doch das macht niemand.

»Okay«, sagt Bernard und lächelt müde. »Was meinst du – sollen wir den Rest erledigen, damit wir dann noch etwas von unserem Sonntag haben?«

Er bietet keinen schönen Anblick, denkt Sanna. Milchige Augen, schlaffe Wangen. Er will nur von hier weg. So war es schon die ganzen letzten Jahre, er hat sein Feuer verloren und das Interesse an seinem Beruf.

Ein Fischadler erhebt sich von einem großen, länglichen Gegenstand auf einem hohen Holzpfahl auf der anderen Seite des Kalksteinbruchs.

»Das da drüben ist eine Überwachungskamera.«

Bernard kneift die Augen zusammen.

»Hat schon jemand den Code aufgeschrieben?«, fragt Sanna. »Überprüft, wo das Videomaterial gespeichert wird?«

»Was? Die ist wahrscheinlich von der Badesaison im Sommer übrig und jetzt nicht eingeschaltet.«

»Falls doch, kann sie uns aber genau zeigen, was passiert ist.«

»Aber was zum … Das meinst du nicht ernst, oder?«

»Ach ja, habt ihr einen Abschiedsbrief oder irgendwas in die Richtung gefunden? Wenn sie sich das Leben genommen hat, hat sie vielleicht etwas zurückgelassen, was man finden soll?«

»Nichts.«

»Auch kein Handy?«

Bernard seufzt und schüttelt den Kopf.

»Hast du oder jemand anders ihren Facebook-Account überprüft? Instagram? Irgendeine andere Plattform?«

»Wir haben uns die Social-Media-Profile angesehen, als die Mutter sie als vermisst gemeldet hat. Keine neuen Posts seit ein paar Tagen, keine Hinweise. Und auch fast keine Freunde. Traurig.«

Sanna überlegt. »Ist jemand aus der Familie im Strafregister aufgeführt? Habt ihr das gecheckt?«

Bernard seufzt wieder und klingt noch verärgerter. Dann drückt er ihr seinen Notizblock gegen die Brust, krempelt die Ärmel hoch und marschiert auf den Pfahl zu, auf dem die Kamera montiert ist. Dort angekommen mustert er die rostige Eisenleiter, die daran angebracht ist, bevor er sie packt und nach oben klettert.

»Also, ich habe ein Foto des Codes gemacht. Himmel, es wird so schön sein, wenn ich dich los bin«, sagt er mit einem schiefen Grinsen, als er zurückkommt.

»Entschuldigung?«

Beide drehen sich um. Eine Frau in den Dreißigern mit rissigen Lippen steht leicht gebeugt und fragend vor ihnen.

»Sanna Berling?« Sie streckt die Hand aus. »Eir Pedersen. Deine neue Partnerin.«

Bernards Nachfolgerin, wenn er in Rente geht. Sie sieht anders aus, als Sanna erwartet hätte. Sie hatte mit einer geschliffenen, tadellos gepflegten Bürokratin gerechnet. Eir hat eher das wettergegerbte Aussehen eines Menschen, der unter der Brücke auf einem zusammengefalteten Pappkarton schläft. Sie tritt aufgekratzt von einem Fuß auf den anderen und wirkt fast schon übermütig.

Sie mustert die Umgebung, während der Leichenwagen die Türen schließt und Mia Askar abtransportiert. Bernard folgt ihm in seinem Auto. Sanna überlegt, ob sie Eir fragen soll, warum sie heute schon auftaucht, wenn sie die neue Stelle doch eigentlich erst morgen antritt. Doch sie hat keine Lust, sich zu unterhalten. Bei einem Telefonat vor ein paar Wochen hatte Eir ruhig geklungen, doch jetzt wirkt sie alles andere als beherrscht. Sie geht hektisch umher, die abgestoßenen Schuhe sind nicht richtig zugeschnürt, und es sieht aus, als wäre Salzwasser oder etwas anderes darauf getrocknet.

Ihr Vorgesetzter auf dem Festland hatte zwar gesagt, dass Eir »nie mal runterfährt«, doch dass sie eigentlich eine Zwangsjacke bräuchte, hatte er nicht erwähnt. Stattdessen hatte er betont, dass ihr Vater ein bekannter Jurist und Diplomat ist. Vermutlich, um den Schock abzumildern, wenn man ihr das erste Mal begegnete und sie nicht dem Bild eines wohlerzogenen Mädchens in einem Arbeitszimmer mit teuren, dunklen Mahagonimöbeln und schweren Samtgardinen entsprach.

»Ich hoffe, es ist in Ordnung, dass ich hergekommen bin«, sagt Eir. »Ich war erst auf dem Revier, und dort hat man gesagt, dass du hier bist. Man hat mir einen Wagen gegeben, und da dachte ich, was soll's!«

»Bist du nicht gestern erst hergezogen?«

»Und?«

»Ist es nicht ein wenig seltsam, seinen neuen Job an einem Sonntag anzutreten und nicht bis zum nächsten Tag zu warten?«

Eir gibt keine Antwort.

»Bekommst du nicht erst eine Einweisung auf dem Revier?«, fragt Sanna.

»Das erledige ich morgen früh. Hm, keine Spurensicherung vor Ort«, bemerkt Eir. »Selbstmord?«

»Vermutlich.«

»Auf dem Revier hat man mir gesagt, es handele sich um ein junges Mädchen.«

Sanna nickt.

»Soll ich mich um irgendetwas kümmern?«

»Das können wir morgen machen.«

»Aber ich würde verflixt gerne *jetzt* etwas tun. Ich kann's irgendwie kaum erwarten.« Eir scharrt mit dem Fuß. Sanna ignoriert sie.

»Ansonsten könntest du mir ja vielleicht Zugang zu deinen Unterlagen verschaffen, damit ich mich in deine anderen offenen Fälle einarbeiten kann?«, fährt Eir fort.

Sanna seufzt, generyt von der seltsamen, übereifrigen und verwirrenden Gestalt, die neben ihr Richtung Auto hereilt.

»Was denn?«, meint Eir mit herausforderndem Grinsen. »Hast du Angst, dass ich deine Arbeit besser als du erledige, oder was?«

»Nein. Aber ich habe gerade keine Zeit, für deine Unterhaltung zu sorgen.«

»Wie bitte?«

»Als man mir sagte, dass du Bernards Nachfolgerin wirst, habe ich dich überprüft. Wohlhabendes Elternhaus. Internat. Gelangweilt und aufmüpfig. Polizeiakademie. Gelangweilt und kaum irgendwo einzusetzen, trotz hervorragender Ergebnisse. Nationale operative Abteilung. Gelangweilt und nicht teamfähig.«

Nun seufzt Eir genervt. »Komm schon«, sagt sie. »Gehen wir einen Kaffee trinken und lernen uns ein wenig besser kennen.«

»Bis morgen.«

»Blöde Kuh«, knurrt Eir leise, als Sanna weiter zum Auto eilt.

»Was war das?« Sanna dreht sich um.

»Nichts.«

Während Sanna den Wagen aufsperrt, wiederholt sie im Kopf das Lob, mit dem Eirs Vorgesetzter sie angekündigt hat. Ignorier die Bemerkung, denkt sie.

»Ich frage mich nur, warum du ausgerechnet mich ausgewählt hast«, ruft Eir und eilt ihr nach. »Wenn du das alles schon über mich wusstest.«

»Das habe ich nicht.«

»Hm?«

»Ich habe dich nicht *ausgewählt.*«

»Ach so?«

»Nein. Es gab niemand anderen.«

Eir lacht.

»Was ist daran so lustig?«

»Weil ich mich hier überhaupt nicht beworben habe. Mein

Chef ist dafür verantwortlich und hat auf eigene Faust meine Bewerbung hergeschickt. Na, das Arschloch hat mich sowieso nie leiden können.« Im selben Moment bereut sie ihre Worte.

Sanna verzieht die Lippen zu einem zufriedenen Lächeln. »Ach wirklich? Ich kann mir gar nicht vorstellen, wieso.«

Eir klopft mit der Handfläche gegen ihren Schenkel. »Mir ist da etwas eingefallen«, sagt sie, ohne auf Sannas Bemerkung einzugehen.

»Und was?«

»Also, wenn es ein Selbstmord war, wie ist das Mädchen dann hierhergekommen? Ich sehe kein Fahrrad oder irgendwas anderes, und bis zur Hauptstraße ist es verdammt weit.«

Sanna nickt. Der Wald, der den Kalksteinbruch umgibt, wirkt plötzlich dunkel und bedrohlich. Vor allem ist er dicht und schwer zugänglich. Nur ein Weg führt hindurch, und zu Fuß wäre man da eine ganze Weile unterwegs. Sie holt ihr Handy aus der Tasche.

»Ja, ich bin's«, sagt sie, als Bernard sich meldet. »Es tut mir leid, aber du musst leider wieder herkommen. Wir müssen die Umgebung ordentlich absuchen. Das Mädchen muss ja irgendwie in den Steinbruch gekommen sein. Jon soll noch mal kommen oder wen du sonst erwischst. Und ruf mich danach an.«

Sanna legt auf und sieht zu Eir, deren Wangen rot von der Kälte sind.

»Komm mit.«

»Wohin geht's?«, fragt Eir überrascht und lächelt.

»Ich wollte das eigentlich selbst erledigen. Aber jetzt fahr mir mit deinem Auto hinterher.«

Es ist, als ob jemand Lara Askar in den Kopf schießt. Als ob ihr Körper in dem sauberen Flur einfach zerspringt, während Sanna und Eir sie bitten, mitzukommen und ihre Tochter zu identifizieren. Die Frau ist hochgewachsen und hübsch, mit denselben feuerroten welligen Haaren und stechend blauen Augen wie ihre Tochter. Doch die Nachricht lässt sie geradezu verblassen. Sie bricht auf dem Boden zusammen, und die beiden Polizistinnen bringen kein Wort mehr aus ihr heraus, bis die Sanitäter kommen. Als sie ihr in den Krankenwagen helfen, flüstert sie: »Nein, nicht *die beiden.*«

KAPITEL DREI

Um kurz nach fünf Uhr morgens klingelt das Handy. Sanna protestiert stöhnend, doch das Telefon kennt keine Gnade, weshalb sie schließlich danach tastet. »Ja?«, meldet sie sich schlaftrunken. »Okay, ich fahre hin.«

Sie steht auf, geht vorsichtig zu einer Kleiderstange und schaltet eine wacklige Bodenlampe ein. Auf der Stange hängen drei schwarze Hosen an Kleiderbügeln, auf dem Boden stehen drei Paar schwarze Stiefel. Aus einer Tüte holt sie ein frisches schwarzes T-Shirt, das noch eingepackt ist.

Auf einem Stuhl liegen ungeöffnete Rechnungen und Behördenschreiben, unter anderem von der Gemeinde. Sie weiß schon, was darin steht. Vor ein paar Monaten hat sie die erste Benachrichtigung bekommen. Die Garage darf nicht als Wohnraum genutzt werden, und sie muss bestätigen, dass das auch eingehalten wird.

Sie merkt, dass sie Eriks kleinen Spiegel anstarrt, eines der wenigen Dinge, die ihr nach dem Brand geblieben sind. Das Feuer hat nahezu alles vernichtet; der Hof, den sie und Patrik unter so großen Anstrengungen zusammen restauriert hatten, ist nur noch eine ausgebrannte Hülle. Der Täter, ein Pyromane namens Mårten Unger, hatte nicht zum ersten Mal ein Haus angezündet, in dem Kinder wohnten.

Sie reibt sich das Gesicht und dreht den Spiegel um, mit

der Rückseite nach oben. Bei der Berührung überwältigt sie die Trauer. Bei Patrik war es anders, da ließ die Verzweiflung nach wenigen Monaten nach. Zu dem Zeitpunkt, als sie von der Garage erfuhr, hatte sie schon fast sein Gesicht vergessen. Irgendetwas war bei der Testamentsvollstreckung schiefgelaufen, und die Garage wurde erst einige Jahre nach seinem Tod entdeckt. Ein Anwalt gab ihr die Adresse. Weder von der Garage noch dem alten Saab darin hatte sie je gehört.

Bei ihrem ersten Besuch verstellten Mülltonnen die Tür. Sie entfernte das rostige Vorhängeschloss mit einem Bolzenschneider, zog die Tür auf und wurde von einem riesigen Mottenschwarm begrüßt, der ins Freie flatterte.

Es roch nach Benzin und Feuchtigkeit. Patrik hatte Parolen an die Wände gemalt: »Keine Götter, keine Herren« und »Anarchie ist Ordnung«. Daneben prangte eine schwarze Katze, deren Körper mit dem fauchenden Maul einen Kreis bildete und die Sanna sofort wiedererkannte. Die hatte Patrik überall hingekritzelt, auf Papierfetzen und Servietten.

Auf einem wackligen Schreibtisch lagen seine Skizzen, Zeichnungen, Notizen und Briefe an Gleichgesinnte. Außerdem einige lange, anklagende Schreiben an diverse Behörden, die zum Teil durch Nässe oder Insekten beschädigt waren. Wie die Parolen an der Wand waren auch sie Ausdruck seines Hasses auf das Establishment.

Seine anarchistische Seite hatte ihr nie gefallen. Nicht einmal, wenn sie versuchte, sie mit gewissem Humor zu sehen oder sich einzureden, dass sie für einen charmanten Gegensatz zwischen ihnen sorgte. Außerdem hatte er seinen Hass auf den Staat erst recht gepflegt, als er arbeitslos wurde und sie gerade mit Erik schwanger war, als sie ihn folglich am meisten brauchte. Das hatte zu heftigen Streits geführt.

Doch direkt nach Eriks erstem Geburtstag hatte Patrik plötzlich aufgehört, nachts zu zeichnen und zu schreiben und beim Abendessen mit ihr zu diskutieren. Sie hatte es einfach akzeptiert und geglaubt, dass sein neuer Job ihn ablenkte.

Als sie die Garage entdeckte, wurde ihr klar, dass er nie damit aufgehört, sondern sich seine eigene Höhle geschaffen hatte, weit weg von der Familie, wo er ungestört seine Fantasien ausleben konnte. So hatte sie es zumindest immer genannt. Fantasien.

Natürlich hätte sie wütend sein können, dass Patrik diesen Ort vor ihr geheim gehalten hatte. Stattdessen zog sie hier ein. Innerhalb eines Tages hatte sie die Jugendherberge, in der sie seit dem Brand gewohnt hatte, hinter sich gelassen, die Wände der Garage mit einem Hochdruckstrahler gesäubert, alles geputzt, eine Testfahrt mit dem alten Saab unternommen und ihr eigenes Auto verkauft. Sie hatte ihren mageren Besitz mitgebracht, das Bett und die Kleiderstange gekauft. Eine Toilette war schon in einer Ecke eingebaut, wahrscheinlich hatte sich Patrik als Klempner selbst darum gekümmert. An der Wand war ein Edelstahlbecken mit Wasserhahn. Warm duschen konnte sie auf dem Revier.

Am Anfang hatte sie sich gesagt, dass sie so lange bleiben würde, bis Patriks Auto den Geist aufgab. Doch es war unverwüstlich. Also blieb sie. Es war ganz einfach gewesen. Nun hoffte sie, dass man ihr noch ein paar Monate gewährte, bevor jemand von der Gemeinde kam und sie aus der Garage zwang. Nur noch ein bisschen mehr Zeit, bis sie die Kraft hatte, alles anzugehen. Dann würde sie auch den Saab verschrotten.

Sie denkt an den gestrigen Tag, an Mia Askar. An die Schnur in ihrem Haar, die um eine Art elastisches Gummiband gewickelt war. Sie fragt sich, wofür so ein dehnbarer Strick verwendet wird, weiß allerdings keine Antwort. Der aufgegebene Kalksteinbruch ist tief, und wie der Polizeitaucher ganz richtig gesagt hat, kann sich darin alles Mögliche verbergen.

Ihr Mobiltelefon vibriert. Sie wäscht sich das Gesicht am Wasserhahn, zieht das getragene T-Shirt aus und wirft es in einen Mülleimer zu einigen anderen, identischen Oberteilen.

Eir liegt im Bett und starrt an die Zimmerdecke, an der ein paar Leuchtsterne kleben. Die Vormieter hatten wohl Kinder. Sie wälzt sich eine Weile herum, kann jedoch nicht mehr schlafen. Sie setzt sich auf und fährt sich mit der Hand durchs Haar, das sich struppig und steif anfühlt.

Eine Umzugskiste steht in einer Ecke. Ein hoher Stapel Kleidung ragt aus einem schwarzen Müllsack, der auf einer ketchupfleckigen Papiertüte von einem Imbiss steht.

Vor dem Zimmerfenster steht ein Baum mit weit ausgreifender Krone. Ein Zweig hat die ganze Nacht gegen die Scheibe geschlagen, was sie aber nicht so gestört hat wie die anderen Geräusche, die offenbar zu dem Untermietvertrag gehören.

Das penetranteste dringt allerdings aus dem Nebenzimmer, in dem ihre Schwester wohnt. Sie weiß, dass sie Cecilia bitten könnte, die Tastentöne des Handys auszuschalten, doch sie hält sich zurück. Im Vergleich dazu, wie es vor einigen Jahren war, als Cecilia monatelang verschwand, um dann plötzlich wiederaufzutauchen und um Geld zu betteln – high, schweißüberströmt, mit zerkratzten Armen und Beinen –, war diese Art von Ärger völlig aushaltbar. Besser ein schlafloses, cleanes Gespenst, das nebenan mit dem Mobiltelefon herumspielte, als mitten in der Nacht von einem Messer an der Kehle aufzuwachen und einer kleinen Schwester mit riesigen Pupillen, die dringend Bargeld brauchte.

Niemand hatte Schuld daran, dass Cecilia drogensüchtig wurde. Irgendetwas ging in ihrer Kindheit schief, vielleicht hatte sie den Halt verloren, als ihre Mutter nach dem Unfall starb. Eir denkt an das Mädchen im Kalksteinbruch. So alt war Cecilia gewesen, als sie mit harten Drogen zu experimentieren begonnen hatte. Man kann seinen Dämonen auf vielen Wegen entfliehen.

Dann denkt sie an das Foto, das Sanna ihr gezeigt hat. Lara Askar hatte es aufs Revier mitgebracht, als sie ihre Tochter als vermisst gemeldet hat. Ein vergrößertes Klassenfoto. Mia Askars dichte rote Haare bilden einen Kontrast zu dem für diese Bilder üblichen hässlichen blaugrauen Hintergrund. Sie ist sehr hübsch und wirkt durch ihr halbherziges Lächeln abwesend. Am auffälligsten ist ihre Kleidung. Sie trägt eine grüne Boa, eine hellbraune Velourslederweste mit Fellfutter, einen sandfarbenen Sonnenhut, Cowboystiefel, eine Sonnenbrille mit blau getönten Gläsern sowie lange Ketten, Armbänder und Ringe. Sie scheint aus einer anderen Zeit zu stammen. Als würde sie in einer anderen Welt leben.

Eir recherchiert im Internet nach Mia Askar, findet jedoch wenig. Die Treffer konzentrieren sich hauptsächlich auf einen Artikel über einen Mathematikwettbewerb für Kinder, den Mia mit zehn Jahren mit großem Vorsprung gewonnen hat. Ihre Antworten auf die Fragen sind knapp. Ihre Mutter Lara hat eine eigene Firma. Sie hat keine lebenden Vorbilder in der Mathematik, denn: »Hypatia ist ja schon tot.« Ihr Vater Johnny hatte ihr Interesse für Wissenschaft und Mathematik geweckt. Er war Entomologe gewesen mit Spezialgebiet Apidologie, also Bienenforschung. Auf die Frage, ob ihr Vater

Johnny heute stolz auf Mia sei, antwortet sie: »Nein, Papa ist tot.« Als der Interviewer wissen möchte, ob sie beim nächsten Mal, also in vier Jahren, wieder an dem Wettbewerb teilnehmen wird, erwidert sie nur: »Nein.«

Eir ruft Mias Social-Media-Accounts auf und scrollt durch einige Fotos. Viel gibt es nicht zu sehen. Mia hat nichtssagende Wasserfotos gepostet, meistens Meeresbuchten, manchmal aber auch Seen und Sümpfe. Anhand der Kommentare wird deutlich, dass sie nicht viele Freunde hatte. Ihre Follower scheinen Zufallsbekanntschaften aus Natur- und Outdoorvereinigungen zu sein, keine echten Freunde. Sie schrieben, wie schön die Orte auf den Bildern doch seien, wie fragil die Natur und wie abgeschieden die Stellen. *Abgeschieden.* Rasch scrollt Eir weiter durch die Bilder. Auf allen sind einsame Orte auf der Insel am Wasser zu sehen. Einsame Stellen am Wasser, an denen man sterben kann.

Das Piepsen im Nebenzimmer verstummt plötzlich, und Schritte bewegen sich durch die Wohnung. Der Wasserhahn in der Küche wird aufgedreht. Eir steht von der Matratze auf und öffnet das Fenster. Kühle Luft strömt ins Zimmer, und sie atmet tief durch. Sie trägt nur Unterhose und T-Shirt und bekommt eine Gänsehaut, als sie sich hinausbeugt. Mit der rechten Hand stößt sie auf dem Fensterblech gegen etwas Weiches, das sich wie Daunen anfühlt. Eine Amsel, die sich das Genick gebrochen hat. Vorsichtig berührt Eir den steifen, verdorrten Körper, der nie gelebt zu haben scheint.

In der Küche räumt Cecilia nicht zueinanderpassende Teller und Tassen aus der Spülmaschine. Sie ist hübsch, wenn auch mager und blass. Die Haare sind kurz geschnitten, fast schon geschoren. Es passt zu ihrem puppenartigen, niedlichen Gesicht. Zu ihren Füßen liegt Sixten, ein großer, kräftiger irischer Wolfshundmischling mit braun-schwarz gesprenkeltem Fell.

»Alles okay?«, fragt Eir, als sie in die Küche kommt.

Cecilia zuckt erschrocken zusammen, und Sixten setzt sich auf.

»Entschuldige, ich dachte, du hättest mich gehört.«

Cecilia hält einen zerkratzten und angeschlagenen Teller in die Höhe. »Hätten wir nicht ein paar eigene Küchensachen mitnehmen können? Auch wenn du glaubst, dass wir nicht lange hierbleiben werden, wäre es doch nicht zu aufwendig gewesen, ein paar Teller und Tassen einzupacken, oder?«

»Hast du geschlafen?«, fragt Eir statt einer Antwort und gähnt.

»Keine Ahnung. Nicht so richtig. Und du?«

»Ein paar Stunden.«

Sie lächeln einander an. Dieses Gespräch führen sie nicht zum ersten Mal.

»Eine Amsel ist gegen mein Fenster geflogen und hat sich das Genick gebrochen«, bemerkt Eir.

Cecilia seufzt. »Gestern habe ich auch eine tot vor der Tür gefunden. Ich dachte, sie ziehen weg, wenn es kalt wird?«

»Sind das meine Kleider?« Eir deutet auf die Waschmaschine, in der eine Jeans herumgewirbelt wird.

»Ja. Das ganze Badezimmer hat gestunken. Ich habe noch nie die Leute verstanden, die sagen, sie lieben den Geruch nach Meer. Dabei riecht es einfach nur eklig.«

»Tut mir leid, ich hätte sie direkt in die Maschine werfen sollen, als ich nach Hause gekommen bin.«

»Zwei Kilometer von hier ist ein Schwimmbad, das bis spätabends offen hat. Sogar spät genug für dich.«

Eir ignoriert sie, dreht den Wasserhahn an der Spüle auf

und lässt das Wasser laufen, bis es kalt ist. Dann trinkt sie ein paar große Schlucke und trocknet sich Mund und Kinn ab. Cecilia stellt mit einem Knall ein zerkratztes Glas neben ihr ab.

»Wie lief es denn?«, fragt sie. »Hast du sie gesehen, diese Kommissarin? Mit ihr gesprochen?«

»Ja.«

»Und wie ist sie so?«

Eir zuckt mit den Schultern. »Keine Ahnung. Müde. Erschöpft.«

»Was habt ihr gemacht?«, fragt Cecilia weiter. »Ich meine, wenn ihr beide am Sonntag in der Arbeit wart.«

»Nichts Besonderes.«

»Ach ja?«

»Jemand hat sich ertränkt. Also, nicht direkt, eigentlich hat sie sich die Puls…«

Eir verstummt, als Cecilia sie aufgebracht ansieht.

»Ja«, sagt Eir, irritiert von dem starren Blick ihrer Schwester. »Die Welt ist voller Menschen, die sterben wollen. Was soll ich deiner Meinung nach sagen?«

»Vielleicht nicht unbedingt, dass es *nichts Besonderes* ist.«

Eir zuckt mit den Schultern. Sie hat keine Kraft für einen Vortrag oder einen Streit. Auf dem Tisch liegt immer noch die Tüte von der Apotheke. Sie holt das Fläschchen Methadon heraus.

»Von dem Mist bekomme ich Ausschlag«, protestiert Cecilia. »Schau!«

Sie zieht ein Hosenbein hoch und präsentiert die aufgekratzten Ekzeme auf dem Schienbein.

»Das ist so ein verdammtes Mistzeug.«

»Ich weiß …« Eir legt die Arme um ihre Schwester.

»Ich hasse es.«

»Aber du weißt, dass du es nehmen musst«, sagt Eir, bevor Cecilia sich schniefend freimacht und weiter die Spülmaschine ausräumt. Eirs Handy auf dem Küchentisch vibriert plötzlich. Cecilia zuckt zusammen und lässt einen Teller fallen, der auf dem Boden zerschellt.

Sanna steigt langsam aus dem Wagen und rückt ihre Kleidung zurecht. Blaulicht tanzt über ihr Gesicht, als sie Eir eine weitere Nachricht auf der Voicemail hinterlässt.

»Ich bin's noch mal. Wo bist du?«

Das Wohnviertel liegt direkt hinter der Stadtmauer. Die Häuser sind beeindruckend, die Gärten professionell angelegt. Auch wenn die Gebäude aus verschiedenen Epochen stammen und in unterschiedlichen Architekturstilen erbaut sind, strahlen sie alle dieselbe Gediegenheit und gepflegte Sicherheit aus. In dem ansonsten pittoresken Städtchen mit den kleinen Häusern und engen Gassen sind diese Villen wegen ihrer großen Fenster, herrschaftlichen Eingänge, breiten Auffahrten und majestätischen Bäume mit den akkurat zugeschnittenen Kronen sehr begehrt.

Das Haus vor Sanna ist ein weiß verputzter Traum mit hübschem Rasen, der allerdings gerade abgesperrt ist. Einige Kollegen durchkämmen den Garten. Normalerweise hätte sie sich rasch zu ihnen gesellt, doch heute ist sie müde. Seit dem Aufwachen hat sie an das Mädchen im Kalksteinbruch gedacht. Sie würde sich lieber weiter damit beschäftigen, als in ein wohlhabendes Heim in einem reichen Stadtteil gerufen zu werden, in dem eine alte Frau ermordet wurde.

Während sie auf Eir wartet, trinkt sie den Kaffee aus, den sie an der durchgängig geöffneten Tankstelle gekauft hat. Der diensthabende Beamte auf dem Revier hatte vorhin am

Telefon heiser gekrächzt, sie solle sich beeilen, und etwas von einem Einbruch und einem Todesfall gesagt. Jon Klinga sei mit einigen Kollegen bereits vor Ort.

Da taucht Jon auch schon neben ihr auf. Sein Aftershave verströmt einen beißenden Geruch nach Zitrus.

»Sieht aus wie in einem Horrorfilm dadrinnen«, sagt er keuchend, als wäre er außer Atem. »Was machst du hier draußen? Warum gehst du nicht hinein?«

Er ist drahtig und sieht recht gut aus, wenn er wie heute ordentlich gekämmt ist. Das weiß er auch. Obwohl er einen niedrigeren Rang hat als sie, begegnet er ihr mit einer gewissen Autorität. Höflich. Entschlossen. Die Art Polizist, nach der sich die Menschen sehnen, wenn sie glauben, ein Serienmörder würde frei herumlaufen und wahllos Leute foltern.

Die schwarzen Kampfstiefel sind der einzige Hinweis, dass seine Einstellung zu Recht und Gesetz extrem sein kann. Wenige wissen, dass sich unter seiner Uniform ein rotes Hakenkreuz auf seiner Brust verbirgt. Die Tätowierung stammt aus seiner Jugendzeit, und er hat versucht, sie entfernen zu lassen. Einmal hat sie sie gesehen, als er sich allein geglaubt und in einem Raum auf dem Revier umgezogen hat. Er hat Sanna entdeckt, doch bevor er etwas sagen konnte, war sie schon weg. Am nächsten Morgen hat er sie wie immer mit demselben freundlichen Lächeln begrüßt.

Jetzt lächelt er sie wieder an, höflich und nett, aber ohne Wärme. In der Hand hält er eine schwach leuchtende Taschenlampe.

»Wartest du auf Bernard?«, fragt er.

»Nein, meine neue Partnerin. Heute ist ihr erster Tag, aber ich fand, sie sollte mitkommen. Ich habe Bernard Bescheid gesagt, dass wir übernehmen.«

»Aha. Lederjacke und zerzauste Haare, ist sie das?«

Sanna sieht sich um, doch Eir ist immer noch nicht da.

»Ich glaube, ich habe sie gestern auf dem Revier gesehen«, sagt er träge und überheblich. »Sie stand am Empfang und hat irgendwas erledigt.«

Sanna schaudert innerlich vor Ekel. Bei seinem Tonfall weiß sie genau, worauf er hinauswill und dass sie ihn nicht mehr aufhalten kann.

»Als ich vor der Nachtschicht Pause gemacht habe, habe ich von ihr geträumt«, fährt er fort und legt die Hand an die Hüfte. »Ich habe ihr gezeigt, wie es ist, wenn man mit einem richtigen Mann zusammen ist…«

»Hör auf.«

»Lustig«, erwidert er grinsend. »In meinem Traum hat sie das auch gesagt. Und nicht nur einmal.«

»Also«, wechselt Sanna verärgert das Thema, »hier gab es einen Einbruch? Und eine Tote?«

»Ein Mordopfer.« Jon räuspert sich. »Es war definitiv Mord.«

»Aber der diensthabende Beamte hat doch am Telefon etwas von einem Einbruch gesagt?«

»Das dachte ich zuerst auch, bevor ich mich ordentlich umgesehen habe. Bei der Adresse habe ich es ganz eindeutig für einen Einbruch gehalten, aber…«

»Aber?«

»Du wirst es gleich selbst sehen. Dadrin hat ein Massaker stattgefunden.«

Sanna sieht zu der Villa und ärgert sich, dass sie nicht doch Bernard mitgenommen hat. »Wer ist das Opfer?«, fragt sie.

»Marie-Louise Roos, vierundsiebzig Jahre alt.«

»Familie?«

»Keine Kinder. Ein Ehemann, der aber nicht zu Hause ist. Wir fahnden gerade nach ihm.«

»Marie-Louise Roos …«, murmelt Sanna.

»Ja. Kennst du sie?«

»Den Namen zumindest.«

»Sie war oft in der Zeitung. Hat viel Geld für wohltätige Zwecke gespendet und unter anderem das neue Hospiz mitfinanziert. Du weißt schon, der kontroverse Neubau am Stadtrand, für den sie schließlich doch eine Baugenehmigung bekommen haben.«

Sanna erinnert sich. Marie-Louise Roos war die größte Geldgeberin in einer Gruppe aus privaten Spendern gewesen, die den Bau eines neuen, modernen Gebäudes ermöglicht hatte, und zwar auf einem Stück Land, das wegen kulturhistorisch bedeutsamer Überreste eines alten Hofes eigentlich geschützt war.

»Sie war stinkreich«, sagt Jon.

»Jetzt erinnere ich mich. Antiquarische Bücher. Bis vor ein paar Jahren hatte sie einen exklusiven Laden in der Stadt, nicht wahr?«

»Sie hat viel Geld damit verdient, indem sie alte Erstausgaben, Manuskripte und so was aufgetrieben und dann an reiche Sammler auf der ganzen Welt verkauft hat.«

»Aber das hat sie jetzt nicht mehr gemacht?«

»Nein, sie hat sich zurückgezogen, als sich der Handel ins Netz verlagert hat. Aber sie hat im Haus noch eine kleine Bibliothek.«

»Es könnte also trotzdem ein Einbruch gewesen sein? Wegen der Bücher?«

»Möglich, aber ich glaube es nicht.«

»Wurde aus der Bibliothek etwas gestohlen?«

»Der Raum wirkt unberührt. Aber die Versicherung wird es schon sagen, wenn etwas fehlt.«

»Und der Ehemann?«

Jon blättert in seinem Notizbuch. »Frank Roos, Frührentner.«

»Und davor?«

»Geologe.«

»Wissenschaftler?«

»Ja, ursprünglich schon. Später hat er als Berater gearbeitet, hauptsächlich für das Fornsalen-Museum.«

Er liest weiter in seinen Notizen. »Er war auch eine Weile in der Wirtschaft tätig, offenbar für Unternehmen, die auf Genehmigungen zum Kalkabbau aus waren.«

Sanna überlegt kurz. »In den letzten Jahren gab es ja einigen Wirbel und Proteste wegen der Genehmigungen.«

»Ja, aber nicht, als er in dem Sektor gearbeitet hat. Er ist vor zehn Jahren in Rente gegangen.«

Sanna kratzt sich am Kopf und sieht wieder zu der Villa. Aus dem Augenwinkel bemerkt sie, dass Jons Gesicht ausdruckslos wird, wie immer, wenn er nichts mehr zu berichten hat.

»Sollen wir reingehen?«, fragt sie. Mittlerweile ist sie richtig wütend auf Eir, weil diese immer noch nicht aufgetaucht ist.

»Was ist mit der Neuen?«

»Ach, wir sagen den Kollegen hier draußen, sie sollen sie aufs Revier schicken, falls sie doch noch kommt. Sie soll sich heute ihre Einweisung abholen. Wir gehen jetzt rein.«

Sie zerknüllt den Pappbecher von der Tankstelle und schiebt ihn in die Manteltasche.

»Okay«, erwidert er. »Du, wann ist sie noch mal auf die Insel gekommen, hast du gesagt?«

»Ich habe gar nichts gesagt. Warum?«

»Ich frage mich nur, ob sie Samstagabend schon hier war.«

»Sie ist mit der Fähre am Samstagmorgen gekommen. Wieso?«

»Ach, es ist sicher nichts. Aber hast du von den zwei Teenagermädchen gehört, die wir an dem Abend reinbekommen haben?«

»Die Sprayerinnen?«, fragt Sanna. »Die sich geprügelt haben und ins Krankenhaus mussten?«

»Sie behaupten, sie hätten sich überhaupt nicht geprügelt, sondern eine Frau mit einer Lederjacke hätte sie überfallen und fast umgebracht.«

Sanna lacht. »Soweit ich weiß, haben sie das Haus besprüht, in dem ihr altes Mobbingopfer wohnt. Sie waren wahrscheinlich high von den Farbdämpfen und haben dann vor lauter Aufregung die Fäuste fliegen lassen.«

Jon versteift sich.

Die Kälte in seinem Gesicht hat sie schon öfter gesehen, wenn jemand über ihn lacht. Vor allem, wenn es eine Frau ist.

»Der Vorfall war in Talldungen«, erwidert er. »Wo wohnt deine neue Partnerin eigentlich?«

In diesem Moment kommt Eir auf sie zu.

»Du bist zu spät«, sagt Sanna vorwurfsvoll.

»Ich weiß«, keucht Eir und fährt sich durch die Haare.

»Jon.« Er streckt ihr die Hand entgegen.

Sie schüttelt sie und sieht ihn dabei zurückhaltend an. Sucht nach irgendeiner Art Wärme in seinen Augen, doch da ist nichts.

»Du bist ja noch neu hier, da ist es nicht leicht, sich zurechtzufinden«, sagt er. »Aus welcher Richtung bist du gekommen?«

»Korsparken.«

»Du meinst Korsgården?« Er grinst abfällig und sieht zu Sanna. »Das ist doch gleich neben Talldungen. Sanna und ich haben nämlich gerade über das Viertel gesprochen.«

»Ach ja?« Eir sieht die beiden verständnislos an.

»Wollen wir dann?« Sanna geht auf die große, abgesperrte Villa zu.

Die anderen folgen ihr. Kamerablitze leuchten hinter einigen Fenstern auf. Eir wirft Jon einen Blick zu.

»Wann genau wurde der Einbruch gemeldet?«

»Um vier Uhr dreißig«, antwortet er. »Eine Nachbarin wollte die Zeitung reinholen und hat dabei gesehen, dass die Haustür offen stand. Dann hat sie nachgeschaut, ob alles in Ordnung ist.«

»Und wann habt ihr die Fahndung nach dem Ehemann rausgegeben?«

»Um fünf Uhr. Ich habe das selbst erledigt, sobald ich hier war.«

Eir dreht sich abrupt zu Jon. »Moment mal … Du hast eine *halbe Stunde* hierher gebraucht? Die Stadt ist doch so klein, dass man sie in dreißig Minuten umrundet hat.«

»Ich glaube nicht, dass das so eine große Rolle spielt. Sie war schon kalt, als die Nachbarin sie gefunden hat«, antwortet Jon abweisend.

»Das spielt sehr wohl eine Rolle – wenn man Nachtschicht hat und ein Mord gemeldet wird, macht man doch bitte schön seinen Porno aus und fährt an den Tatort. *Oder?*«

Sie ist nicht auf den Mund gefallen und fordert Jon offen heraus. Da ist sie wieder, diese Wildheit, denkt Sanna. Brutal, aufbrausend und völlig furchtlos ist ihre neue Kollegin. Könnte Jon recht haben? Wäre sie wirklich fähig, zwei Teenagermädchen zusammenzuschlagen?

»Falls nötig, stimmen wir uns noch mal mit dir ab, wenn wir drinnen fertig sind«, sagt sie zu Jon. »Ihr habt doch nichts angefasst, oder?«

»Wir haben nicht einmal ein Fenster geöffnet oder uns mit der Hand frische Luft zugefächelt. Was echt hart war, es stinkt bestialisch dadrin. Sudden und seine Leute von der Spurensicherung haben den Tatort vorläufig untersucht, soweit ich weiß.«

»Ist Sudden noch im Haus?«

»Nein, aber er wollte später noch mit dir sprechen. Ich sollte dich vielleicht noch warnen …«

»Wieso?«

»Die Nachbarin ist überall herumgetrampelt und hat alles Mögliche angefasst. Das hat die Arbeit für Sudden und seine Leute natürlich erschwert.«

Sanna seufzt.

»Und Fabian?«

»Ist auf dem Weg zurück auf die Insel. Er war auf dem Festland, um eine wichtige Obduktion zu überwachen, aber sein Flugzeug müsste jeden Moment landen«, berichtet Jon und wendet Eir den Rücken zu. Sie windet ihm dafür die Taschenlampe aus der Hand.

»Kann ich reingehen?«, fragt sie Sanna und geht nach einem knappen Nicken als Antwort ins Haus.

»Hatte die Polizei hier schon mal zu tun?«, erkundigt sich Sanna und sucht in ihrer Manteltasche vergeblich nach Latexhandschuhen. Bernard hat immer ein Extrapaar für sie, denkt sie traurig. Sie wird ihn vermissen.

»Nein.« Jon sieht zu der Haustür, durch die Eir gerade verschwunden ist.

Auf dem Gehsteig steht eine ältere Frau im Morgenmantel bei zwei Polizisten.

»Die Nachbarin?«, fragt Sanna.

»Ja.« Jon sieht auf die Uhr.

»Bin gleich wieder da.« Sie steuert auf die Frau zu. »Und beschaff mir in der Zwischenzeit zwei Paar Handschuhe.«

Die Nachbarin zittert und weint verzweifelt in ein Taschentuch. Sie bewegt sich steif, die Adern an Hals und Händen treten bläulich hervor. Sanna nimmt einen der Polizisten zur Seite.

»Sie ist ja schon ganz durchgefroren, besorgt ihr eine Decke und bringt sie ins Warme. Haben die Sanitäter nach ihr gesehen?«

»Ich weiß nicht, wo sie sind.«

»Was soll das heißen?«

»Dass ich nicht weiß, wo sie sind.«

»Na gut«, seufzt sie und wendet sich an die Frau.

»Mein Name ist Sanna Berling, ich bin Kriminalkommissarin. Sie haben Marie-Louise Roos gefunden?«

Die Nachbarin nickt und versucht zu lächeln. Sie trägt eine Prothese im Oberkiefer, die allerdings nicht richtig befestigt ist. Zwischen den blau gefrorenen Lippen sieht es aus, als hätte sie drei Zahnreihen.

»Ist Ihnen heute Morgen noch etwas aufgefallen, außer dass die Haustür offen stand?«

Die Frau schüttelt den Kopf.

»Und Marie-Louises Mann?«

»Frank?« Sie versucht, die Prothese mit der Zunge zurechtzuschieben, ohne dabei zu sehr zu lispeln. »Haben Sie ihn gefunden?«

»Wir suchen mit Patrouillen nach ihm.«

»Aber warum nicht mit einem Helikopter?«

»Den setzen wir hier selten ein, weil es sehr unübersichtlich ist.«

Die Frau nickt. Sie wirkt beunruhigt.

»Wissen Sie, wo er sich aufhalten könnte?«, fragt Sanna weiter. »Bei Freunden oder Familienangehörigen in der Nähe?«

»Was meinen Sie damit? Er kann sich doch allein kaum fortbewegen!«

Kurz darauf steht Sanna wieder bei Jon, nimmt ihm wortlos den Block aus der Hand und schreibt etwas hinein.

»Wusstet ihr, dass der Mann im Rollstuhl sitzt und Diabetiker ist?«, fragt sie verärgert.

»Was?«

»Setzt die Hundestaffel ein und durchsucht mit zusätzlichen Kräften noch mal die Büsche und Nachbarsgärten in der Gegend. Vielleicht steht er unter Schock oder liegt verletzt irgendwo.«

Jon nickt kühl, aber pflichtbewusst.

»Und hat schon jemand mit dem Zeitungsausträger oder der Zeitungsausträgerin gesprochen?«

»Ja, er hat nichts gesehen und nichts gehört.«

»Wissen wir, wann der Ehemann das letzte Mal gesehen wurde?«

»Nein.«

»Hängt euch da dran. Und sein Handy soll sofort geortet werden.«

»Okay.«

»Handschuhe?«

Sie streckt die Hand aus und stellt sich so vor ihn hin, dass er sich recken müsste, um zu sehen, wie sie gerade den Blick über die Polizisten im Garten schweifen lässt. Er reicht ihr zwei Paar Latexhandschuhe.

»Ich habe da drüben nachgefragt, ob man die Namen und

Telefonnummern von allen Schaulustigen hier auf der Straße notiert hat, aber sie haben nicht einmal einen Block dabei«, sagt sie.

»Gut, ich kümmere mich darum.«

»Und schick so schnell wie möglich die Sanitäter her.«

Er murmelt etwas von wegen, er werde es versuchen. Als sie Richtung Villa geht, setzt sich sein Rasierwasser beißend in ihrem Hals fest und lässt sich auch durch Husten und einen tiefen Atemzug nicht vertreiben.

Der Eingangsbereich der Villa ist in einem warmen Graublau gestrichen. Eine Wand ist mit Ölgemälden bedeckt, an einer anderen hängt ein großes Steingutrelief. Direkt an der Tür steht eine eindrucksvolle Porzellanvase, die als Schirmständer dient, daneben ein Paar lehmverschmierte Gummistiefel.

Die Kunstwerke spiegeln sich in dem Marmorboden. Nach dem Trubel im Freien ist es geradezu totenstill im Haus.

Auf einem Tisch an der Wand steht eine Silberschale, aus der ein Holzgriff mit einer perforierten Kugel daran ragt. Ein Aspergill. Sanna findet es seltsam, einen Gegenstand zu Hause zu haben, mit dem Weihwasser verspritzt wird. Wahrscheinlich ist es ein Sammlerobjekt. Ein weißer Briefumschlag liegt unter dem Aspergill, aus dem ein Bündel Geldscheine ragt. Dag Hammarskjölds Kupferstichgesicht ist zu sehen, es muss sich also um mehrere Tausend Kronen handeln. Sanna streift mit einem schnalzenden Geräusch die Handschuhe über und hebt den Umschlag vorsichtig hoch, um zu überprüfen, ob etwas darauf steht, er ist jedoch unbeschriftet. Auf dem Boden der Silberschale liegen einige zusammengefaltete Hundertkronenscheine mit einem gelben Post-it, auf das jemand »W« geschrieben und eine einfache Blume gezeichnet hat.

Vorsichtig legt sie das Kuvert zurück und schreibt Sudden eine Nachricht. Er oder seine Techniker sollen sich das bitte genauer ansehen.

Auf der Schwelle zum Wohnzimmer schlägt ihr ein Übelkeit erregender Geruch nach Blut entgegen. Sie reicht Eir das zweite Paar Handschuhe.

»Danke. Hast du mit der Nachbarin gesprochen? Ich habe dich durchs Fenster gesehen.«

»Ja. Keine neuen Informationen. Außer dass der vermisste Ehemann im Rollstuhl sitzt.«

»Das habe ich mir schon zusammengereimt«, sagt Eir, zupft ihren Schuhüberzug zurecht und nickt in Richtung eines gerahmten Fotos. Ein Paar ist darauf zu sehen, der Mann sitzt im Rollstuhl, die Frau beugt sich leicht über ihn, wobei eine Hand auf seinem Brustkorb liegt. Sie sehen einander liebevoll an. Die Gesichtszüge sind weich, und ein Lächeln umspielt die Lippen der Frau.

Sanna sieht sich in dem Raum um. Alles steht ordentlich an seinem Platz. Niemand hat hier herumgewühlt, Schubladen aufgezogen oder nach einem Safe hinter den Bildern gesucht. Jon hat recht, das hier ist kein normaler Einbruch. Wenn es überhaupt einer war.

Das Verbrechen konzentriert sich eindeutig auf das große Sofa, auf dem die Leiche liegt. Auf dem Boden darunter hat sich eine riesige rot-schwarze Lache gebildet. Überall liegen die Trittplatten der Spurensicherung aus durchsichtigem Kunststoff. Dazwischen sind deutliche Fußspuren im Blut um die Leiche herum zu sehen, die kreuz und quer durch den Raum führen, von der Tür zum Sofa und zurück. Sie sind klein, unregelmäßig und verwischt.

»Jon Klinga hat gesagt, dass die Nachbarin hier herumgegangen ist, bevor ihr gekommen seid, richtig?«, sagt Sanna zu einer jungen Technikerin im weißen Overall, die gerade ihre Ausrüstung zusammenpackt. »Seid ihr ganz sicher, dass die Fußspuren von ein und derselben Person stammen?«

Die Technikerin nickt und sieht sie kaum an, als sie antwortet: »Sie hat Panik bekommen und ist aufgeregt hin und her gelaufen. Die Arme.«

»Was habt ihr sonst noch gefunden?«

»Viel. Aber wahrscheinlich nicht zu verwerten, entweder sind die Spuren verunreinigt oder undeutlich.«

»Na gut«, seufzt Sanna. »Danke. Ich spreche dann nachher mit Sudden.«

Die Technikerin nimmt ihre Sachen und geht. Eine untersetzte Fotografin hantiert umständlich mit ihrem Stativ und steht dabei im Weg. Sanna kennt sie nicht, bringt es aber auch nicht über sich, sich vorzustellen. Die Frau lächelt verlegen, bevor sie mit ihrer Ausrüstung aus dem Raum geht und die beiden Polizistinnen allein lässt.

»Gib mir die Kurzversion von dem, was wir bisher wissen«, bittet Eir.

»Sie heißt Marie-Louise Roos, Rentnerin. Früher Besitzerin eines renommierten Antiquariats in der Stadt. Sie hat auf der ganzen Welt mit alten, teuren Büchern gehandelt und viel Geld für wohltätige Zwecke ausgegeben, unter anderem für den Bau eines Hospizes am Stadtrand vor ein paar Jahren. Aber sie hat auch viel für Kinder getan, wie ich gehört habe. Soweit ich weiß, ist sie auf der Insel geboren, hat ihren Mann, Frank Roos, aber auf dem Festland kennengelernt. Keine Kinder. Der Mann wird noch vermisst, wir suchen nach ihm. Wie gesagt, er ist Rollstuhlfahrer und Diabetiker. Vor seiner Pensionierung war er Geologe, hat mit Zulassungen für den

Kalkabbau hier auf der Insel gearbeitet, hauptsächlich aber als Berater des Fornsalen-Museums.«

»Fornsalen?«

»Das Kulturhistorische Museum auf der Insel.«

Eir überlegt. »Also Steinzeit, Wikingerzeit und der ganze Scheiß?«

»Genau.«

»Alte Steine und alte Bücher. Die beiden haben bestimmt nicht viele Einladungen zu Partys bekommen.«

»Marie-Louise Roos wurde sicher zu einigen eingeladen. Sie war vielfache Millionärin.«

»Mit alten Büchern?«

»Ja, mit alten Büchern.«

»Sie war also reich. Kann ihr Vermögen das Motiv sein?«

»Möglich. Die Büchersammlung wird irgendwo hier im Haus aufbewahrt. Aber Jon sagt, dass nichts zu fehlen scheint.«

»Die Tür ist nicht beschädigt, das habe ich auf dem Weg ins Haus überprüft«, meint Eir nachdenklich.

»Sie kann unverschlossen gewesen sein. Das ist nichts Ungewöhnliches hier in der Gegend.«

»Oder sie hat jemanden hereingelassen, den sie kannte?«

Eir könnte recht haben. Wenn nichts gestohlen und die Tür nicht aufgebrochen wurde, deutet das darauf hin, dass der Täter oder die Täterin im näheren Umfeld zu finden ist. Hoffentlich würde es nicht allzu lange dauern, diese Person zu ermitteln.

»Aber andererseits war es mitten in der Nacht«, wendet Eir ein. »Wer besucht schon eine Rentnerin um diese Uhrzeit?«

»Die Nachbarin sagt, dass sie nachts oft bläuliches Licht flackern gesehen hat. Marie-Louise Roos war wohl lange wach und hat ferngesehen. Vielleicht wusste jemand, dass sie sehr spät schlafen ging?«

»Gut. Aber die Nachbarin hat heute Nacht nichts bemerkt oder gehört?«

»Nicht mehr als das, was wir jetzt auch sehen. Auch keiner von den Zaungästen da draußen konnte uns weiterhelfen.«

Sanna geht langsam auf das Sofa zu. Der Anblick ist grauenhaft. Marie-Louise Roos, eine magere Frau in den Siebzigern, hat einen Arm über die Sofalehne ausgestreckt, den anderen eng an den Körper gedrückt. Sie trägt einen blauen, sehr alt aussehenden Kimono. Der Seidenstoff schmiegt sich an ihren Körper und ist über dem Brustkorb brutal zerfetzt und blutgetränkt. Mit einem scharfen Gegenstand wurde mehrfach auf die Frau eingestochen.

Am Hals sind zwei Schnitte zu sehen. Der größere und tiefere verläuft quer über die Kehle, die kürzere Wunde im rechten Winkel dazu, die beiden bilden ein Kreuz.

Marie-Louise Roos' rauchgraues Haar umrahmt ihr Gesicht. Die Haut ist bleich und blutleer, die Stirn gerunzelt. Die Wangen sind eingesunken, als wäre alle Luft aus ihr herausgesaugt worden. Das Kinn ist kräftig und wirft einen scharfen Schatten auf die klaffenden Wunden am Hals. Die Augen sind fest geschlossen.

Sanna sieht zum Couchtisch. Eine offene, leere DVD-Hülle liegt darauf, *Alice och jag,* eine Dokumentation über die Sängerin Alice Babs.

»Ich habe auf dich gewartet, damit wir sie uns gemeinsam näher ansehen können«, sagt Eir und leuchtet mit der Taschenlampe auf die Leiche. »Wollen wir?«

Sanna nickt. Eir geht vorsichtig zum Sofa, schiebt eine Trittplatte beiseite und kniet sich neben Marie-Louise Roos'

Arm, der über die Sofalehne hängt. Sie beugt sich vor und sucht mit der Taschenlampe die Hand ab, die unverletzt und ohne einen Kratzer ist. Weiter oben ist der Arm jedoch von Schnittwunden übersät.

»Sie konnte nicht mal Widerstand leisten«, stellt Eir fest. »Sie hat nur versucht, den Angriff abzuwehren.«

Sanna nickt. Eir richtet sich auf und deutet auf den Hals.

»Wir können wohl davon ausgehen, dass er damit angefangen hat. Dann ist er richtig auf sie losgegangen.«

Die Schnittwunden an den Armen. Die unzähligen tiefen Stiche in den zerfetzten Brustkorb. Man hat Marie-Louise Roos enorme Gewalt zugefügt. Jemand hat sie in besinnungsloser Raserei geschlagen, auf sie eingestochen und sie aufgeschlitzt.

»Wenn sie keine Kinder haben und der Mann im Rollstuhl sitzt – wer zum Teufel hat sie dann so sehr gehasst?«, fragt Eir.

Sanna schüttelt den Kopf und atmet tief durch. Der Einzige, der ihnen in dieser Sache weiterhelfen könnte, ist verschwunden.

»Wir müssen unbedingt den Mann finden«, sagt sie daher und ruft Jon an. Sie bittet ihn, die großen Freiwilligenorganisationen mit an Bord zu holen, die nach vermissten Menschen suchen. Sie würden alle Hilfe brauchen, um Frank Roos zu finden.

Nach dem Gespräch betrachtet sie stumm die Leiche. Die Lippen der Frau sind schlaff und gefurcht. Die Nase ist gerade, doch die graubraunen Leberflecken auf einer Seite verleihen ihr einen unebenen, fast schon gebrochenen Anschein. Plötzlich ist Mia Askars junges, lebloses Gesicht vom Tag zuvor sehr weit weg.

Sie spürt einen Luftzug und dreht sich um. Ein Korridor führt aus dem Wohnzimmer.

»Ich suche mal nach den Büchern«, sagt sie zu Eir.

Der Flur ist eng und ohne Tageslicht, wird nur von einigen kleinen Lampen schwach erhellt. Die Wände sind dunkelgrün gestrichen und mit Gemälden in Gold- und Mahagonirahmen bedeckt. Der Gang scheint kein Ende zu nehmen.

Bevor Sanna endlich den angrenzenden Raum erreicht, fällt ihr ein Ölgemälde ins Auge, das tief hängt und zwischen den anderen Kunstwerken leicht zu übersehen ist. Auf den ersten Blick strahlt es eine gewisse Romantik aus. Sieben Kinder mit nackten Beinen stehen in einer Reihe auf einer Sommerwiese. Die Umgebung ist mystisch, fast wie in einem Märchen. Die Gesichter der Kinder sprechen dagegen eine andere Sprache. Alle tragen Tiermasken: ein Schwein, ein Pfau, ein Esel, ein Hund, eine Ziege, ein Fuchs und ein Wolf.

Bei der Fuchsmaske verkrampft sich Sannas Magen. Sie ist erschreckend detailliert ausgearbeitet und scheint wie die anderen Tiere zu grinsen. Die Augen liegen tief in den Höhlen, die Konturen sind geschwärzt. Die Tiergesichter sehen so alt und hart aus und bilden einen seltsamen Gegensatz zu den unschuldigen, rosigen Kindern. Auch das Licht in dem Bild ist merkwürdig. Es scheint, als würde es hinter dem Himmel über den Kindern brennen, so scharf und grell ist es.

In der kleinen Bibliothek, in die der Gang mündet, ist es dunkel, und Sanna tastet an der Wand nach dem Lichtschalter. Alles sieht unberührt aus. Jahrhundertealte Übersetzungen von Gesangbüchern, Erstausgaben bekannter literarischer Werke und Unmengen anderer Bücher, viele von ihnen mit hellem, fast unansehnlichem Einband, reihen sich aneinander. Wären da nicht das Sicherheitsglas mit Digitalschloss und die Alarmanlage zum Schutz der Sammlung gewesen, hätte man den hohen Wert der Bücher in den Regalen nicht vermutet.

Der Luftzug kommt von einer dunkelgrünen Samtgardine, die in einer Ecke des Raums bis zum Boden reicht. Dahinter steht die Terrassentür in den Garten offen. Jemand in der Nachbarschaft ist früh auf und verbrennt Laub und Zweige. Sanna riecht den würzigen, trockenen Duft und hört das schwache Knistern des Feuers.

Sie geht hinaus in den bescheidenen Garten. Verglichen mit der Fläche vor dem Haus ist er winzig. Thujen und verwelkte Fliederbüsche am Rand dienen als Sichtschutz. Doch hier und da sind braune, abgestorbene Löcher in der Hecke, durch die sich ein erwachsener Mensch hindurchzwängen könnte. Sanna hat den Fluchtweg des Täters gefunden.

Über ihr wird ein Fenster geöffnet, und die Nachbarin, die die Leiche gefunden hat, wird sichtbar. Nur von ihrem Haus hat man Einblick in den Garten. Sie ruft von oben herunter:

»Könnten Sie dafür sorgen, dass das Feuer gelöscht wird?«

Ihr Gesicht liegt im Gegenlicht. Die Schultern sind gebeugt, die Haut am Hals schlaff.

»Haben Sie heute Morgen wirklich nichts hier im Garten bemerkt?«, erwidert Sanna statt einer Antwort.

»Nein«, antwortet die Frau.

»Vielleicht haben Sie etwas gehört? Egal was?«

»Nein, nichts. Aber das habe ich doch schon gesagt.«

Sanna nickt und geht zurück zur Terrassentür.

»Ich habe empfindliche Bronchien«, ruft ihr die Nachbarin nach. »Bitte sagen Sie den Leuten, dass sie das Feuer ausmachen sollen.«

Im Wohnzimmer steht Eir vor einer Vase mit großem Blumenstrauß, die auf einem hübschen Tisch neben einem Stapel Hochglanzzeitschriften platziert ist. Sie liest eine Karte, die in dem Strauß steckt.

»Was steht da?«, fragt Sanna beim Näherkommen.

»Sie hat alle ihre Bücher gestiftet. Die Karte ist von der Bibliothek hier auf der Insel.«

»Das müssen wir überprüfen. Finde heraus, mit wem sie in Kontakt stand und ob irgendjemand etwas gegen die Spende hatte.«

Eir denkt, dass Sannas eisblaue Augen und die blonden Haare in dem düsteren Licht perfekt zueinanderpassen. Auf kühle, distanzierte Art ist sie hübsch, wie sie dasteht und die Leiche betrachtet.

»Also, was glaubst du, was passiert ist?«, fragt Eir.

»Wer auch immer das hier getan hat, wollte sichergehen, dass sie auch wirklich tot ist. So etwas habe ich noch nicht gesehen. Ein oder zwei Stiche hätten gereicht, aber das hier ... diese Aggression ...«

Sanna verstummt.

»Und?« Eir fährt leicht mit dem Finger über die Rücken der Hochglanzzeitschriften. »Was denkst du?«

»Sind das Gartenmagazine?«

Eir dreht eines um und liest den Titel.

»Sieht eher nach Katalogen aus.«

»Für was?«

»Zäune. Der hier bietet Holzzäune an.« Sie nimmt ein anderes Heft. »Der hier Trockenmauern.«

Unwillkürlich denkt Sanna an die vielen Wochenenden, an denen sie und Patrik nach einem stabilen Zaun gesucht hatten, als Erik klein war.

»Wahrscheinlich brauchten sie einen neuen Sichtschutz«,

vermutet Eir. »Die Häuser hier sind ja schön, stehen aber auch verdammt nah beieinander.«

Der zuoberst liegende Katalog ist eingemerkt. Auf der entsprechenden Seite wird Glas mit Plexiglas verglichen. Plötzlich erinnert sich Sanna an die lehmverschmierten Gummistiefel bei der Haustür. Doch das Gras vor der Villa ist makellos. Sie hat nicht einmal Blumenbeete gesehen, die man pflegen müsste.

»Windschutz«, sagt sie. »Sie haben keinen Sichtschutz gesucht, sondern einen Windschutz.«

Sie wählt eine Nummer auf dem Handy.

»Bernard? Ich bin gerade am Tatort in Södra Villakvarteren und muss wissen, ob das Ehepaar Roos noch andere Immobilien außer dem Haus hier besitzt.«

KAPITEL VIER

Der schwarze Saab biegt von der Landstraße auf einen breiten Schotterweg ab. Sanna wirft ihrer Beifahrerin einen Blick zu.

»Wird dir schlecht beim Autofahren?«

Eir nickt und schluckt angestrengt. Seit sie das Stadtviertel Södra Villakvarteren hinter sich gelassen haben, ist ihr übel. Hoffentlich muss sie nicht bald aussteigen und sich übergeben. Sie versucht, an etwas anderes zu denken. Seit einer halben Stunde fahren sie schon von der Stadt aus nach Südwesten und sind dabei höchstens zehn anderen Fahrzeugen begegnet, die meisten davon Traktoren oder andere landwirtschaftliche Nutzfahrzeuge. Jon Klinga folgt ihnen in seinem Wagen. Sie sind auf dem Weg zu dem Naturschutzgebiet an der Küste, wo das Ehepaar Roos ein Sommerhaus besitzt.

Von hier aus können sie bereits das Meer sehen, auch wenn es noch über einen Kilometer entfernt ist.

Knorrige Bäume wachsen hier, deren kahle Stämme sich landeinwärts neigen. Das Knirschen der Autoreifen auf dem Schotter erinnert Eir an den lange zurückliegenden Tag, als ihr plötzlich klar wurde, dass das Leben sie hereingelegt hatte. Dass es viel unbarmherziger war, als ihr je bewusst gewesen war.

Sie hatte gerade den Führerschein gemacht und war auf dem Weg zu ihrem Vater, der ein Haus auf dem Land gemietet hatte, nur dreißig, vierzig Kilometer von der Stadt entfernt, in der sie und Cecilia aufgewachsen waren. Es war Sommer, ein warmer Tag. Den letzten Rest der Strecke musste sie auf einer Schotterstraße zurücklegen, die durch einen Sumpfwald führte. Dort waren die Bäume genauso kahl wie hier. Sie erinnert sich noch an das Prasseln der kleinen Steinchen gegen den Fahrzeugboden, als sie in einer Kurve geblendet wurde. Sofort hatte sie das Gefühl, dass in der Nähe etwas Schreckliches lauerte, und erkannte im selben Moment die blinkenden Blaulichter. Diverse Streifenwagen standen am Wegesrand, und über ihnen näherte sich ein Helikopter.

Sie hielt an und versuchte, die Situation zu erfassen. Vielleicht hatte sie gedacht, sie könnte irgendwie helfen. Sie weiß es nicht mehr. Kein Mensch war zu sehen. Sie stieg aus und ging langsam zwischen den Bäumen hindurch. Die Polizisten, die sie bald darauf entdeckte, bemerkten sie nicht. Vielleicht waren sie gerade erst angekommen und vollauf beschäftigt.

Sie wird nie den Anblick vergessen, der sich ihr auf dem Boden zwischen den Bäumen bot. Die kleinen Füße, die Fußsohlen zum Himmel gerichtet. Der nackte, bleiche Körper. Ein kleines Mädchen, das aussah wie eine altmodische Zelluloidpuppe, der man die Hände abgehackt hatte. Sie konnte nicht älter als vier oder fünf gewesen sein.

Eir stand schockiert und erschüttert zwischen den Bäumen, kalter Schweiß überzog ihren Körper. Als ein Polizist in Uniform versuchte, sie wegzuführen, war seine Stimme nur ein Hintergrundrauschen. Sie erinnert sich nicht, wie sie sich gewehrt und was sie gesagt hat, doch man erklärte ihr hinterher, sie sei sehr grob gewesen.

Einen Monat später fand man die Hände des Mädchens in einem Müllcontainer, zusammen mit seinen Kleidern. Die Obduktion ergab, dass sie Chlor und Heroin im Blut hatte, die Blutgefäße waren völlig zerfressen. Doch danach kamen die Ermittlungen zum Erliegen. Man fand nie heraus, wer das Mädchen war und wo man es ermordet hatte, bevor man es wie ein kaputtes Spielzeug im Wald entsorgt hatte. Es gab nicht eine einzige Spur zu dem Täter oder den Tätern.

Wochenlang hatte Eir nur an das Mädchen denken können. Die Sinnlosigkeit des Ganzen. Wie die Welt die Kleine im Stich gelassen hatte, sowohl vor als auch nach ihrem Tod. Eines Tages hatte sie das Gefühl, dass auch sie Verrat an dem Mädchen beging, weil sie nichts unternahm, außer Zeitungsartikel zu dem Fall zu lesen. Danach bewarb sie sich an der Polizeiakademie.

Die Landschaft wird weiter, gleich sind sie am Meer.

»Danke«, spricht Sanna in ihr Handy. »Ja, wir halten dich auf dem Laufenden.«

»Der Staatsanwalt?«, fragt Eir.

Sanna nickt.

»Leif Liljegren, du wirst ihn noch kennenlernen. Er hat sein Büro im Polizeigebäude. Wir leiten weiterhin die Ermittlungen, doch er will, dass wir ihm Bericht erstatten.«

Das Telefon klingelt, Jon ruft an.

»Wir parken am Hafen und gehen das letzte Stück«, sagt Sanna zu ihm.

»Na, dann haben wir Frank Roos ja bald«, antwortet er.

»Wenn er in dem Sommerhaus ist«, erwidert Sanna verärgert, »könnte er die ganze Nacht dort gewesen sein. Vielleicht weiß er gar nicht, was passiert ist. Im schlimmsten Fall hat ihn der Täter dort aufgestöbert. Wir gehen da ganz langsam und vorsichtig ran. Hast du mich verstanden?«

»Was hat er eigentlich für ein Problem?«, fragt Eir, nachdem Sanna das Gespräch beendet hat.

»Dass Frank Roos vom Tatort verschwunden ist. In Jons Welt heißt das, dass er der Täter ist.«

Sie fahren eine Anhöhe hinunter bis zu einem kleinen Hafen in einer Bucht, die sich in die ansonsten steile und felsige Küste schmiegt. Ein rostiges Fischerboot liegt vertäut am einzigen Pier. Weit draußen erheben sich zwei Kalksteininseln wie skalpierte Schädel aus dem Meer. Sie rollen an einem geschlossenen Eiskiosk und ein paar Fischerhütten vorbei. Nicht weit entfernt steht eine Reihe Sommerhäuser.

»Das dritte ist es«, sagt Sanna beim Aussteigen.

Jon nähert sich ihnen mit zwei uniformierten Beamten im Schlepptau. »Jetzt schnappen wir ihn uns«, verkündet er.

»*Keiner* tut etwas Überhastetes, ist das klar?«, befiehlt Sanna scharf. »Wir verteilen uns um das Haus herum, und keiner geht rein, bis ich nicht das Kommando gegeben habe.«

So lautlos wie möglich nähern sie sich dem Ferienhaus. Kälte und salzige Luft lassen Eirs Wangen glühen, doch sie wendet den Blick nicht von dem Gebäude ab. Eine Möwe kreischt unten am Hafen.

Das Ferienhaus ist aus hübsch gealtertem, grauem Holz und ähnelt mit seinen geraden Linien und dem Schindeldach einer Fischerhütte. Die Fenster samt Rahmen und Leisten sind neu und silbergrau, die schmale, alte Haustür ist leuchtend marineblau gestrichen.

Sanna stößt Eir an und nickt in Richtung eines Fensters, durch das eine Küchennische zu erkennen ist. Ein Backblech steht im eingeschalteten Ofen.

»Verdammt«, flucht Eir leise.

Die beiden ziehen ihre Dienstwaffen und gehen langsam an der Hauswand entlang, während Jon und die zwei Polizisten auf die Rückseite huschen. An der Haustür bleiben sie stehen. Eine einfache Holzrampe liegt davor, die frisch gefegt worden sein muss, denn im Gegensatz zur direkten Umgebung ist sie frei von Laub.

Sanna klopft an die Tür. »Polizei«, ruft sie. »Kommen Sie raus!«

Keine Reaktion. Schließlich drückt Sanna vorsichtig die Klinke hinunter, die Tür ist nicht verschlossen. Sie zieht sie auf, nickt Eir zu und geht ins Haus.

In einer Ecke des düsteren Raums stehen ein Küchensofa und ein Holztisch, an einer Wand zwei Betten mit einfachen Baumwollüberwürfen. In der kleinen Küchennische hängt ein modernes Regal mit Konserven, Tellern und Tassen. Neben der Kochplatte steht ein Glas mit Besteck. Aus dem Ofen riecht es nach Safran.

»Was zum …«, sagt Eir, als ihr klar wird, dass das Haus nur aus diesem einen Raum besteht und niemand hier ist.

Sanna winkt Jon durch das Fenster herein. Enttäuschung zeichnet sich auf seinem Gesicht ab, als er über die Türschwelle tritt und nur seine Kolleginnen sieht.

»Sollen wir draußen suchen?«, fragt er. »Er kann ja nicht weit gekommen sein, wenn der Ofen eingeschaltet ist.«

Sanna will gerade antworten, als sie etwas entdeckt. Sie hebt das Glas mit dem Besteck und nimmt ein ordentlich zusammengefaltetes Stück Papier in die Hand.

»Ich glaube nicht, dass er hier war.«

»Was ist das?«, fragt Eir.

»Eine Rechnung von der Hafenverwaltung.« Sanna ruft die

Nummer auf dem Zettel an und spricht mit jemandem am anderen Ende der Leitung.

»Wie ich gedacht habe«, sagt sie, nachdem sie aufgelegt hat. »Die Hafenverwaltung kümmert sich gegen eine Gebühr um ein paar Sachen …«

»Wie zum Beispiel das Laub vor der Tür wegzufegen, bevor die Besitzer anreisen«, vervollständigt Eir die Erklärung.

»Genau. Frank Roos hat vor einer Woche angerufen und angekündigt, er und seine Frau kämen heute um die Mittagszeit an. Sie wollten ihren Hochzeitstag hier feiern. Er hat um einen Milchreisauflauf gebeten, der bei niedriger Temperatur im Ofen bis zu ihrer Ankunft warm gehalten werden sollte.«

»Das könnte aber auch nur ein Vorwand gewesen sein, um sie dann in Ruhe umzubringen. An ihrem Hochzeitstag«, wirft Jon ein.

»Wir schauen uns mal um, bevor wir zurückfahren«, beschließt Sanna.

Alle haben das Gefühl, irgendetwas zu übersehen.

Jon öffnet den einzigen Schrank im Raum und holt einen zusammengeklappten Rollstuhl heraus, den er mit einem Knacken aufzieht. Er ist schmal, mit dünnen Reifen und so gebaut, dass er leicht zu manövrieren ist.

»Spezialanfertigung für die Bude hier, was?«, sagt Jon. »Erklärt mir mal, warum jemand mit einem Palast in der Stadt so einen Aufwand betreibt, um in diesem engen, kalten Kaninchenstall zu wohnen?«

»Weil er sie geliebt hat«, erwidert Eir, die vor einem der Betten in die Hocke gegangen ist und den Überwurf zurückgeschlagen hat. Unter dem Bett hat sie eine Schuhschachtel mit Unterlagen und Fotos hervorgezogen.

»Ihr Vater hat das Haus vor hundert Jahren oder so bauen

lassen«, fährt sie fort, während sie eine verschmutzte Geburtstagskarte überfliegt. »Dann musste die Familie es verkaufen. Erst vor ein paar Jahren konnte Frank es erwerben und hat es Marie-Louise zum siebzigsten Geburtstag geschenkt.«

Sie hält ein altes Foto in die Höhe, auf dem ein Mann mit Spaten zu sehen ist. Vor ihm liegt ein Rosenbusch auf dem lehmigen Boden, und im Hintergrund ist das Haus zu erkennen.

»Das muss ihr Vater sein«, sagt sie. »Frank Roos hat das Haus sicher zurückgekauft, damit sie sich hier wie in ihrer Kindheit fühlen kann. Das macht man doch eigentlich nicht für jemanden, den man umbringen möchte, oder?«

Sanna schüttelt den Kopf und denkt an die lehmverschmierten Gummistiefel in der Villa des Ehepaares. Sie späht durch ein Fenster nach draußen. Ein paar kleine Kiefern klammern sich am Untergrund fest, ansonsten ist die Umgebung karg. Grasbüschel ragen aus dem Moos hervor, die eine oder andere Golddistel. Doch ein paar Meter hinter dem Haus scheint jemand einen Garten angelegt zu haben. Die Erde ist schwarz und satt und wurde erst kürzlich gelockert. Rosenbüsche sind mit Vlies abgedeckt, doch an einigen Stellen hat der Wind die Hüllen gelöst, einen Busch sogar samt Wurzeln aus der Erde gerissen, der beim nächsten starken Windstoß davonzufliegen droht.

Neben den Rosenbüschen liegen Betonsockel und Bretter. Dort sollte wohl der Windschutz errichtet werden. Sanna fühlt sich mutlos, dann macht sich Panik in ihr breit.

»Was jetzt?«, fragt Jon.

Ratlos stehen sie da. Sanna versucht, die Ruhe zu bewahren, doch ihr ist klar, dass Frank Roos irgendwo schwer verletzt liegen kann. Ihnen läuft die Zeit davon.

KAPITEL FÜNF

Das Polizeirevier ist in einem hässlichen graubraunen, zweistöckigen Gebäude untergebracht. Durch zwei große Glastüren betritt man den hellen Eingangsbereich mit einer großen Infotafel und einem Haustelefon. Zum Gefängnis kommt man durch einen Glaskorridor zur Rechten.

Sanna und Eir passieren zwei weitere Glastüren, die sie mit ihren Zugangskarten und PIN-Codes öffnen, dann betreten sie den Aufzug. Der junge Mann am Empfang im ersten Stock sieht gelangweilt auf, als sich die Aufzugtüren öffnen. Seine Ohrläppchen hängen unter diversen Piercings schwer herunter, auf seinem Kopf sitzt ein drahtloses Headset, und er murmelt etwas von Trent Reznor von den Nine Inch Nails und der Musik zu irgendeinem Computerspiel.

»Wir brauchen einen Ermittlungsraum. Wegen des Mordes an Marie-Louise Roos«, sagt Sanna zu ihm.

»Nehmt den großen«, antwortet er knapp. »Bernard hat schon angefangen, alles aufzuhängen.«

Am Hals des Empfangskollegen schlängelt sich ein tätowierter Drache mit wilder Mähne und Reißzähnen entlang.

»Komm«, sagt Sanna und stößt Eir leicht mit dem Ellbogen an.

Sie gehen durch ein riesiges Großraumbüro mit beige gestrichenen Wänden. Große Fenster bieten einen Ausblick auf die Stadtmauer und das Meer. In einer Ecke befindet sich das Büro von Ernst »Eken« Eriksson, vor dem Schreibtische in Reihen nebeneinanderstehen. Doch das ist auch das einzig Aufgeräumte, ansonsten herrscht Chaos. Überall liegen Papierstapel, Stifte, Tacker, Formulare und schwarze und braune Aktenordner. Dazwischen stehen bunte Kaffeetassen.

Im Pausenraum holt sich Sanna einen Kaffee aus der zischenden Maschine. »Willst du auch einen?«, fragt sie Eir.

Die schüttelt den Kopf und trinkt stattdessen Wasser aus dem Hahn. Mit dem Ärmel wischt sie sich den Mund ab und öffnet den Kühlschrank. Diverse Tupperdosen mit Essen und einige Dosen Cola stehen darin. Irgendjemand hat eine Tüte Zimtröllchen in eine Ecke geschoben. Dann entdeckt Eir eine halb volle Packung Salami und stopft sich alle Scheiben auf einmal in den Mund.

»Hunger?«, fragt Sanna.

Eir schließt den Kühlschrank. »Jetzt nicht mehr.« Sie schluckt und lächelt.

Von dem Flur vor dem Pausenraum gehen einige Verhörräume ab, und ein Stück weiter hinten steht eine Tür offen. Sanna bedeutet Eir, ihr zu folgen.

Der Raum ist groß und hell. Auf einem Tisch liegen frische Schreibblöcke und Stifte, an einem Whiteboard kleben zwei Fotos, eins von Marie-Louise und eins von Frank Roos. Franks Foto ist ein vergrößerter Ausschnitt aus dem Bild des Ehepaares aus ihrem Wohnzimmer. Er hat grüne Augen, einen dunklen Teint, das glänzende Haar ist von grauen Strähnen durchzogen.

Bernard schreibt »vermisst« daneben und unterstreicht das Wort.

»Das Sommerhaus war also eine Sackgasse?«, sagt er und dreht sich um.

»Bevor wir anfangen, Bernard«, erwidert Sanna und setzt sich, »wollte ich noch verkünden, dass wir Leif auf dem Laufenden halten sollen. Kannst du dafür sorgen, dass das nicht untergeht? Einen verärgerten Staatsanwalt kann ich überhaupt nicht brauchen.«

Bernard windet sich ein wenig. »Natürlich, ich kümmere mich darum.«

»Wie lief es hier?«, fragt Sanna. »Sollen wir uns erst einmal auf den aktuellen Stand bringen?«

Er nickt.

»Dann fange ich mal an«, fährt Sanna fort. »In der Bibliothek fehlt nichts, die Bücher sind unberührt.«

»Aber das können wir doch unmöglich bis ins Detail überprüft haben?«, entgegnet Eir.

»Die Regale sind hinter Sicherheitsglas und verfügen über ein avanciertes Alarmsystem. Die Sicherheitsfirma hätte innerhalb von Sekunden gewusst, wenn sich jemand daran zu schaffen gemacht hätte.«

»Hat einer von euch von Sudden gehört, ob die vorläufige Tatortuntersuchung etwas ergeben hat?«, fragt Bernard.

»Nichts«, antwortet Sanna. »Aber er und sein Team sind offensichtlich noch bei der Arbeit.«

Bernard setzt sich auf einen Stuhl, wirft zwei Kaugummis in den Mund und kaut lautstark.

»Okay.« Sanna stellt sich vor Marie-Louise Roos' Foto. »Jemand hat sie mit extremer Brutalität überfallen und umgebracht. Sie hat nicht zufällig einen Einbrecher überrascht, sondern jemand wollte sie *auslöschen.* Am wahrscheinlichsten ist, dass sie den Täter kannte und dieser ihr gegenüber so starke Aggressionen hegte, dass es zu einem solchen Ausbruch kommen konnte.«

»Es gibt drei Wege ins Haus hinein«, fährt Eir fort. »Die Haustür zur Straße stand offen und war unbeschädigt, niemand ist also eingebrochen. Die Terrassentür im Wohnzimmer auf der Rückseite des Hauses war verschlossen. Die Terrassentür aus der kleinen Bibliothek stand offen, ist ebenfalls unbeschädigt und nur von innen zu öffnen – das war wahrscheinlich der Fluchtweg. Der Täter muss also durch die Haustür gekommen sein.«

Sanna nickt. »Was unsere Theorie bestärkt, dass sie den Täter gekannt haben und selbst ins Haus gelassen haben muss. Dann kam es zu einem heftigen Streit, und die Gewalt ist eskaliert.«

»Hm, ich weiß nicht, ob ich das so sehe«, meint Bernard. »Also, dass es jemand war, den sie gekannt hat …« Er seufzt. »Die Befragung der Nachbarn hat nichts ergeben. Alle sagen dasselbe, nämlich dass das Ehepaar Roos zurückgezogen gelebt hat und nur oberflächlichen Kontakt zu anderen Menschen hatte. Bis auf obligatorische Cocktailpartys und Empfänge in Verbindung mit ihrer wohltätigen Arbeit sind sie meistens für sich geblieben. Wir haben keinen Computer im Haus gefunden, und die Mails auf Marie-Louises Handy sind hauptsächlich Werbung und Quittungen für Einkäufe. Wir haben die Verbindungsnachweise angefordert, doch ein erster Blick in die Anrufliste hat nicht viel ergeben, sie hat hauptsächlich mit ihrem Mann telefoniert.«

»Und Franks Gerät? Können wir es orten?«, fragt Sanna.

Er schüttelt den Kopf.

»Kein Computer?«, bemerkt Eir. »Ist das nicht seltsam, wenn man ihre ganzen Geschäfte und das Vermögen bedenkt?«

»Das dachte ich auch«, stimmt ihr Bernard zu. »Aber das

Ehepaar hat Anwälte, Revisoren und einen Wirtschaftsprüfer auf dem Festland, die sich um fast alles kümmern. Vielleicht braucht man da keinen eigenen Computer.«

»Wissen wir, wer das alles ist?«, fragt Sanna.

»Wir haben mit den beiden Anwaltskanzleien und der Bank gesprochen, bei der der Verwalter beschäftigt ist, und nichts Auffälliges gefunden. Dasselbe bei der Wirtschaftsprüferkanzlei. Ihre Angaben, wann sie das letzte Mal Kontakt mit dem Ehepaar Roos hatten, stimmen mit der Anrufliste auf Marie-Louises Handy überein, und sie sind uneingeschränkt kooperationsbereit. Wir haben also keinen Anlass zu glauben, dass sie etwas verheimlichen wollen. Sie gewähren uns vollen Zugang zu den Konten des Ehepaares, und wir können uns jederzeit an sie wenden.«

»Okay«, antwortet Sanna. »Dann müssen wir als Nächstes ihre sämtlichen Finanzen überprüfen und die Geldein- und Geldausgänge analysieren.«

Eir und Bernard sehen zur Seite. Sanna fährt seufzend fort:

»In der Villa selbst wirkte auch nichts auffällig, bis auf das Kuvert mit dem Geld in der Diele. Ich habe Sudden gebeten, sich das noch mal extra genau anzusehen. Das Post-it auf den Geldscheinen unter dem Kuvert war ja mit ›W‹ beschriftet – wir müssen also die Kontakte in ihrem Handy mit diesem Anfangsbuchstaben überprüfen.«

»Das habe ich bereits erledigt. In der Kontaktliste ist niemand mit Anfangsbuchstaben W aufgeführt«, sagt Bernard.

»Dann checken wir die Nachbarn, weil …«

»Auch da fängt kein Name mit W an«, unterbricht er sie.

Eir hebt die Augenbrauen und lächelt Bernard herausfordernd an. »Hey, wenn ich es nicht besser wüsste, könnte man fast glauben, dass du doch nicht in Pension gehen willst.«

»Oh doch, ganz bestimmt«, erwidert Bernard.

»Also gut. Wissen wir etwas über ihre Lebensversicherung, oder soll ich das recherchieren?«, fragt Eir.

»Das haben wir schon. Der Mann bekommt alles«, antwortet Bernard.

»Irgendetwas Neues zu ihm?«, erkundigt sich Sanna.

Bernard schüttelt den Kopf.

»Nichts, nicht die kleinste Spur. Er hat seit gestern weder Telefon noch Kreditkarte benutzt. Auch die Kontrollen am Flughafen und am Hafen haben ihn nicht registriert. Es ist also immer wahrscheinlicher, dass er tatsächlich irgendwo im Gebüsch liegt oder entführt wurde, weil er etwas gesehen hat, und nicht unser Täter ist.«

Sanna trinkt einen Schluck Kaffee. »Ich habe Jon gebeten, Kontakt zu der örtlichen Freiwilligenorganisation aufzunehmen, die nach Vermissten sucht. Hat sich da etwas ergeben?«

»In ein paar Stunden findet die erste Suchaktion statt, mit Hunden.«

»Gut.«

»Ich habe auch versucht, mit Franks Arzt zu sprechen, damit wir mehr über seinen Gesundheitszustand erfahren.«

»Okay. Gib mir Bescheid, sobald du mehr weißt, und sorg dafür, dass auch alle Teilnehmer der Suchaktion informiert werden.«

»Und die Medien?«, fragt Bernard. »Was machen wir mit denen?«

»Darum soll sich Eken kümmern, wenn er wieder zurück ist. Wozu hat man denn einen Chef?«, meint Sanna lächelnd.

»Soll ich die Bibliothek anrufen?«, fragt Eir. »Um herauszufinden, mit wem Marie-Louise die Bücherspende organisiert hat. Dabei ist vielleicht etwas passiert, was wir uns näher anschauen sollten.«

»Sie hatten gar keinen direkten Kontakt«, berichtet Bernard. »Alles wurde über die Anwälte und Revisoren abgewickelt. Die Bibliothek hat Marie-Louise nur einen Blumenstrauß und eine Karte geschickt.«

Eir trommelt mit den Fingern auf den Tisch.

»Sudden«, sagt Sanna und lächelt, als die Tür plötzlich geöffnet wird und ein Mann in einem Islandpullover erscheint, der so eng an den muskulösen Armen sitzt, dass er wie aufgemalt aussieht. Sudden hat etwas Müdes, aber gleichzeitig auch Bezwingendes an sich mit seinen dichten grauen, unprätentiös nach hinten gestrichenen Haaren. Seine Augen sind riesig, die große Nase krumm und uneben. Eir hat schon von Sven »Sudden« Svartö gehört: ein preisgekrönter Chemiker mit langjähriger Berufserfahrung und ausgezeichneter Ausbildung, einer der besten Kriminaltechniker des Landes. Doch sie hätte nicht gedacht, dass er so groß und grobschlächtig sein würde. Sie hätte eher einen mausgrauen Professor erwartet.

Er legt ein Foto vor ihnen auf den Tisch, das ein Messer in einem Beweismittelbeutel zeigt. Die breite Klinge aus rostfreiem Stahl ist blutbefleckt.

»Du hattest recht, Sanna«, sagt er. »Der Täter ist durch die Terrassentür abgehauen. Das hier lag in der Hecke zum Nachbargrundstück.«

Sanna lebt auf. »Wann seid ihr fertig mit der Analyse?«

»Hoffentlich in ein paar Tagen.«

»Weißt du, was das für ein Messer ist? Kannst du mehr dazu sagen?«

»Ein Jagdmesser, aus rostfreiem Edelstahl und mit Holzgriff.«

»Modell? Hersteller? Wir können dann in den Geschäften nachfragen.«

»Das wird euch nichts bringen, weil das Messer nicht neu ist. Ich würde schätzen, es ist mindestens fünfzehn bis zwanzig Jahre alt.«

Eir mustert das Foto. Zwischen den Blutflecken scheint der Messerschaft einen grün-schwarzen Belag zu haben.

»Du bist also der neue Bernard?«, sagt Sudden lächelnd zu ihr und reicht ihr die Hand.

»Eir Pedersen«, antwortet sie, ohne aufzublicken. »Was ist das hier?« Sie deutet mit dem Finger auf die betreffende Stelle.

»Ich vermute, es handelt sich um Algen«, erklärt Sudden. »Wir werden sehen, was die Analyse ergibt, aber es könnte eine Weile im Freien gelegen haben, bevor man es verwendet hat.«

»Wenn das Algen sind, heißt das dann, dass der Täter es irgendwo in Meernähe aufbewahrt hat?«

»Auf dieser Insel ist alles in der Nähe des Meeres«, meint Sudden lächelnd.

Bernard nimmt das Foto und befestigt es auf dem Whiteboard unter dem Bild von Marie-Louise Roos.

»Ansonsten habe ich leider keine guten Neuigkeiten«, sagt Sudden. »Meine Leute konnten zwar Fingerabdrücke, Fasern und Haarsträhnen sicherstellen, doch das meiste ist verunreinigt oder verwischt und damit unbrauchbar.«

»Das haben wir schon gehört«, erwidert Sanna. »Wir haben eine deiner Technikerinnen am Tatort getroffen.«

»Aber irgendetwas muss doch zu verwenden sein?«, fragt Eir. »Selbst wenn die Nachbarin überall herumgelaufen ist.«

»Tut mir leid. Wir haben nur ihre und die Spuren des Ehepaares Roos gefunden, alles andere ist unbrauchbar.«

»Mist«, flucht Eir.

Sanna ist die Enttäuschung und der Frust ebenfalls anzusehen.

»Du kennst mich, Sanna«, sagt Sudden ernst. »Du weißt, dass ich sonst nicht so rede. Aber dieses Mal scheint es wirklich fast so, als wäre hier ein Geist am Werk gewesen.« Er verstummt. »Habt ihr überlegt, Hilfe vom Festland anzufordern, die NOA zum Beispiel, die Nationale Operative Abteilung?«

»Schon, aber von denen legt sich keiner direkt krumm, um hier auf der Insel zu arbeiten«, antwortet Sanna.

»Aber Eken kennt doch einen der Chefs?«

»Wir werden auf keinen Fall die NOA hinzuziehen«, schaltet sich Eir plötzlich ein. Ekens Freund ist nämlich genau der Mann, der sie hierhergeschickt hat.

Sanna und Sudden sehen sie fragend an, offensichtlich verwundert über ihre heftige Reaktion.

»Oh«, sagt Sudden und sieht auf die Uhr. »Ich muss los. Ich gebe Bescheid, sobald ich etwas über das Messer weiß.«

Sanna geht mit ihm zur Tür und sieht plötzlich etwas unter seiner Schuhsohle kleben.

»Moment mal …« Sie tritt auf das Papierstück, damit es sich von Suddens Schuh löst.

Ein Bonbonpapier mit einem roten Clowngesicht. Sie hebt es auf und will es wegwerfen, dann hält sie inne.

»Was für ein Glück, dass ich es nicht gesehen habe«, sagt Sudden scherzhaft. »Ich *hasse* Clowns.«

»Ich erinnere mich an diese Bonbons«, antwortet Sanna. »Erik konnte nie richtig mit der Greifklaue umgehen und …« Sie sieht Sudden an. »Aber die Automaten sind doch schon seit Jahren nicht mehr in Betrieb?«

»Was meinst du?«, fragt Eir. »Was für Automaten?«

»Im Vergnügungspark draußen am Kliff. Daher stammt das Papier. Aber der Park ist seit Jahren geschlossen.«

»Schau mich nicht so an«, sagt Sudden. »Ich muss mir nicht unbedingt leer stehende Gebäude und so was anschauen.«

»Wann hattest du die Schuhe zuletzt an?«

Sudden überlegt. »Lass mal sehen … In der Roos-Villa hatte ich meine normalen Arbeitsschuhe an, und dann …«

»Aber du bist doch noch mal zurückgefahren, um die Hecke zu überprüfen, nicht wahr? Nach dem ersten Besuch?«

»Genau.«

»Hattest du die Schuhe da an? Nicht die Arbeitsschuhe?«

»Ja, ich …«

»Hattest du Schutzüberzieher an?«

»Nein, ich wollte ja nur draußen bei der Hecke …«

»Okay, okay«, unterbricht ihn Sanna. »Wo warst du seither mit diesen Schuhen?«

»Nirgends.«

Sanna ruft die Zentrale an und bittet mit ruhiger Stimme um Verstärkung, die zum Kliff fahren soll.

»Was soll das denn?«, fragt Eir.

»Ein verlassener Vergnügungspark ist doch das perfekte Versteck, oder?«

Eir lächelt schief. »Du glaubst, dass der Täter …«

»Sich dort aufgehalten hat«, vervollständigt Sanna den Satz. »Ja, ich glaube, dass er von dem verlassenen Vergnügungspark kam.«

KAPITEL SECHS

Ein großes Vorhängeschloss sichert das Tor zum ehemaligen Vergnügungspark. Am Tor selbst ist ein rostiges Schild angebracht, auf dem sich zwei Kinder an den Händen halten. Um das Gelände verläuft ein hoher, ebenfalls rostiger Metallzaun, der an der Oberkante zusätzlich mit Stacheldraht versehen ist. Hinter dem Zaun wächst eine verwilderte Hecke und behindert die Sicht.

»Und was machen wir jetzt?«, fragt Eir.

Sanna wartet, bis Jon, Bernard und die anderen hinter ihnen parken und zu ihnen zum Tor kommen. Der Zaun wirkt uralt. Keiner hat Werkzeug dabei, und Bernard versucht übers Handy jemanden zu erreichen, der ihnen Zutritt verschaffen kann. Sanna rüttelt an dem Zaun, doch er ist robuster, als er aussieht. Sie wischt sich die Hand am Hosenbein ab und hinterlässt einen braunen, öligen Fleck.

»Komm«, sagt sie zu Eir und geht zum Auto zurück, während sie Bernard zuruft, es solle so schnell wie möglich jemand kommen, der das Tor öffnen kann. »Und wenn es zu lange dauert«, fügt sie hinzu, bevor sie die Wagentür schließt, »ruf Liljegren an und bitte um die Genehmigung, dass wir trotzdem reingehen dürfen.«

Sie fahren langsam etwa einen Kilometer nach Süden am Zaun entlang. Bei einem gewaltigen Rosenbusch, der sich durch den Zaun drängt, halten sie. Sanna steigt aus und versucht, den Busch zur Seite zu drücken.

»Bingo.«

Eir sieht verblüfft auf das Loch in der Erde. Ein Tunnel verläuft unter dem Zaun hindurch auf das Parkgelände.

»Als ich jung war, gab es hier richtig gute Konzerte«, sagt Sanna. »Und der Zaun ist offensichtlich immer noch der gleiche.«

Nachdem sie sich durch die Öffnung gekämpft haben, bleibt Eir der Mund offen stehen. Vor ihnen erstreckt sich eine verlassene Landschaft aus Plastik und Metall, voller Schmutz und Unkraut. Stillstehende Karusselle, Wasserrutschen ohne Wasser und leere Kioske, an denen früher Eis und Limonade verkauft wurde.

»Ist das nicht etwas weit hergeholt?«, sagt sie schließlich. »Ich meine, das Bonbonpapier kann doch so gut wie jeder verloren haben, oder? Oder der verdammte Wind kann es in den Garten der Roos' geweht haben …«

»Wenn du Angst hast, kannst du auch zum Tor zurückgehen und mit den Jungs warten«, antwortet Sanna, ohne sie anzusehen.

»Weißt du noch, wo dieser alte Bonbonautomat stand? Sollen wir da anfangen?«, erwidert Eir scharf.

Sie folgt Sanna an einem Fahrgeschäft mit großen Teetassen vorbei, die in der Drehung eingefroren sind, einem Karussell mit Zirkustieren sowie einem Kettenkarussell. Ein Klettergestell in Form grinsender Pferde lässt Eir schneller gehen. Eine unheimliche Atmosphäre herrscht auf dem Gelände.

Bei einer Bühne bleibt Sanna stehen. Die Farbe blättert von den Kulissen ab, und aus dem Boden wächst eine starrsinnige Birke.

»Was ist los?«, fragt Eir, als Sanna die Waffe zieht und ihr bedeutet, ruhig zu sein.

Ein Geräusch ganz in der Nähe, wie von einer Spieldose. Leise Musik schwebt durch die Luft. Sanna nickt in Richtung eines kleinen Gebäudes, an dem eine ausgeschaltete Leuchtreklame montiert ist.

Beim Betreten des Ladens fällt Eirs Blick als Erstes auf den Bonbonautomaten. Der kleine Greifarm hängt direkt über einem großen Haufen Bonbons, die alle in ein Clownpapier gewickelt sind. Eine Glasscheibe ist zerbrochen, und auf dem Boden liegen leere Einwickelpapiere verstreut. In einem Regal bei dem Automaten steht ein Lautsprecher, aus dem die Musik tönt. Eir folgt den Kabeln, bis sie in der Wand verschwinden. Eine Tür ist nicht zu sehen, die Musik muss von irgendwo anders gesteuert werden. Vielleicht handelt es sich um ein altes Stereosystem, das mit einem Timer betrieben wird, der nach all den Jahren immer noch läuft.

Sanna atmet tief ein. Es riecht faulig. An den leeren Regalen sind Schilder angebracht mit den Preisen für Schwimmreifen und Badekleidung. Sie erinnert sich, wie sie in einem Sommer rote Schwimmflügel mit einem Delfin darauf für Erik gekauft hat. Er hat sie genauso sehr geliebt wie den Bonbonautomaten, auch wenn er nur schlecht mit dem Greifarm umgehen konnte. Endlos konnte er davorstehen und es immer wieder aufs Neue versuchen.

Eir stößt gegen einen alten Zeitungsständer. Es scheppert, dann herrscht Totenstille. Die Musik ist verstummt. Sie suchen die Gänge zwischen den Regalen ab und treffen sich schließlich wieder in der Raummitte. Nichts. Eir huscht mit der Waffe im Anschlag nach draußen und umrundet das Gebäude auf der Suche nach einer Tür, die sie vielleicht übersehen haben.

Sanna steht bei dem Bonbonautomaten und mustert die Wände, von denen die Farbe abblättert, als sie ein dumpfes Geräusch hört. Es klingt, als ob ein Arm oder ein Bein gegen dickes Plastik stößt. In der ersten Regalreihe steht eine alte Eistruhe, erinnert sie sich, und von dort kommt das Geräusch.

Langsam nähert sie sich der Truhe.

Jemand atmet.

Es hört sich wie ein panisches Tier an. Plötzlich versetzt jemand ihr einen harten Stoß in den Rücken. Sie versucht, sich an der Eistruhe festzuhalten, stolpert jedoch nur dagegen. Etwas blitzt auf, ein kleiner Gegenstand, der zu Boden fällt. Dann wird alles schwarz, als sie mit dem Kopf gegen die Truhe prallt und ohnmächtig zusammensinkt.

Das Klingeln eines Handys weckt sie schließlich. Stimmen. Sie hört sich fragen, ob die anderen ihn erwischt haben. Allmählich klärt sich ihre Sicht, und Eir hilft ihr auf die Füße.

»Du hattest recht«, sagt Eir.

Sie deutet auf einen alten Quittungsblock, auf den jemand die Adresse des Ehepaares Roos gekritzelt hat. Die Rückseite ist nass, als ob der Block irgendwo im Feuchten gelegen hätte. Bald wird die Spurensicherung nichts mehr damit anfangen können.

»Wo ist er? Und wo zum Teufel wart ihr alle?«, faucht Sanna Jon, Bernard und die junge Polizistin an, die hinter Eir steht, während sie sich den Staub von der Kleidung klopft.

»Wir haben niemanden gesehen«, antwortet Bernard.

Blaulicht leuchtet vor dem Gebäude, die Verstärkung ist eingetroffen.

»Wie schwer kann es schon sein, jemanden herzuholen, der das alte Tor öffnet?«, schimpft Sanna. »Wenn ihr *hier* gewesen wärt, hätten wir ihn vielleicht schnappen können. So haben wir nichts. Gar nichts.«

»Und wo warst du überhaupt?«, fragt sie Eir, die sie abwehrend ansieht.

»Es ist ja wohl nicht mein Problem, wenn du dich nicht auf den Füßen halten kannst, oder?«

Bernard will einwerfen, dass das Gelände abgesperrt ist und man nach dem Angreifer sucht, doch Sanna hört ihm nicht zu. Sie weiß, dass es zu spät ist, dass er entkommen ist, und wirft Bernard einen wütenden Blick zu, der ihn zur Tür zurückweichen lässt.

Ihr Kopf schmerzt. Langsam kehrt die Erinnerung zurück. Ein Gegenstand, der zu Boden gefallen ist.

Sie geht auf die Knie und tastet den staubigen Boden ab.

»Was machst du da?«, fragt Eir.

»Er hat etwas verloren. Irgendetwas hat kurz aufgeblitzt.«

Sie reißt sich die Handflächen auf dem unebenen Bretterboden auf, kleine Steinchen und Dreck graben sich in die Risse. Bei der Tür angekommen denkt sie, dass sie sich vielleicht geirrt hat. Doch gerade als sie wieder aufstehen will, bemerkt sie ein paar alte Tageszeitungen, die unter einem Regal klemmen und deren Seiten im Wind, der durch die Tür hereinströmt, flattern.

»Handschuhe?«, verlangt sie gestresst und wartet, bis man ihr das Gewünschte reicht.

Sie zieht die Handschuhe über und streckt sich nach dem Gegenstand, der an dem Regal liegt, schließt die Hand darum und hebt ihn ins Licht.

Eine Kette aus Gold, an der drei kleine flache Herzen aufgereiht hängen. Auch sie sind aus Gold und leicht gehämmert, sodass das Licht weich von den winzigen Erhebungen zurückgeworfen wird. Das Schmuckstück hat etwas Unschuldiges an sich, und als Sanna die Kette von der Handfläche baumeln lässt, sieht sie, wie kurz sie ist.

»Die gehört einem Kind«, sagt sie.

KAPITEL SIEBEN

Am nächsten Tag stehen Sanna und Eir frierend vor einem Juweliergeschäft, bis um Punkt zehn Uhr morgens das Licht eingeschaltet wird und eine Frau die Ladentür aufsperrt.

Sie entpuppt sich als die Besitzerin und erkennt den Stempel in dem Schmuckstück wieder, sobald Sanna es in dem durchsichtigen Beweismittelbeutel auf den Tresen legt. Sie holt einige prall gefüllte Aktenordner mit Bestellungen und beginnt mit der Suche.

Eir sieht sich in dem teuren Laden um. Ein ganzer Schaukasten ist mit glänzenden Ringen, Ketten und Armbändern in Gold und Silber gefüllt, die nach historischen Vorlagen gearbeitet sind, die man bei archäologischen Ausgrabungen auf der Insel gefunden hat.

»Dann schauen wir doch mal«, sagt die Inhaberin. »Ich erinnere mich an die Kette.«

Sie nimmt ein handschriftlich ausgefülltes Formular aus einem Ordner.

»Man hat bar bezahlt, und es sollte so aussehen.«

Sie zeigt Sanna das Formular sowie eine aus einer Zeitschrift ausgerissene Seite, auf der Jodie Foster als Iris in *Taxi Driver* abgebildet ist. Iris ist erst elf oder zwölf Jahre alt, stark geschminkt, und auf ihren Locken sitzt ein weißer Sonnenhut. Sie trägt eine über dem Bauch verknotete Bluse mit großen roten Blumen und kurze rote Shorts mit einem weißen Nietengürtel. In der Hand hält sie eine gelbe Sonnenbrille, und um den Hals trägt sie die Kette mit den drei Herzen.

»Wer hat die Kette bestellt?«, fragt Eir.

Die Inhaberin überfliegt die Unterlagen.

»Seltsam. Hier steht gar kein Name.«

Sie zögert, ehe sie den Kopf hebt und fortfährt: »Bitte entschuldigen Sie, aber ich muss einfach fragen. Ist etwas passiert? Ihr Besuch, die Kette in einem Beweismittelbeutel …«

Sanna lächelt höflich, aber distanziert und tauscht einen Blick mit Eir.

»Können Sie die Person beschreiben, die die Kette gekauft hat?«, fragt sie. »Und wie lange ist es her?«

Die Ladenbesitzerin seufzt genervt und sucht wieder auf dem Formular.

»Laut Datum war das vor drei Jahren. Ich kann mich kaum erinnern, nur dass wir dieses Bild als Vorlage bekamen. Es war der Lieblingsfilm des Mädchens, für das das Schmuckstück bestimmt war. Ich glaube, sie wurde damals zwölf.«

Das Kopfsteinpflaster vor dem Laden glänzt vor Nässe, und es riecht nach Diesel. Ein Lieferwagen steht mit laufendem Motor bei einer Bar ein paar Meter entfernt, Waren werden daraus entladen. An dem Kiosk davor entdeckt Sanna auf einer Zeitung die Schlagzeile zu dem Mord in Södra Villakvarteren.

»Hast du den Film *Taxi Driver* gesehen?«, fragt Eir.

Sanna nickt.

»Ich auch. Dann weißt du ja, dass das Mädchen im Film …«

»… eine Prostituierte ist.«

»Aber du glaubst nicht, dass das eine Bedeutung hat?«

Sanna zuckt mit den Schultern. »Wolltest du als Kind nicht

wie irgendwelche Filmfiguren sein? Aussehen wie sie, sprechen wie sie? Vielleicht einfach nur, weil sie selbstsicher waren oder dir ihre Kleider gefielen …«

»Schon gut«, sagt Eir und hebt die Hand, um sie zu unterbrechen. »Schon verstanden. Aber ist es nicht trotzdem etwas unwahrscheinlich, dass ausgerechnet *Taxi Driver* der Lieblingsfilm eines jungen Mädchens sein soll? Ich meine, der ist doch richtig brutal und außerdem uralt, aus den Siebzigern oder so …«

Sanna zuckt mit den Schultern. »Stimmt schon, aber ich habe viele Charlie-Chaplin-Filme gesehen, als ich jung war, und ich bin jetzt ja auch nicht direkt in den Zwanzigern geboren.«

»Du glaubst also nicht, dass uns die Kette weiterhilft?«, sagt Eir seufzend.

Sanna schüttelt den Kopf. »Wenn wir das Mädchen finden, dem sie gehört hat, dann kommen wir vielleicht weiter. Aber sonst …«

»Halt sie mal hoch«, bittet Eir. »Die Kette, halt sie hoch!«

Sanna holt verwirrt den Beweismittelbeutel aus der Tasche.

»Falte den Teil mit Textaufdruck mal weg«, sagt Eir. »Sodass nur die Kette zu sehen ist, nicht der Polizeiaufdruck.«

Sanna gehorcht. Eir macht ein Foto von der Kette, dann ruft sie Bernard an und bittet ihn, eine Anzeige in der Lokalzeitung unter der Rubrik »Fundsachen« aufzugeben.

Sanna nickt anerkennend. Mit vor Müdigkeit glänzenden Augen schiebt sie den Beweismittelbeutel wieder in die Tasche.

»Sollen wir das zu Sudden bringen, damit er es sich so schnell wie möglich ansehen kann?«, fragt Eir, als Sannas Mobiltelefon piept.

»Fabian schreibt, dass er mit der Obduktion fertig ist.«

Auf den Gängen der Gerichtsmedizin vermischt sich das Rattern einer Bahre, die vorbeigerollt wird, mit dem Quietschen von Gummischuhen. Eine Tür wird zugeschlagen, dann herrscht Stille. Eir gähnt und mustert eine große Leinwand, die an der taubenblauen Wand hängt. Sie zeigt ein Mädchen in einem Reifrockgestell aus Fischbein und schwarzer Haube, das barfuß an einem Kiesstrand an einem See steht.

Bei dem Bild muss Eir an Mia Askar denken. An die Fotos von Gewässern auf ihrer Instagram-Seite, wie kalt und einsam sie aussahen. Dass eine Insel so viele unzugängliche Orte haben kann …

»Möchtest du?«

Sanna steht mit zwei Pappbechern Kaffee und einer Tüte aus einem Falafelimbiss hinter ihr. Sie streckt Eir einen Becher hin, doch die rümpft die Nase.

»Wie kannst du diesen Mist nur trinken?«, fragt sie und will nach der Tüte greifen.

»Nein«, erwidert Sanna und hält sie außer Reichweite. »Die ist für Fabian.« Sie trinkt ihren Becher in einem Zug aus. »Ich habe gerade von Bernard gehört, dass er Franks Arzt erreicht hat.«

Eirs Handy vibriert, und sie geht ein Stück zur Seite, um das Gespräch anzunehmen. Nach einer Weile kommt sie zurück, und Sanna hebt die Augenbrauen.

»Alles in Ordnung?«

Eir nickt. »Ich habe vorhin beim Fornsalen-Museum angerufen und gefragt, wer zuletzt mit Frank Roos gearbeitet hat. Das war gerade der Paläontologe, er war gleichzeitig mit Frank Berater für das Museum.«

»Aber das hat nichts ergeben?«

»Nein, kein Hinweis darauf, wo sich Frank gerade befinden

könnte. Aber hör dir das an: Er hat gesagt, dass sie das letzte Mal vor elf Jahren miteinander gearbeitet haben, an einer Ausstellung über das, was die Küsten freigeben, wenn sie erodieren. Fossilien und so was, was man bei der Abtragung der Klippen entdeckt hat. Die beiden haben wie jeden Tag in Klettergurten an einer Klippe gearbeitet, als Frank plötzlich unverständliches Zeug geschrien und mit den Armen gewedelt hat. Dabei kam er an irgendeine Stelle an seinem Geschirr, das sich daraufhin gelöst hat. Frank ist abgestürzt, mit ziemlicher Wucht offenbar. Er hatte Glück, dass er überlebt hat.«

»Bernard hat mir erzählt, dass Frank einen Unfall hatte und dabei beide Beine gebrochen und sich am Rücken verletzt hat, aber ich bin von einem Autounfall ausgegangen. Er war wohl immer wieder in Reha. Doch keiner scheint zu wissen, wie es ihm mittlerweile geht und wie viel er sich bewegen kann, da er die Behandlung vor ein paar Jahren abgebrochen hat.«

»Okay. Der Unfall an sich ist aber gar nicht das Schlimmste. Als er nach dem Absturz das Bewusstsein wiedererlangt hat, war er überzeugt, in einer Grotte an der Felswand die Jungfrau Maria gesehen zu haben. Er hat nur noch davon geredet. Dass sie genau vor ihm gesessen und einen Schwanz gehabt habe. Kannst du dir das vorstellen? Einen verdammten Schwanz!«

»Eine Offenbarung?«

»Ja, oder eine Erscheinung oder wie man das sonst nennen will. Verdammt, er war wie besessen und hat sich fast völlig aus der Öffentlichkeit zurückgezogen. Man munkelte, dass Marie-Louise seine psychologische Betreuung abgebrochen und sich stattdessen allen möglichen alternativen Behandlungsmethoden zugewandt hat, damit er endlich aufhört, davon zu reden. Sogar einen Exorzisten hat sie geholt!«

»Einen *Exorzisten?*«

»Keine Ahnung, ob es stimmt. Der Paläontologe hat gesagt, dass das nur Gerede war. Aber offenbar hat Frank danach angefangen, Theologie im Fernstudium zu studieren und den Kontakt zu allen abgebrochen, mit denen er gearbeitet hat. Er hat sich neue Freunde gesucht.«

»Was für neue Freunde?«, fragt Sanna.

»Das hat der Mann nicht gesagt, er hat überhaupt wenig Einzelheiten rausgerückt. Es sei so lange her, und seither habe er auch keinen Kontakt mehr zu Frank gehabt.«

Sanna nickt. Das Ehepaar Roos wird immer mysteriöser. Sie denkt an Suddens Vorschlag, die NOA hinzuzuziehen. Allmählich scheint das unausweichlich, da sie nicht weiß, wie sie in diesem Fall weiterkommen sollen.

»Informier Bernard«, sagt sie leise, als sich die Tür zum Obduktionssaal plötzlich öffnet. Der Geruch nach Desinfektionsmittel breitet sich auf dem Flur aus, und ein großer, schlanker Mann Ende dreißig erscheint. Seine Augen leuchten dunkelblau unter einem zerzausten Haarschopf.

»Immer herein in die gute Stube«, sagt er und bedeutet ihnen mit einer ausladenden Geste einzutreten.

Eir stellt sich vor und streckt ihm die Hand hin.

Er sieht sie aufmerksam an. »Fabian Gardell. Du bist also der neue Bernard?«

Sanna wirft er ein strahlendes Lächeln zu, als sie die Falafeltüte hochhält.

Alles in den Raum ist steril und kalt. Weiße Kacheln, Stahloberflächen. Ein Gummiteppich bedeckt den Boden. Marie-Louise Roos liegt auf einem breiten Obduktionstisch. Nackt und weiß, bis auf den großen Krater im Brustkorb.

»Sollen wir gleich anfangen?«, fragt Fabian und sieht zu Marie-Louise, als wolle er um ihr Einverständnis bitten.

»Ja«, erwidert Eir angespannt.

»Wie ihr wisst, sind das hier erst einmal die vorläufigen Ergebnisse meiner Untersuchung«, sagt er lächelnd zu ihr.

»Das wissen wir«, antwortet Sanna.

Fabian deutet auf die Schnitte am Hals.

»Die hier sind die Todesursache.«

»Darüber haben wir gesprochen«, sagt Eir. »Zusammen sehen sie aus wie ein verdammtes Kreuz.«

Fabian lächelt erneut. »Meine erste Vermutung ist, dass die Schnitte und die Stiche in den Brustkorb mit demselben Jagdmesser ausgeführt wurden, das Suddens Team gefunden hat. In den Wunden finden sich Spuren von wahrscheinlich denselben Algen wie am Messerschaft. Wir müssen natürlich auf die endgültige Analyse warten, aber ich schätze, dass sie meine Theorie bestätigen wird.«

»Was noch?«, fragt Sanna.

»Die Stiche wurden mit viel Wucht ausgeführt. Die Einstichkanäle gehen tief.«

»Wir suchen also wahrscheinlich nach jemandem mit Kraft? Einem Mann?«

Fabian zögert. »Sie wurde getötet, als sie auf dem Sofa lag. Daher hätte auch jemand mit durchschnittlicher Kraft diese Verletzungen verursachen können.«

»Wegen des Einstichwinkels von oben?«

»Genau.«

Eir schaudert, es ist kalt im Raum. Fabians Gesicht sieht aus wie gemeißelt, auf dieselbe männliche Art wie seine Hände; die Haut ist straff, und in dem kalten Licht der Deckenlampen scheint sie beinahe aus Eiskristallen zu bestehen.

Sie bemerkt, wie er auf ihren Fuß sieht, der unruhig auf und ab wippt, und hält sofort still. Plötzlich sind ihr ihre schäbigen Sneakers peinlich, die schmutzig und eingerissen sind.

Beim Blick der dunkelblauen Augen will sie nur noch weglaufen, sie kommt sich grau und langweilig vor neben seiner intensiven Ausstrahlung. »Kannst du uns noch mehr über das Vorgehen des Täters sagen?« Sie errötet.

»Die Vermutung liegt nahe, dass es sich um jemanden handelt, den sie gekannt hat, wenn man die Brutalität und die Wut dahinter bedenkt«, fügt Sanna hinzu. »Dass der Täter sie aufs Sofa gestoßen hat und auf sie losgegangen ist. Was denkst du darüber? Stimmst du zu?«

Fabians Gesicht wird ernst. Er stellt sich neben Marie-Louises Kopf und leuchtet mit einer kleinen Taschenlampe in ihr Haar.

»Nicht ganz. Der Angriff ist auf jeden Fall nicht von vorne erfolgt.« Er streicht das Haar am Scheitel auseinander und beleuchtet einen blauen Fleck auf dem Schädel. »Er hat ihre Haare fest gepackt, diesem Bluterguss nach zu urteilen von hinten. Und er hat ihren Kopf ruckartig zu sich gezogen.«

»Als ob er sich an sie herangeschlichen und sie überrascht hätte?«, fragt Eir.

Fabian nickt. »Dann hat er sie vermutlich mindestens ein paar Minuten festgehalten, bevor er ihr die Kehle durchgeschnitten hat.«

»Ich bringe das einfach nicht zusammen«, meint Eir. »Warum sollte jemand eine Rentnerin überfallen und sie auf diese Weise umbringen?«

»Also, um deine bisherigen Ergebnisse zusammenzufassen«, schaltet sich Sanna ungeduldig ein, »dann deuten sie darauf hin, dass jemand Marie-Louise Roos von hinten angegriffen, ihre Haare gepackt und den Kopf zu sich gerissen hat. Er hat sie dann so festgehalten, bis er ihr die Kehle durchgeschnitten und wiederholt auf ihren Brustkorb eingestochen hat, wobei er unter anderem ihr Herz und ihre Lungen getroffen hat.«

Fabian nickt, streckt sich, lockert die Schultern und gähnt ungeniert. Seine Muskeln zeichnen sich unter dem Kittel ab, und Eir muss wegschauen.

»Noch was?«, fragt Sanna.

»Wie gesagt, das sind erst die vorläufigen Ergebnisse.«

Eir beißt sich auf die Lippe und schiebt die Hände in die Hosentaschen. »Das ist doch ein verdammter Albtraum«, murmelt sie, während Fabian sie beobachtet.

»Und die meisten Albträume«, sagt er mit weicher Stimme, »enden mit einem Monster. Früher oder später wird er sich zu erkennen geben, warte nur ab.«

KAPITEL ACHT

Die Suchaktion beginnt bei der Villa des Ehepaares Roos im Viertel Södra Villakvarteren. Etwa sechzig freiwillige Teilnehmer haben sich versammelt, einige mit erfahrenen Spürhunden. Die Stimmung ist ernst, aber freundlich. Eine Frau mit Warnweste leiht einer anderen Frau ein Paar Gummistiefel, zwei Männer teilen Wasserflaschen, Obst, Schokolade und Proteinriegel aus. Eine Frau überprüft Ausweise und Alter der Teilnehmenden und macht auf diejenigen aufmerksam, die eine Powerbank dabeihaben, damit im Notfall Handyakkus geladen werden können. Einige Journalisten sind ebenfalls anwesend, halten sich jedoch im Hintergrund.

Bei Einbruch der Dunkelheit hat man die Gegend mit der höchsten Priorität abgesucht – Straßen, Gärten, Gräben, Spielplätze, Garagen, Abhänge, Mülltonnen und Hecken. Ohne Erfolg. Frank Roos ist spurlos verschwunden. Sanna und Eir besprechen sich danach mit dem Einsatzleiter, einem Mann in den mittleren Jahren mit viel Erfahrung in Sucheinsätzen. Er sagt, sie hätten alles in ihrer Macht Stehende getan.

»Welche Maßnahmen hat die Polizei eigentlich in den ersten vierundzwanzig Stunden ergriffen?«, fragt er.

»Die Nachbarn wurden befragt, die Hundestaffeln waren im Einsatz …«, antwortet Sanna.

»Sie hätten uns früher hinzuziehen sollen.«

»Die Einteilung des Gebiets hat gedauert. Unsere Ressourcen sind knapp bemessen, wie Sie wissen.«

Der Mann seufzt resigniert.

»Was ist?«

»Ihre Angaben waren etwas vage. Dass der Vermisste zwar im Rollstuhl sitzt, aber auch zu Fuß unterwegs sein könnte.«

»Wie gesagt, vor einigen Jahren hatte er einen Unfall und hat viel Zeit in der Reha verbracht …«

»Das weiß ich«, unterbricht der Mann sie. »Ich wollte nur sagen, dass er sich zum jetzigen Zeitpunkt schon ganz woanders aufhalten könnte, wenn er laufen kann.«

»Aber wenn er verletzt ist …«, wirft Eir ungeduldig ein.

»Das ist egal. Die Endorphine bei einer schweren Verletzung können die Schmerzen betäuben. Er kann so gut wie überall auf der Insel sein.«

»Wenn er denn laufen kann«, entgegnet Eir.

»Das ist auf jeden Fall wahrscheinlicher, als dass ihn der Erdboden verschluckt hat.«

Am Abend gehen Eir und Cecilia mit ihrem Hund Sixten spazieren. Der Park vor ihrer Mietwohnung ist von allen Seiten zugänglich und nicht beleuchtet. Menschen eilen an ihnen vorbei auf dem Weg nach Hause oder auf einer schnellen Runde mit dem Hund. Cecilia erzählt, sie habe das Gefühl, die Welt würde um sie herum einstürzen, doch Eir hat keine Kraft, sie zu trösten. Nach dem Spaziergang setzt sie sich in die Küche und recherchiert im Netz zur Spendentätigkeit des Ehepaares Roos. Die Bilder vom Tatort in der Villa lassen sie nicht los, sie kann sich kaum konzentrieren.

Dann tippt sie »Sanna Berling« in die Suchmaschine. Die ersten Ergebnisse beziehen sich auf ihre Arbeit als Polizistin.

Nur ein Artikel behandelt den Brand, bei dem vor zehn Jahren ihr Mann und ihr Sohn umgekommen sind. Eir hat ihn schon einmal gelesen, als sie von ihrer Versetzung auf die Insel erfuhr und sie sich über Sanna informiert hatte. Damals, bevor sie sie kennengelernt hatte, war es eine spannende Lektüre gewesen. Jetzt jedoch fühlt sie sich wie ein Eindringling. Sie zieht ihre Jacke an und verlässt die Wohnung, muss weg von dem Fall, dem Job und den Kollegen.

Nach ein paar Minuten ist sie am Meer. Mitten in der Nacht sind kaum Menschen unterwegs. Sie bleibt beim Badehaus der Stadt stehen. Hinter dem Gebäude nimmt eine junge Frau Geld von einem dürren Mann entgegen, der aussieht wie ein Storch mit hängendem Schnabel. Er hat ihr schon ein Bündel Geldscheine gegeben, doch sie hält immer noch fordernd die Hand ausgestreckt. Widerwillig gibt er ihr noch ein paar Scheine, dann entdeckt er Eir. Auf seinen staksigen Beinen rennt er Richtung Wasser.

Die Frau stopft das Geld in ihre Handtasche und starrt zu Eir, bevor sie sich in den Schatten des Gebäudes zurückzieht. Nur ihre brennende Zigarette verrät ihre Anwesenheit.

Auf der anderen Seite des Badehauses liegt der Strand. Eir geht durch den Sand bis zu dem morschen Steg, dessen breite Balken von mächtigen Betonpfeilern getragen werden. Sie streift Schuhe und Kleidung ab und geht langsam ins Wasser. Das Meer ist aufgewühlt, schon nach wenigen Schritten umspülen sie die Wellen, schlagen schwer und selbstzerstörerisch gegeneinander.

Sie taucht hinein. Die Kälte umhüllt sie, brennt in den Muskeln wie tausend Nadelstiche. Sie bewegt sich vorwärts durch das brausende Dunkel und die Kräfte, die an ihr zerren. Gesicht, Ohren, Augenlider – alles wird taub, Hände und Finger sind zu Klauen verkrampft. Dieselbe Bewegung, immer wieder, dann kehren Wärme und Kraft zurück. Sie findet ihren Rhythmus, und das Adrenalin treibt sie voran, Schwimmzug für Schwimmzug. Hier ist sie sicher. Das Meer gehört ihr. So ist es schon seit ihrer Kindheit.

Alles begann, als sie vor vielen Jahren mit dem Boot draußen waren, sie, Cecilia und ihr Vater. Sie war ungehorsam gewesen und dafür sofort bestraft worden. Ihr geliebter Papa hatte ungewöhnlich hart reagiert und sie auf einer kleinen Insel weit draußen in der Bucht allein zurückgelassen. Eir hatte furchtbare Angst. Als es dunkel wurde und die Wellen stärker wurden, beschloss sie zu schwimmen.

Ein paar Stunden später schleppte sie sich wie eine Siegerin ans Ufer und brach vor Cecilia und ihrem weinenden Vater zusammen. Verzweifelt hatte er sich mit dem Boot auf die Suche nach ihr gemacht, sie jedoch nicht gefunden. Die Kleider hingen ihr wie nasse Fetzen am Leib, die Augen brannten, und sie zitterte wie Espenlaub, doch sie hatte sich noch nie besser gefühlt.

Keiner glaubte, dass sie je zurück ins Wasser gehen würde, doch schon am nächsten Morgen schwamm sie wieder. Bevor die anderen aufwachten, war sie im Meer. Ab da gehörte es ihr.

Einmal hörte sie, wie jemand sagte, sie würde schwimmen, um ihre Angst und Aggression abzudämpfen. Dass es wegen ihrer Mutter war. Weil sie sie so früh verloren hatte. Ein anderes Mal hörte sie ihren Vater sagen, es sei seine Schuld, seit dem Tag damals sei sie wütend und müsste immer wieder zurück ins Wasser.

Sie selbst dachte gar nicht so viel darüber nach. Die Kälte beruhigte sie jedes Mal, und alles andere wurde unwichtig.

Das Fiepen aus der Garagenbetonwand wiederholt sich sechs, sieben Mal und kehrt nach einer Pause wieder. Manchmal dauert es länger, als ob derjenige, der dort drinnen wohnt, nach einer vergessenen Melodie sucht.

Sanna sitzt auf dem Bett, mit einem Glas lauwarmem Wodka in der Hand. Sie trinkt einen großen Schluck, füllt aus der Flasche in der anderen Hand nach, trinkt, füllt nach, trinkt.

Sie denkt an die Suche nach Frank Roos. Auf dem Weg nach Hause ist sie umgekehrt und zurück nach Södra Villakvarteren gefahren. Dort ist sie lange allein herumgelaufen und hat gehofft, irgendetwas Entscheidendes zu finden. Dann ist sie zu Sudden gefahren, der auch immer Tag und Nacht arbeitet. Er hatte die Halskette untersucht, konnte ihr allerdings auch nichts Brauchbares dazu sagen, versprach aber, sie sich noch einmal genauer anzusehen, wenn sie dafür nach Hause fuhr und schlafen ging.

Sie legt sich angezogen ins Bett. Die Augenlider sind schwer, doch sie kämpft gegen den Schlaf an. Ein gelbes Licht flackert vor ihren Augen, wie immer, bevor sie haltlos in den endlosen Abgrund fällt, der sich unter ihr auftut. Sie befindet sich im freien Fall, will sich im Dunkeln festhalten. Die Luft wird heißer, sie prallt gegen etwas Hartes, Glühendes; Rücken und Knie schmerzen. Die Vergangenheit wird zur brennenden Gegenwart, und sie kann ihr nicht entkommen.

»Komm, Bruder Kaninchen«, hört sie eine Stimme. »Komm.«

Das Wesen, das hervorkriecht – wie immer, wenn sie in diese Hölle abrutscht –, strahlt eine kindliche Freundlichkeit aus, die Wangen sind gerötet, die Augen stehen weit auseinander. Der dichte braune Bart ist das Einzige, das nicht unschuldig wirkt, doch auch über ihm liegt ein seltsamer Schimmer. Geölt und gekämmt sieht er genauso gepflegt aus wie die Hosenträger, die Kakihosen und das gebügelte Hemd.

Plötzlich erweitert sich die Welt, es wird Tag. Sie sieht denselben Mann, Mårten Unger, vor der großen Glastür zum Polizeirevier. Neben ihm steht ein älterer Anwalt, der sich an eine Gruppe Journalisten wendet.

»Wenn Mårten Unger nicht der Brandstifter ist, wer ist es dann?«, rufen die Reporter.

Der Anwalt räuspert sich und hebt die Hände, um für Ruhe zu sorgen. »Mein Mandant ist froh, dass die Ermittlungen endlich eingestellt werden, er aus dem Gefängnis freikommt und nicht länger unter Verdacht steht. Vielen Dank.«

Er entdeckt Sanna in der Menschenmenge und lächelt verächtlich und triumphierend. Dann führt er seinen beleibten Mandanten durch das Gedränge zu einem Auto.

Bevor Mårten Unger die Wagentür öffnet, dreht er sich zu ihr um. Er holt eine Zigarette und eine Streichholzschachtel aus der Tasche. Dann sieht er ihr lächelnd in die Augen, zündet das Streichholz an und lässt es zu Boden fallen. Es prallt vom Asphalt ab und fliegt in den knochentrockenen Rasen neben dem Parkplatz. Das Feuer breitet sich aus, Mårten Unger wirkt erregt. Bevor er ins Auto steigt, bewegt er die Lippen und sieht sie dabei immer noch an.

»Komm, Bruder Kaninchen, komm.«

Hinter ihr drängt sich die Journalistenmeute, stößt sie zu Boden, die Stiefel, Sneakers und scharfen High Heels trampeln sie bewusstlos, während der Wagen vom Parkplatz rollt.

Sie schreit, bis sie keine Luft mehr bekommt, und setzt sich ruckartig in der Gegenwart ihrer Garage auf. Es herrscht Totenstille. Das Geräusch aus der Wand ist verstummt. Sie dreht die Flasche in der Hand hin und her, doch sowohl sie als auch der Tablettenblister sind leer.

Sie wirft die Flasche gegen die Wand. Sie bekommt Risse, zerbricht aber nicht und rollt auf dem Boden in eine Ecke. Dort bewegt sich etwas.

Eine fette Ratte beschnuppert das gesprungene Glas.

Sanna wedelt mit der Hand und wankt auf das Tier zu, das unbeeindruckt auf sie wartet. Die große, spitze Schnauze und die gespaltene Oberlippe zittern, doch die schwarzen Augen blicken starr. Die Ratte beobachtet sie, bevor sie angriffslustig faucht, den nackten Schwanz hebt und durch den großen Spalt zwischen Boden und Wand nach draußen verschwindet.

Sanna seufzt und muss sich an der Wand abstützen. Im Auto findet sie noch eine halb volle Flasche Wodka und ihre Tasche. Sie lässt sich auf den Fahrersitz sinken und sucht nach einem neuen Tablettenblister. Da fällt der Ordner, den ihr Bernard gegeben hat und der mit »Marie-Louise Roos« beschriftet ist, in den Fußraum. Als sie ihn aufhebt, gleitet ein Foto auf ihr Knie.

Sie sieht direkt in Marie-Louises schiefergraue Augen. Würdevoll, formell und steif sitzt die ältere Frau mit geradem Rücken da, ein wenig nach rechts gewandt. Das Haar fällt weich auf die Schultern und ist hinter ein Ohr gestrichen. Der hohe Blusenkragen umschließt den Hals. Das Bild sieht aus wie jedes beliebige Vorstands- oder gekünstelte Firmenporträt.

Ungeschickt dreht Sanna es um, doch die Rückseite ist unbeschriftet. Als sie wieder das steife Gesicht betrachtet, fällt ihr Blick auf Marie-Louises Mundwinkel, die kleine Grübchen bilden und nach oben gerichtet sind. Ein dünnes Lächeln. Listig. Sanna blinzelt angestrengt, um etwas anderes zu sehen, doch die Kälte bleibt.

Sie schüttelt die Akte, und weitere Fotos fallen heraus. Eines zeigt Marie-Louise, wie sie in der Villa gefunden wurde. Der erstarrte Tatort. Dann fällt ihr wieder die DVD-Hülle auf dem Couchtisch ein, *Alice och jag*. Die Vorstellung, dass Marie-Louise ahnungslos eine Dokumentation über die Sängerin Alice Babs angesehen hat, hat etwas Beruhigendes. Vielleicht hatte sie den Film laut gestellt und nicht gehört, wie sich der Angreifer anschlich. Innerhalb weniger Minuten musste alles vorbei gewesen sein.

Sanna versucht, sich aus dem Wagen zu schieben, stößt sich dabei das Knie am Zündschlüssel, der das Kassettendeck knisternd in Gang setzt. Sie erinnert sich an den Blister in ihrer Hand. Ergeben drückt sie ein paar Tabletten heraus, wirft sie in den Mund und spült sie mit Wodka hinunter, bevor sie zu Robert Johnson and Punchdrunks wegdämmert. Die Musik übertönt das Fiepen der neugeborenen Rattenjungen in den hohlen Wänden.

Als das Taxi vor dem Polizeirevier einbiegt, hat sie immer noch Wodkageschmack im Mund. Die Morgensonne blendet sie, draußen ist herrliches Wetter, der Himmel strahlend blau. Wären nicht die kahlen Äste und die kleinen braunen, verwelkten Blumenbeete am Rand des Parkplatzes gewesen, hätte man fast an Frühling denken können.

Mit hämmerndem Kopf geht sie durch die helle Lobby, fährt mit dem Aufzug nach oben und nickt dem Kollegen am Empfang zu. Staatsanwalt Leif Liljegren kommt gerade aus seinem Büro, zusammen mit einer Frau vom Jugendamt.

»Berling«, ruft er und zieht sich im Gehen seine Windjacke an.

Immer auf dem Sprung, denkt Sanna. Als ob er wie ein

Luftzug an den meisten Situationen vorbeischwebt. Obwohl er erst um die fünfzig ist, sieht er aus wie über siebzig mit seinem abwesenden Blick, den Falten, den zwei tiefen Furchen in den Mundwinkeln und den hellen Augen hinter der randlosen Brille.

»Hallo, Leif«, sagt sie knapp. »Bernard hat dich hoffentlich auf den neuesten Stand gebracht?«

Er nickt. »Aber ich will von dir hören, wie weit ihr mit dem Ehemann seid. Was unternehmt ihr da?«

»Wir tun alles, was wir können ...«

Er niest abrupt und holt ein Taschentuch hervor, das er sich gegen die Nase drückt. Als er es rasch wieder einsteckt, ist es rot vor Blut.

»Ist alles in Ordnung?«, fragt Sanna.

»Haltet mich auf dem Laufenden.« Er sieht sie an, als warte er auf etwas.

Sanna nickt.

»Also dann ...« Er eilt Richtung Aufzug.

Bernard ist bereits im Ermittlungsraum. »Da bist du ja«, begrüßt er sie.

Ohne zu fragen, nimmt sie seine dampfende Kaffeetasse.

»Klar, bedien dich«, sagt er indigniert. »Wie geht es dir?«

Sie zuckt mit den Schultern. »Ist mit Liljegren alles in Ordnung, was denkst du? Er hatte gerade Nasenbluten auf dem Flur.«

»Das ist sicher der Stress.«

Sie trinkt einen Schluck Kaffee, während Bernard berichtet: »Sudden hat dich gesucht, er hat nichts auf der Halskette gefunden, keine Fingerabdrücke, gar nichts.« Er wartet auf eine Reaktion und bekommt keine. »Die Anzeige dazu ist jedenfalls in der Zeitung erschienen.«

»Danke«, erwidert sie tonlos. »Gibt es etwas Neues zu Marie-Louise Roos? Oder ihrem Mann?«

Bernard schüttelt seufzend den Kopf.

»Okay. Ich muss nachdenken. Kannst du die Tür hinter dir zumachen?«

»Klar. Ich wollte nur noch sagen, dass ich die Videoaufzeichnung habe.«

»Welches Video?«

»Von der Überwachungskamera im Kalksteinbruch.«

Über den Mord in der Villa hätte sie fast Mia Askar vergessen. Jetzt kommt alles zurück. Die grobe Schnur in den Haaren des Mädchens und Eirs Frage, wie sie überhaupt zu dem See gekommen war, ob jemand sie vielleicht gefahren hatte.

»Wir warten erst mal noch mit dem Video, oder?«, fährt Bernard fort. »Du willst dich ja sicher auf das Ehepaar Roos konzentrieren.«

Sanna blickt auf das Foto von Frank Roos am Whiteboard. Ihr ist sehr wohl bewusst, dass er noch am Leben sein könnte, auch wenn die Chancen, ihn zu finden, mit jeder Minute weniger werden.

»Ja«, antwortet sie. »Alles andere muss erst einmal warten.«

»Gut. Es war ja auch ganz klar Selbstmord bei dem Mädchen.«

Sanna nickt. Bernard seufzt und geht zur Tür. »Du kennst ja meine Meinung«, sagt er noch zum Abschied. »Wir sollten für so einen Scheiß keine Ressourcen verschwenden.«

»Warte«, hört sich Sanna sagen. »Ich habe meine Meinung geändert. Ich will, dass wir uns das Video jetzt ansehen.«

Gerade als sie die Jalousien im Ermittlungsraum herunterlässt, erscheint Eir.

»Du bist spät dran«, bemerkt Sanna.

»Ich weiß«, erwidert Eir kühl. »Was macht ihr gerade?«

»Zeit verschwenden«, antwortet Bernard. »Zeit, die wir nicht haben.«

Er wartet, bis das Video vollständig geladen ist. Sanna setzt sich.

»Was sehen wir da?«, fragt Eir und setzt sich ebenfalls.

Sanna klickt auf den Schnelldurchlauf, Tage und Nächte huschen an ihnen vorbei, die letzten Badegäste des Jahres gehen ins Wasser, schaudern im Wind und fahren wieder nach Hause. Der einsame Kalksteinbruch wird mit jedem Sonnenuntergang leerer, bis dort keine Menschen mehr zu sehen sind, nur noch vereinzelte Wildtiere.

Die karge Landschaft strahlt eine rohe Brutalität aus. Würde nicht ein älterer Mann gelegentlich mit seinem Hund in der Morgendämmerung spazieren gehen, hätte man leicht glauben können, dass die Bilder aus einer abgelegenen Wildnis stammen, in die sich nie ein Mensch verirrt.

Dann sind sie bei den Aufnahmen von Mias Todestag angelangt. In der Abenddämmerung erscheint eine ungewöhnliche Gestalt am Waldrand. Ein Mädchen mit einem alten Fahrrad. Um den Hals trägt sie eine bauschige grüne Boa, unter dem sandfarbenen Sonnenhut quillt das feuerrote Haar hervor. In der Kunstlederweste klemmt eine Sonnenbrille, und das Mädchen ist über und über mit Schmuck behängt. Sanna kneift die Augen zusammen, als ihr noch etwas anderes an ihrem Hals auffällt, kann es jedoch nicht genau erkennen.

Das Mädchen geht zum Rand des Sees und lässt das Fahrrad in das türkise Wasser gleiten, bis es völlig verschwunden ist. Dann sieht sie sich um. Einen Moment scheint sie direkt in die Überwachungskamera zu schauen. Es ist Mia Askar.

Die Sonne geht über dem Wald unter. Als sie die grüne Boa vom Hals zieht und bis auf die Jeans alle Kleider auf den Boden fallen lässt, schaffen es nur wenige Sonnenstrahlen durch die Baumstämme hindurch und erhellen ihre bleichen, schmalen Schultern.

Sie starrt blicklos vor sich hin, während sie die Cowboystiefel abstreift und sie zusammen mit der Kleidung und den Schmuckstücken ins Wasser wirft. Dann stellt sie sich barfuß direkt an die Kante. Der See liegt still und glänzend vor ihr. Als Nächstes zieht sie sich etwas vors Gesicht, das um ihren Hals gehangen hatte.

Eine alte, rissige Maske ohne menschliche Züge. Ein breiter Mund mit schwarzen Mundwinkeln, die Löcher für die Augen sind so schmal, dass die Augen des Mädchens kaum zu sehen sind, obwohl es nahe bei der Kamera steht. Die spitze Nase verleiht der Maske etwas Wildes.

Sanna wird klar, dass sie einen *Fuchs* sieht. Er ist widerwärtig, hinterhältig und irgendwie traurig.

Mia rückt das Band hinter den Ohren zurecht und setzt sich vorsichtig an die Kante. Legt eine Rasierklinge ans linke Handgelenk und drückt sie tief in die Haut, dann wechselt sie zum rechten Handgelenk. Sie legt den Kopf in den Nacken und scheint die Luft anzuhalten. Das Blut strömt stoßweise aus den Wunden, während sie sich ins Wasser gleiten lässt. Ihr Körper treibt hinaus auf den See und hinterlässt eine rote Spur im Wasser, die sich erst rostrot, dann kastanienbraun und schließlich lila färbt.

Bernard hält das Video an. »Zufrieden?«, fragt er.

Sanna fühlt sich wie erstickt, kann keinen klaren Gedanken fassen. Die abgestandene Luft im Raum verändert sich. Etwas an dem gerade Gesehenen erscheint bekannt.

»Verdammt«, sagt Eir gedämpft.

»Jetzt wissen wir zumindest, dass die Schnur aus ihrem Haar zu der Maske gehört und dass sie selbst zum Kalksteinbruch geradelt ist«, meint Bernard seufzend. »Haken wir das also ab und beschäftigen uns mit dem, was eigentlich unsere Aufgabe ist.«

Sanna schweigt. Auf dem Bildschirm ist der schwerelose Körper des Mädchens im Wasser zu sehen. Die Trostlosigkeit der Umgebung ist atemberaubend. Doch da ist noch etwas anderes. Sie versucht vergeblich, ihre Gedanken zu ordnen.

»Verdammt, ist das tragisch«, sagt Eir.

Bernard steht auf und will gehen. »Ja, was bringt ein junges Mädchen dazu, so etwas verflucht Dummes tun zu wollen?«

»Was hält sie auf, verflucht noch mal?«, faucht Eir zurück.

Sanna nimmt die beiden gar nicht wahr, sondern beugt sich über den Laptop und lässt den Film zurücklaufen. An dem Punkt, an dem Mia Askar die Maske übers Gesicht zieht, hält sie an.

»Wonach suchst du?«, fragt Eir.

»Kann man das Bild vergrößern?«

Bernard beugt sich über sie und zeigt es ihr. Sie schiebt ihn ungeduldig zur Seite und stellt Größe und Schärfe ein, bis die Umgebung verschwimmt und nur noch das Mädchen zu sehen ist.

»Was ist denn los?«, will Eir wissen.

Die Erkenntnis kommt blitzartig, das Chaos im Kopf klärt sich. Sanna starrt auf den Bildschirm. Sie sieht nicht Mia Askar, sondern das *Fuchsmädchen.* Das sie schon einmal gesehen hat. An der Wand in einem langen, engen Korridor, der kein Ende zu nehmen schien.

KAPITEL NEUN

Die Roos-Villa ist mit breitem blau-weißem Band abgesperrt, das in der Luft zittert. Ein junger Polizist in Uniform steht davor und beobachtet beiläufig die vorbeifahrenden Autos, Fahrradfahrer und Fußgänger, während Sanna mit dem Riegel der Haustür kämpft, der über Nacht eingefroren zu sein scheint. Eir steht ungeduldig und frierend neben ihr und liest eine Karte in einem Blumenstrauß, den jemand auf die Treppe gelegt hat.

»Warum schreibt man *ein letzter Abschied,* wenn jemand gestorben ist? Diejenigen sind doch schon tot, also ist es doch wohl kein Abschied?«

Im Wohnzimmer ist alles unverändert, außer dass man die Leiche und einige Kissen abtransportiert hat. Der einzige deutliche Hinweis auf das Geschehene ist ein großer schwarzer Fleck aus getrocknetem Blut auf dem Sofa und auf dem Boden darunter.

»Zeig's mir«, sagt Eir ungeduldig.

Sie folgt Sanna durchs Wohnzimmer in den Korridor zur Bibliothek. Wie beim ersten Mal ist er düster, eng und schier endlos. Sanna tastet nach dem Lichtschalter. Als die kleinen Lampen leuchten, werden die Bilder an den dunkelgrünen Wänden sichtbar. Bei dem letzten bleibt sie stehen.

Eir sieht an ihr vorbei. Auf dem Gemälde sind sieben kleine

Kinder zu sehen, die auf einer grünen Sommerwiese stehen. Jedes trägt eine Tiermaske. Ein Schwein, ein Pfau, ein Esel, ein Hund, eine Ziege, ein Fuchs und ein Wolf. Das Bild ist in hellen Farben gemalt, doch die Masken liegen in einem diffusen Halbdunkel.

»Was zum …«, sagt sie und verengt die Augen.

»Siehst du?« Sanna holt eine kleine Taschenlampe hervor und beleuchtet das Mädchen mit der Fuchsmaske.

Der Fuchs erwidert den Blick, und es besteht kein Zweifel daran, dass es die Maske aus dem Überwachungsvideo des Steinbruchs ist. Oder dass das Mädchen auf dem Bild langes feuerrotes, welliges Haar hat.

»Verarschst du mich, oder was?«, fragt Eir.

»Das ist Mia Askar.«

Eir mustert das Gemälde. Der glatte Holzrahmen glänzt wie frisch poliert. Die Signatur ist undeutlich und ungleichmäßig, als sei sie mit einem Messer eingeritzt worden.

»Dorn?«, fragt sie. »Steht das da?«

»Ava Dorn.«

Eir recherchiert in ihrem Handy nach dem Namen.

»Du wirst sicher hauptsächlich die verschiedensten Gruselgeschichten über sie finden«, sagt Sanna. »Sie war eine Künstlerin von der Insel, die auf dem Festland Karriere gemacht hat. Man sagt, dass sie zurückkommen wollte, doch dann ist sie spurlos verschwunden. Ich glaube, auf der Fähre. Keiner weiß, was passiert ist. Man hat sie wohl vor einigen Jahren für tot erklärt.«

»Hier steht, dass sie als Bühnenbildnerin bei einigen der großen Theater im Land gearbeitet hat, von ihrem letzten Engagement aber gefeuert wurde wegen Drogen und anderer Probleme.«

»Ja, ich glaube, Heroin war ihr großes Laster.«

»Mehrere Personen wollen sie nach ihrem Tod noch gesehen haben.«

»Wie gesagt, es kursieren viele seltsame Gerüchte über sie, sie war ziemlich bekannt hier auf der Insel, und da wird immer wild spekuliert.«

Sanna macht ein Foto von dem Gemälde, schickt es Bernard und ruft ihn an. »Ja, ich bin's. Kannst du Lara Askar bitte fragen, ob sie etwas über das Bild weiß, von dem ich dir gerade ein Foto geschickt habe.«

Bernard murmelt etwas als Antwort, dann fragt er, ob die Maske auf dem Bild dieselbe ist wie auf dem Überwachungsvideo.

»Ja, wir glauben, dass Mia Askar das Fuchsmädchen auf dem Gemälde ist. Frag Lara nach Mias und ihrer eigenen Verbindung zu Marie-Louise Roos und ob sie oder ihre Tochter auch Ava Dorn kannten. Ja, genau, die Malerin. Ja, ich weiß, dass sie tot ist. Und überprüf Mias Handy, bring die Nummer in Erfahrung und fordere vom Provider ein Anrufverzeichnis an. Gib mir Bescheid, wenn du Erfolg hattest.«

Bernard erhebt Einspruch.

»Mach es einfach«, sagt Sanna, schaltet die Taschenlampe aus und schiebt sie in die Manteltasche. »Wir sind bald zurück. Ich will mich nur noch einmal hier drin umsehen.«

Im Wohnzimmer wählt sie erneut eine Nummer auf dem Handy.

»Fabian, ich bin's«, sagt sie, als sich die Mailbox am anderen Ende einschaltet. »Es geht um die Obduktion von Mia Askar. Wir brauchen dazu so schnell wie möglich eine Rückmeldung.«

Sie legt auf und bewegt sich langsam und aufmerksam mit dem Telefon in der Hand durch den Raum.

»Wonach suchst du?«, fragt Eir.

Auf dem Couchtisch liegt die Fernbedienung für den DVD-Player. Die Knöpfe sind stark abgewetzt. Sanna sieht vor sich, wie das Ehepaar auf dem Sofa saß und ferngeschaut hat. Der Alltag zweier Menschen. Jetzt ist die eine tot, der andere verschwunden.

»Hey, wonach suchst du?«, wiederholt Eir.

Sanna mustert die Wände. Noch mehr Gemälde. Zwischen den Bildern sieht die Tapete bis auf einzelne dunkle Verfärbungen fast neu aus.

»Der Teufel liegt im Detail«, antwortet sie schließlich.

Eir verdreht genervt die Augen, weil ihre Kollegin so wahnsinnig langsam und methodisch ist. Lieber würde sie sich mit Bernard um Lara Askar kümmern, als hier herumzustehen.

Sanna geht zu einem Klapptisch, über dem ein Stickbild hängt. Auf dem beigefarbenen Stoff stehen nur drei Worte in mitternachtsblauem Faden: »Wo bist du?« An der Stickerei ist eine kleine graubraune Hasenpfote an einem Metallring befestigt.

»So eine hatte ich, als ich klein war«, sagt Eir.

Sie dreht die Hasenpfote hin und her, sodass das weiße Fell am Fußballen sichtbar wird. Getrockneter Kleber deutet darauf hin, dass hier einmal ein Etikett saß.

»Solche Schlüsselanhänger gibt es sicher unzählige. Hätte ich als Kind gewusst, dass das eine *echte* Hasenpfote ist, hätte sie mir sicher nicht so gut gefallen.«

Etwas blitzt im Fenster zur Straße auf, doch als Eir in die Richtung sieht, bewegt sich nur das flatternde Absperrband.

»Es stinkt hier drin immer noch nach Tod«, sagt sie. »Aber ich wette, dass sich die Spekulanten trotzdem auf das Haus stürzen werden, wenn es erst einmal auf dem Markt ist.«

Sanna sucht weiter methodisch die Wände des Raums ab, Meter um Meter. Kunstwerke, Bücher und hübsche alte Lampen warten darauf, eingepackt und ins Labor oder die Asservatenkammer gebracht zu werden. Sie mustert das Sofa. Nach Fabians Einschätzung hat der Mörder Marie-Louises Haare von hinten gepackt, während sie saß, den Kopf zu sich gerissen und ihr das Messer an den Hals gelegt. Sie konnte nicht bemerkt haben, wie er ins Zimmer kam.

Sanna stellt sich an das kurze Ende der Couch, wo Marie-Louise lag. Fragt sich, durch welche Tür er wohl gekommen ist. Aus der Diele. Genau wie bei ihrem ersten Besuch, als sie annahmen, dass der Täter durch die Haustür hereingekommen und dann weiter ins Wohnzimmer gegangen war. Sie sieht zur Tür; in der Diele ist es stockfinster. Wie seltsam, dass ihr bisher nicht aufgefallen ist, wie dunkel es dort draußen ist.

Dann sieht sie zum Fernseher. Die Tür zur Diele spiegelt sich deutlich. Doch wenn Marie-Louise einen Film gesehen hat, hat vielleicht nichts reflektiert oder nur sehr wenig. Der Mörder hätte sich anschleichen und sie überrumpeln können.

»Hey, bist du bald fertig?«, fragt Eir plötzlich hinter ihr. »Ansonsten schnappe ich etwas Luft und warte draußen auf dich.«

Sanna antwortet nicht, sie versucht, das Gefühl abzuschütteln, doch irgendetwas an der Tür irritiert sie. Sie übersieht etwas, da ist sie sich sicher.

»Verdammt, du bist ja ganz blass«, sagt Eir. »Alles okay?«

Plötzlich ertönt ein Geräusch irgendwo im Haus. Es klingt weich und schleifend, als ob jemand oder etwas über einen glatten Boden schlurft. Die beiden Frauen halten inne, lauschen. Etwas klirrt metallisch und verstummt.

Sanna bedeutet Eir, leise zu sein und ihr zu folgen. Sie schleichen zur Tür.

In der Diele steht ein Junge von etwa dreizehn Jahren und beugt sich über die Silberschüssel mit dem Aspergill. Er hebt die Schale mit einer Hand hoch und tastet mit der anderen darunter.

»Suchst du das Geld?«, fragt Sanna.

Der Junge dreht sich hastig um und fährt sich mit der Hand nervös durch das struppige blonde Haar, dessen Spitzen blau gefärbt sind.

»Ja«, antwortet er und sieht sie an. »Marie-Louise hat gesagt, ich könne einfach reingehen und es nehmen. Auch wenn niemand zu Hause ist.«

»Marie-Louise Roos ist tot.«

»Ich weiß. Aber ich dachte, ich sollte trotzdem nachschauen. Ich bin vorbeigeradelt, die Tür war angelehnt, der Polizist da draußen hat telefoniert, also …«

»Du wolltest also schnell reinrennen und Geld von einem Tatort mitnehmen?«, fragt Eir anklagend.

»Wie heißt du?«, will Sanna wissen.

»Und *Sie?*«, erwidert er mit selbstsicherem Lächeln.

»Sanna Berling, von der Kriminalpolizei.«

Der Junge sieht verstohlen zur Tür. Eir macht einen Schritt zur Seite und versperrt ihm den Weg, falls er vorhaben sollte wegzulaufen.

»Wie heißt du?«, wiederholt Sanna ihre Frage. »Und woher kennst du das Ehepaar Roos?«

Er mustert sie überheblich.

»Bist du ›W‹?«, fragt sie weiter.

»Was?«

»Unter einem Umschlag mit einer hohen Geldsumme lagen

ein paar Scheine zusammen mit einem Zettel, auf dem ›W‹ stand. Das bist dann wohl du?«

Der Junge zögert und nickt schließlich.

»Wofür war das Geld – das für dich und das in dem Umschlag?«

»Nichts.«

»Ein paar Tausend Kronen für *nichts?*«

»Genau.« Er blinzelt.

Sie versucht, aus ihm schlau zu werden, eine Schwachstelle in dem überheblichen Blick zu finden. Marie-Louise Roos hatte eine ansehnliche Summe Geld in der Schale deponiert. Jetzt haben sie die Gelegenheit zu erfahren, wofür und für wen es bestimmt war.

»Willst du mit aufs Revier kommen, und wir rufen von dort aus deine Eltern an?«

Der Junge wirkt unschlüssig, zeigt aber immer noch keine Angst.

»Verdammt, wir haben keine Zeit für so was«, meldet sich Eir plötzlich zu Wort, packt den Jungen am Jackenkragen und schleift ihn Richtung Tür. Sanna will sie schon aufhalten, als der Junge auf einmal wimmert:

»Ich sollte es doch nur weitergeben!«

Eir lässt ihn los.

»Und an wen?«

Sanna starrt Eir aufgebracht an, doch es ist zu spät, jetzt noch etwas zu sagen.

»Ich weiß nicht, wie sie heißt«, faucht der Junge wütend. »Und ich kenne auch nicht die Alte und ihren Mann, die hier wohnen! Ich habe das nur einmal gemacht, Geld geholt und übergeben.«

»Du weißt nicht, wem du Geld bringst? Man hat dir keinen

Namen genannt?«, sagt Eir leise. »Und du denkst, dass wir dir das abnehmen?«

»Das war nur ein Nebenjob, ich habe auf eine Anzeige in der Zeitung geantwortet, dass die Frau hier jemanden gesucht hat. Wir haben vereinbart, dass sie den Schlüssel unter den Fußabstreifer und das Geld in die Schale legt, wenn sie nicht zu Hause sind.«

Sanna sieht ihm ruhig in die Augen.

»Aber du weißt doch, wo sie wohnt, oder? Die Frau, der du das Geld geben sollst?«

Er schielt zu Eir, dann sieht er Sanna wieder an und nickt widerwillig.

»Gut. Dann kannst du uns ja zu der Adresse bringen.«

Es nieselt, als sie vor dem Mietshaus Mylingen aussteigen, in dem die Polizei öfter anzutreffen ist als sonst wo auf der Insel. Laubhaufen liegen auf den Rasenflächen und den Wegen, die zum Haupteingang führen.

Sanna öffnet die Tür zum Rücksitz. Der Junge mit den blauen Haarspitzen zieht seine Jacke enger um die Brust und sieht die beiden Polizistinnen wütend an.

»Dritter Stock, dritte Tür rechts, wenn man aus dem Aufzug kommt«, sagt er.

Sanna mustert das Gebäude, das wie ein riesiger, schmutziger Betondolch in den Himmel ragt.

»Okay. Warte hier.«

Sie schließt die Wagentür und bedeutet Eir, ihr zu folgen. An einer Hauswand steht eine Gruppe Teenagerjungen und raucht. Als sie Sanna und Eir sehen, ziehen sie die Kapuzen ihrer Hoodies über den Kopf und gehen zu einem Spielplatz in der Nähe.

Hinter ihnen wird die Autotür aufgerissen, und der Junge rennt davon.

»Den finden wir wieder, wenn wir ihn brauchen«, sagt Eir ruhig und holt einen Geldbeutel mit einem Mountainbike-Aufkleber aus der Tasche. »Den habe ich ihm abgenommen, mitsamt Ausweis.«

Sanna sieht Eir fassungslos an. Sie würde ihr gern einen Vortrag halten, doch sie haben Wichtigeres zu tun.

»Ich glaube nicht, dass wir ihn noch mal brauchen«, antwortet sie stattdessen.

»Du glaubst diesem Rotzlöffel, wenn er sagt, dass er sonst nichts weiß?«

»Ja.« Sanna wendet sich wieder zum Haupteingang. »Er ist nur ein Kind.«

Sie zieht die kaputte Eingangstür mit über die Hand gestreiftem Mantelärmel auf und gibt Eir ein Zeichen, sich zu beeilen.

Sie steigen in den engen Aufzug, der mit Graffiti beschmiert ist und von dessen Decke eine Platte herunterhängt. In einer Ecke ist ein wachsartiger Urinfleck zu sehen. Eir bedeckt Nase und Mund, während der Aufzug sich nach oben quält. Im dritten Stock angekommen, drängt sie sich an Sanna vorbei in den Flur und schnappt nach Luft.

Das Stockwerk ist lang und schmal, zu beiden Seiten erstrecken sich Türen ins Unendliche. Das grobe Glasfasergewebe an den Wänden wirft sich vor Feuchtigkeit auf oder wegen der unebenen Rohbauoberfläche darunter. Ventile und Müllschlucker sind leuchtend rot gestrichen und unübersehbar. Irgendwo unter ihnen lacht ein Kind, und ein Plastikball wird auf den Boden geworfen.

Sanna geht zur dritten Tür auf der rechten Seite, auf der

ein schwarzes Schild mit eingravierter Schrift angebracht ist. »Rebecca und Jack Abrahamsson. Keine Werbung.«

»Polizei!«, ruft Sanna. »Jemand zu Hause?«

Sie wartet ein paar Sekunden, dann greift sie nach der Türklinke. Es ist nicht abgeschlossen. Sie tauscht einen Blick mit Eir und öffnet die Tür.

Eiskalte Luft schlägt ihnen entgegen. Sanna geht durch die Diele an der Küche vorbei und winkt Eir dann herein. Die Tür schlägt krachend ins Schloss. Die Fenster im Wohnzimmer sind schmutzig, gräuliches Licht fällt in den Raum. In einer Ecke steht eine Kommode mit Abdrücken von Wassergläsern und eine Schale mit Schlüsseln, in der außerdem ein kleines Namensschild mit der Aufschrift »Rebecca Abrahamsson, Krankenschwester« liegt. Auf dem Couchtisch steht ein voller Aschenbecher, auf dem Teppich darunter eine leere Weinflasche. Auf der anderen Seite des Raumes steht ein Esstisch, darauf ein halb gegessenes Butterbrot und ein Glas Kakao. Daneben liegt ein unordentlicher Stapel Zeichnungen.

Sanna bemerkt, wie schön, strahlend und unglaublich detailliert sie sind. Es sind Porträts von Menschen und Landschaftsdarstellungen. Der einheitliche Stil und die sicheren Kompositionen deuten auf jemanden mit jahrelanger Erfahrung und Übung hin. Die Signatur, »Jack«, ist dagegen mit schiefen Buchstaben geschrieben und scheint von einem Kind zu stammen.

»Hier ist die Polizei! Ist jemand zu Hause?«, ruft sie erneut.

Eir geht in eines der beiden Schlafzimmer, das laut dem Schild an der Tür Jack gehört. Sanna blättert weiter den Stapel Zeichnungen durch. Plötzlich hört sie ein Würgen, jemand erbricht sich heftig.

»Polizei!«, ruft sie noch einmal und eilt zu Eir.

Das Zimmer sieht aus wie jedes beliebige Teenagerzimmer, doch die Gardinen sind zugezogen. Ein Fenster steht weit offen, und die Stoffbahn wird wie ein Segel nach draußen gesaugt. Es ist eiskalt. An den Wänden hängen Poster aus dem Fornsalen- und dem Naturhistorischen Museum. Landkarten mit Bergen, Kontinentalplatten, Verwerfungen und unterirdischen Strukturen. Dann sieht Sanna die schwarz-roten Flecken auf dem Boden, an den Wänden, der Zimmerdecke. Die Leiche auf dem Bett.

Die Frau liegt auf dem Rücken, ein Arm ruht über der Brust, der andere hängt zu Boden, die Handfläche ist mit großen und kleinen Schnittwunden übersät, ebenso wie der Unterarm. Im Hals der Frau klaffen dieselben kreuzförmigen Wunden wie bei Marie-Louise Roos.

Der Brustkorb ist zerfetzt, unzählige tiefe Stiche haben ein Blutbad verursacht.

Das Gesicht der Frau ist bleich, auf einer Wange ist ein tiefer Riss zu sehen, der bis über die Schläfe reicht und wie eine Kratzspur aussieht. Die blauen Augen stehen weit offen, wie bei einem Reh im Scheinwerferlicht. Die Haare sind zu einem zerzausten Seitenscheitel gekämmt, in den Ohrläppchen hängen Ohrringe in Form sitzender Vögel: hässliche Gestalten mit schweren Flügeln und riesigen Schnäbeln.

»Noch eine …«, sagt Eir schwach, zieht eine Gardine ein Stück zur Seite und holt tief Luft.

Sie schaudert in der Kälte und bei der Erkenntnis, dass sie es nicht mehr mit einem alleinstehenden Mordfall zu tun haben, sondern womöglich einer ganzen Reihe.

»Der Junge …«, fährt sie fort. »Ich durchsuche die anderen Zimmer.«

Als sie zurückkommt, schüttelt sie den Kopf: »Alles leer.«

»Die Spurensicherung muss sofort kommen«, sagt Sanna. »Und die Suche nach dem Sohn eingeleitet werden. Und Leif muss …«

»Ich rufe sie sofort her.«

»Du hast nichts angefasst außer …?« Sanna nickt Richtung Zimmerecke, wo sich ihre Kollegin übergeben hat.

Eir schüttelt den Kopf und wischt sich ein bisschen Erbrochenes aus dem Mundwinkel. »Siehst du das Armband?«, schnieft sie.

Sanna tritt einen Schritt näher. Die Frau trägt ein dünnes Silberarmband am rechten Handgelenk, in das »Rebecca« eingraviert ist.

»Ja, wahrscheinlich ist sie das«, meint sie.

Dann betrachtet sie das Gesicht der Frau. Die blauen Augen starren ins Leere, und Sanna folgt ihrem Blick. Die Wand ist bis auf eine schief hängende Sternkarte leer, doch darunter liegt etwas Schwarzes auf dem Boden.

Sie geht daneben in die Hocke und nimmt den Rauchgeruch wahr. Ein Haufen Asche. Jemand hat etwas verbrannt.

Eir telefoniert währenddessen.

Ohne sie zu berühren, betrachtet Sanna ein paar gelbliche, halb verbrannte Buchseiten.

»Was ist das?«, fragt Eir, nachdem sie ihr Gespräch beendet hat.

»Erkennst du, was darauf steht?«

Eir kneift die Augen zusammen und liest abgehackt vor. *»… stürzt häuptlings sich die Schaar vom Himmelsraum, der ew'ge Zorn flammt hinter ihnen her, hinab zum tiefen, bodenlosen Schlund …«*

Sanna überlegt. »Milton«, sagt sie und wirkt auf einmal traurig.

»Was?«

»John Miltons *Das verlorene Paradies.*«

»Okay, vielleicht musst du mich jetzt treten, aber ich verstehe kein Wort ...«

»Das ist ein Buch, es erzählt vom Teufel, der ...«

Ein dumpfes Knarren ertönt. Sanna hält den Atem an und lauscht, wirft Eir einen Blick zu, die leise ihre Waffe entsichert.

Wieder das Geräusch, leiser diesmal, gefolgt von einem dumpfen, hohlen Schleifen und Scharren. Als ob ein Mensch sich in der Wand bewegt.

Da entdecken sie die schmale Schranktür, die dieselbe Farbe wie die Wand hat und einen Spalt offen steht. Sanna nickt Eir zu und bewegt sich langsam darauf zu, Eir direkt hinter sich.

Wieder das dumpfe Scharren.

Sanna hebt ihre Waffe und reißt blitzschnell die Tür auf.

Jemand drängt sich zwischen dem Schrankinhalt gegen die Wand. Wie ein verletztes Tier zuckt die Gestalt vor dem Licht zurück.

Ein Junge, nicht älter als zehn oder elf Jahre, in Schlafanzughosen und Strickpullover, sitzt zusammengekauert da. Er zittert am ganzen Leib und umklammert den Griff eines himmelblauen Rucksacks. Sanna senkt die Waffe und bedeutet Eir, es ihr nachzutun.

»Wir sind von der Polizei«, sagt sie sanft. »Du bist jetzt in Sicherheit.«

Seine Augen zucken zwischen Sanna und dem Raum hinter ihr hin und her. Vorsichtig streckt sie die Hand aus.

»Bist du Jack?«

KAPITEL ZEHN

Um drei Uhr nachmittags ruft Bernard Sanna aus dem Krankenhaus an. Jack Abrahamsson hat keine körperlichen Verletzungen, seine seelische Verfassung ist allerdings noch kritisch.

Schweigend fahren Sanna und Eir ins Krankenhaus. Als sie auf den Parkplatz einbiegen, denkt Sanna an Bernards Bericht. Jack Abrahamsson, der dreizehn Jahre alt ist und nicht zehn oder elf, wie zuerst gedacht, ist müde, aber gelegentlich ansprechbar. Ein Arzt und eine Krankenschwester haben versucht, mit ihm zu reden, doch er will nicht kommunizieren. Sehr wahrscheinlich steht er unter Schock. Die Kinder- und Jugendpsychiatrie sowie das Jugendamt sind hinzugezogen. Der Junge hat einen Rechtsbeistand bekommen, der seine Rechte während der Ermittlungen wahrt. Da er keine weiteren Angehörigen hat, wurde eine erfahrene Pflegefamilie kontaktiert, bei der er früher schon war.

Vor seinem Krankenzimmer steht ein uniformierter Polizist. Sanna und Eir schütteln dem behandelnden Arzt die Hand.

»Ich kann im Moment noch nicht mehr sagen, außer dass sein Zustand kritisch ist«, sagt er.

Sanna seufzt enttäuscht.

Der Arzt kratzt sich am Ohr und murmelt, dass er sich um andere Patienten kümmern müsse.

»Wann wird er Ihrer Meinung nach mit einem von unseren Kollegen reden können, die auf die Befragung von Kindern spezialisiert sind?«, fragt sie.

»Das weiß ich nicht.«

Suchend sieht sie sich nach Bernard um, der seit der Einlieferung des Jungen hier im Krankenhaus war, jetzt jedoch verschwunden zu sein scheint.

»Ich mache mich mal auf die Suche nach einer Cafeteria, ich brauche etwas zu essen«, sagt Eir. »Willst du auch etwas?«

Sanna schüttelt den Kopf, und Eir geht davon. Der Polizist vor Jacks Zimmer nickt Sanna freundlich und wiedererkennend zu. Sie redet kurz mit ihm, und er tritt zur Seite, damit sie durch das kleine Fenster in der Tür schauen kann.

Jack liegt unter einer Decke im Bett und dreht ihnen den Rücken zu. Er scheint zu schlafen. Ein Infusionsschlauch führt in seinen Arm, und neben dem Bett steht ein Ständer mit einer blinkenden Maschine. Den Bildschirm kann Sanna nicht richtig erkennen. Seine Füße sind nackt und hängen über die Bettkante; sie wirken groß im Verhältnis zu seinem kindlichen Körper.

Aus dem Augenwinkel sieht sie, wie Bernard mit einem dampfenden Becher auf sie zukommt.

»Ich habe Eir getroffen«, sagt er. »Sie meinte, du willst hier warten. Warum? Ich gebe dir doch Bescheid, wenn sich etwas ändert.«

Sanna trinkt einen Schluck Kaffee. »War schon jemand da?«, fragt sie. »Um mit ihm zu reden?«

Bernard schüttelt den Kopf. »Er hat ja wie gesagt keine Angehörigen, weshalb …«

»Aber kam auch kein Psychiater oder jemand anders von der Kinder- und Jugendpsychiatrie?«

»Morgen früh soll jemand kommen, der auf Schock und Trauma spezialisiert ist. Wenn die Nacht ohne Zwischenfälle verläuft und die Lage nicht mehr so kritisch ist.«

»Sonst niemand?«

»Doch, jemand vom Jugendamt ist hier.«

Er nickt Richtung Flur.

Eine Frau in den Vierzigern lehnt an der Wand. Sie ist groß und schlank, zu ihren Füßen steht eine große Handtasche. Sie tippt etwas in ihr Handy, die Fingernägel sind lang und metallic-silbern lackiert. Als sie sich ihnen zudreht, sieht Sanna, dass ihr der linke Arm fehlt; der Blusenärmel hängt schlaff von der Schulter.

»Sie wartet darauf, mit dem Arzt und der Pflegefamilie sprechen zu können, glaube ich«, sagt Bernard.

»Du hast gesagt, das ist jemand mit Erfahrung?«

»Ja. Es handelt sich um eine Frau, und Jack war offenbar schon von früher Kindheit an ab und zu übers Wochenende oder so bei ihr.«

»Wenn man schon eine Pflegefamilie hinzugezogen hat, geht man wohl davon aus, dass er das Krankenhaus bald verlassen kann. Wann soll er sich morgen mit dem Spezialisten treffen?«

»Um neun. Hast du Eken Bescheid gesagt? Sein Flieger landet doch morgen früh?«

Sanna nickt. Sie hat ihren Chef vermisst, auch wenn er nur ein paar Wochen verreist war.

»Na, kaum hast du eine neue Partnerin, hast du auch schon ganz schön viel Scheiße am Hals«, sagt Bernard mit einer ordentlichen Portion Mitleid.

»Das Leben ändert sich schnell«, antwortet sie und nickt in Richtung von Jacks Zimmertür.

»Ja, verdammt. Glaubst du, er hat was gesehen?«

Sanna trinkt einen Schluck Kaffee.

»Du willst ihn unter Druck setzen, damit er mit einer Täterbeschreibung herausrückt, oder?«, fährt er fort.

»Ich habe keine andere Wahl.«

»Wenn er etwas gesehen hat, verlangst du von ihm, das Blutbad noch mal zu durchleben. Selbst mit dem erfahrensten Spezialisten für Kinderbefragungen kann das …«

»Er ist ein potenzieller Zeuge. Und wir haben mittlerweile zwei Morde aufzuklären.«

»Er ist dreizehn, ein Kind.«

»Im Moment ist er unsere einzige Chance.«

»Himmel noch mal, Sanna …«

»Es bleibt ihm ja immerhin erspart, von mir befragt zu werden«, erwidert sie ironisch und versucht sich an einem ungeschickten Lächeln, das auf Bernard keine Wirkung hat.

Eine Krankenschwester nähert sich.

»Haben Sie sich um Jack gekümmert?«, fragt Sanna und zeigt ihren Ausweis vor.

»Ja.«

»Wenn ich richtig informiert bin, hat man heute schon versucht, mit ihm zu sprechen?«

»Ja«, antwortet die Krankenschwester gestresst, »aber es scheint so, als würde er uns nicht hören.«

»Hat er vielleicht etwas gesagt? Unzusammenhängende Wörter, irgendwas?«

»Nein. Er spricht nicht.«

»Ich verstehe. Dann müssen wir bis morgen warten.«

»Nein, Sie verstehen nicht. Er wird auch da nicht sprechen. Er leidet an Mutismus.«

»Mutismus?«

»Er kommuniziert, indem er schreibt oder zeichnet. Ich dachte, das hätte man Ihnen gesagt?«

Sie geht in Jacks Zimmer. Durch das Fenster in der Tür sieht Sanna, wie die Schwester dem Jungen vorsichtig die Hand auf die Stirn legt.

»Er ist also stumm?« Bernard räuspert sich so inbrünstig, dass sie ihm einen angewiderten Blick zuwirft.

Dann ertönt ein krachendes Geräusch, und der Alarm ertönt in Jacks Zimmer. Der Junge liegt krampfend auf dem Boden, die Schwester kniet neben ihm. Der Infusionsständer ist umgestürzt, der Zugang aus seinem Arm gerissen.

Ohne nachzudenken, rennt Sanna in den Raum und geht neben der Schwester in die Hocke. Die Spasmen des Jungen werden stärker, der Hinterkopf schlägt gegen den Boden. Sanna streift rasch ihren Mantel ab und schiebt ihn unter Jacks Kopf, auf den sie sanft ihre Hände legt. Er entspannt sich.

Weitere Pflegekräfte und ein Arzt kommen ins Zimmer. Plötzlich schlägt Jack die Augen auf und sieht Sanna an. Er atmet ruhiger, die Krämpfe nehmen ab. Sie will etwas zu ihm sagen, doch da wird sie hochgezogen und aus dem Raum bugsiert.

Bernard will ihr eine Hand auf die Schulter legen, die sie jedoch wegschlägt. Vor lauter Adrenalin ist ihr übel. Jacks Blick ist wie Gift unter der Haut. Sein Gesicht, das plötzlich voller Emotionen war, voller Angst. Als ob er ins Leben zurückgefunden hätte, allerdings ein Leben, das unverständlich war.

Unten in der Krankenhauscafeteria legt Eir am Salatbüfett gegrillte Fleischspieße mit Habanerosoße in eine Take-away-Schachtel. Es ist wenig los. Einige Rentner sitzen mit ihren

Tabletts und Gutscheinen herum, eine Mutter mit einem schreienden Baby im Arm. Im Kioskbereich essen einige Schüler Süßigkeiten direkt aus dem Spender. Einer von ihnen steckt sich ein Bonbon in den Mund, grinst den anderen zu und spuckt es dann zurück in den Behälter. Als er Eir bemerkt, zeigt er ihr den gestreckten Mittelfinger.

Auf dem Weg zur Kasse nimmt sie rasch noch ein eingepacktes Sandwich, bezahlt und geht zu einem Stehtisch, um dort zu essen. Plötzlich legt jemand seine Hand auf ihre Schulter.

»Den haben Sie vergessen.«

Eine Frau in den Dreißigern mit freundlicher Stimme reicht Eir lächelnd ihren Geldbeutel. Sie muss ihn an der Kasse liegen gelassen haben. Die Frau hat glänzendes blondes Haar und leicht geschminkte Augen und hätte gut und gern auf einer der Modezeitschriften an der Kasse abgebildet sein können. Über einem grauen Kleid trägt sie ein Cape aus Kunstpelz, entweder eine Polarfuchs- oder eine Polarhasennachbildung.

»Schön, dass noch nicht alle Veganer geworden sind«, sagt die Frau und nickt lächelnd zu den Spießen vor Eir.

»Ja. Meine Eltern haben uns Fleisch verboten, das war dann wohl meine Teenagerrebellion«, antwortet Eir und lächelt verlegen.

Sie isst das letzte Stück Fleisch, wirft die Schachtel in den Mülleimer und öffnet das Sandwich.

»Warten Sie«, sagt die Frau und wischt mit ihren Handschuhen rasch etwas Soße ab, die auf Eirs Jacke gelandet ist. Sie riecht genauso gut wie die Frauen, von denen Cecilia früher immer Halstücher und Accessoires gestohlen hat, um ihre Drogen zu finanzieren. Das Parfüm hielt sich oft tagelang in ihren Kleidern und Haaren, vor allem, wenn sie die Halstücher noch eine Weile trug, bevor sie sie verkaufte.

»Danke.«

Die Fremde lächelt und dreht sich um. »Benjamin!«

Ein Teenagerjunge in einer leuchtend gelben Regenjacke kommt mit einer Tüte Süßigkeiten auf sie zu. Er sieht ihr nicht besonders ähnlich, Eir geht aber trotzdem davon aus, dass der große, wenig ansehnliche Junge der Sohn dieser hübschen Frau sein muss. Vielleicht wegen der Augen, die ähnlich scharf blicken, auch wenn sie nicht dieselbe Farbe haben. Ansonsten sehen sich die beiden nicht ähnlich. Er ist massig, mit breiten Schultern und Händen wie Schaufeln. Auf kindliche Art ist er riesig, und jede Bewegung scheint von leisen Seufzern gefolgt zu sein. Eir kann nicht einschätzen, ob dabei Körperteile aneinanderschaben oder Atemzüge aus dem schiefen, breiten Mund entweichen.

Er streckt seiner Mutter die Süßigkeitentüte entgegen. Eir bemerkt das große, dunkle Feuermal über seinem rechten Auge und an der Schläfe. Ihr Magen verkrampft sich. Hautveränderungen konnte sie schon immer nur schwer ertragen, an sich selbst und an anderen.

»Benjamin«, sagt die Frau. »Heute keine Süßigkeiten, das habe ich dir doch gesagt. Du kannst ein Sandwich essen.«

Er gibt ihr die Tüte. »Ich wollte überhaupt nicht mitkommen«, beschwert er sich und nimmt eine Limo aus dem Kühlschrank neben den Stehtischen.

Seufzend resigniert die Frau. »Dann beeil dich.«

Der Junge sieht sie trotzig an, dann äfft er sie mit gekünstelt hoher Stimme nach. »Dann beeil dich.«

»Lass das«, schimpft sie ihn. »Ich habe doch gesagt, dass man versuchen wird, eine feste Pflegefamilie für Jack zu finden. Bis dahin müssen wir ihm aber so gut helfen, wie wir können.«

»*Jack Abrahamsson?*«, fragt Eir.

Auf den verwunderten Ausdruck der Frau hin klappt Eir schnell ihren Geldbeutel auf und zeigt ihren Polizeiausweis. Die Marke glänzt im kalten Neonlicht.

»Ich war gerade bei Jack«, erklärt sie. »Sie sind also die Pflegefamilie, die man hinzugerufen hat?«

Die Frau reicht ihr die Hand. »Mette Lind. Wie geht es ihm?«

»Schwer zu sagen. Er soll morgen früh mit einem Psychiater sprechen.«

»Das Jugendamt hat mich angerufen, aber nicht gesagt, wie es ihm geht. Der Arme.«

Eir bemerkt, wie Benjamin sie aus großen Augen forschend mustert. Sie lächelt, was er unsicher erwidert. Er sieht zu ihrer Dienstwaffe, schluckt angestrengt und fährt sich mit der Hand durch die Haare, sodass sie wieder das große Feuermal sieht. Dunkelrot, lebendig und abstoßend. Wie ein zuckender Muskel ist es mit der Haut verwachsen. Eine monströse blutrote Klaue, die nach seinem rechten Auge greift.

»Gehen Sie jetzt wieder nach oben zu Jack?«, fragt Mette.

»Ja. Sollen wir gemeinsam gehen?«

Als sie am Süßigkeitenregal vorbeikommen, streckt der Junge von vorhin Eir wieder den Mittelfinger entgegen, langsam und provokativ. Die anderen kichern, als er noch einmal in die Bonbons spuckt.

Mette nimmt ihrem Sohn sofort die Tüte aus der Hand und legt sie beiseite.

»Warten Sie kurz hier mit Benjamin?«, sagt sie zu Eir. »Ich

kenne diese Jungs, manche waren schon bei mir als Pflegekinder.«

Sie geht zu der Gruppe und bleibt vor demjenigen stehen, der in die Bonbons gespuckt hat. »Wie geht es deiner Mutter, Robban?«, fragt sie.

»Sie wird immer noch regelmäßig gevögelt, was man von Ihnen nicht behaupten kann.«

»Ich würde vorschlagen, du gehst zur Kasse und sagst, was du mit den Süßigkeiten angestellt hast, und dann bezahlst du für die, die du genommen hast.«

Robban grinst hämisch. »Was bekomme ich dafür von Ihnen?«

Die anderen kichern nervös. Eir wirft Benjamin einen Blick zu, der die Hand zur Faust geballt hat. Vorsichtig legt sie ihm eine Hand auf den Arm. Er zuckt zurück und geht zur Seite.

»Eddie soll deine Mutter anrufen und sich mal ihre Arbeitszeiten im Hotel anschauen«, fährt Mette an Robban gewandt fort. »Sie muss wohl wieder mit ihren Stunden runtergehen und besser auf dich aufpassen.«

»Ich dachte, Sie und Ihr Ex reden nicht mehr miteinander? Ich meine, seit er die halbe Lehrerschaft an der Schule von diesem Idioten durchgevögelt hat?«

Mette atmet tief durch. Robban sieht rasch zu Benjamin, grinst herausfordernd, legt die Hand auf Mettes Taille und zieht die Frau an sich.

»Na, wollen wir zwei nicht …«

Sie stößt ihn von sich, und im gleichen Moment will sich Benjamin auf Robban stürzen. Mette packt ihren Sohn gerade noch am Arm und reißt ihn zurück.

»Nicht jetzt«, sagt sie eiskalt.

»Du verdammter Freak«, spottet Robban. »Was wolltest du, mich zusammenschlagen, oder was?«

Die anderen lachen hinter ihm. »Ich sollte verdammt noch mal allen erzählen«, fährt er fort, »wie du mich gebissen hast, bis es geblutet hat, nur weil ich deine Mutter ein bisschen zum Lachen gebracht habe und sie ausnahmsweise ein bisschen Spaß gehabt hat …«

Wieder will sich Benjamin auf Robban stürzen, doch Mette packt ihn am Kragen und zerrt ihn zur Seite. Ihre Kraft überrascht Eir, denn Benjamin ist nicht nur groß, sondern wirklich massig. Mette schiebt ihn vor sich her zum Ausgang, Eir eilt ihr nach. Bei den Aufzügen in der Lobby legt ihm Mette eine Hand auf die Schulter.

»Was hat Robban damit gemeint, du hättest ihn *gebissen?*«

Benjamin murmelt etwas.

»Hörst du, was ich sage?«, drängt Mette.

Eir drückt auf den Aufzugknopf, Benjamin murmelt immer noch etwas, das Mette zu verstehen versucht.

»Ich kann dich nicht hören. Antworte mir. Was hat er damit gemeint, du hättest ihn *gebissen?*«

»Lass mich in Ruhe!«, brüllt ihr Benjamin direkt ins Ohr.

Sie stolpert nach hinten und wirft Eir ein entschuldigendes Lächeln zu. Die Atmosphäre ist angespannt. Benjamins Wangen sind fahl und bleich, er hat sich in sich zurückgezogen.

»Ich schlage dem Kerl den Schädel ein«, murmelt er, »allen schlage ich den Schädel ein …«

Auf dem richtigen Stockwerk angekommen, stellt Eir Mette und Sanna einander vor.

»Wie geht es Jack?«, fragt Mette unruhig. »Welcher Arzt ist für ihn zuständig?«

»Ich glaube, Sie müssen warten, bis jemand kommt«, sagt Sanna. »Er hatte vor Kurzem eine Art Anfall. Jetzt ist er stabil. Aber es darf niemand zu ihm, ohne vorher mit dem Arzt gesprochen zu haben, und auch nur einzeln.«

»Und Ines Bodin? Wo ist sie?«

»Wer?«

»Die Sachbearbeiterin vom Jugendamt, die für Jack zuständig ist.«

»Ach so. Sie war hier und hat auf Sie und den Arzt gewartet, aber jetzt hat man sie zu Jack gesetzt. Damit er ein bekanntes Gesicht sieht, wenn er aufwacht.«

Mette sieht zu Jacks Zimmer. Sanna legt ihr sanft eine Hand auf den Arm und hält sie zurück. »Immer nur einer auf einmal. Müssen Sie etwas Dringendes mit Ines Bodin besprechen?«

Mette schüttelt den Kopf. »Das kann bis morgen warten.«

»Sind Sie morgen früh auch hier?«, fragt Sanna.

»Ja, so früh man mich lässt.«

»Gut. Er soll um neun einen Psychiater sehen. Wenn er danach hoffentlich etwas stabiler ist, sollte er mit einem unserer Kollegen sprechen, die auf die Befragung von Kindern spezialisiert sind. Wir wollen versuchen, ob er uns eine Beschreibung des Täters geben oder eine Zeichnung anfertigen kann. Oder ob er überhaupt irgendetwas am Tatort gesehen hat. Wenn Jack das möchte, natürlich.«

»Aber das ist doch viel zu früh!«, ruft Mette aufgebracht. »Er steht noch unter Schock. Dürfen Sie ihm das jetzt schon zumuten?«

»Wir würden das in einem sehr sicheren und geschützten Rahmen machen und, wie gesagt, mit Kollegen, die erfahren in der Arbeit mit Kindern in traumatischen Situationen sind.

Im Nebenraum wäre auch jemand von der Kinder- und Jugendpsychiatrie dabei, außerdem noch der Staatsanwalt und Jacks Rechtsbeistand. Aber nur, wenn ein Arzt die Zustimmung erteilt, und Jack natürlich auch.«

Mette sieht sie trotzig und beunruhigt an. »Entschuldigung, aber was tun Sie eigentlich hier? Sollten Sie nicht draußen unterwegs sein, die Nachbarn befragen oder was auch immer?«

»Der Tatort und die nähere Umgebung werden untersucht und überwacht«, antwortet Sanna beruhigend.

Mette nickt zögernd, dann sagt sie leise: »Man hat mir bisher so gut wie nichts erzählt …«

»Wir können leider im Moment nicht mehr Informationen herausgeben.«

»Aber … Ermordet? Das ist so furchtbar. Ich habe in den Nachrichten von dem Mord in Södra Villakvarteren gehört, damit hat es aber nichts zu tun, oder?«

Sie scheint nicht auf Klatsch aus zu sein, ihre Neugier wirkt ehrlich und aus Mitgefühl für Jack.

»Wie gut kannten Sie Rebecca Abrahamsson?«, fragt Sanna.

»Gar nicht. Aber ich kenne Jack. Er war schon früher als Pflegekind bei uns. Deshalb hat man uns auch angerufen. Er hatte es nicht leicht, mit den psychischen Problemen seiner Mutter und so.«

Sanna hebt die Augenbrauen. Das ist ihr neu.

»Was für Probleme?«

Mettes Blick flackert. »Sprechen Sie besser mit anderen darüber, es steht mir nicht zu, das zu erzählen. Ich kannte Rebecca wirklich nicht.«

Jacks Arzt kommt und erklärt Mette, sie müsse bis zum nächsten Morgen warten, um Jack zu sehen. Als sie weitere

Fragen stellt, geht er mit ihr und Benjamin dorthin, wo es ruhiger ist.

Durch das Fenster in der Tür sieht Sanna, dass Jack auf der Bettkante sitzt. Er wirkt desorientiert und ängstlich, krümmt sich, als Ines Bodin von einem Stuhl in der Ecke aufsteht. Sie legt ihm die Hand auf den Arm, redet mit ihm, fragt vielleicht, ob er auf die Toilette muss. Langsam steht er auf.

Sanna sieht ihn zum ersten Mal in voller Körpergröße. Als sie ihn fanden, blieb er im Schrank, bis die Sanitäter ihn vorsichtig mit einer Decke um die Schultern aus der Wohnung führten. Auch wenn sie jetzt weiß, dass er dreizehn Jahre alt ist, sieht er für sie immer noch um einiges jünger aus. Nur Hände, Füße und Schultern, die so muskulös wie bei einem Teenager sind, lassen ihn älter wirken. Doch gerade der Gegensatz zu seinem restlichen Körper verstärkt den kindlichen Eindruck. Mit zu Boden gerichtetem Blick bewegt er sich zögernd. Diese furchtbare Tragödie wird ihn von jetzt an für den Rest seines Lebens begleiten.

Auf dem Weg von der Station versucht Sanna Sudden wegen eines Updates zur Tatortuntersuchung im Hochhaus Mylingen zu erreichen. Danach ruft sie den Staatsanwalt Leif Liljegren an, um zu besprechen, welcher Kollege oder welche Kollegin am besten für Jacks Befragung geeignet ist. Währenddessen überprüft Eir in der Notaufnahme, ob ein Frank Roos behandelt wurde, doch weder er noch ein anderer, unbekannter Mann in seinem Alter wurden dort gesichtet.

Der Regen hängt schwer in der Luft. Eir schaudert, als sie die Autotür öffnet und sich neben Sanna niederlässt.

»Verdammt, hier ist es immer so kalt.«

Sanna bedankt sich bei jemandem und beendet ihr Telefonat.

»Jon?«, fragt Eir angespannt. »Haben sie was gefunden?«

»Sie haben noch einmal gesucht und die Nachbarn befragt, aber ohne Ergebnis. Kein Lebenszeichen von Frank Roos. Und kein einziger Zeuge im Hochhaus.«

»Verdammt.«

Vielleicht war Frank im Haus, als seine Frau überfallen wurde, denkt Sanna. Wurde er entführt, weil er alles gesehen hat? Falls es so war, könnte auch Jack in Gefahr sein, wenn sie ihn nicht ausreichend beschützten.

»Was für ein furchtbares Chaos«, sagt Eir. »Wir haben zwei Leichen, die beide auf dieselbe Art aufgeschlitzt und zerhackt wurden. Aber wir haben keine Ahnung, wo die Verbindung zwischen den beiden ist. Außer dass Marie-Louise Rebecca Geld für irgendetwas gegeben hat. Aber für *was?*«

»Hoffen wir, dass Sudden und seine Leute in der Wohnung der Abrahamssons noch mehr finden.«

»Und das Feuer? Die verbrannten Buchseiten?«

»Das verlorene Paradies.«

»Ja, was sollte das?«

»Keine Ahnung.«

»Und glauben wir immer noch, dass der Selbstmord im Kalksteinbruch etwas mit dem Ganzen zu tun hat?«

Sanna zuckt mit den Schultern. »Morgen soll noch mal dort getaucht werden, soweit ich weiß. Wenn man die Maske des Mädchens findet, können wir sie mit dem Gemälde in der Roos-Villa vergleichen.«

Eir seufzt. »Was haben wir eigentlich sonst noch?«

»Nicht viel. Wir müssen auf Fabians Ergebnisse und die der Techniker warten.«

Eirs Handy klingelt, es ist Cecilia. Sie drückt das Gespräch weg.

»Ich finde es nicht so merkwürdig, dass niemand etwas gesehen hat, als Marie-Louise ermordet wurde. Die Leute in den großen Häusern bleiben wahrscheinlich für sich. Aber bei Rebecca, in einem Mietshaus, *muss* doch jemand etwas gesehen oder gehört haben. Die Befragung der Nachbarn sollte doch was ergeben haben.«

»Ich glaube nicht, dass die Leute dort mit der Polizei sprechen. So läuft es nicht in der Welt von Mylingen.«

»Nicht einmal aus Angst, dass sie als Nächste dran sein könnten?«

»Nicht einmal dann.«

»Nach diesem Gewaltausbruch muss der Täter völlig blutbeschmiert gewesen sein. Jemand muss einfach etwas gesehen haben, als er die Wohnung verlassen hat.«

Sanna sieht Eir aus müden hellblauen Augen an. »Wer dort wohnt, sieht nichts«, antwortet sie. »Und der Täter könnte alles abgewaschen haben. Wir müssen abwarten, was die Untersuchung des Abflusses im Bad ergibt.«

Eir seufzt erneut. Sanna hat wieder denselben distanzierten, unlesbaren Gesichtsausdruck wie in Jacks Zimmer. Kalt, aber auch irgendwie erschüttert hat sie die grausame Szenerie in sich aufgenommen, ohne eine Miene zu verziehen. Doch als sie Jack im Schrank gefunden hat, hat sich etwas verändert. Einen Augenblick lang zumindest.

»Woran denkst du?«, fragt Sanna.

»Dass ich mir den Arsch abfriere«, erwidert Eir. »Zum Revier?«

Der Motor stottert beim Anlassen, und Sanna muss es noch einmal versuchen. Eir starrt sie aufgebracht an.

»Vielleicht solltest du den Schrotthaufen langsam mal in Rente schicken?«

Plötzlich wird die Tür zum Rücksitz aufgerissen, und Sudden steigt hastig ein. Das dichte, zurückgestrichene Haar ist leicht unordentlich. Im Gegensatz zu ihrer ersten Begegnung lächelt er nicht mehr.

»Ich wollte oben auf der Station nach euch suchen, aber habe euch beim Parken gerade noch gesehen.«

Eir sucht seinen Blick, um ihn zu begrüßen, doch er sieht nur kurz zu ihr.

»Wie geht es dem Jungen?«

»Morgen wird er einen Psychiater treffen«, erwidert Sanna, »und dann kann er uns hoffentlich ein paar Fragen beantworten.«

Sudden räuspert sich und kratzt sich hektisch an der großen, wulstigen Nase. »Okay, gut. Also, ich ...« Er verstummt.

»Kennst du sie?«, fragt Eir, als ihr klar wird, dass er Mette Lind entdeckt hat, die gerade ihr großes Auto aufsperrt.

»Eddie Linds Ex«, sagt er.

»Wer ist Eddie Lind?«

»Der reichste Mann der Insel. Bis sie sich hat von ihm scheiden lassen. Er war mit der halben Inselbevölkerung im Bett. Sie hat einen ziemlich guten Deal gemacht.«

»Sie wird Jack Abrahamsson als Pflegekind betreuen«, erklärt Sanna.

»Aha. Nun, er könnte es schlechter treffen. Man sagt, sie sei eine nette Frau.«

»Ihr Sohn ist jedoch das genaue Gegenteil«, wirft Eir ein. »Verdammt aufbrausend, der Junge. In der Cafeteria vorhin ist er völlig ausgeflippt, als ihn ein anderer Junge provoziert hat.«

»Teenager …«, murmelt Sudden.

»Nein, das war nicht nur irgendeine Teenagerscheiße. Er war total außer sich. Und der Junge, auf den er sich stürzen wollte, hat gesagt, dass er …«

Sanna räuspert sich ungeduldig. »Was wolltest du denn? Warum bist du hergefahren und hast nicht einfach angerufen?«

»Ein paar Dinge. Wir haben das Jagdmesser gefunden, mit dem Rebecca Abrahamsson umgebracht wurde. Es lag in einem Müllcontainer vor dem Hochhaus und ist jetzt im Labor.«

»Gut. Was noch?«

»Auf dem Messer aus der Roos-Villa war nicht nur Marie-Louises Blut, sondern auch das von einer anderen Person.«

»Frank?«, fragt Eir.

Es wird still im Wagen, während es zu regnen beginnt. Große Tropfen bedecken die Windschutzscheibe und nehmen die Sicht.

»Bisher wissen wir nur, dass es ein Mann ist …«

»Es könnte auch das Blut des Täters sein«, überlegt Sanna.

Sudden nickt zweifelnd. »Das wissen wir nicht …«

Sanna seufzt ungeduldig. »Kein Treffer in der Datenbank also? Okay, was wolltest du sonst noch besprechen?«

Sudden öffnet seine Jacke und holt zwei Beweismittelbeutel heraus, die er ihr in den Schoß wirft. »Das hier haben wir in Rebeccas Wohnung gefunden. Ich dachte, das wollt ihr euch sofort ansehen.«

Der eine Beutel enthält eine Packung Tabletten, auf deren Längsseite ein breiter hellblauer Streifen verläuft, über dem »25 mg« steht.

»Was ist das?«, fragt Eir.

Sanna hält den Beutel hoch und liest von der Packung ab. *»Lergigan?«* Sie dreht sich zu Sudden um.

»Das ist ein Antihistaminikum, aber auch …«

»Ich weiß«, sagt sie leise. »Es wird auch gegen Schwangerschaftsübelkeit verschrieben.«

»Was gut zu dem Inhalt des anderen Beutels passt«, erwidert Sudden.

Eir hebt die Tüte hoch, in der ein kleines weißes Gerät mit einem LCD-Display und einer Art Mikrofon liegt.

»Das ist ein Doppler«, erklärt Sudden.

»Ein was?«

»Ein Monitor für Herzgeräusche. Ein Ultraschallgerät, mit dem man den Herzschlag des ungeborenen Kindes abhört.«

Alle schweigen. Sanna fängt an zu verstehen, was Sudden andeutet, nämlich dass Rebecca Abrahamsson vielleicht schwanger war. Sie legt den Kopf zurück und versucht, sich zu sammeln. Doch sie kann nur an Jack denken, da oben in seinem Krankenhausbett. Dass er vielleicht nicht nur seine Mutter verloren hat, sondern auch ein ungeborenes Geschwisterkind. Sie streicht mit der Hand über ihre eigenen Tabletten in der Manteltasche.

»Ich habe schon mit Fabian gesprochen«, sagt Sudden. »Er meldet sich morgen.«

»Okay«, antwortet Sanna leise.

»Noch etwas.«

Sie sieht ihn im Rückspiegel an.

»Ein Nachbar behauptet, etwas gesehen zu haben.«

»Na also!«, sagt Eir. »Ich wusste doch, dass da jemand reden wird!«

»Na, ich weiß nicht, wie vertrauenswürdig der Zeuge ist«, antwortet Sudden. »Der Mann ist alt und wirkte nicht besonders stabil. Er kam auf mich und einen meiner Techniker zu und hat angefangen zu reden. Aber als wir einen Beamten dazuholten, ist er abgehauen.«

»Was hat er gesehen?«, fragt Sanna müde.

»Gestern Abend hat jemand Rebeccas Wohnung mit Blut an der Hand verlassen.«

»Konnte er die Person beschreiben?«

»Ja, und jetzt wird es etwas seltsam.«

Sanna schnaubt. Sie hat das schon öfter erlebt, dass Menschen, die in dem Hochhaus wohnen, lügen und die Polizei hinters Licht führen.

»Warum? War der Typ grün und hatte zwei Köpfe?«

Suddens und ihr Blick treffen sich im Rückspiegel. »Nein. Es war eine Frau, sehr groß und schlank. Und sie hatte nur einen Arm.«

KAPITEL ELF

Ines Bodin leistet keinen Widerstand, als man sie kurz darauf aus Jacks Krankenzimmer holt und zum Verhör aufs Revier bringt.

Sanna und Eir stellen sich beim Betreten des Verhörzimmers vor, das klein und fensterlos ist. Ines sitzt auf einem Stuhl und sieht sie ausdruckslos an.

»Ich weiß, weshalb ich hier bin«, sagt sie.

Sie sitzt bewegungslos da. Alles an ihr wirkt diskret. Die Haare sind zu einem weich fallenden Pagenkopf geschnitten. Die Augen haben einen intelligenten und mitfühlenden Ausdruck.

»Wenn wir richtig informiert sind, waren Sie in der Nähe von …«, beginnt Sanna.

»Ja«, unterbricht Ines sie. »Ich habe doch gesagt, ich weiß, warum ich hier bin.«

»Also gut, dann erzählen Sie bitte.«

Ines lehnt sich zurück und holt tief Luft. »Ich habe die Abrahamssons kennengelernt, als Jack etwa drei Jahre alt war. Damals ging es vor allem darum, Rebecca zu entlasten, die es schwer hatte. Jack sollte ab und zu mal ein Wochenende woanders sein, damit sich beide erholen konnten. Vor vier oder fünf Jahren hat mich allerdings die Polizei angerufen, weil sie eine Frau vom Dach eines Gebäudes geholt hatten. Sie hatte auf dem Dach der Schule ihres Sohnes gestanden und geglaubt, sie wäre der Vogel aus *Alice im Wunderland,* wie heißt er doch gleich ... Sie stand jedenfalls an der Dachkante und wollte hinunterspringen. Dabei hat sie gemurmelt ›Alle haben gewonnen, und alle müssen einen Preis bekommen‹, oder irgendwie so was. Es war Rebecca. Sie war völlig entgleist.«

Eir räuspert sich ungeduldig.

»Erzählen Sie, was gestern passiert ist«, sagt Sanna. »Waren Sie gestern Abend bei den Abrahamssons?«

Ines verlagert das Gewicht. »Rebecca litt unter Depressionen und gelegentlich auch unter Halluzinationen«, erklärt sie. »Sie war alleinstehend, überarbeitet. Sie hat mich immer angerufen, wenn sie gemerkt hat, dass sie sich etwas antun will.«

»Und gestern hat sie Sie auch angerufen?«

»Ja.«

»Und Sie sind zu ihr und Jack nach Hause gefahren?«

»Jack war nicht da.«

»Rebecca aber schon.«

Ines nickt. »Sie war nackt, als sie mir die Tür aufgemacht hat. Völlig aufgedreht. Sagte, sie wolle sterben und dass es weh tun solle. Hat wirres Zeug geredet.«

»Was war das alles?«

»Ich weiß es nicht genau ... Irgendwas mit Rotkäppchen, glaube ich.«

»Rotkäppchen?«, fragt Sanna nach. »Sind Sie sicher?«

»Ja.«

»Was hat sie Ihrer Meinung nach versucht zu sagen?«

»Keine Ahnung. Sie hat von Rotkäppchen geredet und dann von irgendeinem Lukas.«

»Lukas? Wer soll das sein?«

Ines wirkt allmählich verärgert. Sie beugt sich über den

Tisch und lächelt abfällig. »Vielleicht ein Verwandter von Rotkäppchen oder Alice im Wunderland?«

Eir schnaubt frustriert.

»Also«, fährt Ines fort, »sie war verwirrt und kaum zu verstehen. Und irrational.«

»Was meinen Sie damit? Was ist passiert?«

Ines sieht sie abwehrend an. »Ich habe Rebecca nicht getötet, wenn Sie darauf hinauswollen.«

»Jemand hat Sie gesehen, wie Sie blutig die Wohnung verlassen haben.«

»Hören Sie zu. Rebecca war völlig unzurechnungsfähig, man konnte nicht mit ihr reden. Und sie war splitterfasernackt. Ich habe versucht, ihr einen Morgenmantel überzuziehen. Da ist sie ausgeflippt und hat mich geschlagen. Ich habe versucht, sie abzuwehren und ihr dabei einen tiefen Kratzer im Gesicht verpasst, der angefangen hat zu bluten. Meine Hand war auch blutig.«

Sanna erinnert sich an die tiefe Kratzwunde an Rebeccas Wange und an Ines' lange, scharfe Fingernägel.

»Gestern Abend habe ich einige Hausbesuche absolviert«, sagt die Jugendamtsmitarbeiterin. »Überprüfen Sie das ruhig. Ich war nicht länger als zehn oder fünfzehn Minuten bei Rebecca. Außerdem hat sie mich später am Abend bei meinem letzten Hausbesuch noch angerufen. Überprüfen Sie das. Als ich gegangen bin, war sie noch am Leben.«

»Haben Sie keine Hilfe hinzugerufen?«, fragt Eir. »Wenn sie so völlig außer sich war?«

Ines Bodin zuckt mit den Schultern. »Das war nicht das erste Mal. In neun von zehn Fällen beruhigt sie sich und schläft ein, und wenn sie aufwacht, ist alles wieder in Ordnung.«

Eir verlässt den Raum, um einige Anrufe zu erledigen und Ines' Alibi zu überprüfen. Sanna denkt an die Tabletten aus Rebeccas Wohnung. Wenn sie schwanger war, ist da vielleicht auch ein Mann, den man befragen sollte.

»Hatte Rebecca einen Freund?«

Ines lacht. »Wohl kaum.«

»Irgendwelche Affären, von denen Sie wissen?«

»Nein, außer Jack hatte sie niemanden.«

»War Jack oft bei einer Pflegefamilie?«

»Das können Sie sehr gut nachlesen, wenn Sie sich die Mühe machen, seine Akte anzufordern.«

»War er noch in anderen Pflegefamilien außer bei Mette Lind?«

»Nein. Wir haben ihn immer dorthin geschickt«, antwortet Ines, und ihr Ausdruck wird hart.

»Ihn *geschickt?*«, fragt Sanna. »Wollte er nicht zu den Linds?«

Ines wirkt verlegen.

»Gab es Probleme mit Mette Lind?«, fragt Sanna weiter.

»Jack und Benjamin, Mettes Sohn, verstehen sich nicht.«

»Und Jacks Vater? Was wissen Sie über ihn?«

»Er hat sich seit vielen Jahren nicht gemeldet.«

»Haben Sie eine Ahnung, warum?«

»Er war eine Art Söldner oder wie man das nennt. Hat auf der ganzen Welt gearbeitet. Von seinem letzten Auftrag ist er nicht zurückgekommen.«

Sanna hebt die Augenbrauen.

»Wahrscheinlich ist er mittlerweile *tot*«, betont Ines kühl. »Jack hat ihn nicht mehr gesehen, seit er fünf oder sechs war.«

»Und Jack? Wie schätzen Sie ihn ein?«

Eir steckt den Kopf zur Tür herein und winkt Sanna auf den Flur. Sie erzählt, dass die Vorgesetzte alle Angaben bestätigt hat. Ines stand den ganzen Abend während ihrer Hausbesuche mit ihr in Kontakt.

»Kann ich jetzt gehen?«, fragt Ines, sobald die beiden Polizistinnen wieder im Raum sind.

Sanna nickt. »Aber wir werden sehr wahrscheinlich noch einmal mit Ihnen reden müssen.«

Ines zieht ihren Mantel an. »Dysmelie«, sagt sie und lächelt Eir kalt an. »Ich bin so auf die Welt gekommen. Sie können also aufhören, sich alle möglichen schrecklichen Unfälle vorzustellen, die ich gehabt haben könnte.«

»Was ist mit Rebecca?«, fragt Sanna. »Waren ihre Zustände auch angeboren?«

Ines schüttelt den Kopf. »Keine Ahnung. Aber die Halluzinationen und das selbstverletzende Verhalten haben ungefähr zu dem Zeitpunkt angefangen, als die Polizei sie vom Dach geholt hat. Wie gesagt, das war vor vier oder fünf Jahren.«

»Ist damals etwas passiert, dass das ausgelöst haben könnte?«

Ines schüttelt langsam den Kopf. »Wer weiß. Aber meine Großmutter hat immer gesagt: ›Gewalt erwächst aus Scham. Auch die Gewalt, die wir uns selbst zufügen‹«, antwortet sie geheimnisvoll.

Am nächsten Morgen ist Ernst »Eken« Eriksson wieder zurück, Sannas und Eirs Chef. Sie sitzen ihm an seinem großen, ordentlichen Schreibtisch gegenüber. Das Büro ist voller Bücher, Unterlagen und Aktenordner, aber trotzdem aufgeräumt. Eken trägt eine Brille mit schwarzem Rahmen, das kastanienbraune Haar ist zum klassischen Seitenscheitel gekämmt. Er ist gebräunt und sieht gesund aus. Die Arthrose scheint sich gerade zurückzuhalten, und wären seine kräftigen

Hände nicht fest verschränkt, hätte man ihm die Anspannung nicht angemerkt.

Sanna fasst noch einmal die Ereignisse der letzten Tage zusammen, auch wenn sie und Eken das meiste schon am Telefon besprochen haben. Sie erzählt von dem Geld, das sie in der Roos-Villa gefunden haben und wie es sie zu Rebecca Abrahamsson geführt hat. Bei der Beschreibung der beiden Tatorte zeigt sie die Gemeinsamkeiten auf, die auf ein und denselben Täter hindeuten, wie zum Beispiel die Schnitte im Hals und die tiefen Stiche in Brustkorb und Herz.

Eken hört still zu. Seine Fingerknöchel werden weiß, so fest verkrampft er die Hände ineinander, doch sein sonnengebräuntes, rundliches Gesicht bleibt ausdruckslos. Als sie mit ihrem Bericht fertig ist, holt er tief Luft. Er spricht mit dem besonderen Dialekt der Insel, der voller Vokale und sehr melodisch ist, doch sein Tonfall ist streng.

»Also, wir haben zwei ermordete Frauen. Die Verletzungen scheinen sich sehr zu ähneln. Aber …«

»Die Fälle gehören zusammen«, unterbricht ihn Sanna.

Er seufzt. »Und der Mann des ersten Opfers?«

»Frank Roos, er ist immer noch verschwunden.«

Er räuspert sich, doch Sanna kommt ihm zuvor. »Abgesehen von der Tatsache, dass er sich nur eingeschränkt bewegen kann, hatte er unserer Einschätzung nach auch ein liebevolles Verhältnis zu seiner Frau. Wir suchen nach ihm, verdächtigen ihn jedoch nicht.«

Eken streicht sich nachdenklich übers Kinn. Sanna fährt fort: »Ich glaube, dass unser Täter eine Verbindung sowohl zu Marie-Louise als auch zu Rebecca hat, die wir allerdings noch nicht kennen. Und bevor wir das nicht wissen, ist auch nicht klar, ob wir mit weiteren Opfern rechnen müssen.«

»Ein Serienmörder? Willst du das damit sagen?«, fragt Eken.

»Ich bin überzeugt, dass dieser Fall größer ist, als wir bisher annehmen.«

»Willst du noch etwas loswerden?«

Sanna sieht zu Eir, die sie jedoch ignoriert.

»Auf dem Boden bei Rebeccas Leiche haben wir ein halb verbranntes Buch gefunden.«

»Ach ja?«

»*Das verlorene Paradies,* von John Milton.«

Eken stützt sich gestresst auf die Ellbogen. »Das handelt von Satan, oder nicht?«

»Und noch etwas ist seltsam.«

»Was?«

»Das vierzehnjährige Mädchen, das tot im Kalksteinbruch gefunden wurde. Sie hat eine Fuchsmaske getragen, als sie sich umgebracht hat. Dasselbe Mädchen ist mit, wie ich glaube, derselben Maske auf einem Gemälde in der Roos-Villa abgebildet.«

Eken räuspert sich. »Du glaubst also, dass wir es hier mit etwas Okkultem zu tun haben? Und einem *Serienmörder?*«

Sanna ist bewusst, wie das klingt. Aber sie könnte trotzdem recht haben, dass es eine Verbindung zwischen den drei Toten gibt.

Eken lehnt sich zurück. »Es ist nur eine Zeitfrage, bis die Medien davon Wind bekommen. Die Insel wird von Journalisten überrannt werden.«

»Wir brauchen mehr Ressourcen«, sagt Sanna.

»Unmöglich«, antwortet er. »Je mehr Polizisten, desto mehr Journalisten.«

»Aber du denkst doch nicht, dass wir das hier allein schaffen, mit den wenigen Kräften, die wir auf der Insel zur Verfügung haben?«

»Ich glaube, dass wir es versuchen müssen.«

»Du meinst, wir sollen einiges zurückhalten und nicht öffentlich machen?«, fragt Sanna.

Eken nickt. Eir lehnt sich zurück und verschränkt angespannt die Arme.

»Bei allem Respekt, aber ich glaube wirklich, dass die Morde auf jemanden hindeuten, der gerade erst angefangen hat«, betont Sanna. »Alle Einzelheiten …«

»Ich will, dass wir uns auf den Mord konzentrieren, wegen dem uns die Medien auf die Pelle rücken werden«, unterbricht Eken sie. »Alles andere muss warten. Der Hauptverdächtige für den Villa-Mord ist zweifellos der Ehemann. Wie ist der derzeitige Stand der Suche nach ihm?«

»Er war es nicht«, entgegnet Sanna frustriert.

»Wir schließen niemanden aus, ohne ihn befragt zu haben«, sagt Eken. »Die Befragung der Nachbarn und diverse Suchaktionen haben nichts ergeben. Dann müsst ihr euch jetzt etwas anderes überlegen. Findet ihn.«

»Aber wenn wir die Morde nicht in ihrer Gesamtheit betrachten, übersehen wir vielleicht etwas. Es könnten noch mehr Menschen sterben, wenn wir nicht berücksichtigen …«

»Es ist mir egal, was ihr berücksichtigt, solange ihr Frank Roos findet«, fällt ihr Eken scharf ins Wort. »Wir können uns keinen Shitstorm wegen irgendeiner Gruselgeschichte leisten. Mit Junkies und Kleinkriminellen an der Stadtmauer können wir leben, aber nicht mit einem Serienmörder. So ist es nun mal.«

»Das ist doch Unsinn.« Sanna schüttelt den Kopf.

Eken beugt sich vor und sieht ihr in die Augen. »Ich habe

gehört, dass du Taucher beauftragt hast, im Kalksteinbruch nach dieser Fuchsmaske zu suchen. Brich die Suche ab. Wir konzentrieren uns allein auf den Mord an Marie-Louise Roos.«

»Du willst also ernsthaft, dass ich die Augen vor einem möglichen Serienmörder verschließe?«, erwidert sie scharf. »Nur damit die Medien keine Schauergeschichten berichten und die Touristen vielleicht abschrecken?«

»Nein, ich will, dass du nicht vergisst, wie viel Geduld ich immer mit deiner Eigenmächtigkeit gehabt habe. Versuch hier nicht auch noch, deinen Willen durchzusetzen. Es muss nicht immer alles in einen Kampf ausarten.«

Ekens Knöchel werden noch weißer. Eir spürt, wie Sanna von ihrem Frust überwältigt zu werden droht. So hat sie sie noch nie gesehen.

»Du und ich wissen, dass Gewalt hier an der Tagesordnung ist.« Sanna starrt Eken eindringlich an. »Tagtäglich waten wir im Dreck, räumen die Scherbenhaufen auf, die inkompetente Politiker vor unserer Haustür hinterlassen haben. Wir fangen die auf, die vom Weg abkommen, von der Gesellschaft ausgestoßen werden. Aber das hier ist etwas anderes. Hier handelt es sich um jemanden, der die Welt noch nicht so verschwommen sieht wie wir mittlerweile ...«

»Verdammt noch mal, Sanna!«, unterbricht Eken sie und wendet sich an Eir. »Und was ist mir dir? Bist du stumm? Du sitzt hier doch nur deine Zeit ab, bis du wieder zurück zur NOA kannst – etwas anderes willst du doch nicht, oder?«

»Ruf die NOA zu Hilfe«, bittet Sanna. »Allein schaffen wir das hier nicht.«

Eir springt auf. »Was? Wie feige bist du eigentlich?«

»Das hier ist zu groß für mich und für uns«, erwidert Sanna kalt.

»Ich will nicht, dass wir noch mehr Aufhebens machen«, sagt Eken. »Wir ziehen die NOA noch nicht hinzu.«

»Gut.« Eir wirft Sanna einen aufgebrachten Blick zu.

»Die Frau aus dem Hochhaus können wir noch eine Weile unter dem Radar halten, Junkies sterben ja andauernd«, meint Eken.

Sannas Gesicht verfinstert sich. »Ein Junge hat vielleicht gesehen, wie seine Mutter ermordet wurde. Was hat es deiner Ansicht nach für Auswirkungen auf ihn, wenn wir nicht ordentlich ermitteln?«

Eken seufzt. »Wie geht es dem Jungen?«

»Ich habe vorhin mit dem Krankenhaus telefoniert. Heute früh hätte er mit einem Psychiater sprechen sollen, doch das wurde verschoben, weil er nach Aussage des Arztes noch zu erschöpft war.«

»Du hast dich um jemanden gekümmert, der in Befragungen von Kindern geschult ist?«

»Ja. Das wirst du doch auch nicht wieder absagen?«

Er schüttelt den Kopf. »Nein, aber konzentriert euch auf Frank Roos.«

Sanna seufzt ergeben. »Wir *brauchen* Unterstützung von der NOA«, beharrt sie, während Eir sie wütend ansieht. Sanna erinnert sich, was Jon von den Sprayer-Mädchen erzählt hat, die behauptet haben, von einer Frau in Lederjacke überfallen worden zu sein, und dass das Eir gewesen sein könnte. Irgendetwas stimmt nicht mit ihr, denkt Sanna, aber sie kann es nicht genau definieren. Sie steht auf.

»Wo willst du hin?«, fragt Eken. »Setz dich wieder.«

»Ich kann so nicht arbeiten.«

»Sanna …«

»Ich brauche eine Pause.«

Eir erhebt sich ebenfalls. »Lass sie gehen. Ich mache weiter«, sagt sie zu Eken.

»Nein«, erwidert Eken fest. »Sanna, setz dich.«

»Ich halte das hier nicht aus«, erwidert diese kalt und geht.

Es wird still im Raum.

»Meint sie das ernst?«, fragt Eir. »Sie nimmt sich eine Auszeit, obwohl wir mitten in den Ermittlungen stecken?«

Eken nickt. »Sie meint es ernst.«

»Okay, dann lass mich allein weitermachen«, bittet Eir. »Bernard kann mir helfen.«

Eken sieht sie beunruhigt an. »Sollte es eskalieren …«

»Wenn alles gut läuft, will ich zurück zur NOA.«

»Du willst wirklich nicht hier sein, oder?«

»Ich bitte nur darum, dass du es meinem alten Chef erzählst, wenn ich mich hier beweise, und dafür sorgst, dass sie mich zurücknehmen.«

»Na gut«, stimmt Eken zu. Es klopft an der Tür.

Es ist Bernard. »Wo ist Sanna?«, fragt er aufgeregt.

»Worum geht es?«, erwidert Eken.

»Die Taucher haben etwas im Kalksteinbruch gefunden.«

KAPITEL ZWÖLF

Das Adrenalin pumpt durch Eirs Körper, als sie und Bernard aus dem Wagen steigen. Der See im Kalksteinbruch liegt wie eine offene Wunde vor ihnen. An der Kante stehen zwei frierende Techniker und ein Taucher mit seiner Ausrüstung, die gerade ihre Sachen zusammenpacken, um sie dann zurück zu den Autos zu tragen.

Eir wartet auf Bernard, der sich eine Zigarette anzünden will. Sie ruft sich das Überwachungsvideo in Erinnerung. Wie sie im Ermittlungsraum saßen und mit eigenen Augen sahen, wie Mia Askar sich die Handgelenke aufgeschlitzt hat. Wie sie sich ins Wasser hinuntergelassen hat, das Leben aus ihrem Körper herausgeströmt ist. Mia Askar gab dem Tod alles von sich.

Dann denkt sie an ihren ersten Besuch hier im Steinbruch, an das erste Treffen mit Sanna. Auch wenn es da schon Reibungen zwischen ihnen gab, waren sie sich an dem Tag einig, dass etwas an Mia Askars Selbstmord merkwürdig war.

Jetzt ist sie wieder im Kalksteinbruch, doch ohne ihre Kollegin, sondern mit einem widerwilligen Bernard. Wenn Sanna die ganze Zeit recht gehabt hat und sie Mia Askars Fuchsmaske finden und sich diese als dieselbe wie auf dem Gemälde entpuppt, dann gehört der Freitod des Mädchens zu den Mordermittlungen.

»Übrigens, ich habe Mias Mutter nie erwischt«, unterbricht Bernard ihre Gedanken.

»Wie meinst du das?«

»Sanna hat mich doch gebeten, Lara Askar ein Bild von dem Gemälde mit den Kindern zu zeigen. Das mit den Masken, aus der Villa. Um zu sehen, wie sie darauf reagiert und was sie dazu zu sagen hat.«

»Aber das hast du nicht getan?«

»Ich habe sie angerufen, aber sie nicht erreicht. Und dann kamen ja Rebecca Abrahamsson und ihr Sohn dazwischen, und ich, nun ja …«

Bernards Haut ist gräulich, er sieht müde aus, als er einen tiefen Zug an seiner Zigarette nimmt.

»Komm«, sagt Eir nur und geht zu den Technikern und dem Taucher am Rand des Kalksteinbruchs.

Eine Frau sieht ihnen entgegen, die auch schon am Tatort in der Roos-Villa war. Sie begrüßt Eir und Bernard knapp und deutet dann nach rechts, während sie einen Schritt zurücktritt.

»Es ist auf jeden Fall eine Maske«, sagt sie.

Eir beißt die Zähne zusammen.

Bernard räuspert sich genau hinter ihr. »Verdammt noch mal«, flüstert er.

Auf einer großen Plastikplane auf dem Boden liegt ein deformiertes Fuchsgesicht. Eine Wange hat sich gelöst, was das aufgemalte, gefährliche Lächeln aus dem Gleichgewicht bringt. An einem der Löcher in den Schläfen hängt ein Stück Schnur, aus dem etwas, das wie ein schwarzes Gummiband aussieht, herausragt. Um die Schnur haben sich einige lange rote Haare gewickelt. Die Maske ist grotesk, abstoßend und widerwärtig. Niemand spricht es aus, aber sie gehört eindeutig Mia Askar.

»Das ist Gips«, sagt die junge Technikerin. »Doch sie ist mit irgendeinem Kunststoff überzogen, deshalb hat sie die Zeit im Wasser relativ gut überstanden.«

Bernard gibt Eir sein Handy. »Hier ist das Bild von dem Gemälde, das Sanna geschickt hat.«

Die Kinder mit den Tiermasken stehen in einer Reihe. Manche sehen zu Boden. Einer der Jungen hat die Beine überkreuzt und die Hände über den Oberschenkeln zu Fäusten geballt, als müsse er dringend auf die Toilette. Eir mustert das Mädchen mit der Fuchsmaske, das den Blick auf etwas außerhalb des Bildes gerichtet hat. Sie vergrößert das Foto und hält das Gerät neben die auf dem Boden liegende Maske.

Vereinzelte Regentropfen lassen alle außer Eir zu den dunklen Wolken am Himmel aufsehen.

»Können wir jetzt zusammenpacken, und ihr schaut euch alles bei Sudden in Ruhe an?«, fragt die Technikerin.

»Einen Moment noch«, sagt Eir. Sie vergrößert und verkleinert das Foto, um es besser mit dem gefundenen Gegenstand vergleichen zu können. Die beiden Masken sehen sich zweifellos ähnlich, aber ob es dieselben sind, wird nicht klar.

»Was meinst du?«, fragt Bernard. »Sollen wir sie zusammenpacken lassen, und wir setzen die Arbeit im Labor fort?«

Eir hebt die Hand und vergleicht weiter die beiden Masken. Die Proportionen der Augen sind gleich, und bei beiden Gesichtern haben die schmaler werdenden Löcher breite rote Konturen. Auch Wangen und Nase sind identisch. Trotzdem wirkt irgendetwas anders. Sie geht zurück zu den Augen, und da sieht sie es. Der Fuchs auf dem Gemälde hat dort orangefarbene Streifen, die wie Lachfalten aussehen. Die Maske auf der Plane hat diese nicht.

»Können wir nicht bei Sudden damit weitermachen?«, drängt Bernard.

»Nein, das können wir nicht«, faucht Eir.

Stur geht sie vor der Maske in die Hocke, mustert die verschlagene Fratze. Den grinsenden Mund, die volle Unterlippe, die aufgemalten spitzen Zähne. Sie wirft einen Blick auf das Foto. Dieselben Zähne. Dann entdeckt sie die Lachfalten auf der Maske. Sie haben sich fast vollständig im Wasser abgelöst, sind aber gerade noch erkennbar.

An der Schläfe ist eine kleine, verwaschene Signatur zu sehen, sie ist undeutlich, aber lesbar. Dorn. Dieselbe Unterschrift wie auf dem Gemälde, so kantig, als hätte man sie mit dem Messer eingeritzt. Ava Dorn.

»Siehst du?« Sie dreht sich zu Bernard.

Er nickt langsam und lässt seine Zigarette in eine Pfütze fallen. Eir wählt Sannas Nummer und hinterlässt ihr eine Nachricht, als diese sich nicht meldet: »Du hattest recht wegen Mia Askar. Sie ist tatsächlich das Fuchsmädchen.«

Sanna liegt im Bett und hört Eirs Nachricht ab, empfindet aber keinen Triumpf. Der Abend nähert sich quälend langsam. Sie muss noch ein wenig durchhalten, bevor sie ihre Tabletten nehmen kann. Die Medizin, die sie im Schlaf zu Erik bringt. Schluckt sie sie zu früh, wacht sie auf, bevor die Nacht vorbei ist.

Sie verschränkt die Hände über dem Brustkorb und schließt die Augen. Sie sieht Mia Askar vor sich, wie sie zu dem See geht, die Kleider abstreift. Die bauschige grüne Boa, der sandfarbene Sonnenhut, die große Sonnenbrille mit den farbigen Gläsern. Eir hat gesagt, Mia sähe aus wie aus einer anderen Zeit oder einer anderen Welt. Damit hat sie recht.

Der Sonnenhut, die Sonnenbrille, die ganzen Accessoires.

Jodie Foster, denkt sie plötzlich.

Jodie Foster als Iris in *Taxi Driver*.

»Die Kette, die wir in dem alten Vergnügungspark gefunden haben«, sagt sie hektisch, als sich Eirs Mailbox einschaltet. »Sie könnte Mia gehören. Mia sah aus, als wäre sie *Taxi Driver* entstiegen. Ihre Kleidung, der Hut, die Sonnenbrille – alles war eine Hommage an Iris. Finde Lara Askar, zeig ihr ein Bild von der Kette und frag sie, ob sie Mia gehört hat.«

Sie legt das Handy zur Seite, schließt die Augen und versucht, sich zu entspannen. Hinter den Lidern kommt das blendend helle Licht immer näher. Sie versucht, die Augen zu öffnen, wach zu bleiben, doch die Müdigkeit ist stärker. Ein Murmeln, das aus dem Boden zu kommen scheint. Jemand lacht leise. Sie liegt still da. Eine helle Stimme, von einem Kind. Es ruft nach seiner Mutter, immer wieder. Sie setzt sich kerzengerade auf. Das Rufen wird zu einem verzweifelten Hilfeschrei. Sie steht auf, die Schreie werden von kratzenden Geräuschen und knisternden Flammen übertönt.

»Komm, Bruder Kaninchen, komm …«

Aus der Dunkelheit kommt er auf sie zu, ihr geliebter Erik. In einem gelben Sweatshirt und grünen Schlafanzughosen, er ist verängstigt und bewegt sich ruckartig. Die Haare sind vom Schlaf zerzaust, an einer Wange leuchtet der Abdruck der Nase des alten, verwaschenen Teddybären. Immer schneller geht er, als ob er nach etwas oder jemandem sucht.

»Mama? Mama?«

Sanna streckt sich nach ihm, er dreht sich um, starrt sie an, sieht sie aber nicht.

»Mama? Er kommt mir nach … Mama?«

Da hört sie es wieder: »Komm, Bruder Kaninchen, komm ...«

Erik schreit hysterisch. »Hau ab, du eklige Stoffpuppe!«

Eine Autoalarmanlage jault, Sanna setzt sich ruckartig auf. Als die grauen Wände und einfachen Möbel um sie herum klarer werden, greift sie nach den Tabletten. Sie schluckt drei Stück, legt sich wieder zurück auf das Kissen und schließt die Augen.

»Ich komme«, flüstert sie, bevor sie in das schwarze Nichts eintaucht.

»Also, wenn diese Ava Dorn das Gemälde gemalt und Mias Maske angefertigt hat, dann müsste sie ja etwas über Mia und vielleicht auch Marie-Louise Roos wissen?«

Eir steht mit Bernard in Lara Askars weißem Treppenhaus. Der Aufzugknopf leuchtet rot, und es klingt, als würde jemand ein paar Stockwerke über ihnen schwere Möbel ein- oder ausladen.

Bernard steckt sich einen Kaugummi in den Mund. »Ava Dorn ist tot«, antwortet er knapp.

»Stimmt.«

»Also glaub nicht die Schauergeschichten über sie.«

»Das mache ich auch nicht.«

»Gut.«

»Gut.«

Er kaut, als hätte er zehn Kaugummis im Mund. Mit seinem Trenchcoat, den Cordhosen und dem hektischen Kauen ähnelt er in Eirs Augen einem Fernsehpolizisten.

»Du warst schon mal hier?«, fragt er.

Eir nickt und erinnert sich an Lara Askars Gesicht, als sie von der Leiche im Kalksteinbruch erfahren hat, bei der es sich vermutlich um ihre Tochter handelte.

»Hast du Sanna erreicht?«

»Sie geht nicht ran und ruft auch nicht zurück«, antwortet Eir.

»Es liegt nicht nur an diesem Fall, sondern auch am Datum«, erklärt er.

Eir drückt verärgert mehrmals auf den Aufzugknopf. »Was meinst du damit?«

»Erik.«

»Und?«

»Sanna hatte einen Sohn. Er …«

»Ich weiß«, fällt ihm Eir ins Wort.

»Morgen ist sein Geburtstag. Also, wäre es gewesen, wenn nicht …«

»Deshalb ist sie also so völlig neben der Spur?«

»Manchmal verschwindet sie, so ist das eben. Du wirst dich daran gewöhnen müssen.«

Der Aufzugknopf erlischt wieder, und Eir hämmert darauf ein.

Lara Askars Gesicht ist matt, als hätte sie stundenlang geduscht. Allen Schmutz weggewaschen, alles Leben weggeschrubbt. Die Kleider sind ordentlich gebügelt, der Kragen der Bluse unter dem Pullover sitzt tadellos. Sogar die Fingernägel sind gepflegt, gleich lang und säuberlich poliert. Eir schiebt ihre eigenen Hände mit den angenagten Nagelhäuten in die Jackentaschen.

Bernard streckt die Hand aus, doch Lara zuckt kaum merkbar zurück.

»Guten Morgen«, sagt sie mit erstickter Stimme.

Eir und Bernard wechseln einen Blick. Es ist nicht mehr Morgen, sondern schon dunkel. Sie folgen Mias Mutter in die

Küche, die hellgrau eingerichtet und ordentlich aufgeräumt ist. Es riecht nach Zitrus. An der Kühlschranktür hängt ein Babyfoto, das sehr wahrscheinlich Mia zeigt. Das Mädchen sieht aus wie jeder andere unschuldige Säugling auch und lächelt breit mit seinen pummeligen Wangen. Das Foto wurde irgendwo auf dem Land aufgenommen.

Lara wischt den Küchentisch ab, auch wenn er bereits sauber ist. Eir äußert noch einmal ihr Mitgefühl wegen Mias Tod, als sie sich hinsetzen, und erklärt, dass sie noch einige Fragen stellen müssen. Lara zupft einige braune, verwelkte Blätter von einer Topfpflanze im Fenster, die zwischen ihren Fingern zerbröseln.

»Meine Firma ist auch gestorben«, sagt sie plötzlich. »Ich putze. Aber jetzt ist sie auch tot. Alles ist tot.«

Vorsichtig legt Bernard das Foto des Gemäldes mit den Maskenkindern auf den Tisch.

»Was ist das?«, fragt sie und scheint es nicht wiederzuerkennen.

»Wir glauben, dass Mia das Mädchen mit der Fuchsmaske ist«, sagt Bernard. »Haben Sie das Bild schon mal gesehen?«

Lara schüttelt den Kopf. »Wo haben Sie das Foto gemacht? Warum glauben Sie, dass das Mia ist? Das ist doch nur ein Gemälde?«

Eir ruft ein Foto von der Fuchsmaske aus dem Kalksteinbruch auf ihrem Handy auf. Das Bild ist nicht ganz scharf, doch man erkennt, dass es sich um eine Maske handelt.

»Haben Sie die schon mal gesehen?«

Lara runzelt die Stirn und nickt langsam. »Aber ich weiß nicht wo. Warum stellen Sie mir all diese Fragen?«

Bernard und Eir tauschen wieder einen Blick.

»Mia trug diese Maske, als sie …«, beginnt Eir.

»Können Sie sich einen Grund vorstellen, warum Mia eine solche Maske aufhatte?«, fragt Bernard.

Lara vergrößert das Bild. Sie sieht aus, als wäre ihr übel. Eir denkt, dass sie sie tatsächlich wiedererkennt, aber nicht weiß, woher.

»Sie ist von einer bekannten Künstlerin, Ava Dorn. Kennen Sie sie oder wissen Sie etwas über sie?«, fragt sie.

Lara ist blass geworden. Sie setzt sich auf ihre Hände. Bernard steht auf, holt ein Glas Wasser und stellt es vor sie hin.

»Regnet es draußen?«, fragt sie.

»Nein, nicht mehr«, antwortet Eir. »Warum?«

»Es klingt nach Regen.«

Eir horcht. Alles ist ruhig. Laras Blick zuckt zu der Wand hinter Bernard.

»Dieses Knacken. Gestern hat es angefangen. Hören Sie es?«

»Geht es Ihnen gut?«, fragt Eir behutsam, muss sich dann jedoch entschuldigen, weil sie eine SMS bekommt. Bernard schreibt, obwohl er neben ihr sitzt, und schlägt Eir vor, kurz hinauszugehen, damit er allein mit Lara reden kann.

Sie bittet darum, die Toilette benutzen zu dürfen. Als sie ins Wohnzimmer geht, hört sie, wie Bernard über das Wetter redet und wie hübsch die Küche doch ist. Sie bleibt an einem Bücherregal stehen, in dem lauter Bände zur Kindererziehung stehen, die von Kinderpsychologen, aber auch renommierten Journalisten geschrieben sind. Alle handeln davon, wie man mit Kindern umgeht, die nur mit Mühe zwischen Albträumen und der Wirklichkeit unterscheiden können, oder von Kindern, die systematisch lügen. Lügen in der Pubertät. Pseudologie als Symptom für Versäumnisse in der Erziehung.

Fantasie, Wirklichkeit, Wahrheit und Lüge sind immer wiederkehrende Themen.

Neben dem Wohnzimmer liegt das Schlafzimmer. Eir betritt es leise. Das Bett ist ordentlich gemacht und ohne Überwurf. Auf einem weißen Sprossenstuhl liegen säuberlich gefaltet ein paar Kleider. Die Wände sind nackt und in einem beruhigenden beige-rosa Ton gestrichen. Auf dem Nachttisch steht ein kleiner Lichtwecker. Außerdem ein leeres Glas, auf dessen Boden noch die letzten Reste einer Brausetablette kleben. Daneben liegen zwei Handcremetuben, eine Nachtcreme gegen trockene Haut sowie eine Tagescreme, die die Haut nach dem Kontakt mit Lösungsmitteln, Chemikalien und anderen irritierenden Substanzen schützt.

Eir geht in das nächste Zimmer, das Mia gehört haben muss. Für ein Teenagerzimmer ist es sehr aufgeräumt und schlicht. Unpersönlich. Oder erst kürzlich geputzt und ausgemistet worden. Auch hier hängen keine Bilder, Poster oder andere Dinge an den Wänden. In einem kleinen Bücherregal stehen Schulbücher und Lexika, aber auch ein altes Nachschlagewerk zur Meeresbiologie, genau das gleiche, das auch Eir als Kind hatte. Sie zieht es heraus und blättert zu dem Kapitel über Wale, das sie als Kind geliebt hat. Dabei merkt sie, dass das Buch in der Mitte ausgehöhlt ist und in der Vertiefung ein Jugendmagazin liegt.

Eir schlägt es auf. Es ist eine Fantasygeschichte, die von einer Hydra handelt, einem Wesen mit acht Köpfen. Sie blättert die Seiten zwischen Daumen und Zeigefinger durch. Die Hydra wohnt in einem Sumpf, zusammen mit anderen Tieren wie einer Riesenkrabbe mit Flügeln und einem zweibeinigen Fuchs mit Maulkorb. Zusammen kämpfen sie gegen etwas, das wie eine böse Zentaurenfamilie aussieht. Mit Umhängen, die ihnen

Superkräfte verleihen, und viel Gewalt will diese die Höhle der Hydra erobern. Auf der letzten Seite sind die Zentauren am Eingang der Höhle besiegt, und als der Fuchs ihnen die Umhänge herunterreißt, fällt das Fleisch von ihren Knochen.

Eir schaudert, legt das Magazin wieder in das Buch und stellt es zurück ins Regal. Ihr Handy vibriert. Ein verpasster Anruf und eine Sprachnachricht von Sanna. Sie hört sie ab und sucht dann im Bilderordner ihres Telefons nach dem Foto der Kette mit den drei Herzen.

Auf dem Weg in die Küche hört sie Lara plötzlich lachen. Mias Mutter klingt etwas unbeschwerter als vorher und unterhält sich entspannt mit Bernard am Küchentisch.

»Wir haben gerade davon gesprochen, woher Lara Marie-Louise Roos kannte«, erklärt Bernard mit einem angestrengten Lächeln, als sie hereinkommt.

»Ja, sie war sehr nett zu uns«, sagt Lara.

»Wie haben Sie sich kennengelernt?«, fragt Eir und lehnt sich an die Spüle.

»Bei einem Auftrag, den meine Reinigungsfirma übernommen hat. Sie und ihr Mann waren sehr großzügig.«

»Ja, wir wissen bereits, dass sie großzügige Menschen waren«, sagt Eir.

Lara sieht auf ihre Hände, und die Leichtigkeit ist wieder verschwunden.

»Haben Sie in der Villa geputzt?«, fragt Eir. »Haben Sie die beiden in ihrem Haus kennengelernt?«

Plötzlich zucken Laras Schultern. Sie versucht, sie nach hinten zu ziehen, um die Muskelkrämpfe zu kontrollieren. Bernard wirft Eir einen warnenden Blick zu, den sie ignoriert.

»Bitte entschuldigen Sie, aber ich bin sehr müde …«, sagt Lara.

»Haben Sie das hier schon mal gesehen?«, fragt Eir und zeigt Mias Mutter das Foto der Halskette.

Tränen verschleiern Laras Blick, und sie streckt eine zitternde Hand nach dem Foto aus.

»Hatte Mia eine solche Kette?«, drängt Eir.

Lara beginnt zu weinen und nickt.

»Haben Sie die im Wasser gefunden?«, flüstert sie.

»Ich glaube, wir sollten Sie jetzt in Ruhe lassen«, sagt Bernard und sieht Eir bedeutungsvoll an. »Geh doch schon mal runter und wärm den Wagen für uns auf.«

An der Küchentür fällt Eir plötzlich wieder ein, was Lara gesagt hat, als sie vom Tod ihrer Tochter erfahren hat.

»Als ich vor ein paar Tagen mit meiner Kollegin hier war und wir Sie wegen Mia informiert haben«, sagt sie an Lara gewandt, »da haben Sie etwas gesagt. ›Nicht die *beiden.*‹ Was haben Sie damit gemeint? Sie haben es so klingen lassen, als ob mehrere Personen tot wären, nicht nur Mia.«

Laras Blick zuckt. »Habe ich das gesagt?«

»Ja. ›Nicht die *beiden*‹, das waren Ihre Worte. Was haben Sie damit gemeint?«

Laras Lippen bewegen sich lautlos.

»Was haben Sie gesagt?«, fragt Eir.

Keine Antwort.

»Ich habe Sie nicht verstanden.«

Lara starrt auf den Küchentisch, seufzt, und ihr Hals rötet sich stark.

»Sie war keine Hure«, flüstert sie plötzlich.

Bernard schüttelt den Kopf. Eir atmet tief durch.

»Ich verstehe nicht …«

Lara fixiert weiter die Tischplatte. »Ich habe gesagt, meine Tochter war keine *Hure.*«

Ihre Stimme klingt dumpf. Eir überlegt angestrengt, was diese Antwort wohl bedeuten könnte, ist jedoch ratlos. Nichts in ihrer Frage hat angedeutet, dass es einen Zweifel an Mias Moral geben könnte.

»Bitte entschuldigen Sie«, sagt sie. »Ich wollte damit nicht …«

Lara sieht zu ihr auf. »Ich bin so müde.«

Eir nickt. Bernard steht auf und reicht Lara das Wasserglas. Ihre Hand zittert, als sie es an den Mund führt, das Wasser rinnt an ihren Lippen vorbei übers Kinn und tropft auf ihre Kleidung. Verzweifelt versucht sie, sich abzutrocknen. Als sie den Pullover über den Kopf ziehen will, bleibt er hängen, und sie zieht immer stärker, ohne Erfolg.

Dann brüllt sie wie ein verwundetes Tier, wie vor ein paar Tagen, als sie vom Tod ihrer Tochter erfahren hat. Doch jetzt klingt es untröstlich und völlig außer sich.

Eir geht rückwärts auf den Flur, während Bernard einen Krankenwagen ruft. Noch im Treppenhaus hört sie die verzweifelten Schreie.

KAPITEL DREIZEHN

Am nächsten Morgen geht Eir gerade mit Sixten Gassi, als Bernard sie anruft und darüber informiert, dass Lara Askar über Nacht im Krankenhaus war und jetzt wieder entlassen worden ist. Er erzählt auch, dass sich Jack Abrahamssons Zustand so weit stabilisiert hat, dass er noch am Vormittag mit dem Kinderpsychiater sprechen kann.

Sixten rennt in die Wohnung und verteilt Matsch und Blätter.

»Warst du draußen?«, fragt Cecilia und kommt schlaftrunken in einem übergroßen, verknitterten T-Shirt aus ihrem Zimmer. »Wie spät ist es?«

»Ausnahmsweise hast du mal geschlafen, und ich hatte Zeit, um mit Sixten rauszugehen. Jetzt kannst du es ruhig angehen lassen.«

»Danke.«

»Übrigens, guten Morgen.«

»Was soll daran gut sein?«

Eir streichelt Sixten, nickt Cecilia rasch zum Abschied zu und verschwindet im Treppenhaus.

Als Eirs Schritte leiser werden, wählt Cecilia eine Nummer auf ihrem Handy. »Ich bin's«, sagt sie. »Ich will zurückkommen. Ich muss hier weg. Kannst du mir bitte helfen? Ich tue alles … Okay. Ruf mich an.«

Sie legt sich aufs Sofa, und das Piepsen beginnt wieder.

Eir läuft durch die gerade erwachte Stadt. Es ist kalt, nur ein paar Grad über null. In einer Bäckerei kauft sie ein paar Brötchen und zwei Zimtschnecken. Vor einem kleinen Lebensmittelladen steht ein älterer Mann in einem Schaffellmantel und tauscht die Titelseiten der Lokalzeitung in den Schautafeln am Geschäft aus.

Die Schlagzeile lautet »Mord in Södra Villakvarteren«, darunter steht: »Die Polizei bittet die Allgemeinheit um Mithilfe bei der Suche nach dem Hauptzeugen.« Eine sehr viel kleinere Überschrift verkündet: »Frau tot im Hochhaus Mylingen aufgefunden.«

Eir zieht ihre Jacke enger um sich und ruft im Gehen Sudden an. Er bestätigt, dass die Techniker auch am Tatort in Rebecca Abrahamssons Wohnung keine brauchbaren Spuren gefunden haben. Weder deutliche Fingerabdrücke noch DNA, genau wie in der Roos-Villa. Sie erkundigt sich nach dem Duschabfluss in der Wohnung, ob der Täter vielleicht versucht hat, das Blut im Bad abzuwaschen. Doch auch hier hat man nichts gefunden. Das Blut an dem Messer ist Rebeccas, das ist alles.

Das verbrannte Buch konnte zur Stadtbibliothek zurückverfolgt werden. Rebecca hat es selbst vor drei Wochen ausgeliehen. An diesem Tag hat sie nur *Das verlorene Paradies* geholt, doch sonst hat sie häufig Bücher aus den verschiedensten Themenbereichen mitgenommen.

Eir versucht, Sanna zu erreichen, doch niemand meldet sich.

»Ich bin's«, spricht sie auf die Mailbox. »Ich wollte nur mal schauen, ob es dir gut geht. Ich bin auf dem Weg zu Fabian. Ruf mich an.«

Die Sonne scheint auf den Haupteingang des Krankenhauses. An der Information steht eine lange Schlange, und in der kleinen Apotheke bei den automatischen Türen drängen sich die Leute mit ihren Rezepten. Eir geht zu den Aufzügen, um nach unten in die Gerichtsmedizin zu fahren. Sie überlegt fieberhaft, was sie Fabian fragen soll, wenn sie ihm gleich zum ersten Mal allein gegenübersteht. Sie hat keine Ahnung, wie er sich verhalten wird.

Als sie Fabian zum ersten Mal mit Sanna zusammen getroffen hat, war ihr sofort klar, dass er ihr großen Respekt entgegenbringt. Die meisten Männer benehmen sich in Sannas Gegenwart eher wie wilde Hunde. Springen herum. Sind mal loyal, mal nicht. Sie folgen ihr, schnappen aber, kläffen und scheuen zurück. Fabian jedoch nicht. Etwas Unausgesprochenes lag in der Luft. Kein Blick, keine Worte. Vielmehr war es die Art, wie er sich Sanna gegenüber verhielt, als ob er immer auf einen gewissen Abstand bedacht wäre. Nicht freundschaftlich, sondern respektvoll. Fast schon demütig. Sie selbst erwartet sich keine solche Behandlung.

Plötzlich tritt Mette aus dem Aufzug, und Eir zuckt zusammen. Jacks Pflegemutter lächelt angespannt und murmelt, dass man den Jungen vielleicht bald entlässt und sie zur Psychiatrie muss, um ihn dort in Empfang zu nehmen.

»Schon?«, fragt Eir verwundert.

»Er ist offensichtlich gestern spätabends aufgewacht und hat ein wenig ferngesehen, ein Sandwich gegessen, etwas heiße Schokolade getrunken. Heute Morgen wollte er nach draußen gehen. Er will nicht mehr hierbleiben. Er hat ja immer noch sein Zimmer bei uns, da ist das nicht so verwunderlich. Die Ärzte sagen nach einer ersten Einschätzung, dass er bei uns zu Hause vielleicht eher zur Ruhe kommt.

Falls dieser Traumaspezialist zustimmt, kann ich ihn mit nach Hause nehmen.«

Eir nickt zögernd. »Eine familiäre Umgebung kann Wunder wirken«, hat man ihr damals gesagt, als Cecilia entlassen werden sollte, was viel zu früh und eher auf fehlende Ressourcen und ökonomische Gründe des Krankenhauses zurückzuführen war.

»Wir haben Beamte zu Ihrem Schutz abbestellt, das wissen Sie, nicht wahr?«, sagt sie. »Wir müssen ja erst noch klären, ob Jack ein Zeuge ist, daher …«

»Ja, das weiß ich«, erwidert Mette. »Ich muss dann los.«

»Melden Sie sich bitte, wenn er entlassen wird?«, ruft Eir ihr nach.

Mette dreht sich um.

»Wir müssen mit ihm reden«, fügt Eir hinzu. »Wenn er dafür bereit ist, würden wir das gern so schnell wie möglich machen.«

Mette nickt und eilt weiter. Eir betritt den Lift und drückt auf den Knopf für das Kellergeschoss.

Einer von Fabians Assistenten rollt gerade eine Bahre mit einer zugedeckten Leiche aus dem Obduktionssaal. Die nackten Füße ragen unter dem Laken hervor und deuten auf einen jungen Menschen hin. Fabian lächelt warm, als er Eir sieht.

»Guten Morgen«, sagt er strahlend.

Auf zwei Obduktionstischen liegen weitere Leichen.

»Das sind nicht eure«, sagt er, als ob er ihre Gedanken lesen könne. »Aber ich kann Rebecca holen lassen, wenn du das möchtest.«

Eir schüttelt den Kopf. »Frühstück?«, fragt sie und reicht ihm die Tüte aus der Bäckerei.

»Sehr gern, auch wenn du dir dadurch keine weiteren Hinweise erkaufst, weder bei Marie-Louise noch bei Rebecca.«

Sie versucht, ihre Enttäuschung mit einem Lächeln zu verbergen, was ihr jedoch nicht gelingt.

»Ich kann immerhin mit ziemlicher Sicherheit sagen, dass die beiden Messer, mit denen die Frauen getötet wurden, vom selben Ort stammen. Ich habe bei Rebecca dieselben Algen gefunden.«

»Auch ein Jagdmesser?«

»Ja.«

»Was war die Todesursache? Dieselbe wie bei Marie-Louise?«

»Genau. Die Halsschlagader wurde durchtrennt, dieses Mal allerdings mit tieferen Schnitten, weshalb es schnell gegangen ist. Noch schneller als beim ersten Mord.«

Er betrachtet sie, und sie kann nichts gegen die Röte tun, die sich auf ihren Wangen ausbreitet.

»Wurde Rebecca auch festgehalten?«

»Ich habe keine entsprechenden Hinweise gefunden.«

Wieder sieht sie Rebecca auf Jacks Bett vor sich. Das Blut. Die Raserei. Sie weiß, dass sie noch eine Frage stellen muss, doch sie hat Angst vor der Antwort und zögert.

Fabian beobachtet sie weiter, sieht ihr an, dass sie nachdenkt.

»Die Tabletten und das Ultraschallgerät …«, sagt sie schließlich. »War sie …?«

Fabian schüttelt den Kopf. »Ich weiß nicht, warum sie die Sachen hatte, aber nein, Rebecca war nicht schwanger.«

Eir atmet langsam aus.

»Erleichtert?«

Sie nickt. Auch wenn sie weiß, dass das eine neue Frage mit sich bringt. Wem gehörten die Tabletten dann?

Fabian wirft ihr ein warmes Lächeln zu. »Wo ist Sanna denn heute?«

»Ich weiß es nicht. Sie ist gestern abgehauen.«

»Abgehauen?«

»Bernard sagt, es liegt am Datum.«

Fabian nickt verstehend.

»Wir waren uns uneinig«, fährt Eir fort. »Sie findet, dass wir die NOA hinzuziehen sollten.«

»Und du denkst das nicht?«

»Ich weiß es nicht. Ich glaube, sie analysiert alles zu sehr.«

Er hebt lächelnd eine Augenbraue. »Vielleicht ist sie genau deshalb so gut in ihrem Job.«

Unsicher erwidert sie das Lächeln.

»Ich weiß so gut wie alles über Rechtsmedizin«, sagt Fabian. »Manche würden vielleicht sogar behaupten, dass ich einer der besten des Landes bin. Aber wenn Sanna an einem Tatort ist, dann *fühlt* sie, was passiert ist. Manchmal diskutieren wir lange, nachdem ich meine Arbeit erledigt habe und wenn meine Ergebnisse in eine andere Richtung deuten. Doch bisher hat sie jedes Mal recht gehabt.«

»Ja, kann gut sein«, erwidert Eir. »Aber sie ist verdammt anstrengend. Und das finde ja nicht nur ich. Wieso gab es sonst niemanden, der sich auf Bernards Nachfolge beworben hat? Sie hat den Ruf, komisch zu sein. Keine Freunde. Alle scheinen die Nase voll von ihr zu haben. Bernard. Jon. Eken.«

»Vielleicht. Aber sie hat etwas, was die anderen nicht haben.« Er verstummt. »Ein Gefühl für das Schlimmste, was uns allen zustoßen kann.«

»Ich weiß nicht mal, was das bedeuten soll.«

»Das bedeutet, dass sie kein besonders gern gesehener Partygast ist«, erklärt er lächelnd.

Eir weiß plötzlich nicht mehr, was sie sagen soll. Ohne es zu merken, hat sie ein Skalpell in die Hand genommen und lässt es zwischen den Fingern hin und her tanzen.

»Ich muss zurück aufs Revier«, sagt sie angespannt. »Wir hoffen, dass wir Rebeccas Sohn bald verhören können. Er wird gerade von einem Traumaspezialisten begutachtet. Wenn das positiv verläuft, dann versuchen wir, mit ihm zu sprechen. Wir haben eine richtig gute Kollegin, die auf die Befragung von Kindern spezialisiert ist.«

»Schafft er das wirklich?«, fragt Fabian.

Eir zuckt mit den Schultern. »Er ist unser einziger potenzieller Zeuge. Bis auf Marie-Louises Mann, der ja aber spurlos verschwunden ist.«

Fabian nimmt ein Brötchen aus der Bäckertüte und beißt hinein. Ungerührt von seiner Umgebung isst er genüsslich. Eir hebt die Augenbrauen.

»Was denn?« Er lächelt. »Ich esse oft hier unten. Bisher hat sich noch nie jemand über meine Tischmanieren beschwert.«

Die Geste, mit der er die beiden Leichen im Raum bedenkt, ist respektvoll und kontrolliert und erinnert Eir an seine Körpersprache in Sannas Gegenwart.

Sie wiederholt, dass sie zurück aufs Revier muss. Im Gehen spürt sie Fabians Blick in ihrem Rücken. Ihr ist gleichzeitig warm und kalt, als sie die Tür öffnet und hinausschlüpft. Erst nach einigen Metern merkt sie, dass sie das Skalpell immer noch in der Hand hält.

Draußen im hellen Sonnenlicht prallt sie beinahe mit einer älteren, stark geschminkten Frau in bunter Kleidung und mit hochtoupierten Haaren zusammen, von deren Rollator eine Tasche baumelt, die wie eine Bowlingkugel aussieht.

»Er hängt fest«, sagt sie und packt Eirs Arm.

»Wie bitte?«

Die Frau wedelt mit dem Arm. »Der Junge, er hat sich verfangen!«

Sie deutet auf einen großen Spielplatz in der Nähe, der bis auf eine Gestalt, die von einem kuppelförmigen, hohen Klettergerüst hängt, leer ist. Sie sieht aus wie ein Mensch, der zwischen den verzweigten Seilen des Gerüsts klemmt. Der Körper mit der gelben Regenjacke baumelt im Wind, der Kopf hängt zur Seite. Das Seil scheint den Nacken gebrochen zu haben, das aus der Entfernung wie ein verknotetes Kabel aussieht.

»Scheiße!«, schreit Eir und stürzt auf den Spielplatz zu, während ihr gleichzeitig klar wird, dass die Gestalt weder Hände noch Beine hat. Der Kopf wirkt klein und seltsam spitz und sieht eher aus wie ein wippendes Badespielzeug. Das ist kein Mensch. Jemand hat eine Regenjacke ausgestopft, damit sie wie ein menschlicher Körper aussieht.

Aufgebracht klettert sie nach oben und löst die Jacke, die mit Schnürsenkeln an den Seilen befestigt ist. Aus der Kapuze fällt ein dicker Pullover, sonst besteht die »Leiche« aus weiteren Pullovern, Jogginghosen, Tennissocken und einem Halstuch. Die Regenjacke kommt ihr bekannt vor, so eine hat sie erst vor Kurzem gesehen. Mettes Sohn. Er hatte sie an, als sie die beiden in der Krankenhauscafeteria kennengelernt hat. Sie klettert wieder zu Boden.

Da entdeckt sie Benjamin in Mettes Wagen, von wo aus er das Geschehen beobachtet.

»Ah, haben Sie seine Jacke gefunden?«, ertönt plötzlich eine Stimme.

Mette kommt mit Jack auf sie zu.

»Er verliert sie immer«, sagt sie und nimmt Eir die Jacke ab.

Eir will etwas erwidern, doch Jacks Anblick, wie er hinter Mette hertrottet, lässt sie verstummen. Er ist mager, seine Haut gräulich. Alles an ihm scheint zu hängen – die Augenlider, der Kopf, die Schultern, die Hände. Mette geht zum Auto, öffnet die Beifahrertür und hilft dem Jungen hinein. Dann wirft sie Benjamins Regenjacke in den Kofferraum, sieht ihren Sohn böse an und kommt zu Eir zurück.

»Wie geht es Jack mittlerweile?«, fragt diese.

»Überhaupt nicht gut. Er schafft kein Verhör.«

»Es ist ja auch kein klassisches Verhör«, antwortet Eir.

»Wie auch immer. Meine Meinung spielt keine Rolle.«

»Was wollen Sie damit sagen?«

»Er *will* der Polizei etwas erzählen.«

Eir schnappt nach Luft. »Sehr gut. Ich werde der Kinderspezialistin gleich Bescheid …«

»Nein«, unterbricht Mette sie. »Er will ausschließlich mit Ihrer Kollegin sprechen, der Blonden, die ihn auch gefunden hat.«

»Sanna?«

»Genau.«

»Sie kann das gerade nicht übernehmen. Und wir haben sehr strenge Vorschriften zu Verhören von Kindern …«

»Er will nur mit ihr reden, mit niemandem sonst.«

»Gut. Ich kann mir nicht vorstellen, wie schwer das alles für ihn sein muss, wie schlecht es ihm gehen muss. Aber das hier ist wichtig. Schon mit einem kurzen Gespräch mit unserem Kinderspezialisten könnte Jack uns enorm weiterhelfen.«

»Dann müssen Sie dafür sorgen, dass Ihre Kollegin zur Verfügung steht.«

Eir bemerkt, dass einer von Mettes Fingernägeln abgebrochen ist und sie unter der unebenen Kante eine offene Wunde hat. Auf einer Seite der Hand hat sie auch etwas, das wie Zahnabdrücke aussieht.

»Geht es Ihnen gut?«, fragt Eir zögernd.

Mette schiebt rasch die Hände in die Hosentaschen.

»Ja.«

»Ist etwas passiert?«

»Ich warte immer noch auf eine Antwort vom Jugendamt wegen einer anderen Pflegefamilie für Jack. Bis dahin kümmere ich mich um alles, so gut ich kann.«

»Mir ist klar, dass das nicht leicht sein kann. Aber könnten Sie vielleicht mit Jack reden, ob er sich auch mit jemand anderem unterhalten möchte? Wir brauchen seine Aussage wirklich …«

»Das weiß ich«, fällt Mette ihr ins Wort. »Aber wenn die einzige Familie, die Jack aufnehmen kann, auf dem Festland wohnt, wird er sofort dorthin gebracht.«

Sie schließt die Augen mit den langen schwarzen Wimpern und atmet tief durch. Als sie wieder aufsieht, ist sie wie verwandelt. Sie lächelt warm.

»Also, ich muss jetzt los«, sagt sie. »Aber wenn Sie Ihre Kollegin überzeugen wollen, mit Jack zu reden, dann müssen Sie sich beeilen, bevor er nicht mehr auf der Insel ist.«

Eir wählt Sannas Nummer. Ihre Verärgerung über die Situation schmerzt geradezu. Auch dieses Mal erreicht sie nur die Mailbox.

»Ich bin's. Ruf mich an. Wir haben ein Problem, du musst zurückkommen. Jack Abrahamsson will erzählen, was er gesehen hat, aber er will ausschließlich mit dir reden. Melde dich bitte, damit wir das besprechen können.«

Sie verflucht sich selbst, dass sie Mette nicht mit Benjamins Jacke im Klettergerüst konfrontiert hat. Die Vorstellung, dass er damit jemanden erschrecken wollte, ist abstoßend. Wahrscheinlich seine Mutter, um ihre Aufmerksamkeit zu erlangen. Verdammter Bengel, denkt sie. Sein Verhältnis zu Mette scheint nicht ganz gesund zu sein. Dass man die Fassung verliert, wenn die eigene Mutter wie in der Cafeteria belästigt wird, ist nachvollziehbar, aber Benjamin war nicht nur wütend, sondern voller Hass. Er schien Robban am liebsten totschlagen zu wollen.

Sie schaudert und entfernt sich schnell vom Krankenhaus. Sie muss zurück an den Anfang. Die einzige Verbindung zwischen zumindest zwei von den drei Toten ist bisher die Fuchsmaske. Und die führt zur Künstlerin Ava Dorn.

Es ist laut in dem kleinen Fischrestaurant. Eir trommelt mit den Fingern auf die Tischplatte und sieht ungeduldig zu der Wanduhr, deren Zeiger auf dem vergilbten Zifferblatt sich kaum vorwärtszubewegen scheinen. Eine junge Frau in Polizeiuniform geht an Eirs Tisch vorbei Richtung Ausgang. Jon und ein paar andere Polizisten folgen ihr dicht auf den Fersen. Er rückt ein wenig zu dicht auf die junge Kollegin auf, die ihren Schritt beschleunigt, doch er folgt ihr hartnäckig. Angeekelt knabbert Eir an einem Fingernagel.

Schließlich sieht sie Bernard in der Tür. Blinzelnd kommt er zu ihrem Tisch und setzt sich ihr gegenüber.

»Hast du etwas bestellt?«, fragt er.

Eir schiebt sich eine dick mit Butter bestrichene Brotscheibe in den Mund.

»Gibt es hier nur Fisch?«

»Nein, auch Krabben«, meint Bernard grinsend. »Aber der gebratene Hering mit Lauchzwiebelbutter ist sensationell.«

Die Bedienung kommt und nimmt ihre Bestellung auf. Nachdem der Kellner Eirs Wasserglas gefüllt hat, trinkt sie es auf einen Schlag aus und bittet ihn, gleich noch mal nachzufüllen.

»Also, kein Glück mit Jack?«, fragt Bernard.

Vor dem Fenster beugt sich die junge Polizistin in ihren Wagen, um den Sitz abzuwischen. Jon steht hinter ihr und bewegt das Becken vor und zurück. Die anderen grinsen.

»Warum konnten wir nicht auf dem Revier sprechen?«, fragt sie.

Bernard hebt demonstrativ den leeren Brotkorb, schüttelt ihn missbilligend und deutet dann mit dem Finger auf einen Brotkrümel in Eirs Mundwinkel. Rasch wischt sie ihn ab.

»Also?«, fragt sie. »Warum?«

Bernard trinkt einen großen Schluck von seinem Bier. »Du wolltest über Ava Dorn reden.«

»Genau.«

»Ich auch.«

»Und?«

»Der Besitzer dieses Restaurants ist nicht nur Wirt, sondern auch Kunstsammler mit einer Vorliebe für groteske Kunst.«

Bernard nickt in Richtung einer Wand, an dem ein Ölgemälde mit Faunen hängt, deren Gesichter fratzenhaft verzerrt sind. Eir wird übel. Die Faune brüllen hysterisch, Blut spritzt aus ihren Mündern. Die Pinselstriche sind scharf und aggressiv. Ein Durcheinander aus stracheldrahtartigen Fäden in Braun, Lila und Schwarz.

»Das hat vor ihrem Tod einen hohen Preis bei einer Auktion auf dem Festland erzielt.«

Bernard hält Eir sein Handy hin, und sie liest den Betrag ab.

»Und?«, fragt sie.

»Nachdem wir erfahren hatten, dass Ava Dorn sowohl die Maske als auch das Gemälde aus der Roos-Villa gemalt hatte, war ich gestern Abend hier, um etwas zu essen und ein bisschen mit dem Besitzer zu reden. Ihn zu fragen, was er über sie weiß. Ich hatte gehört, dass sie früher Kontakt hatten.«

»Er kannte sie also?«

Bernard nickt.

»Aber er konnte mir nicht viel erzählen, hat nur wiederholt, was alle schon wissen. Dass sie vor ein paar Jahren mit dem Auto auf die Fähre zur Insel gefahren ist, aber nie ankam.«

»Sie ist über Bord gegangen.«

»Ich habe ihm ein Foto von Marie-Louises Bild gezeigt, er hatte es aber noch nie gesehen. Die Maske kannte er auch nicht.«

»Okay. Und warum sind wir dann hier?«

»Deshalb.« Bernard deutet auf die Wand hinter Eir.

Dort hängt ein rechteckiges Gemälde mit ähnlichen Farbtönen wie das größere mit den Faunen. Zwischen alten Fischernetzen und -kugeln fällt es kaum auf.

»Ich komme normalerweise ein paar Mal pro Woche her, um etwas zu essen. Deshalb kenne ich die Wände gut. Und das Gemälde da ist definitiv neu.«

»Na und? Er hat ein Bild gekauft. Sollen wir ihn jetzt verhaften, oder was?«

Eir mustert das Bild genauer. Ein weißes Etikett ragt unter dem Rahmen hervor.

»Ja, du siehst richtig«, sagt Bernard. »Der Rahmen ist neu. Ich war heute Morgen bei der Glaserei, und dort hat man gesagt, dass sie manchmal Ava-Dorn-Gemälde bekommen, die recht neu aussehen oder zumindest bisher noch nicht auf dem Markt waren. Ava Dorn ist ja schließlich berühmt. Der

Mann in der Glaserei wusste einiges über ihr Werk und hat sich wegen dem hier gewundert.«

»Moment mal, du glaubst also, dass sie …«

»Ich glaube gar nichts. Aber es scheint so, als würden gewisse Kunstsammler neue Arbeiten von Ava Dorn rahmen lassen.«

Eir dreht sich wieder zu dem großen Gemälde. Die Unterleibe der Faune stammen von Ziegen, sie sind haarig, muskulös. Der Horizont dahinter glüht in grellem Chromgelb. Dasselbe scharfe, brennende Licht wie auf dem Bild mit den Kindern. Eir versucht zu verstehen, was sie da eigentlich sieht. Die Motive wirken nicht beleuchtet, sondern als ob sie sich in dem gelben Licht *auflösen* würden. Das zentrale Motiv in Ava Dorns Gemälden sind nicht die Kinder oder die halb menschlichen Kreaturen, sondern das *Licht,* das im Hintergrund lauert.

»Was ist los?«, fragt Bernard. »Du siehst ja aus, als wäre dir der Teufel über den Weg gelaufen.«

KAPITEL VIERZEHN

Der Abend legt sich über die Insel. Es wird sieben Uhr, bis sich Sanna ins Auto setzt und nach Süden fährt, zu dem Friedhof, auf dem Erik und Patrik ruhen. Sie hat den ganzen Tag im Bett gelegen und versucht aufzustehen.

Das Handy vibriert auf dem Beifahrersitz.

»Ja?«, meldet sie sich müde.

»Bist du auf dem Weg zum Grab?«, fragt Eken.

»Was willst du?«

»Jack Abrahamsson. Ich möchte, dass du morgen früh zurückkommst, dann versuchen wir alles zu klären.«

»Das schaffe ich nicht.«

»Er will ausschließlich mit dir reden.«

»Ihr findet sicher eine Lösung.«

»Aber du …«

Sanna kann nicht länger zuhören. Sie weiß, dass sie kooperieren müsste, nicht schwierig und nachtragend sein dürfte. Dass man ihr kündigen könnte, wenn sie sich nicht zusammenreißt, zurückfährt und bei den Ermittlungen hilft. Sie beendet das Gespräch.

Sie weiß auch, dass es dunkel sein wird, wenn sie beim Friedhof ankommt. Aber Vilgot Andersson geht sicher in seinem Wohnzimmer auf dem knarzenden Boden auf und ab, mit dem Priesterkragen um den Hals, den er eigentlich nicht tragen müsste. Sie sieht ihn vor sich, wie er gelegentlich durch die Eisensprossenfenster des Pfarrhauses zu dem kleinen Friedhof sieht. Sie denkt an sein Haus, die überfüllten Tische und Ablageflächen. Überall liegen Bücher, alte CDs und merkwürdige Geschenke, die er von den Mitgliedern seiner Gemeinde bekommen hat. Darunter ist alles von Porzellankatzen bis zu Kräutern in selbst getöpferten Behältnissen, die mit Kreuzen und sechs Füßen dekoriert sind. Das schönste Geschenk hat ihm jedoch Sanna gemacht, sagt Vilgot immer, indem sie ihm ihren Sohn anvertraut hat.

Vor vielen Jahren tauchte Erik einmal nachts an seiner Haustür auf, er war außer sich, verschwitzt, und ihm war schwindelig. Weder Sanna noch Patrik waren bei Vilgots Gottesdiensten gewesen, und alle im Ort wussten, dass Patrik Atheist war und die Kirche verachtete. Doch Erik war Schlafwandler. Allein hatte er die Straße überquert und war schließlich auf der Haustreppe des Pfarrhauses gelandet. Als Vilgot sie anrief, flüsterte sie, um einen Aufruhr zu Hause zu vermeiden. Ein paar Minuten später war sie da, um ihren Sohn abzuholen, der immer noch ganz benommen war.

Erik wollte nicht heimgehen, sondern stellte sich vor die Kirchentür. Als sie versuchte, ihn wegzuziehen, weigerte er sich und begann zu weinen. Vilgot schlug vor, sich eine Weile zusammen in die Kirche zu setzen. Dort ging Erik zum Taufbecken, und Vilgot bat Sanna, am nächsten Morgen zurückzukommen und über eine mögliche Taufe des Jungen zu sprechen.

Ohne zu zögern, schüttelte sie den Kopf und sagte: »Nein, tun wir es jetzt, bevor mein Mann aufwacht.«

Die ungewöhnliche Situation hat ein Band zwischen ihnen

geknüpft, das immer noch besteht. Sie weiß, dass Vilgot das Geheimnis von Eriks Taufe mit ins Grab nehmen wird, auch wenn Erik und Patrik schon lange tot sind.

Sie stellt das Auto an dem kleinen Friedhof ab und geht durch das Tor zum Grab. Dort geht sie in die Hocke und zündet zwei Grablichter an. Sie sieht in die Kerzenflammen und dann auf den Grabstein, auf dem nur zwei Namen stehen: »Patrik und Erik«.

Ein Stück entfernt liegt die Ruhestätte ihrer Eltern, und sie sieht einen neuen Rosenbusch darauf, den sicher Vilgot gepflanzt hat.

Seit sie gesehen hatte, wie sanft er mit Erik umgegangen war, mochte sie ihn. Sein lautes Wesen, der riesige und unbeholfene Körper und die Tatsache, dass er nicht nur auf die Insel, sondern auch noch in die kleinste Gemeinde gezogen war und sich dort niedergelassen hatte, faszinierten sie.

Sie war nie gläubig gewesen, doch als Erik als Kleinkind die ersten vollständigen Sätze formulieren konnte, hatte er angefangen, mit Spiegeln zu sprechen. Oder besser gesagt, mit etwas oder jemandem, den er darin sah.

Deshalb versteckte sie alle Spiegel ganz hinten im Abstellraum. Dann entdeckte sie ihn eines Tages im Keller. Irgendwo hatte er einen Spiegel aufgetrieben und saß jetzt weinend davor.

In der Kinderklinik sagte man, sie solle sich keine Sorgen machen. »Alle Kinder leben ab und zu in einer Fantasiewelt, und da bleibt man als Eltern am besten ganz ruhig.«

Patrik nahm ihre Panik auch nicht ernst, und sie fühlte sich immer einsamer, je mehr sich ihr Sohn veränderte. Bis sie Vilgot kennenlernte. Schon kurz nach der Taufe wurde

Eriks Spiel mit den Spiegeln positiver, sie brachten ihn zum Lachen, und zwischen Sanna und Vilgot wuchs lebenslanges Vertrauen und Freundschaft. Sonst war Sanna bei allem im Leben rational, doch bei Erik gab es keine Regeln.

In der Stille des Friedhofs wird sie ruhiger. Sie wischt die Erde vor einer der Laternen am Grab weg, sodass die kleine Glasscheibe in einem rostigen Eisenrahmen sichtbar wird.

»Ich habe den ganzen Tag gewartet.« Plötzlich erklingt Vilgots heisere Stimme hinter ihr.

Sie steht auf, ohne sich umzudrehen. »Heute wäre er fünfzehn geworden«, sagt sie. »Ich musste mich erst sammeln, bevor ich herfahren konnte.«

Vilgot tritt neben sie. Die Grablichter beleuchten von unten die lederartige Haut seines Gesichts. Die Falten sind wie ein Labyrinth aus Gassen und Winkeln.

»Wie geht es dir?«, fragt er.

Sanna nickt in Richtung eines umgestürzten Grabsteins. »Ich dachte, die Vandalen wären weg?«

Er schüttelt den Kopf. »Nein, die kommen immer noch. Aber ich rege mich nicht auf. Solange ich die Steine wieder aufrichten kann, ist es sinnlos, sich wegen höherer Zäune und Schlösser am Tor zu streiten.

»Könnt ihr keine Kamera installieren?«

»Der Herr wacht doch über uns. Und mehr Überwachung können wir uns auch nicht leisten.«

»Ich habe gehört, dass wir fast neue Nachbarn bekommen hätten?«, fährt er fort.

»Ja. Fast.«

»Aber es hat sich nicht gut angefühlt?«

»Alles braucht seine Zeit«, spricht er weiter, als sie nicht antwortet. »Wenn der richtige Zeitpunkt gekommen ist, kannst du abschließen und nach vorne schauen. Lass uns reingehen, es ist viel zu kalt und windig hier draußen.«

Hinter Vilgot ist der Wind nicht mehr so stark. Auf dem Weg zum Pfarrhaus fällt ihr auf, dass sein Rücken magerer wirkt als bei ihrem letzten Treffen. Vielleicht ist es nicht so verwunderlich, dass die Jahre auf der Insel nun doch ihr Recht fordern, selbst auf seinen breiten Schultern.

»Du sitzt zu viel in dem alten Wagen.« Der Wind verweht seine Stimme. »Und ich glaube auch nicht, dass Patrik gewollt hätte, dass du ihn behältst. Er fährt sich nicht sicher.«

Vilgot steht bereits oben am Hang und er sieht wie eine große Schattengestalt breit lächelnd auf sie herab. Ihr steht der Schweiß auf der Stirn, als sie die letzten anstrengenden Schritte auf ihn zu macht.

»Komm schon«, meint er lachend und reicht ihr die Hand, um sie das letzte Stück hochzuziehen. »Sonst wecken wir vielleicht noch die Toten.«

In der Küche im Pfarrhaus ist es warm und gemütlich.

»Und du willst wirklich keinen Schuss kaltes Wasser?«, fragt Vilgot und deutet auf ihre Kaffeetasse.

Sanna schüttelt den Kopf. Sie sitzen einander an seinem alten Klapptisch gegenüber. Er hat Kerzen angezündet, und in einem Fenster brennt eine Petroleumlampe. Draußen ist es stockfinster, am Himmel sind keine Sterne zu sehen, und es gibt keine Nachbarn.

Er steht auf und legt eine Schallplatte auf. Zarte, spröde Klavierklänge erfüllen das Haus.

»Ich habe gerade einen schrecklichen Fall«, sagt Sanna und stellt ihre Tasse auf den Tisch. »Ein Mädchen, oben am Kalksteinbruch. Eigentlich ist es gar kein Fall, keine Ermittlung. Sie hat sich umgebracht. War noch keine fünfzehn.«

»Mia Askar?«

»Ja. Woher weißt du das?«

»Ich habe es von Bekannten gehört, die wussten, wer sie war. Bei Mias Geburt wohnte die Familie Askar hier. Erinnerst du dich nicht an sie? Sie war doch genauso alt wie Erik.«

Sanna schüttelt den Kopf.

»Ja, dann sind sie in den Norden der Insel gezogen«, fährt er fort. »Sie hatten es nicht leicht. Die kleine Mia ist in einem ganz schönen Chaos aufgewachsen.«

»Du kanntest sie also?«

»Sie war noch klein, als die Familie umzog. Aber ich habe versucht, Lara zu helfen. Habe für Mia Aktivitäten im Sommer organisiert, eigentlich das ganze Jahr über. Ich habe dem Mädchen zum Beispiel geholfen, ein paarmal mit anderen Kindern herzukommen. Erik hat sie damals auch alle kennengelernt.«

»Ach ja? Wann war das? Ich kann mich nicht erinnern, dass du mich gefragt hättest, ob er mit anderen Kindern spielen kann.«

»Das waren nur ein paar Kinder aus der Stadt«, sagt er und lächelt beruhigend.

»Du und Lara Askar hattet also all die Jahre über Kontakt?«

»Nicht so richtig. Die Verbindung ist mit der Zeit abgerissen.«

Er schließt die Augen, und seine Finger bewegen sich zur Musik. »Bachs *Goldbergvariationen*«, sagt er lächelnd, öffnet die Augen wieder und sieht sie voller Zuneigung an. »Schläfst du zurzeit?«

»Was gibt es sonst noch Neues hier?«, erwidert sie, ohne auf seine Frage einzugehen.

»Nicht so viel. Eine neue Familie ist unten am Leuchtturm eingezogen, in das alte Dienstbotenhaus, das kleine Gebäude direkt am Weg. Der Mann hat seine eigene Firma und soll angeblich sehr tüchtig sein.«

Sanna nickt gedankenverloren.

»Vielleicht wäre es gar keine so schlechte Idee«, fährt Vilgot schließlich fort, »den Hof zu restaurieren und wieder nach Hause zu ziehen?«

»Das ist nicht länger mein Zuhause.«

»Dieser Mann hat auch vor einigen Jahren alles renoviert, nachdem es im Hafen gebrannt hat, seine Firma hat sehr gute Arbeit geleistet …«

Sanna schweigt.

»Noch eine Tasse?«, fragt Vilgot.

Sie sieht auf die Uhr. »Ich muss jetzt los.«

Beide stehen auf, und Vilgot zieht Sanna in eine liebevolle Umarmung.

»Ich kann das Gästezimmer im Anbau herrichten. Es zieht etwas, aber vielleicht schläfst du dort trotzdem gut?«

Müde lächelnd schüttelt sie den Kopf.

Im Flur zieht sie sich Stiefel und Mantel an, zögert jedoch, als es draußen donnert.

»Fahr vorsichtig. Auf den Straßen ist viel Wild unterwegs«, sagt Vilgot.

»Danke.« Sie umarmt ihn unbeholfen.

»Ach was, das war doch nur eine Tasse Kaffee. Wir sehen uns in einem Jahr.«

Sie lächeln einander an. Sanna legt eine Hand auf den Türgriff und dreht sich dann noch mal um. »Mia Askar trug eine Fuchsmaske, als sie sich umgebracht hat. Sagt dir das irgendetwas?«

Vilgot schüttelt den Kopf.

»Ich dachte, vielleicht hat es einen mythologischen Hintergrund, den du kennst.«

Er denkt nach. »Mythologisch … Tiere wurden ja immer als Symbole in unterschiedlichen Zusammenhängen verwendet. Mia oder ihre Mutter waren nicht gläubig, sonst hätte es mit *diesem* Fuchs zu tun haben können. Aber nein …«

»*Welchem* Fuchs?«

Er setzt sich auf einen knarzenden Hocker. »Die beiden waren wie gesagt nicht gläubig. Lara hatte allerdings Freunde, die engagierte Katholiken waren, glaube ich. Ich weiß, dass man Tiere im Katholizismus früher symbolhaft verwendet hat. Genauso wie in einigen anderen Religionen, auch heute noch.«

»Und für was standen die Symbole?«

»Die Sünden. Aber wie gesagt …«

»Die sieben Todsünden?«

Er nickt.

Sanna sieht das Bild mit den Kindern und den Masken vor sich. *Sieben* Kinder.

»Ein Schwein, ein Pfau, ein Esel, ein Hund, eine Ziege, ein Fuchs und ein Wolf?«, fragt sie.

Vilgot zögert. »Das weiß ich nicht. Es können sicher unterschiedliche Tiere sein, je nachdem, mit wem man darüber spricht.« Er hebt das Kinn. »Warum interessiert dich das? Deutet irgendetwas an Mias Tod darauf hin, dass es kein Selbstmord war?«

»Nein. Aber wir sehen ihn uns etwas näher im Kontext einer anderen Ermittlung an.«

Er massiert sich die Schläfe. »Wie du das alles aushältst …«, sagt er leise.

»Ich habe ja nichts anderes. Verschwundene alte Jagdmesser und andere fürchterliche Dinge scheinen meine neue Familie zu sein.«

»Jagdmesser?«

»Vergiss es. Das ist nur eine Spur, der wir gerade nachgehen.«

Sie umarmt ihn noch einmal, bevor sie das Pfarrhaus verlässt.

Er verschließt hinter ihr die Tür. Während die Scheinwerfer ihres Wagens Richtung Landstraße verschwinden, steht er hinter dem großen Eisensprossenfenster und sieht ihr nach. Dann spielt er die *Goldbergvariationen* erneut ab und bewegt sich langsam zur Musik.

KAPITEL FÜNFZEHN

Sanna klopft zweimal kurz, aber kräftig. Jemand bewegt sich in der Wohnung, und eine Frau öffnet die Tür mit vorgelegter Kette.

»Ja?«, fragt sie zurückhaltend.

Das muss Eirs Schwester sein. Sanna ist überrascht, wie zerbrechlich sie aussieht. Verglichen mit Eir ähnelt sie einem verletzlichen kleinen Vogel.

»Hallo … Ist Eir da?«

»Nein, im Moment nicht.«

Sanna holt ihre Polizeimarke aus der Tasche.

»Sie müssen ihre Schwester sein. Ich heiße Sanna Berling und bin ihre Kollegin. Ich habe sie angerufen, doch sie reagiert nicht.«

»Ich glaube, sie wollte zur Bibliothek.«

Sanna nickt zum Dank. »Dann schaue ich, ob ich sie da finde.«

Sie wendet sich zum Gehen.

Cecilia hakt die Türkette auf. »Kommen Sie rein, Ihre Haare sind ja ganz nass. Ich kann Ihnen ein Handtuch geben.«

Sie führt Sanna in die Küche und gibt ihr ein sauberes Geschirrtuch, um sich damit abzutrocknen. Sixten kommt herein und beschnuppert den Gast. Sanna krault ihn hinter den Ohren, und er trottet zum Sofa.

Cecilia mustert sie vorsichtig. »Fahren Sie jetzt zur Bibliothek?«

»Ja, warum?«

»Könnten Sie mich wohl mitnehmen?«

Cecilia trägt Straßenschuhe, als wäre sie gerade auf dem Weg nach draußen. In der Küche steht eine Reisetasche auf dem Boden. Laut Eken hat die junge Frau diverse Drogenentziehungskuren hinter sich. Sanna sieht das Verlangen und die Leere in Cecilias Blick.

»Weiß Ihre Schwester, dass Sie weggehen wollen?«

Cecilia schüttelt den Kopf. »Das ist schon in Ordnung. Ich rufe sie später an.«

»Tut mir leid, aber ich kann Sie nirgends hinfahren«, antwortet Sanna so freundlich, wie es ihr gerade möglich ist. »Ich muss jetzt gehen.«

Eir parkt im Regen vor dem Krankenhaus. Es stehen nur etwa zehn weitere Wagen auf dem Parkplatz, die angesichts des rotgelben Laubs auf den Windschutzscheiben sicher schon länger hier sind.

Sie fährt sich mit den Händen durch die Haare und mustert sich im Rückspiegel. Dann holt sie eine Wimperntusche aus der Jackentasche und trägt sie vorsichtig auf. Sie nimmt das Buch, das auf dem Beifahrersitz liegt, und steigt aus.

Der Obduktionssaal ist bis auf Fabian leer. Er hängt gerade seinen Kittel an einen Haken hinter der Tür, als sie leise hereinkommt. Er bemerkt sie nicht und beginnt, sich sorgfältig die Hände zu waschen. Sie beobachtet ihn dabei.

Seine Bewegungen sind voller Selbstvertrauen. Trotzdem fragt sie sich, was für ein Mann sein Leben damit verbringt, tote Menschen aufzuschneiden, unabhängig davon, wie stark und nach außen hin normal er wirkt. An einem anderen Haken hängt neben einem dunkelgrünen Parka seine Tasche aus braunem Leder, das angenehm abgewetzt ist.

»Bist du nur hier, weil du vor dem Regen geflüchtet bist, oder wolltest du etwas«, fragt er plötzlich.

Sie lächelt verlegen und streift die Kapuze ihres Hoodies nach hinten.

»Du arbeitest spät«, sagt sie.

»Glück für dich, oder?«

»Ja.«

Er dreht sich lächelnd zu ihr um, sieht jedoch müde aus. »Letzte Woche wurde das letzte Obdachlosenasyl geschlossen«, erzählt er erschöpft. »Und in der Woche davor hat jemand die Unterkunft für betreutes Wohnen unten am Hafen in Brand gesetzt.«

»Davon habe ich gehört.«

»In den letzten Wochen habe ich quasi mein ganzes Jahrcspensum an Arbeit hereinbekommen.«

Er trocknet sich die Hände ab und wirft ihr das Handtuch zu. Sie reibt sich damit rasch über die Haare und wirft es dann in den Wäschekorb.

»Ist etwas passiert?«, fragt er.

»Ja.« Eir gibt ihm das Buch, von dem schmutziges Wasser auf den Boden tropft. Sie hat es auf dem Weg von der Bibliothek zum Auto in eine Pfütze fallen lassen.

»Entschuldigung«, sagt sie und sieht sich nach etwas um, mit dem sie es abtrocknen kann. »Mist. Das war das einzige Exemplar, und ich muss es lesen und versuchen zu verstehen, wovon es handelt. Ein anderes Exemplar haben wir bei Rebeccas Leiche gefunden, es war teilweise verbrannt. Und Sanna ist verschwunden. Ich wollte nur nachfragen, ob du es zufällig gelesen hast. Ich kenne ja keinen hier, und ich mag keine Zusammenfassungen im Internet.«

Fabian schlägt das Buch auf. Die Seiten lösen sich aus der Bindung, und *Das verlorene Paradies* fällt zwischen ihnen auf den Boden.

»Verdammt noch mal.« Eir wirft frustriert die Hände in die Luft.

Fabian hebt lachend einige Seiten auf. »Ganz schön lange her, dass ich das zuletzt in der Hand hatte.«

»Du hast es also tatsächlich gelesen?«

»Ich habe auf dem Gymnasium einen Aufsatz dazu geschrieben.«

»Gott sei Dank. Und – worum geht es?«

»Das ist viele Jahre her, so genau erinnere ich mich nicht mehr …«

»Ich bin für alles dankbar.«

»Wie viel Zeit hast du?«

»Leider nicht so viel. Kann ich eine Kurzversion haben?«

»Das ist eigentlich unmöglich. Aber gut, wenn du mich nicht für Interpretationsfehler verantwortlich machst?« Er lächelt.

»Leg los.«

»Sind dir die Schöpfung und der Sündenfall ein Begriff?«

»Adam und Eva und so was?«

»Genau. Das schildert das Buch. Es war wohl ein Versuch, die Vorstellung von einem guten und allmächtigen Gott mit der Tatsache in Einklang zu bringen, dass es auch das Böse auf der Welt gibt.«

»Also eine Art Verteidigungsrede für Gott, oder?«

»Ja, so könnte man es ausdrücken.«

»Aber ist es dann nicht ein bisschen ähnlich wie die Bibel?«

»Ich weiß nicht, welche Bibel du gelesen hast, aber in dieser Erzählung steht Satan im Mittelpunkt.«

»Aha.«

»Ich weiß nicht, ob ich es richtig erkläre …«

»Satan ist also quasi die Hauptperson, und trotzdem ist das Buch eine Art Rechtfertigung für Gott?«

»Ja. Satan ist eine tragische Gestalt, die nur als eine *Funktion* von Gott existiert, gegen die er ankämpft.«

»Okay …«

»Es ist sicher nicht korrekt, es so zusammenzufassen, aber ich würde sagen, dass *Das verlorene Paradies* Satans tragischen Kampf um Selbstständigkeit und Freiheit schildert.«

Eir überlegt. »Wenn der Täter uns also zu diesem Buch geführt hat, indem er es angezündet hat – was will er uns deiner Meinung nach damit sagen?«

Fabian massiert einen Daumen an seinen Zähnen, als juckte es ihn. Eir schaudert. Dann antwortet er: »Dass der Teufel endlich frei von Gott ist?«

Eir starrt vor sich hin und merkt, wie Fabians Blick immer noch auf ihr ruht. Erst nach einer Weile sieht sie ihn an.

»Der Teufel ist also frei?«, sagt sie leise.

Sie betrachtet Fabian, will nicht gehen, will ganz in ihm verschwinden. Und weiß gleichzeitig, dass sie das auf keinen Fall tun sollte. Niemand sollte sich von jemandem angezogen fühlen, der den größten Teil seines Lebens im Keller inmitten von Toten verbringt.

Sie muss die Kontrolle zurückerlangen, muss hier weg. Versucht sich vorzustellen, wie er gerade eine Leiche obduziert, es gelingt ihr jedoch nicht. Stattdessen lösen sich alle Alarmsignale in Luft auf, und zurück bleiben nur die abgrundtiefen dunkelblauen Augen, die ruhigen Hände und die Sicherheit in seinen Bewegungen. Und die Erkenntnis, dass der Teufel dort draußen herumstreicht wie ein streunender Hund. *Ungebändigt.*

Sie zögert, dann bewegt sie sich langsam auf Fabian zu. Bevor er reagieren kann, steht sie schon vor ihm. Als sich ihre Lippen treffen, umfasst er ihre Handgelenke. Er weicht zurück, zwingt sie, ihn anzusehen, wartet auf sie. Sie nickt und schließt die Augen, als er sie fest an sich zieht.

Sanna parkt vor der Bibliothek und steigt aus. Auch wenn sie weiß, dass schon geschlossen ist, ist sie trotzdem hergefahren. Vielleicht, um nach Eir zu suchen. Vielleicht will sie auch einfach nicht nach Hause. Ein Zettel hängt neben dem Eingang, eine Bitte des Personals um Mithilfe. Einige DVDs wurden gestohlen, und alle Hinweise dazu sind sehr willkommen.

Eine Bibliothekarin kommt mit ihrem Schlüsselbund in der Hand aus dem dunklen Gebäude.

»Sie können gern morgen wiederkommen«, sagt sie fröhlich, während sie die Tür absperrt. Dann räuspert sie sich taktvoll, als sie sieht, wie Sanna den Aushang studiert. »Dieser Unfug. Wir glauben, dass es Jugendliche waren. Sie haben eine ganze Kiste mit DVDs gestohlen und dann die Discs da drüben im Park weggeworfen und die Hüllen behalten. Sie fanden das wohl lustig, denken, dass sowieso keiner mehr DVDs schaut, weil alle nur noch streamen. Dass sie damit machen können, was sie wollen. Glauben die denn, wir haben so viel Geld?«

Sanna hätte am liebsten gesagt, dass ein paar gestohlene DVDs längst nicht so schlimm sind wie die zwei Morde, in denen sie ermittelt, doch ihr fehlt die Kraft. Stattdessen geht sie zurück zum Auto, lässt sich auf den Fahrersitz sinken und versucht noch einmal, Eir anzurufen. Wieder keine Antwort. Ein Betrunkener schreit in der Nähe herum. Nach kurzem Zögern startet Sanna den Wagen und fährt zur katholischen Kirche.

Die große Kirche ist von einem Architekten entworfen und modern. Im Vergleich zu den Kopfsteinpflasterstraßen und mittelalterlichen Häusern sieht sie fast futuristisch aus.

Sie steigt aus und überprüft, ob entgegen ihrer Erwartung die Kirche selbst oder das Pfarrhaus geöffnet haben. Doch alles ist verschlossen und dunkel. Sie überlegt, ob sie nach Hause fahren soll, was ihr aber wie ein Umweg vorkommt. Es ist still und friedlich. Sie lässt den Blick auf dem blanken Kopfsteinpflaster der Straße ruhen, klappt den Fahrersitz zurück und nimmt eine Tablette. Dann noch eine. In der Ferne ist die Stadtmauer zu erahnen. Dahinter glänzt das Meer im Mondlicht fast stahlblau.

Eir schlüpft in Jeans und Pullover, die Haare bleiben in der Kapuze stecken. Fabian sieht sie aus seinen warmen Augen an.

»Geht es dir gut?«, fragt er.

»Fährst du jetzt heim?«, antwortet sie knapp.

»Ja. Soll ich dich mitnehmen?«

Eir nickt zu den auf dem Boden verstreuten Buchseiten.

»Nein, danke. Aber wenn du das Buch bei der Bibliothek einwerfen könntest?«

Auf dem Weg zu ihrem Wagen muss sie bei dem Gedanken an das, was gerade passiert ist, ein Lächeln unterdrücken. Fabian hat etwas Vertrautes an sich. Vielleicht hat sie ihn früher schon einmal gesehen oder getroffen, an einem anderen Ort oder in einer anderen Zeit. Oder es liegt an seinen Augen. Könnte es so einfach sein? Sie atmet tief durch und beschließt, nicht mehr daran zu denken.

Hinter ihr werden rasche Schritte laut. Sie dreht sich um, sieht jedoch niemanden. Wahrscheinlich ist sie übermüdet und bildet sich Sachen ein. Dann hört sie es wieder. Das Geräusch hallt von den hohen Krankenhausmauern wider und klingt eher nach einem vierbeinigen Tier als nach einem Menschen.

»Hallo?«, ruft sie ins Dunkel.

Stille.

Sie schüttelt den Kopf. Sie muss wirklich nach Hause und schlafen. Da huscht ein Stück vor ihr ein Schatten vorbei. Eine Gestalt – oder zwei? – kauert an der dunkelsten Stelle des Parkplatzes. Was ungefähr bei Eirs Wagen ist. Die Straßenlaterne an der Stelle ist zerschlagen.

Sie redet sich ein, dass ihr niemand etwas tun will und es sicher nur ein unglücklicher Zufall ist, dass die Lampe kaputt ist. Wer sich auch immer dort befindet, ist vielleicht obdachlos und sucht Schutz.

Sie sieht zurück zum Krankenhausgebäude. Die Lichter im Treppenhaus erlöschen eins nach dem anderen. Fabian dürfte bald herauskommen, um seinen Wagen zu holen. Doch alles bleibt dunkel. Vielleicht hat er das Gebäude bereits durch eine andere Tür verlassen.

Sie macht einen Schritt nach vorn. Etwas klirrt, dann ein lautes Zischen. Sie rennt zu ihrem Auto.

Das Fenster an der Fahrerseite ist eingeschlagen, die Reifen aufgeschlitzt. Sie wirft sich flach auf den Boden und sieht unter das Auto. Vier Füße schleichen auf der anderen Seite an der Karosserie entlang.

Es ist schwer zu sagen, ob sie sich von ihr fort- oder sich auf sie zubewegen. Sie weiß nur, dass das Messer scharf gewesen sein muss, mit dem sie die Reifen aufgeschlitzt haben. Eir hält die Luft an, zieht ihre Waffe und steht auf. Ein Schatten stürzt auf sie zu. Ein Kopf, Schultern, schließlich ein Arm, der sie zur Seite stößt. Sie fällt auf den Asphalt.

»Ihr feigen Arschlöcher«, schreit sie den zwei Gestalten nach, die über das Gras auf die Stadtmauer zurennen.

Sie rappelt sich auf und mustert resigniert das eingeschlagene Fenster. Auf dem Fahrersitz haben die beiden Angreifer etwas in grell-pinkfarbener Schrift hinterlassen: »STIRB«.

KAPITEL SECHZEHN

Sanna bleibt noch eine Weile sitzen, nachdem die Morgensonne sie geweckt hat. Ein paar Rotkehlchen zwitschern in den alten Maulbeerbäumen auf der anderen Straßenseite. Es ist feucht und kalt im Auto. Die Windschutzscheibe ist von der Kälte angelaufen, und Sanna muss sich erst ein Sichtfenster freiwischen.

Bis auf einen Mann, der an die Kirchenmauer pinkelt, liegt alles still und verlassen da. Sie steigt aus. Als sie an ihm vorbei durch das mächtige Portal geht, spuckt er einen großen Klumpen Kautabak in den Urinstrahl. Dann rülpst er, zieht den Reißverschluss hoch und sucht in der hinteren Hosentasche nach der Kautabakdose.

Das Pfarrbüro ist geräumig, und um einen Couchtisch stehen große, bequeme Sofas. Vor einem Fenster steht ein exquisiter Schreibtisch mit einem kunstvoll geschnitzten Stuhl. Pater Isak Bergman, ein großer, schlanker Mann in den Vierzigern, lässt sich hinter dem großen Schreibtisch nieder und bedeutet Sanna, sich zu setzen. Sie entschuldigt sich, dass sie ihn an einem Samstag stört. Er verschränkt die Hände, hält sie an seine dünnen Lippen und lächelt freundlich.

»Wir bekommen nicht oft Besuch von der Polizei.«

»Wir ermitteln gerade in einem Fall …«

»Die Tote in Södra Villakvarteren?«, unterbricht er sie.

Sanna zögert. Bisher haben die Medien hauptsächlich über den Mord an Marie-Louise Roos berichtet. Die Öffentlichkeit hat keine Ahnung, dass dieser Fall mit Mias Selbstmord und dem Mord an Rebecca Abrahamsson in Verbindung steht.

»Wir haben eine Maske mit einem Fuchsgesicht gefunden«, antwortet sie schließlich. »Wir glauben, dass sie möglicherweise in einer Art katholischem Ritual verwendet wurde.«

Er mustert sie aufmerksam. »Ihre Kollegen sind immer sehr schnell bei uns, sobald etwas einen religiösen Hintergrund zu haben scheint«, meint er dann kühl. »Sonst sehe ich sie nie. Im letzten Jahr wurde hier eingebrochen, aber da haben sie uns gerade mal zehn Minuten ihrer kostbaren Zeit gegönnt.«

Sanna ruft ein Foto von Mias Maske auf ihrem Telefon auf. »Erinnert Sie das an was?«

Er reagiert gleichgültig.

»Nein.«

»Sie oder jemand anders, der hier arbeitet, könnte sie nicht vielleicht beim Unterricht oder Spiel mit den Kindern der Gemeinde verwendet haben?«

Bergman lächelt bitter. »Ich verstehe, dass Sie der Gemeinde gern etwas Brutales und Widerwärtiges anhängen wollen, aber ich kann Ihnen leider nicht helfen. Ich verstehe nicht, warum das etwas mit unserem Glauben zu tun haben sollte, ganz zu schweigen mit Kindern. Ist das nicht etwas weit hergeholt, selbst für die Polizei?«

Sanna ruft das nächste Bild auf, das das Gemälde mit den sieben Kindern und den Tiermasken zeigt.

»Die sieben Todsünden«, sagt sie. »Trifft es nicht zu, dass Tiere wie diese früher im katholischen Glauben die Menschen an die sieben Todsünden erinnern sollten?«

Bergman legt eine Hand unter die Nase. »Vielleicht, aber mir ist das nicht bekannt …«

»Eines der Kinder auf dem Bild, Mia Askar, hat sich vor ein paar Tagen das Leben genommen«, erklärt Sanna. »Dabei hatte sie die Fuchsmaske auf.«

Bergman schluckt. »Mein Beileid«, antwortet er.

»Das Gemälde hängt im Haus des Mordopfers in Södra Villakvarteren, Marie-Louise Roos.«

Er kratzt sich an der Schläfe. »Weder ich noch meine Gemeinde haben etwas mit diesen Masken zu tun.«

Er klingt abweisend, doch sein Blick ist so schwer und traurig, dass Sanna ihm glaubt. Sie bedankt sich, gibt ihm ihre Handynummer und steht auf. Auf dem Weg zur Tür dreht sie sich noch einmal um.

»Kennen Sie übrigens Frank Roos?«

Bergman schüttelt den Kopf.

»Er ist der Ehemann von Marie-Louise Roos«, erklärt Sanna. »Man erzählt sich, dass er eine Offenbarung hatte, die ihn verfolgte, weswegen sich seine Frau an Ihre Kollegen gewandt hat. Er war wohl wie besessen, glaubte, er hätte auf einer Klippe am Meer die Jungfrau Maria gesehen – die einen Schwanz hatte. Ein Kirchenangehöriger hat daraufhin einen Exorzismus bei ihm durchgeführt.«

Bergmans Gesicht wird verschlossen. »Ich habe den Namen gehört. Er wird doch vermisst, und man hat mit Suchmannschaften nach ihm gesucht?«

»Ja. Sind Sie sicher, dass Sie ihn nicht kennen?«

Bergman schüttelt den Kopf. Sanna ignoriert die Verärgerung in der Geste. »Aber Sie wissen von dem Exorzismus«, fährt sie fort, »und können mir den Namen des Priesters geben, der ihn ausgeführt hat? Falls ich mit ihm reden muss.«

»Das kann ich leider nicht. Hier macht niemand so etwas.«

Sanna überlegt einen Moment. »Und eine Rebecca Abrahamsson? Kennen Sie die?«

Er sieht sie nur schweigend an.

»Krankenschwester«, fügt Sanna hinzu. »Ein dreizehnjähriger Sohn, der jetzt Vollwaise ist.«

»Ich verstehe nicht«, sagt er. »Ich dachte, die Polizei ermittelt in dem Mord an einer älteren Frau in Södra Villakvarteren. Doch Sie kommen jetzt her und wollen mit mir über ganz andere Menschen reden und meine Gemeinde darin verwickeln.«

Sein Blick zuckt zu einem Safe, bevor er abweisend die Hände vor sich verschränkt und sich zurücklehnt.

Sanna seufzt und deutet auf den Zettel mit ihrer Telefonnummer.

»Falls Ihnen noch etwas einfällt, können Sie mich unter dieser Nummer rund um die Uhr erreichen.«

Er lächelt. »Haben Sie schon mal von dem Nachtmahr gehört?«, fragt er langsam.

»Wie bitte?«

»Dem Nachtmahr? Klein, schwarz? Hände so groß wie …« Er verstummt. »Er besucht Menschen in der Nacht, schlüpft durch das kleinste Schlüsselloch, springt ihnen auf die Brust und presst ihnen die Luft aus den Lungen. Man wacht völlig verschwitzt und mit dem Gefühl auf, man wäre langsam erstickt …«

»Was …«

Er verschränkt die Arme. »Wissen Sie, was ich denen sage, die mich um Hilfe anflehen, den Nachtmahr loszuwerden? Die mich bitten, bei ihnen Samen auf dem Boden zu verstreuen, einen toten Raubvogel in ihr Haus zu legen oder sechskantige Kreuze an die Ställe zu malen?«

»Nein.«

»Dasselbe, was ich Ihnen jetzt sage. Um Ihnen zu helfen, müsste ich Sie zurück ins Mittelalter schicken.«

Sanna sieht ihn an.

»Niemand, der hier unter meiner Leitung arbeitet oder betet, lebt in der Vergangenheit«, fährt er fort. »Und wir verfolgen eine Null-Toleranz-Politik gegenüber Hass und Gewalt.« Seine Stimme ist hart, der Blick kalt.

»Wir benötigen wirklich jede Hilfe. Bitte rufen Sie mich an, wenn Ihnen etwas einfällt, das Sie für wichtig halten«, sagt Sanna so ruhig wie möglich.

»Was auch immer ich über das denke, was auf dieser Welt geschieht, so ist es doch Spekulation. Nur der Herr weiß alles.«

Eir hat den Zwischenfall mit dem Auto gemeldet, was sich sofort auf dem Revier herumgesprochen hat. Manche Kollegen sehen sie schief an, andere meiden sie.

Die breite, kindliche Schrift und die grell-pinke Farbe: Für sie gibt es keinen Zweifel an den Schuldigen. Die Mädchen, mit denen sie sich am ersten Abend auf der Insel geprügelt hatte, mussten gesehen haben, wie sie vorbeigefahren war, ihr zur Gerichtsmedizin gefolgt sein und auf sie gewartet haben. Doch sie wird den Teufel tun und Eken davon erzählen.

Bei der Besprechung bedankt er sich bei dem Team dafür, dass es am Wochenende hergekommen ist. Ruhig und methodisch bestätigt er, dass sie von einer Verbindung zwischen den drei Toten ausgehen. Diese Vermutung gründet sich auf die Fuchsmaske, die Halskette mit den drei Herzen und das Geld, das Marie-Louise für Rebecca bereitgelegt hatte. Er weist darauf hin, dass ein religiöses Motiv vorliegen könnte, nachdem man ein zum Teil verbranntes Exemplar von John

Miltons *Das verlorene Paradies* in der Wohnung von Rebecca Abrahamsson gefunden hat.

Auf dem Tisch vor ihm steht seine unzerstörbare Melamintasse, die seine von Arthrose geschädigten Hände immer wieder fallen lassen können. Sie ist orange wie ein Rettungsring, und es steigen Dämpfe aus gekochten Wurzeln und Rinde daraus auf – neben seinen sonstigen Hagebuttensäften ein Versuch, die Schmerzen zu lindern.

»Das ist also der Stand der Dinge«, sagt er abschließend und deutet auf das Whiteboard. »Eir? Offene Spuren? Wie sieht der Plan für heute aus?«

Ganz oben an der Tafel sind Fotos von Marie-Louise und Rebecca befestigt. Die darunter aufgeführten Informationen sind immer noch spärlich. Franks Foto, von dem er mit seinen grünen Augen in den Raum starrt, hat man weiter an den Rand versetzt. Unter Rebeccas Bild hängt ein Schulfoto von Jack. Er sieht ernst und direkt in die Kamera. Daneben ist »möglicher Zeuge« notiert.

»Einiges ist immer noch unklar«, beginnt Eir. »Was für eine Verbindung besteht zwischen Mia Askar und den beiden älteren Frauen? Und was haben die Kinder auf dem Gemälde mit Marie-Louise und Rebecca zu tun? Auf Mia Askars Hüfte stand die Zahl 26 – auch deren Bedeutung und eine eventuelle Verbindung zu unseren Ermittlungen ist noch unklar. Die Jagdmesser, die bei beiden Morden verwendet wurden, waren laut Sudden am selben Ort gelagert, doch wir haben keine Ahnung, wo das sein könnte. Sollten wir die Jagdgruppen auf der Insel bitten, ihre Räume zu überprüfen, ob etwas gestohlen wurde? Bei Rebecca Abrahamsson haben wir Tabletten gegen Schwangerschaftsübelkeit sowie ein Ultraschallgerät gefunden, doch sie war nicht schwanger – für wen waren dann die Medikamente?«

»Jon, ihr kümmert euch um die Jägervereinigungen«, sagt Eken. »Bernard, du recherchierst zu Ava Dorn und dem Gemälde und versuchst vor allem herauszufinden, warum sie die Kinder gemalt hat. Vielleicht gibt es noch mehr Bilder, die uns Hinweise geben können. Und überprüf, ob Marie-Louise Roos das Bild bei Ava Dorn in Auftrag gegeben hat. Dann zu dem Geld … Haben wir alle Angaben zu den Konten der beiden Frauen, damit wir da nach Verbindungen suchen können?«

Bernard nickt. »Wir haben alles, aber ich hatte noch keine Zeit, es mir anzusehen …«

»Gib mir die Unterlagen«, antwortet Eken. »Ich kümmere mich darum, dass sie jemand überprüft. Du nimmst Kontakt mit der Suchmannschaft auf; ich will, dass noch einmal nach Frank Roos gesucht wird. Okay?«

Bernard nickt. Jon räuspert sich. »Wo ist Sanna?«, fragt er. »Sollte sie nicht auch hier sein?«

»Wir haben sie angerufen«, sagt Eken.

Eir schnaubt leise, denn sie ist immer noch wütend auf ihre Kollegin.

»Ich rufe alle wieder zusammen, wenn sich etwas Neues ergibt«, fährt Eken fort. »Das wäre alles. Macht euch an die Arbeit, und wir stimmen uns im Lauf des Tages noch mal ab.«

Jon stellt sich lautlos neben Eir. »Soso, was hast du denn so spät noch in der Gerichtsmedizin gemacht? Da hat man sich ja dein Auto vorgenommen, nicht wahr?«

Sie sieht sich nach Eken um, doch der spricht gerade mit Bernard.

»Ja«, erwidert sie knapp und will gehen.

»Das ist aber schon ein wenig übertrieben, so spät noch zu arbeiten, oder?«, spricht er ungerührt weiter und lächelt hinterhältig.

Eken beendet das Gespräch mit Bernard und berührt Eir am Arm. »Wohin willst du?«, fragt er.

»Ich wollte …«

»Ich möchte, dass du dir Rebecca Abrahamssons Akte ansiehst.«

»Was für eine Akte?«

»Von ihrem Psychiater.«

»Ach ja? Das ging aber schnell, sie zu beschaffen.«

»Ich habe einen Gefallen bei einem höheren Dienstgrad eingefordert. Die Unterlagen sollten jetzt da sein. Und lächel mal, der Junge am Empfang macht heute auch Überstunden.«

Sie nickt.

»Und noch etwas«, sagt Eken.

»Ja?«

»Es handelt sich um denselben Psychiater, der bei Jack Abrahamsson war, bevor dieser aus dem Krankenhaus entlassen wurde.«

»Okay …«

»Ich erwähne es nur. Schau nicht so verschreckt.«

»Du willst damit doch nicht andeuten, dass ich ihn dazu bringen soll, dass er Jack überzeugt, sich mit jemand anderem außer Sanna zu unterhalten?«

»Ich deute gar nichts an.«

Eir schnaubt. »Aber du weißt doch, dass der Junge nicht mit uns reden will. Er lässt nur Sanna an sich heran, und das geht ja im Moment nicht, weil sie verschwunden ist. Wenn du jetzt also sagst, dass der Psychiater auch mit Jack zu tun hatte, dann klingt das schon so, als ob …«

»Beruhig dich.«

»Wir können ein Kind nicht zwingen oder hereinlegen, damit es mit uns spricht. Ich darf mich ihm ja nicht mal nähern, wenn er das nicht will. Verdammt, ich könnte …«

»Du hast mich gebeten, dir die Ermittlungen zu überlassen«, unterbricht Eken sie.

»Ja, aber …«

»Dann reiß dich zusammen und tu, was nötig ist.«

Rebeccas Unterlagen sind frisch ausgedruckt und noch warm, als der Empfangskollege Eir den Papierstapel überreicht. Widerwillig geht sie damit zurück in den Ermittlungsraum.

Sie blättert in der Patientenakte und versteht schon bald, dass Rebecca eine psychisch schwer kranke Frau war. Vor ungefähr fünf Jahren hatte sie unkontrollierbare Wahnvorstellungen bekommen. Sie hatte Halluzinationen und war zeitweise paranoid. Alles ist grausam detailliert vermerkt. Eir denkt, dass Gunnar Billstam, der Psychiater, manchmal fast mit Rebecca Abrahamsson verschmilzt, so akribisch beschreibt er jede winzige Einzelheit ihres Krankheitsbildes. Wie ein Mensch, der immer wieder an Wundschorf kratzen muss.

Es ist unbegreiflich, dass Jack bei ihr bleiben durfte. Eir erinnert sich, wie Ines Bodin vom Jugendamt von Rebeccas Ausflug auf das Schuldach erzählt hat, und blättert zurück in den Aufzeichnungen.

Sie hatte geglaubt, ein Vogel zu sein. Als die Kinder auf den Pausenhof strömten, sprang sie auf und ab und zitierte den Dodo aus *Alice im Wunderland*. Dann wurde sie in die Psychiatrie gebracht und wegen einer akuten Psychose behandelt. Billstam sollte eine Einschätzung zu Rebeccas Befähigung, sich um ihren Sohn zu kümmern, abgeben und ob es Kindeswohlgefährdung wäre, ihn weiter zu Hause wohnen zu lassen.

Eirs Ansicht nach hätte man den Jungen da schon von seiner Mutter wegholen sollen. Sie liest die Stelle, an der Billstam seine erste Begegnung mit Rebecca beschreibt. Sie ist verwirrt, hält sich manchmal immer noch für einen Vogel, dann ruft sie wieder nach ihrer Mutter. Nach der zweiten und dritten Sitzung werden die Aufzeichnungen immer eindringlicher, und es wird klar, wie krank Rebecca ist. Die Psychose ist alles andere als akut. Dann fällt Eir ein, dass das vertrauliche Angaben sein könnten, die vielleicht nicht einmal dem Jugendamt bekannt gewesen sind.

Hektisch sucht sie nach Gunnar Billstams offiziellem Gutachten. Als sie es ganz hinten in der Akte findet, wird ihr schlecht. Seine Einschätzung klingt sehr viel moderater als seine Diagnose aus den Therapiesitzungen. Hier präsentiert er Rebecca nicht als umfassend psychisch krank, sondern als eine relativ gesunde Frau mit einem Krankheitsbild, das unter Kontrolle ist. Eine Frau, die sich um ihren Sohn kümmern kann, wenn sie ihn ab und zu übers Wochenende in eine Pflegefamilie geben kann.

Warum hatte Gunnar Billstam ihre Krankheit vor dem Jugendamt heruntergespielt? War er sich seiner eigenen Einschätzung nicht sicher gewesen? Eir stellt sich jemanden vor, der unsicher ist, der wegen Jack keine harte Entscheidung treffen wollte. Hatte er sich damit mehr Zeit verschaffen wollen, um Rebecca noch eingehender zu untersuchen? Hatte er Angst, was passieren würde, sollte man sie von ihrem Sohn trennen?

Wieder denkt sie an Jack. An die zerbrechliche Gestalt, die nur wenige Meter von der Leiche der Mutter entfernt gekauert hatte. Wie er zu Mettes Auto gegangen war: scheu und in sich zurückgezogen, eingesperrt in seinen Kokon.

KAPITEL SIEBZEHN

Gunnar Billstam wohnt in einem neu gebauten, einfach eingerichteten Reihenhaus in der Nähe der Trabrennbahn. Er führt Eir durch die Küche, wo ein Steak im Ofen brät und eine Flasche Rotwein auf dem Tisch steht. Dann darf sie sich vor seinem großen, leeren Schreibtisch niederlassen.

Er ist klein und untersetzt. Das zottelige Haar ähnelt einem verlassenen Vogelnest und ist ergraut.

Er nimmt seine Brille ab. »Also«, sagt er, »Rebecca Abrahamsson. Ich weiß, dass Sie ihre Akte bekommen haben und dass Sie mitten in einer Mordermittlung stecken, aber ich erwarte gleich Gäste.«

»Ihre Akte ist eine belastende Lektüre.«

»Sie war eine meiner am schwierigsten zu behandelnden Patientinnen.«

»Inwiefern?«

»Ihr Krankheitsbild war komplex. Ich habe sie lange behandelt.«

»Hat Rebecca je erwähnt, dass sie sich von jemandem bedroht fühlte?«

»Sie fühlte sich oft verfolgt.«

»Aber sie hat niemand Konkreten genannt? Keinen Namen? Keine Beschreibung?«

»Nein. Sie meinte damit meistens Figuren aus Geschichten.

Wenn sie eine solche Episode hatte, glaubte sie, dass Menschen und Tiere aus den Buchseiten aufstiegen und nachts in der Wohnung herumliefen.«

»Hat sie viel gelesen?«

»Ja, vor allem in den etwas stabileren Phasen.«

»Haben Sie mit ihr über *Das verlorene Paradies* gesprochen?«

»Ich kann mich nicht erinnern. Sie hat Bücher verschlungen. Alles, was sie in die Hände bekam. Ich glaube nicht, dass sie alles verstanden hat, aber sie hat es gelesen.«

Die einzelnen Teile von Rebeccas Leben fügen sich langsam zusammen. Ein kranker, verwirrter Mensch flüchtet sich in Geschichten, um die eigenen Ängste zu besiegen. Doch sie hat eine Verwüstung hinter sich zurückgelassen, unter der Jack zu leiden hatte.

»Sie haben kürzlich mit ihrem Sohn Jack gesprochen.«

Gunnar Billstam nickt.

»Wir glauben, dass er Rebeccas Mörder gesehen hat. Aber er will nicht mit uns reden. Oder besser gesagt, nur mit einer von uns, doch die Kollegin steht gerade nicht zur Verfügung.«

»Aha.«

»Warum glauben Sie, dass er sich so verhält?«

»Ich kann nicht …«

»Aber wenn Sie mir jetzt einen Rat geben würden?«

»Wie meinen Sie das?«

»Wir müssen unbedingt mit ihm sprechen. Die Kollegin ist allerdings wie gesagt im Moment nicht verfügbar. Wenn Sie mir einen Rat geben sollten, wie wir mit der Situation umgehen können …«

»Ein Junge, der gerade seine Mutter unter so extremen Umständen verloren hat, ist sehr verletzlich.«

Eir verflucht Eken und denkt, dass alle anderen besser geeignet gewesen wären, mit Gunnar Billstam zu sprechen, als ausgerechnet sie. Jetzt bleibt die Arbeit mit Jack an ihr hängen, obwohl es um ihre Diplomatie und geschickten Überredungskünste am schlechtesten bestellt ist.

»Wir brauchen wirklich Hilfe, um mit Jack zu sprechen«, wiederholt sie so zurückhaltend wie möglich.

Billstam sieht sie zögernd an. »Ich weiß nicht, wie ich es erklären soll, damit Sie es verstehen. Jack ist extrem zerbrechlich, nicht nur weil er seine Mutter verloren hat. Er ist auch voller Angst, die wahrscheinlich aus seiner frühen Kindheit stammt. Er wird nur von einer sehr dünnen Hülle davor geschützt, sich mehr oder weniger komplett in sich selbst zurückzuziehen. Der Versuch, ihn zu etwas zu überreden, was er nicht möchte, wäre ein Übergriff, der …« Billstams Stimme klingt wehmütig, bevor er verstummt.

»Aber wenn es dazu führt, dass wir den Mörder seiner Mutter fassen?«

Billstam antwortet nicht.

»Sie wollen nicht einmal darüber nachdenken, es ihm vorzuschlagen?«, fährt Eir fort. »Nicht einmal, wenn seine Mitarbeit Leben retten kann?«

»Wessen Leben? Und warum sollte deren Leben wichtiger sein als seins?«

Billstam ist seltsam. Nicht wegen Jack, sondern wegen seiner Persönlichkeit. Er ist ganz anders, als sie ihn sich vorgestellt hat. Nicht ängstlich und vorsichtig, sondern selbstsicher und beharrlich. Sie kann es nicht richtig benennen, doch etwas passt nicht zu dem Bild, das sie sich aufgrund der Akte von ihm gemacht hat.

»Interessant, dass Sie das fragen«, meint sie.

»Was?«

»Wessen Leben wichtiger als Jacks ist. Wenn man bedenkt, was Sie getan haben.«

»Entschuldigung?«

»Ich habe Ihr offizielles Gutachten zu Rebeccas Gesundheitszustand gelesen. Es hat sich deutlich von Ihren Einträgen in der Akte unterschieden. Man hätte fast glauben können, dass Sie Rebecca weiter behandeln *wollten* und deshalb ihr Krankheitsbild weniger ernst dargestellt haben.«

Eir wartet, dann fährt sie fort: »Ich weiß nicht, ob ich Sie deshalb nicht sogar melden sollte.«

Er atmet schwerer. Sie weiß, dass sie ihn gerade bedroht hat und dass das auch unerwünschte Folgen haben kann.

Billstam denkt über ihre Worte nach. »Sie sind wie ich«, sagt er schließlich. »Sie glauben, Sie verfolgen irgendeine Art höheres Ideal, aber Sie sind genauso wie ich. Sie denken gerade nur an Ihre Ermittlung.«

Unbehaglich sieht Eir Jack vor sich und weiß, dass Billstam recht hat.

»Hier«, sagt sie, ruft Sannas Nummer auf ihrem Handy auf und reicht es Billstam. »Ich bin *nicht* wie Sie. Sie sollen Jack zu nichts überreden. Aber Sie sollen alles, was Sie mir gerade über Jack erzählt haben, meiner Kollegin Sanna Berling sagen. Er will nur mit ihr reden. Sagen Sie ihr, dass sie es tun soll.«

Billstam wählt die Nummer und erklärt Sannas Mailbox alles über Jacks Zustand. Zuletzt erwähnt er noch seine Integrität als Arzt und wirkt dabei plötzlich erleichtert und befreit.

»Jetzt muss ich Sie aber wirklich bitten zu gehen«, sagt er und gibt Eir das Telefon zurück.

Er lächelt, doch sein Blick ist kühl.

»Das werde ich«, antwortet Eir, »und dann werde ich melden, was Sie diesem Jungen angetan haben, Sie kranker Mistkerl.«

Auf dem Revier sitzt Sanna wieder an ihrem Schreibtisch gegenüber Eirs.

»Ich habe mit Jacks Rechtsbeistand gesprochen«, sagt sie und sieht auf, als Eir sich setzt. »Ein Psychologe von der Kinder- und Jugendpsychiatrie, den er schon kennt, wird auch dabei sein. Und Mette Lind ist mit Jack auf dem Weg hierher.«

»Wie? An einem verdammten Samstag?«

»Ja.«

»Aber wir werden ihn doch wohl nicht hier auf dem Revier vernehmen?«

»Im Moment geht es nicht anders. Unsere IT-Jungs bereiten alles vor, damit unsere auf Kinderbefragungen spezialisierte Kollegin und Leif im Nebenraum sitzen und die ganze Zeit Kontakt mit mir halten können.«

»Okay.« Eir lächelt Sanna leicht zu.

»Ich wäre auch ohne den Anruf des Psychiaters, zu dem du ihn genötigt hast, zurückgekommen und hätte mit Jack geredet«, sagt Sanna. »Aber das hast du trotzdem gut gemacht.«

»Er ist ein Schwein.« Eir streckt sich. »Auf dem Weg hierher habe ich eine Beschwerde an die zuständige Behörde geschickt und werde mich darum kümmern, dass das untersucht wird.«

»Der Psychiater? Hat er sich dir gegenüber danebenbenommen?«

»Nein, verdammt. Aber er hat verschwiegen, wie unglaublich schlecht es Rebecca ging. Jack hätte nicht daheim wohnen bleiben dürfen, wenn du mich fragst.«

»Okay, ich sehe mir die Patientenakte an.«

»Dann übernimmst du jetzt also wieder die Ermittlungen?«, fragt Eir, ohne sie anzusehen.

»Sieht so aus.« Sanna geht zu Eirs Schreibtisch und lehnt sich dagegen. »Es tut mir leid, dass ich mich nicht gemeldet habe, als du angerufen hast. Ich habe Zeit gebraucht.«

»Was zur Hölle ist das nur«, ertönt plötzlich Ekens Stimme hinter ihnen. »Wir haben einen Anruf wegen Frank Roos erhalten.«

»Von wem?«

»Der Betreiber eines kleinen Ladens will uns etwas zeigen. Eir, du fährst hin.«

»Aber Jack Abrahamsson ist auf dem Weg hierher«, entgegnet Eir. »Ich wäre gern auch im Nebenzimmer, wenn er vernommen wird.«

»Nein, du fährst zu dem Laden.«

Vorne am Empfang öffnen sich die Aufzugtüren, und Mette tritt mit Jack heraus.

»So kurzfristig haben wir keinen Zeichner«, sagt Eken.

»Der Junge kann das übernehmen, er hat ein sensationelles Talent«, erwidert Sanna. »In der Wohnung lagen einige Bilder von ihm, die sehr detailliert und realistisch waren. Wenn er etwas gesehen hat, können wir ihn vielleicht dazu bringen, dass er es zeichnet.«

Eken nickt. »Gut. Aber wir konzentrieren uns vor allem auf eine Täterbeschreibung, bevor er müde wird. Wir bekommen vielleicht nur diese eine Chance.«

Jack sitzt bereits an dem Tisch im großen Verhörraum, als Sanna hereinkommt. Er starrt nach oben an die Zimmerdecke, bis sie sich gesetzt hat, dann sieht er sie direkt an.

»Hallo, Jack«, sagt sie.

Er nickt und senkt den Kopf.

»Möchtest du etwas? Eine Cola oder eine heiße Schokolade vielleicht?«

Er schüttelt den Kopf, schielt zu der Kamera, die in einer Ecke aufgebaut ist und alles filmt, und nestelt an dem Block, der vor ihm liegt. Dann schreibt er: »Muss die laufen?«

Sanna nickt. »Wie geht es dir?«, fragt sie.

Jack zuckt mit den Schultern.

»Du sollst wissen, dass mir und allen Kolleginnen und Kollegen sehr leidtut, was dir zugestoßen ist. Ich verstehe, dass es dir sehr schlecht geht. Aber wir müssen wirklich dringend mit dir sprechen. Vielen Dank, dass du hergekommen bist.«

Er mustert sie. Seine Augen sind leer, und die gerötete Haut deutet darauf hin, dass er viel weint, wenn er allein ist.

»Sobald du dich unwohl fühlst, machen wir eine Pause. Du musst mir nur ein Zeichen geben, dass du aufhören willst. Okay?«

Er nickt.

»Wir werden so vorgehen: Ich werde dir Fragen stellen, und du entscheidest selbst, ob und wie viel du darauf antworten möchtest, aber je mehr Einzelheiten du mir heute nennen kannst, desto leichter wird es für uns, denjenigen zu fassen, der deiner Mutter wehgetan hat. Du sollst außerdem wissen, dass du nicht dafür verantwortlich bist, dass das passiert. Das ist meine Aufgabe. Ich bitte dich nur um Hilfe.«

Er nickt wieder und sieht dabei zur Kamera.

»Du bist hier völlig sicher. Alles, was du sagst, bleibt unter uns – nur ich und mein Team erfahren davon, und diejenigen im Nebenraum, die du schon kennengelernt hast.«

Er beobachtet sie mit ausdruckslosem Gesicht. Sanna betastet das kleine Gerät, das in ihrem Ohr sitzt. Die Kinderspezialistin, eine Frau mit festem Händedruck, aber sanftem Wesen, hat es ihr gegeben, zusammen mit mehr Anweisungen, als sie sich merken kann. Sie weiß, dass alle im Nebenraum – die Frau, der Psychologe von der Kinder- und Jugendpsychiatrie, Jacks Rechtsbeistand und der Staatsanwalt – jede Bewegung verfolgen und jedem Wort lauschen, das sie von sich gibt.

»Wollen wir anfangen?«, fragt sie. »Willst du mit dem Handy kommunizieren oder auf Papier?«

Jack greift nach dem Bleistift und zieht den Block näher zu sich.

Sanna stützt die Ellbogen auf die Tischplatte. »Möchtest du mir etwas über deine Mutter Rebecca erzählen?«

Er zuckt mit den Schultern.

»Soweit ich weiß, ging es ihr manchmal nicht so gut?«

Durch das Gerät im Ohr hört Sanna, wie die Kollegin sich räuspert. Doch Jack nickt.

»Wie war das für dich?«

Er zuckt wieder mit den Schultern.

»Ging es ihr in letzter Zeit auch schlecht?«

Er nickt und sieht auf die Tischplatte.

»Habt ihr Hilfe bekommen? Vom Jugendamt?«

Schulterzucken.

»Von jemand anderem?«

Er schüttelt den Kopf. Sanna überlegt den nächsten Schritt.

»Na gut«, sagt sie schließlich. »Das ist vielleicht eine unangenehme Frage. Aber erinnerst du dich, wann du am Dienstagabend nach Hause gekommen bist?«

Er sieht sie ausdruckslos an.

»Weißt du noch, wo du und deine Mutter am Dienstagabend wart?«

Er beobachtet sie. Blinzelt, reagiert aber sonst nicht.

»Jack, ich will dich nicht aufregen, aber könntest du versuchen, dich zu erinnern? War noch jemand bei euch zu Hause?«

Sein Blick wandert über die Wand hinter ihr, dann sieht er auf seine Hände, bevor er kaum merkbar nickt. Ihr wird bewusst, wie klein er aussieht. Die Schultern sind eingesunken, der Kopf hängt schlaff herunter. Die unendlich schwere Erkenntnis wird ihr bewusst: dass Jack vermutlich Rebeccas Mörder gesehen hat.

»Wer war in der Wohnung?«, fragt sie vorsichtig.

Seine Hand beginnt so sehr zu zittern, dass er den Stift kaum halten kann. Sanna beugt sich vor und legt sanft ihre Hand auf seine. Da beginnt er zu weinen. In Sannas Ohr erklingt die warnende Stimme der Kollegin, die vorschlägt, eine Pause zu machen. Sanna drückt leicht Jacks Hand, bevor sie sie loslässt.

»Schon okay«, sagt sie. »Du bist hier sicher. Niemand kann dir etwas tun.«

Jack wischt sich schniefend die Tränen ab. Dann schreibt er: »Ich bin müde.«

»Das verstehe ich. Aber wenn du es nur noch einmal versuchst und dich anstrengst, vielleicht fällt dir ein Name ein? Oder weißt du vielleicht noch etwas, *bevor* du dich versteckt hast? Hast du da etwas gesehen? Einen Mann oder eine Frau? Groß oder klein? Mit hellen oder mit dunklen Haaren? Hatte die Person vielleicht eine Tätowierung, oder ist dir etwas anderes aufgefallen?«

Wieder ertönt eine Warnung in ihrem Ohr, sie solle das Gespräch zu Ende bringen, bevor jemand anders das für sie übernimmt. Sie hebt die Hand Richtung Kamera und signalisiert, dass sie noch fünf Minuten braucht. Widerwillig bekommt sie das Okay.

Jack wirkt immer verwirrter, als habe er sich in einer gefährlichen Umgebung verlaufen.

»Könntest du etwas für mich zeichnen, an das du dich erinnerst? Egal was?«

Er zögert, dann beginnt er zu malen. Ein Gesicht. Wie ein Spiegelbild im Wasser wirkt es zuerst, dann wird es immer deutlicher. Es ist weiß und rund, die Augen riesig, wie von einem Reh. Rebecca ist immer deutlicher zu erkennen. Um ihre Wangen steigen Flammen auf. Sanna betrachtet das Bild und wartet, bis Jack den Stift zur Seite legt.

»Ist das deine Mutter?«

Wieder sieht er auf seine Hände.

»Ich habe auch jemanden verloren, den ich liebe«, sagt sie leise und knetet angestrengt ihren rechten Arm, ohne es zu merken. »Ich weiß, wie weh das tut.«

Schweigend sitzen sie da. Sanna wartet, bis er wieder ruhig atmet.

»Was hast du Dienstagabend gesehen, Jack?«

Die Kollegin hustet bedeutungsvoll in Sannas Ohr und sagt noch einmal, dass sie das Gespräch jetzt abbrechen soll.

»Was hast du gesehen?«, wiederholt Sanna.

Jack legt die Hände mit den Handflächen nach oben auf den Tisch. Das hat Erik auch immer gemacht, wenn er Schutz bei ihr gesucht hat. Sie beugt sich vorsichtig vor und schiebt ihre Hände unter Jacks. Er scheint sich zu entspannen. Sie verliert jedes Gefühl für die Zeit. Denkt, dass Jack nur wenig jünger ist, als es Erik jetzt wäre. Einen Augenblick glaubt sie fast, die Hände ihres Sohnes zu halten.

Dann bemerkt sie die Uhr an seinem Handgelenk. Sie ist ein älteres Modell, aus schwarzem Plastik oder Gummi. Klobig. Aus irgendeinem Grund hat er das Ziffernblatt zur Innenseite des Handgelenks gedreht. Vielleicht ist sie auch nur zu groß und nach unten gerutscht. Doch wichtiger ist, woran es sie erinnert.

Erik hatte eine ähnliche alte Casio zum Spielen. Er hatte sie auf dem Parkplatz vor dem Supermarkt gefunden und trotz des gesprungenen Displays mit nach Hause genommen.

»Könntest du es noch einmal versuchen, Jack? Woran erinnerst du dich?«, sagt sie und richtet sich auf. Er spannt seine mageren Hände an. Tränen laufen ihm über die Wangen.

»Okay, sollen wir eine Pause machen?«

Er wischt sich die Tränen ab, eine nach der anderen. Dann schließt er die Augen, tastet nach dem Bleistift und beginnt langsam, etwas zu zeichnen. Ein Augenpaar.

Es klopft an der Tür. Bernard steckt den Kopf herein.

»Eken braucht dich in seinem Büro. Sofort.«

Wütend versucht sie ihm klarzumachen, dass Jack gerade etwas zeichnet. Doch Bernard ignoriert sie.

»Sofort«, wiederholt er.

Frustriert schlägt Sanna Ekens Bürotür hinter sich zu. Er sitzt mit todernster Miene hinter seinem Schreibtisch. In der Hand hält er seinen Becher, stellt ihn jedoch ab, als sie hereinkommt. Das Handy liegt mit eingeschalteter Lautsprecherfunktion daneben.

Sie schlägt mit den Handflächen auf den Schreibtisch und beugt sich darüber.

»Ich war mitten im Gespräch mit Jack. Er hat gerade angefangen zu zeichnen …«

»Beruhig dich«, unterbricht Eken sie. »Wir brauchen ihn nicht länger.«

»Wie bitte? Mit wem telefonierst du gerade?«

»Eir.«

Leif Liljegren schiebt sich in den Raum. Er hebt die Augenbrauen in Sannas Richtung und nickt Eken grüßend zu, bevor er sich auf einen Stuhl setzt.

Eken beugt sich über das Mobiltelefon. »Fang an.«

»Ich bin vor dem Lebensmittelladen«, ist Eirs Stimme zu hören. »Er wurde vor einem Monat ausgeraubt.«

»Und?«, drängt Sanna ungeduldig.

»Auf der Straße hat jemand den Tumult gehört und gefilmt.«

Eken öffnet eine Videonachricht und tippt auf den Film. Ein Lebensmittelladen direkt an der Stadtmauer, die Markisen sind ausgefahren. Die Sonne scheint auf den grünen Stoff, der zu der frisch gestrichenen Fassade passt. Davor stehen sorgfältig arrangierte Blumentöpfe mit Pelargonien. Kein Ton ist zu hören.

»Ach, Mist«, sagt Eken und drückt den Lautstärkeknopf.

Plötzlich dröhnt Lärm aus den Lautsprechern. Klirren und ein dumpfes Hämmern. Die ängstlichen Schreie einer Frau, die um das Leben ihres Bruders fleht. Dann herrscht abrupte Stille. Etwas Schweres stürzt um. Ein Kind beginnt zu weinen. Ein Mann brüllt, es soll still sein. Wieder Stille.

Die Ladentür wird aufgestoßen, und ein Mann in den Zwanzigern kommt mit einer Tasche heraus, die er an die Brust drückt. Er rennt zum Tor in der Stadtmauer. Ein weiterer Mann taucht in der Tür auf. Er ist älter, o-beinig und mager. Vorsichtig tritt er auf die Straße. Er ruft etwas und erregt mit einigen hastigen Gesten die Aufmerksamkeit anderer Leute. Sie nehmen die Verfolgung auf und können den Flüchtenden schon nach wenigen Sekunden zu Boden werfen. Die Person mit dem Handy rennt ihnen hinterher. Der ältere Mann sieht aufgewühlt in die Kamera, er keucht, und sein Blick zuckt zwischen dem Mobiltelefon und der Straße hin und her.

»Frank«, sagt Sanna atemlos.

»Er ist dann gegangen«, berichtet Eir. »Aber die Ladenbesitzerfamilie hat das Video bekommen. Sie wollte sich bedanken können, sollte Frank noch einmal bei ihnen auftauchen. Als wir die Suche nach ihm als vermisstem Zeugen öffentlich gemacht haben, haben sie ihn auf dem Foto in der Zeitung wiedererkannt. Ihnen ist aufgefallen, dass wir ihn als Rollstuhlfahrer beschrieben haben.«

Leif Liljegrens Telefon klingelt, und er eilt nach draußen, wobei er noch zu Sanna und Eken sagt, sie sollten sich jetzt richtig ins Zeug legen.

Eken räuspert sich und sieht Sanna eindringlich an. »Wir müssen Frank Roos *umgehend* finden.«

Sanna schüttelt den Kopf. »Aber was hätte er für ein Motiv? Warum sollte er …«

Eken unterbricht sie. »Ich habe mir gestern die Buchverkäufe seiner Frau angesehen, über die am meisten berichtet wurde. Sie hat nicht nur mit irgendwelchen alten Büchern gehandelt, sondern riesige Summen mit sehr, sehr alten religiösen Schriften verdient.«

Sanna erinnert sich an die Bibliothek in der Villa. Sie hatte sowohl Bibeln als auch Gesangbücher in den Regalen gesehen.

»Frank hatte eine Erscheinung auf den Klippen«, fährt Eken fort. »Er glaubte doch, die Jungfrau Maria gesehen zu haben, nicht wahr? Er ist also tiefreligiös. Ist es da so weit hergeholt, dass er die Menschen bestrafen will, die Gottes Wort kaufen und verkaufen?«

»Aber was ist mit Rebecca?«, hält Sanna dagegen. »Warum sollte er sie umbringen?«

Eken seufzt. »Mit Hinblick auf das Geld wissen wir, dass es irgendeine Verbindung zwischen Marie-Louise und Rebecca geben muss. Aber darum kümmern wir uns, wenn wir ihn haben.«

KAPITEL ACHTZEHN

Bei ihrer Rückkehr ist der Verhörraum leer. Sanna eilt zum Aufzug. Am Empfang drängen sich Menschen, doch Jack ist nicht darunter.

»Entschuldigung?«

Der Psychologe von der Kinder- und Jugendpsychiatrie reicht ihr ein Blatt Papier.

»Ich glaube nicht, dass es das ist, was Sie sich erhofft haben, aber das hat er während Ihrer Abwesenheit gezeichnet.«

Sanna hält das Bild in die Höhe. Das Gesicht weist etliche Graunuancen auf. Sie selbst kennt keinen Erwachsenen, der so detailliert zeichnen kann. Dann begreift sie, was sie da sieht. Die Gestalt hat spitze Ohren und eine schmale, scharf geschnittene Nase. Die Kiefer sind kantig, der Mund geschlossen. Wolfsaugen starren ihr entgegen, die intensiv leuchten und von scharfen schwarzen Konturen umgeben sind.

»Was sagen Sie? Bedeutet das etwas?«, fragt sie mühsam. »Hat es eine versteckte Symbolik?«

Der Psychologe schüttelt den Kopf. »Es könnte eine Stellvertreterfigur sein, weil er mit dem, was er *wirklich* gesehen hat, nicht zurechtkommt.«

»Aber das muss nicht sein?«

»Nein. Er kann auch einfach nur einen Wolf gezeichnet haben, weil ihm gerade danach war.«

»Danke.«

»Es geht ihm nicht gut«, fährt der Psychologe fort und scheint noch mehr sagen zu wollen.

»Wir müssen ihn nicht mehr befragen«, beruhigt Sanna ihn. »Wir konnten auch ohne ihn gewisse Fortschritte erreichen.« Sie sieht dem Psychologen in die Augen. »Ich hoffe, er bekommt jetzt die Hilfe, die er benötigt?«

Der Mann zögert. »Er will gern noch einmal herkommen. Wäre morgen möglich?«

»Aber das muss er nicht. Sie auch nicht, außer …«

»Er will sich noch einmal mit Ihnen treffen«, unterbricht er Sanna. »Wenn Sie eine Viertelstunde entbehren können, würde ihm das vielleicht helfen. Er bekommt dadurch das Gefühl, an der Suche nach Gerechtigkeit für seine Mutter beteiligt zu sein.«

»Wir glauben aber, dass wir bald …«

»Er möchte das wirklich«, unterbricht sie der Psychologe erneut.

»Okay, dann machen wir es so«, antwortet Sanna. »Sie und der Staatsanwalt Leif Liljegren sind aber wie heute wieder im Nebenraum.«

Er nickt, wirkt allerdings nicht überzeugt.

»Ja?«, fragt Sanna.

»Sie haben eine Verbindung zu ihm, bei Ihnen fühlt er sich sicher. Ich habe gesehen, wie er …«

»Ich werde natürlich trotzdem vorsichtig sein, das weiß ich.« Sanna schielt auf die Uhr.

»Nicht nur das. Nutzen Sie sein Vertrauen nicht aus. Seien Sie ehrlich zu ihm. Keine *Verhörmethoden.* Und belügen Sie ihn unter gar keinen Umständen.«

»Nein, warum sollte ich das auch? Ich habe keinen Grund,

ihn unter Druck zu setzen oder auf irgendwelche Methoden zurückzugreifen. *Sie* bitten mich doch, dass ich mich noch einmal mit ihm treffe«, wehrt sie sich gegen seinen anklagenden Blick.

»Ich weiß. Er will Sie sehen. Aber gehen Sie behutsam vor.«

Der Psychologe steht steif vor ihr und macht keine Anstalten zu gehen.

Sanna räuspert sich irritiert. »Ich glaube, Sie überschätzen meine Fähigkeiten, ihn zu manipulieren.«

»Vielleicht. Aber wenn nicht, glauben Sie nicht einen Moment, dass er nicht *weiß, dass Sie es versuchen.*«

Sanna wartet, während der Kaffee langsam aus der Maschine im Pausenraum in ihre Tasse fließt. Vor dem Fenster hält ein gelber Linienbus an der Haltestelle, die Türen öffnen sich, und Benjamin springt heraus. Zuletzt hat sie ihn im Krankenhaus gesehen, als Jack dort versorgt wurde, und sie hat beinahe vergessen, wie groß er ist. Das schmale Rückgrat eines Teenagers muss den massigen Körper aufrecht halten. Er schiebt den Rucksack zurecht, holt das Handy hervor und schaut mit schief gelegtem Kopf darauf. Trotz der Entfernung erkennt sie das riesige Feuermal im Gesicht, das wie ein Brandmal aussieht.

Sie sieht ihm nach, wie er über den Parkplatz des Reviers auf Mette zugeht, die mit Jack an ihrem Auto lehnt. Er wirft den Rucksack in den Kofferraum, während Jack die Tür zum Rücksitz öffnet und sich in den Wagen setzen will. Da wirft sich Benjamin plötzlich auf ihn, packt Jack am Pulloverausschnitt und zieht ihn zur Seite. Mit einem kräftigen Ellbogenstoß boxt er ihn auf den Boden.

Sanna versucht vergeblich, das Fenster zu öffnen, und schlägt dann wütend dagegen, um Mettes Aufmerksamkeit zu erregen. Doch es gelingt ihr nicht.

»Lass sie das untereinander lösen«, ertönt plötzlich Eirs Stimme hinter ihr.

Mette hilft Jack auf, bevor sie Benjamin eine Standpauke hält. Die Jungen schieben sich auf den Rücksitz, und sie schlägt die Tür fest hinter ihnen zu.

»Irgendetwas stimmt mit Mettes Sohn nicht«, fährt Eir fort. »Und ich glaube auch, dass das Verhältnis zu seiner Mutter nicht ganz gesund ist. Da ist irgendwas falsch programmiert…«

Mette fährt vom Parkplatz, wechselt die Spur und beschleunigt. Sanna lehnt sich ans Fenster und sieht ihnen nach. Niemand folgt ihnen. Sie mustert die parkenden Wagen und wählt eine Nummer auf ihrem Handy.

»Wo sind denn die Beamten, die Jack Tag und Nacht bewachen sollen?«, verlangt sie zu wissen, sobald sich Eken meldet.

Stille. Dann das Geräusch von knisterndem Papier und dem Tippen auf einer Tastatur.

»Ich kümmere mich darum«, antwortet er.

»Er ist jetzt also ohne Personenschutz unterwegs? Niemand bleibt mit ihm bei Mette?«

»Ich kümmere mich darum.«

»Sofort«, sagt sie und legt auf.

Sanna und Eir gehen zusammen in den Ermittlungsraum. Eir verdreht beim Anblick der Wolfszeichnung am Whiteboard die Augen.

»Noch mehr Tiere? Das hat Jack bei der Befragung gemalt?«

Sanna nickt. Eir holt einen in Papier und Plastik verpackten Hamburger aus der Tasche.

»Willst du?«, fragt sie und hält ihn Sanna hin. »Cheddar und extra viel Speck aus der Region.«

Sanna schüttelt den Kopf. Während Eir den Hamburger verschlingt, betrachtet sie die Wolfszeichnung genauer, dann das Foto von dem Gemälde aus der Roos-Villa. Die Wolfsmaske auf dem Foto und Jacks Zeichnung weisen einige Ähnlichkeiten auf, sind aber nicht identisch. Nicht so wie Mias Maske und das Gegenstück auf dem Foto.

Sie verschiebt die Wolfszeichnung neben das Foto von Frank Roos.

»Glaubst du, dass er noch auf der Insel ist?«, fragt Eir. »Wäre es nicht schlauer gewesen, aufs Festland zu fliehen?«

Sanna fragt sich im Stillen, wie viel Vorsprung Frank Roos wohl mittlerweile hat.

»Du glaubst nicht, dass er aufhört, oder?«

»Die Gewalt«, sagt Sanna nachdenklich. »Sie war so extrem. Und es ist immer noch unklar, wie Rebecca mit dem Ganzen in Verbindung steht.«

»Du glaubst nicht an Ekens Theorie, dass das alles mit Gott und heiligen Schriften zu tun hat? Du gehst davon aus, dass ihn etwas anderes antreibt.«

»Möglich. Denkst du das nicht?«

Eir zuckt mit den Schultern. »Er kann ja auch einfach nur völlig durchgeknallt sein. Hast du daran nicht gedacht?«

»Du bist ganz schön tough, dass du das mit deinem Auto so gut wegsteckst«, wechselt Sanna das Thema.

Eir wirkt verlegen, und Sanna erkennt plötzlich, dass ihre Kollegin Lob nicht gewohnt ist.

»Du hast gar keine Angst?«

»Was sollte das bringen?«

»Gut. Solche Gefühle reiben einen nur auf und zerstören einen.«

Sannas Handy klingelt, es ist Fabian. Sie stellt auf Lautsprecher und fragt, ob er etwas Neues zu den Mordopfern herausgefunden hat.

»Nein«, erwidert er. »Aber ich habe gerade die Obduktion von Mia Askar abgeschlossen. Du wolltest doch, dass ich mich dann melde.«

»Ja?«

»Meine erste Einschätzung, dass es Selbstmord war, hat sich bestätigt. Ich weiß, dass euch das schon klar ist, aber ich wollte nur noch einmal bestätigen, dass sie keine Substanzen im Blut hatte oder ihr Körper andere Verletzungen als die an den Handgelenken aufwies.«

»Okay.«

»Aber eins wäre da noch …«

»Was?«

»Sie war schwanger.«

»*Schwanger?«*, wiederholt Eir. »Bist du sicher?«

»Zwölfte oder dreizehnte Woche. Ich habe auch mit einer Bekannten aus der Gynäkologie gesprochen, unter der Hand«, fährt er fort. »Ihr müsst die offiziellen Wege gehen, wenn ihr das verifizieren und in eure Ermittlungen aufnehmen wollt, aber Mia Askar wollte dort eine Abtreibung durchführen lassen.«

»Rebecca Abrahamsson«, sagt Eir, nachdem Sanna aufgelegt hat. »Sie hatte doch diese Sachen, war aber selbst nicht schwanger. Mia dagegen schon. Könnte das unsere Verbindung zwischen den beiden sein? Sollte Rebecca Mia helfen? Himmel, ergibt das überhaupt Sinn? Mia wollte das Kind ja offensichtlich nicht behalten.«

Sanna denkt an die Tabletten, das Ultraschallgerät und fürchtet, je tiefer sie graben, desto deutlicher wird die Verbindung zwischen Mia Askars Tod und den Morden an den beiden älteren Frauen zutage treten.

»Ich weiß es nicht«, sagt sie, als Bernard ins Zimmer stapft. Er lädt einige Aktenordner und Klarsichthüllen auf dem Tisch ab.

»Was ist das denn jetzt schon wieder?«, fragt Eir irritiert.

»Eken will, dass wir uns die Finanzen des Ehepaars Roos vornehmen. Das sind die Kontoauszüge und andere Unterlagen.«

»Wozu?«, fragt Eir widerwillig. »Wir wissen doch schon, nach wem wir suchen.«

»Er glaubt, dass wir vielleicht einen Hinweis auf Franks Versteck finden.«

»Aber wollte Eken sich nicht um Verstärkung kümmern, die sich dann mit den Zahlen beschäftigen kann?«

Bernard zuckt ergeben mit den Schultern. Er verteilt die Aktenordner und Klarsichthüllen auf drei Haufen und schiebt zwei davon Eir und Sanna zu.

Eir geht zum Papierkorb, um die Hamburgerverpackung wegzuwerfen.

»Du spinnst doch«, hört sie hinter sich Bernard wütend flüstern. »Was treibst du da bloß?«

»Ich weiß nicht, wovon du sprichst«, flüstert Sanna zurück.

»Du hast dich mit meiner Benutzerkennung eingeloggt und damit den Vertraulichkeitsvermerk umgangen. Du hast seine Adresse schon wieder recherchiert. Gestern Abend.«

»Nein. *Du* hast dich eingeloggt.«

»Verarsch mich nicht, Sanna.«

KAPITEL NEUNZEHN

Es wird Abend, dann Nacht. Im Ermittlungsraum herrscht ein einziges Chaos, überall liegen Dokumente ausgebreitet, Kaffeetassen, Wassergläser und Servietten mit Krümeln sind auf Tisch und Boden verteilt. Sanna, Eir und Bernard kämpfen sich durch die Finanzen des Ehepaars Roos, die ein einziges Meer aus Konten, Einnahmen und Ausgaben sind.

In den frühen Morgenstunden wird Eir von ihrem vibrierenden Mobiltelefon geweckt, das ihr dabei aus der Tasche fällt. Sie hebt den Kopf von den verschränkten Armen und sieht sich verschlafen um. Die Luft ist stickig, sie ist allein im Raum. Sie geht hinaus auf den Flur. Eine Putzkraft wischt den Boden, und das Geräusch des Mopps erinnert an einen Vogel, der vergeblich versucht, abzuheben.

Cecilia hat ihr einige Nachrichten geschickt und fragt, wo sie ist. Eir geht zurück, streckt den schmerzenden Körper. Der Fall hat sich in jeder Pore festgesetzt, unter der Haut, im Gehirn. Sannas leerer Stuhl steht noch am selben Platz wie gestern Abend, während sie und Bernard sich ständig umgesetzt haben.

Immer noch verschlafen denkt sie über Sanna und ihre bisherige gemeinsame Zeit nach. Ihr ruhiges und entschlossenes Handeln, unter dem noch etwas anderes verborgen liegt. Eine Bombe, die jederzeit explodieren kann. Sie hat schon einen Blick darauf erhascht, als sie Jack gefunden haben. Da war das

Explosive fast an die Oberfläche gedrungen. Beschützend, aber auch voller Wut. Sonst köchelt es unbemerkt vor sich hin. Wieder stellt sich Eir die entscheidende Frage: *Warum* wurden Marie-Louise und Rebecca ermordet? Warum wollte ein Mensch einen anderen töten?

Im Pausenraum trinkt Eir einige Schlucke direkt aus dem Hahn, spritzt sich kaltes Wasser ins Gesicht und wischt es mit dem Pulloverärmel ab.

»Guten Morgen, Sonnenschein«, sagt Bernard und sieht von seinem Handy auf.

Eir nickt.

Er mustert sie.

»Also, ich habe gehört, dass du eigentlich gar nicht hier sein willst.«

»Wer hat das gesagt?«, fragt Eir verärgert.

»Ich kenne ein paar Leute bei der NOA. Du weißt ja, man redet.«

»Ja, ich weiß. Ganz schön viel Mist wird da geredet.«

»Es stimmt also nicht?«

»Was?«

»Dass du nur darauf wartest, dass dir irgendeine alte Prügelei verziehen wird, damit du wieder zurückgehen kannst und deinen alten Job zurückbekommst. Weiß Sanna, dass du abhaust, sobald sie anrufen?«

Eir will darauf nicht antworten. Auch wenn er recht hat, will sie daran jetzt nicht denken. Stattdessen öffnet sie den Kühlschrank, in dem Bernards neue Salamipackung liegt. Ohne ein Wort reißt sie sie auf und isst davon. Bernard hebt die Augenbrauen und seufzt.

»Nur zu, lass es dir schmecken«, sagt er.

Seine Lippen sind nach Jahrzehnten des Rauchens faltig. Die Haut wirkt schwer, die Glatze matt und uneben im Neonlicht. Doch er ist freundlich und hat eine warme Ausstrahlung. Scheint keine direkten Laster zu haben, sondern nur ein Morgenmuffel zu sein. Eir fragt sich, wie er es mit Sanna all die Jahre ausgehalten hat. Aber er kannte sie sicher schon, bevor sie alles verlor. Vor dem Brand.

Die Kollegen auf dem Revier haben ihn ein paarmal erwähnt, als ob sie ihr verständlich machen wollten, dass Sanna eine Vergangenheit hat. Im Internet hat sie gelesen, dass Sannas Mann sie aus dem Fenster gestoßen und damit gerettet hat, dann aber nicht mehr sich selbst und ihren Sohn ins Freie bringen konnte.

»Geht es dir gut?«, fragt Bernard.

Ihr wird klar, dass es ihr im Vergleich zu Sanna sogar richtig gut geht. Vielleicht hängt Sannas hartnäckige Suche nach dem Grund für einen Mord mit dem Brand zusammen. Weil der Brandstifter, der ihre Familie ausgelöscht hat, nie bestraft wurde und ihr auch nie eine Antwort gab.

Sie verschränkt die Arme. »Wie viel weißt du über den Brand?«

»Welchen meinst du?« Er räuspert sich zurückhaltend.

»Du weißt genau, welchen. Es gibt doch nur einen, über den wir beide sprechen sollten, oder?«

»Auch nicht mehr als alle anderen.«

Er zuckt mit den Schultern und holt sich einen Kaffee.

Sie starrt ihm in den Nacken, bis er sich wieder umdreht und ihr in die Augen sehen muss.

»Was ist eigentlich mit dem Brandstifter passiert?«

Bernard seufzt. »Man hat es als Unfall eingestuft. Irgendein Kurzschluss in dem alten Haus.«

»Aber das glaubt doch keiner, oder?«

Er wirft einen Blick auf die Uhr. »Oh, schon so spät?«

Sie folgt ihm aus dem Pausenraum. So ausweichend kennt sie ihn bisher gar nicht.

»Mårten Unger heißt er, nicht wahr? Der Brandstifter?«

»Ja, so hieß er wohl.« Bernard zuckt mit den breiten Schultern, die so angespannt sind, dass die Bewegung unnatürlich wirkt.

»Weißt du, wo er jetzt ist? Ist er noch auf der Insel? Ich frage nur, falls wir ihm zufällig begegnen. Muss ich mir dann Sorgen um sie machen oder darum, was sie dann tut?«

»Warum sollte ich wissen, wo er sich aufhält?«, entgegnet Bernard scharf.

»Warum stört es dich so sehr, dass ich nach ihm frage?«

»Es stört mich nicht. Ich begreife nur nicht, worauf du hinauswillst. Das ist lange her.«

»Ich bin nur neugierig. Ich meine, ich an ihrer Stelle hätte ihn wahrscheinlich umgebracht...«

»Das erwähnst du Sanna gegenüber auf gar keinen Fall, haben wir uns verstanden?«, unterbricht er sie barsch und bleibt stehen.

Wütend starrt er sie an. »So einen Mist zu hören, kann sie wirklich als Allerletztes gebrauchen, glaub mir. Ist das klar?«

Er geht weiter den Flur entlang. Eir ist unschlüssig, was sie tun soll.

»Ach, komm schon!«, ruft sie ihm nach.

Er geht weiter, weshalb sie ihm nacheilt und ihn am Arm packt.

»Du weißt offensichtlich genau, wo er ist. Das habe ich doch gehört. Ist er noch hier? Was verschweigst du über ihn?«

Er schiebt sie weg, doch sie bleibt hartnäckig. »Erzähl mir, was du weißt und weshalb du dich gerade so verdammt komisch benimmst. Ich soll ja mit ihr zusammenarbeiten, weshalb du wohl ein bisschen …«

Da greift Bernard nach ihren Handgelenken, zerrt sie ins nächste Verhörzimmer und drückt sie gegen die Wand. Er ist überraschend stark und schnell.

»Willst du die ungeschminkte Wahrheit hören?«, zischt er. »Glaubst du, dass du sie erträgst?« Er leckt sich über die Lippen, sein Atem stinkt nach Kaffee.

Eir schließt angeekelt die Augen, und er lässt sie los.

»Entschuldige, ich …«, stottert er.

Sie sieht ihn wütend an. »Warum ist es so ein Riesenproblem für dich, über ihn zu reden?«

»Es wurde niemals bewiesen, dass er der Täter war. Man hat es als Unfall eingestuft.«

»Ja, aber war er nicht allgemein als Zündler bekannt?«

»Sanna hat immer wieder gesagt, dass die Türen von außen verbarrikadiert waren und dass sie jemanden hat weglaufen sehen.«

»Mårten Unger? Sie hat ihn *gesehen?*«

Er nickt. »Sie war sich ganz sicher. Kurz vor dem Brand hat sie die Ermittlungen gegen den sogenannten Mitternachtspyromanen geleitet. Ein kranker Mistkerl, der nur alte Häuser angezündet hat, in denen Familien mit Kindern wohnten. Er hat immer eine Art Puppe hineingeworfen, eine Holzfigur, die in Baumwolle eingewickelt und in Benzin getränkt war. Eine kleine, brennende Mumie. So hat er die Häuser angezündet.«

»Mårten Unger?«

»Ja. Aber sein Anwalt konnte den Staatsanwalt überzeugen, dass die Anklage zu schwach war. Er hat es so hingestellt, als hätten wir Beweise manipuliert. Die Ermittlungen wurden eingestellt.«

»Und kurz darauf brannte ihr Hof?«

Er nickt. »Nach der offiziellen Untersuchung des Feuers stellte man den Kurzschluss fest. Ein Unglück also. Es ging ihr so unglaublich schlecht … Ich weiß nicht, wie sie das überlebt hat.«

»Und wie ging es mit Mårten Unger weiter? Wohin ist er verschwunden?«

»Er bekam eine neue, geheime Identität. Viele hielten ihn trotz allem für den Brandstifter, und er wurde bedroht.«

»Es stimmt also, dass der Mörder ihrer gesamten Familie frei irgendwo da draußen herumläuft?«

Bernard nickt. »Was danach passiert ist, ist der Grund, warum ich nicht darüber reden möchte.« Er zögert. »Irgendwie hat sie seine neue Identität und Adresse herausgefunden, ein Kaff irgendwo in der Nähe von Svartuna oben in Norrland. Sie kennt wohl jemanden bei der Steuerbehörde, der ihr geholfen hat. Seither loggt sie sich immer wieder mit meiner Sicherheitsfreigabe ins System ein, um zu überprüfen, ob er immer noch dort wohnt.«

»Was zum Teufel sagst du da? Und das hast du zugelassen?«

»Ja, ich war so dumm. Und jetzt trägt sie einen Zettel mit der Adresse in ihrer Manteltasche herum, wie eine verdammte Zeitbombe. Wenn sie irgendwas unternimmt, wandern wir wohl beide hinter Gitter, weil sie sich immer wieder mit meiner Kennung eingeloggt hat.«

»Verdammt …«

»Ja, das kann man wohl sagen. Aber ein Kumpel von mir ist Polizist in der Gegend und behält den Typen im Auge, passt auf, dass er am Leben bleibt. Er erstattet mir ab und zu Bericht«, sagt Bernard.

In diesem Moment steckt Sanna den Kopf in den Verhörraum. »Hey, willst du etwas zum Frühstück?«, fragt sie sanft. Dann entdeckt sie Bernard und Eir. »Was macht *ihr* denn hier?«

Da sieht Eir ihn.

Jack drückt sich in die dunkle Ecke hinter der Tür. Er hat die ganze Zeit dort gestanden. Mit den eingesunkenen Schultern und dem gesenkten Kopf ist die unbewegliche Gestalt fast unsichtbar. Eir hätte am liebsten geweint. Er hat alles gehört, was sie über den einzigen Menschen gesagt haben, zu dem er im Moment Vertrauen zu haben scheint.

KAPITEL ZWANZIG

Eine blonde Locke fällt zwischen die leuchtend blauen Augen. Sanna setzt sich ihm gegenüber in dem fahlen Verhörraum. Nebenan sitzen wieder der Staatsanwalt Leif Liljegren und der Psychologe. Leif hat genehmigt, dass die auf Kinderverhöre spezialisierte Kollegin nicht anwesend sein muss, da sie bei einer anderen, wichtigeren Befragung gebraucht wird. Dagegen verbietet er, dass Sanna dem Jungen ohne die Kollegin Fotos von Frank zeigt, um herauszufinden, ob er ihn erkennt.

Sanna erklärt Jack wieder, dass sie jederzeit aufhören können, dass die Kamera das Gespräch mitschneidet und wer im Nebenraum sitzt.

Er schreibt: »Müssen die anderen dabei sein?«

Sie nickt. »Stört es dich?«

Er antwortet nicht.

»Sollen wir anfangen?« Wieder fällt ihr die Uhr an seinem Handgelenk auf. Wenn er sie dreht, sieht es fast aus, als ob sie aus seinem Handgelenk wächst. Er zieht den Pulloverärmel herunter, als er ihren Blick bemerkt.

»Ich habe das Bild bekommen, das du gezeichnet hast«, sagt sie ruhig und neutral und legt das Blatt Papier mit dem Wolf zwischen ihnen auf den Tisch. »Willst du mir vielleicht mehr dazu erzählen?«

Er sieht erst auf die Zeichnung, dann zu ihr.

»Willst du mir von dem Wolf erzählen?«, versucht sie es noch einmal.

Er sitzt still da, dann sieht er über ihre Schulter. Sanna weißt, was er da anschaut. Die Karte, die hinter ihr an der Wand hängt, ist eine neu herausgegebene Kopie einer alten Zeichnung, der bekanntesten historischen Vermessung der Insel, aus dem frühen 18. Jahrhundert. Die Farben sind blass, die Kontraste allerdings durch die minutiöse Ausführung von Wäldern, Wasserläufen, Anhöhen und Ebenen verstärkt. Vor allem aber wird deutlich, wie ausgeliefert die Insel ist, wie die schroffe Küstenlinie vergeblich Halt in einem Meeresboden sucht, der von scharfkantigen Bergen und jäh abfallenden Gräben bestimmt ist.

»Kennst du die Sage?«, fragt sie. »Die Insel soll nur nachts existiert haben. Beim Morgengrauen sank sie ins Meer, bis einer der Diener Gottes herkam und ein Feuer anzündete.«

Er sieht sie an.

»Was glaubst du?«, fragt sie. »Glaubst du an einen Gott?«

Keine Reaktion, nicht einmal ein Blinzeln.

»Wenn du mich fragst, dann sind die Götter ganz schön schwer zu verstehen.« Sie lächelt schwach.

Jack atmet langsam ein und wieder aus. Betrachtet weiter die Karte, dann sieht er auf seine Hände.

»Du magst Landkarten, nicht wahr?«, fragt sie vorsichtig.

Er zuckt mit den Schultern.

»In deinem Zimmer habe ich viele Karten gesehen.«

Er nickt.

»Ich kann gern fragen, ob du den Druck hier hinter mir bekommen kannst, wenn er dir gefällt. Möchtest du das?«

Wieder zuckt er gleichgültig mit den Schultern.

»Möchtest du irgendetwas anderes? Kann ich etwas für dich tun?«

Bewegungslos sitzt er da, mit dem Stift in der Hand.

»Wie läuft es bei Mette? Fühlst du dich dort wohl?«

Nichts.

»Wie ist Mette?«, macht sie einen neuen Versuch, doch auch darauf antwortet er nicht, sondern starrt nur an die Decke.

»Sie scheint dich sehr gernzuhaben«, sagt Sanna etwas lauter. »Sie scheint nett zu sein.«

Er nickt fast unmerklich.

»Und Benjamin? Wie ist er so?«

Er sieht sie direkt an. Sie überlegt, bevor sie weiterspricht.

»Ihr seid nicht gerade Freunde, was?«

Wieder das Schulterzucken.

»Warst du oft bei Mette? Fühlst du dich dort wie zu Hause? Hast du ein eigenes Zimmer bei ihr?«

Er schreibt etwas, ohne sie anzusehen. »Warum fragen Sie nach Mette? Glauben Sie, sie hat meine Mutter umgebracht?«

Sanna fragt sich, was sie hier eigentlich macht. Warum sitzt sie hier, obwohl sie das gar nicht müsste? Wie konnte der Psychologe sie nur dazu überreden, und warum wollte Jack sich mit ihr treffen, wenn er sowieso nicht auf ihre Fragen antworten will?

Sie schüttelt den Kopf. »Nein, das glauben wir nicht«, sagt sie. Dann schiebt sie ihm die Zeichnung zu. »Wolltest du mir damit etwas erzählen? Wolltest du mich deshalb noch mal sehen?«

Sein Blick wandert über den Wolf, seine Augen werden feucht.

Irgendetwas will er mir damit sagen, denkt Sanna. Sie sieht sich in dem farblosen Raum um. An der einen Wand hängt derselbe Spiegel wie in allen Verhörzimmern. Warum sie dort hängen, hat sie nie verstanden. An einer Seite des schwarz lackierten Rahmens blättert die Farbe ab. Sie steht auf, geht zur Wand und lehnt sich dagegen.

»Ich bin auch mit Eltern aufgewachsen, die nicht meine leiblichen waren. Bei einer Pflegefamilie.«

Jack sieht sie an.

»Auf dem Land, wir hatten viele Tiere. Ein großer Hof mit mehreren Kindern. Ich durfte eine Streunerkatze behalten, die mir nicht mehr von der Seite gewichen war. Sie war mager und hatte einen gebrochenen Schwanz, und mit ihrer Atmung hat auch etwas nicht gestimmt. Vielleicht hatte sie einen Schlag auf die Nase bekommen. Sie haben gesagt, es sei noch ein Kätzchen, aber sie war sicher schon viel älter. Nur eben sehr zart. Nach einer Weile durfte ich sie nachts bei mir behalten, der Kater schlief bei mir, als es mir in den ersten Jahren dort am schlechtesten ging. Und langsam wurde er stärker und begann zu spielen und Unfug zu treiben. Eines Abends kam er dann nicht nach Hause, als wir ins Bett gehen sollten. Ich rannte nach draußen und suchte überall nach ihm. Schließlich fand ich ihn an einer Steinmauer. Er war tot. Als ich ihn aufhob, sah ich, dass er etwas im Maul hatte. Er hatte einen Kokon verschluckt. Meine Pflegeeltern holten ihn mit einer Pinzette heraus, es war ein Schwarmspinner, ein seltener Schmetterling. Ich begrub meine Katze allein im Wald, und sie vergruben den Kokon in einer Dose mit Laub. Ein, zwei Wochen später schlüpfte der Schmetterling, er war groß und braun, und alle freuten sich so, dass er es geschafft hatte. Aber ich verstand den Grund für die Freude nie.«

Jack dreht abwartend seine Uhr am Handgelenk, vor und zurück. Sie ist definitiv zu groß. Sanna setzt sich wieder und stützt die Ellbogen auf den Tisch. Denkt an *Das verlorene Paradies,* das sie in der Wohnung gefunden haben. Vielleicht hat er es gelesen.

»Liest du viel?«, fragt sie ihn.

Keine Antwort.

»Deine Mutter hatte *Das verlorene Paradies* aus der Bibliothek ausgeliehen, hast du es auch gelesen? Oder hat sie vielleicht mit dir darüber geredet?«

Langsam verliert sie die Geduld. Spielt er etwa nur mit ihr?

»Willst du mir etwas erzählen, Jack?«, wiederholt sie. »Warum sind wir hier? Du wolltest doch mit mir sprechen?«

Er sitzt unbeweglich da. Sie nimmt die Wolfszeichnung, legt sie auf einen Stuhl und reicht ihm ein frisches Blatt Papier.

»Ich habe nicht mehr viel Zeit«, sagt sie.

Er schreibt etwas auf das Blatt und schiebt es ihr zu. »Wen haben Sie verloren?«

Sie zögert. Fragt sich, ob es ein Fehler war, es ihm gegenüber bei ihrem letzten Treffen zu erwähnen. »Meinen Mann und meinen Sohn.«

»Wie hieß Ihr Sohn?«, schreibt er.

»Erik.«

Er sieht sie an, dann schreibt er: »Was ist passiert?«

Sanna wird unruhig. »Soll ich Mette anrufen?«, fragt sie. »Bist du müde?«

Er schüttelt den Kopf und unterstreicht die Worte: »Was ist passiert?«

Plötzlich drängt er sich ihr auf, überschreitet eine Grenze. Das gefällt ihr nicht.

»Ein Unfall.« Sie schluckt angestrengt. »Es war ein schrecklicher Unfall.«

»Sanna? Bist du hier?«

Sie hängt das Handtuch an den Wandhaken. Der Umkleideraum ist leer, und Ekens Stimme hallt von den Wänden und Schränken. Sie zieht sich an, während die schwere Tür mit einem Seufzer ins Schloss gleitet.

»Sanna?« Eken lacht und fährt sich mit der Hand durch das dichte Haar. »Hier versteckst du dich also.«

Sie hatte unbedingt duschen müssen. Ihr Kopf hatte gehämmert, und nachdem Jack gegangen war, hatte sie sich fast in einem Dämmerzustand befunden. Vielleicht verliert sie langsam den Verstand. Die Dunkelheit, die sie verfolgt, verschlingt sie immer mehr.

»Was ist?«, fragt sie verärgert.

Er mustert sie lange und eindringlich.

»Du solltest vielleicht besser heimfahren und dich eine Weile ausruhen.«

Schweigend zieht sie sich die Stiefel an und kämmt das feuchte Haar mit den Händen nach hinten.

»Oder du fährst mit Eir nach Södra Villakvarteren?«

Auf dem Weg zwischen den halb gefrorenen Pfützen vor dem Nachbarhaus der Roos-Villa hindurch dringt eisiges Wasser in Eirs Schuhe. Sanna erwartet sie an der Eingangstür.

»Verdammt, warum konnte Eken nicht jemand anderen schicken?«

»Du kannst gern zum Revier zurücklaufen.«

Eir zuckt mit den Schultern und klingelt an der Tür.

Als die Nachbarin die Polizistinnen erkennt, löst sie die Sicherheitskette und lächelt nervös. Die schlecht sitzende Prothese, die wie eine dritte Zahnreihe aussieht, bewegt sich am Oberkiefer.

»Kommen Sie rein«, flüstert sie. »Die haben mir gesagt, da sei nichts, ich solle mir keine Sorgen machen, aber …«

Widerwillig folgen sie ihr Richtung Wohnzimmer.

Der Raum ist kühl und blitzsauber. Üppige Topfpflanzen stehen auf Tischen und Blumenleitern, die sorgfältig im Sonnenlicht platziert sind. Ein Stapel mit Nachrichtenmagazinen in unterschiedlichen Sprachen liegt auf dem Couchtisch.

Musik dringt aus einer offen stehenden Tür. Eine Arie. Die Frau bleibt bei einem Sessel stehen und nimmt ein paar ordentlich gefaltete Gästehandtücher in die Hand.

»Die werden Sie sich da unten vor die Nase halten müssen.«

Eir hebt abwehrend die Hand. »Moment mal, wovon reden Sie eigentlich? Was heißt ›da unten‹?«

»Wir müssen in den Keller. Die Handtücher sind gegen den furchtbaren Geruch.«

Eir lacht und schüttelt den Kopf. »Sie wollen, dass wir in Ihren Keller gehen, während Birgit Nilsson in voller Lautstärke singt …«

»Das ist Maria Callas«, unterbricht die Frau sie, als wäre es das Selbstverständlichste auf der Welt. »Ich habe Musik aufgelegt, um die Geräusche nicht zu hören. Und damit derjenige, der sich da unten rumtreibt, nicht hört, wie ich die Polizei anrufe. Ich weiß, dass da jemand ist, Sie müssen …«

Sie sieht die Frauen hilflos an, dann geht sie durch die Tür auf die Musik zu und deutet auf eine Wendeltreppe.

Eir und Sanna wechseln einen Blick.

»Ich verstehe, dass die Ereignisse der letzten Tage sehr belastend sind«, sagt Sanna. »Natürlich überprüfen wir Ihren Keller. Warten Sie hier.«

»Nein, ich komme mit«, flüstert die Nachbarin.

Im ersten Untergeschoss merken sie den Geruch, doch die

Treppe führt noch weiter nach unten. Auf der letzten Stufe pressen sich Eir und Sanna die Handtücher vors Gesicht.

Es stinkt durchdringend nach Verwesung.

Sie stehen in einem dunklen Weinkeller mit Deckenschräge. In einer Ecke steht ein Plattenspieler. Die Musik ist ohrenbetäubend laut. Sanna eilt darauf zu und stellt sie leiser.

»Ich wollte eine Flasche Wein für heute Abend holen«, flüstert die Frau hinter ihrem Handtuch. »Ich bin fast ohnmächtig geworden, als ich herunterkam. Es kommt von da«, sagt sie und deutet auf Lüftungsschlitze an einer Wand. »Es muss irgendwas im Keller der Roos' sein. Geräusche habe ich auch gehört.«

»Aber deren Keller ist nicht so tief«, flüstert Eir Sanna zu. »Wir haben doch auf der Suche nach Frank das ganze Gebäude abgegrast und auch die Pläne überprüft.«

Sanna nickt.

Die Frau schüttelt den Kopf. »Nein, nein. Diese Räume finden Sie auf keinem Plan. Eine Firma hat uns beiden Nachbarn vor einigen Jahren einen Panikraum angeboten, Sie wissen schon, was heutzutage alle Promis und wichtigen Leute haben?«

»Bei einer Baugenehmigung wird doch aber ...«

»Nein, wir haben das schwarz machen lassen«, fährt die Frau rasch fort. »Ich brauchte keinen Schutzkeller, wer würde mich schon entführen wollen? Deshalb habe ich daraus einen Weinkeller gemacht. Ich weiß nicht, was Marie-Louise und Frank aus ihrem Raum gemacht haben, aber wir teilen uns die Lüftung, weshalb mein Haus immer gut ...«

Ein lautes Wimmern ertönt, es klingt fast wie ein Schrei, aber dumpf, als käme es aus einem Rohr.

»Schalten Sie die Musik aus«, zischt Sanna knapp.

Sie stellt sich vor die Lüftungsschlitze, und ein kalter Luftzug streicht über ihre Stirn. Es ist still. Ein paar Sekunden vergehen. Dann hören sie ein lautes Scharren und einen harten Aufprall auf der anderen Seite der Mauer.

Sanna und Eir ignorieren Ekens Einwände, die er am Telefon geäußert hat, als sie ihn wegen Verstärkung angerufen haben, und eilen durch die Diele der Roos-Villa.

Im Keller gehen sie von Raum zu Raum und suchen jeden Millimeter ab. Nichts.

Sanna nickt zu einer großen, grün gestrichenen Feuertür, auf der »Heizungskeller« steht.

Dahinter befindet sich nur ein alter Heizkessel mit gebogenen Rohren. Ein dicker Flickenteppich liegt auf dem Boden, von der Decke baumelt eine nackte Glühbirne. Durch ein kleines Fenster zum Garten fällt etwas Licht, das zusammen mit der Glühbirne den Raum so weit erhellt, dass keine weitere Tür zu sehen ist.

»Okay …« Eir schiebt vorsichtig den Flickenteppich zur Seite.

Ein Luftzug trifft sie. Ein viereckiger Abfluss wird sichtbar, groß genug für einen Menschen.

»Hier riecht es nach gar nichts«, sagt Eir zweifelnd.

Sanna schüttelt den Kopf. Schweigend hebt sie das Abflussgitter und leuchtet mit einer kleinen Taschenlampe in die Öffnung. Durch den Hohlraum windet sich eine breite Wendeltreppe, an deren Fuß Lichtstreifen auf eine weitere Klappe hindeuten.

»Du zuerst?«, flüstert Eir.

Innerhalb weniger Sekunden sind sie die Treppe nach unten gestiegen, öffnen die nächste Klappe, und nach ein paar weiteren Treppenstufen stehen sie in einem engen Tunnel. Ein paar Meter vor ihnen befindet sich eine weitere Tür.

»Jetzt stinkt es aber …«, wispert Eir angeekelt.

Es ist dunkel. Die Mauern sind uneben, von der Decke tropft Wasser, und der Boden fällt ab. Sanna bewegt sich mit gezogener Waffe langsam voran. Eir folgt ihr. Sie atmet unregelmäßig, bald muss sie sich übergeben.

»Was ist das hier eigentlich für ein verdammter Bunker?«, flüstert sie.

Sanna geht weiter. Ein Schwall kalter Luft. Hinter der Tür ist ein leises Fiepen zu hören.

»Scheiße«, flucht Eir leise.

Ein Rasseln. Eir packt Sanna am Arm, und sie bleiben stehen. Wieder fiept etwas. Sanna weiß genau, was das zu bedeuten hat. Dann ein schleifendes Geräusch, das sie nicht zuordnen kann.

Sie streckt die Hand nach der Tür aus. Sie muss sie nur aufschieben. Rasch tritt sie in den Raum, dicht gefolgt von Eir.

Diese will gerade ihre Waffe zücken und schreien: »Polizei, keiner bewegt sich!«, als etwas an ihren Füßen vorbeihuscht, um dann zurückzuströmen und sich weich um ihre Fußknöchel zu schließen. Ein braunschwarzer Teppich aus Fell wabert über den Boden.

Ratten. Überall.

»Schau mich an!«, zischt Sanna ihr zu.

Sie heben ihre Waffen und meiden den Blick nach unten. Seitwärts gehen sie voran, ein Schritt nach dem anderen, auf den Tisch in der Ecke des Raumes zu.

Eir zielt mit ihrer Waffe.

»Polizei! Ich will Ihre Hände sehen!«, schreit Sanna.

Eine Gestalt auf einem Stuhl.

Eine Ratte springt mit einem abgekauten Finger und einem Stück Stoff im Maul vom Tisch.

»Igitt, verdammt …« Eir räuspert sich und hält sich die Hand vor den Mund.

»Konzentrier dich«, zischt Sanna.

Am Tisch angekommen senkt sie resigniert die Waffe. Eir dreht sich um und übergibt sich.

Auf einem Bürostuhl sitzt Frank Roos. Die Augen starren ins Leere, der Kopf hängt zur Seite. Sein Hals ist auf dieselbe Weise aufgeschlitzt wie bei seiner Frau und Rebecca. Seine Wunden sind gröber, bilden aber auch ein Kreuz über dem Kehlkopf.

Der Tisch vor ihm ist ein einfacher Altar mit zwei halb heruntergebrannten Kerzen, einer Bibel und einer alten gold-weiß-roten Statue der Jungfrau Maria. An der Wand hängt ein Kruzifix aus dunklem Holz.

Sanna hält sich die Nase zu. Der Gestank ist widerwärtig. Ihr Blick fällt auf Lüftungsschlitze mit einem Schalter daneben, den jemand auf »Aus« gestellt hat. Mit dem Griff ihrer Waffe legt sie den Schalter wieder um. Ein dumpfes Surren ertönt, und eiskalte Luft strömt in den Raum.

»Wie lange sitzt er hier wohl schon?«, fragt Eir und stellt sich in den Luftzug, macht ein paar tiefe Atemzüge und bekommt wieder etwas Farbe im Gesicht.

Der Geruch. Die Ratten. Alles deutet darauf hin, dass er lange auf sie gewartet hat.

»Mehrere Tage«, schätzt Sanna.

»Tage? Du willst damit sagen, dass er hier war, als wir Marie-Louise da oben gefunden haben … Und dann, als wir noch einmal wegen des Gemäldes da waren …«

»Vermutlich.«

»Aber …« Eir sieht sich um. »Wie konnte der Täter ihn hier unten finden? Über den Raum stolpert man ja nicht gerade.«

Sanna schüttelt langsam den Kopf und mustert aufmerksam die Leiche, den Altar und das Kruzifix an der Wand. »Vielleicht hat er Marie-Louise gezwungen, das Versteck zu verraten.«

»Jetzt wissen wir jedenfalls, warum die Hunde nicht angeschlagen haben …«, meint Eir seufzend. »Wie viele Meter unter der Erde sind wir eigentlich? Und wie zum Teufel sind die Ratten hereingekommen?« Sie sieht sich um.

»Dort.« Sanna deutet auf einen kleinen Abfluss, der von einem zerbrochenen Gitter nur halb bedeckt wird.

Plötzlich flimmert etwas. Auf einem Plastikstuhl steht ein kleiner, älterer Laptop, dem bald der Strom ausgeht. Das Kabel in der Steckdose ist zur Hälfte durchgenagt. Der Bildschirm leuchtet auf und wird wieder schwarz.

Sanna sucht in ihrer Tasche, doch Eir holt ein Paar Handschuhe hervor und gibt sie ihr. Sanna zieht sie an, beugt sich vor und bewegt das Kabel hin und her. Nach einer Weile hat sie eine Position gefunden, in der die Stromversorgung aufrechterhalten wird. Ein Media Player ist geöffnet. Sie drückt auf »Play«.

Das DVD-Laufwerk fängt an zu surren und startet einen Film. Ein Zimmer ist auf dem Bildschirm zu sehen, die Perspektive ist von oben. Vielleicht wird mit einem Handy gefilmt oder einer Kamera, die auf einem Regal oder Schrank liegt. Die Wände sind grau und unpersönlich. An einer steht eine Chaiselongue mit beigefarbenem Überzug und verschlungenen grünen Blättern. Ein Mann sitzt darauf. Das Gesicht liegt außerhalb des Bildausschnittes, doch dem Körper und den Händen nach zu schließen, scheint er in den Sechzigern zu sein. Er wippt unruhig mit dem Bein auf und ab.

Auf einem Stuhl vor ihm sitzt ein Mädchen in Jeans und Unterhemd. Ihr dichtes, welliges Haar fällt ihr über die Schultern. Sie lässt den Kopf hängen, um den Hals trägt sie etwas, das Sanna sofort wiedererkennt: eine grüne Boa.

Mia Askar.

Der Mann beugt sich plötzlich vor und legt ihr eine Hand auf das Bein. Sie versucht, ihm auszuweichen, doch ihre Hände sind hinter dem Rücken gefesselt.

Als sie sich bewegt, sieht Sanna den Fleck auf ihrem Unterhemd, auf Höhe des Jeanssaums. Er ist blau, und die Farbe scheint durch den Stoff gedrungen zu sein.

»Was zur Hölle ist das denn ...«, sagt Eir. »Spiel den Film von Anfang an ab.«

Sanna hält das Video an und schaltet zum Beginn.

Derselbe Raum wird sichtbar, allerdings nicht von oben. Mia Askar sitzt im Vordergrund. Sie ist es, eindeutig. Sie sieht in die Kamera und knabbert an einem Fingernagel. Um den Hals trägt sie die Kette mit den drei Herzen.

Sie sieht müde aus, als sie sagt: »Wenn jemand das hier findet – ich heiße Mia Askar. Ich weiß nicht, wie lange ich schon hier bin. Ich hoffe, ich kann von hier fliehen. Wenn ich es nicht schaffe, und ihr das hier findet ...«

Ein Geräusch im Hintergrund, es klingt, als würde eine Tür geöffnet. Mias Blick flackert, sie steht auf. Dann nimmt sie die Kamera, verschwindet aus dem Bild, und der Raum wird auf den Kopf gestellt, bis er wieder richtig zu sehen ist, dieses Mal von oben. Sie muss die Kamera, vielleicht ihr Handy, auf einen Schrank oder ein Regal gestellt haben.

Zwei Männer kommen herein und gehen vorbei, ohne nach oben zu schauen, dann verschwinden sie wieder aus dem Bild. Sie sagen etwas Unverständliches, bevor sie einen Stuhl mitten in den Raum stellen. Mia setzt sich widerwillig darauf, während sie die Männer beschimpft.

Ein Mann setzt sich vor ihr auf die Chaiselongue, sein Gesicht ist nicht im Bild. Der andere ist auch nicht zu sehen. Es ertönt ein Rauschen, als ob Wasser aus einem Hahn läuft.

Der Mann auf der Chaiselongue beginnt zu sprechen. Die Tonqualität ist schlecht, doch man versteht ihn. Er stellt immer wieder dieselbe Frage:

»Wer weiß davon?«

»Niemand«, antwortet Mia jedes Mal.

Er macht eine Handbewegung, und der andere Mann hinkt mit einer Tablettendose und einem Glas Wasser herbei. Er schüttelt zwei Pillen in die offene Handfläche, dann zwingt er Mia, sie mit etwas Wasser zu schlucken.

»Dieses Schwein …«, murmelt Eir unterdrückt.

Der Mann auf der Chaiselongue schlägt die Beine übereinander und klopft mit einer Hand auf sein Knie.

»Du musst besser auf dich aufpassen. Auf euch.«

Mia spuckt ihn an.

»Wir wollen dir helfen.«

Sie flucht wieder.

»Verstehst du, dass man dir trotzdem verzeiht?«, sagt er.

»Für mich bist du gestorben«, faucht Mia. »So was von verdammt tot.«

»Verstehst du, dass man dir verzeiht?«, wiederholt er.

Sie springt auf und rennt zur Tür, die verschlossen ist. Der Mann mit den Tabletten holt sie ein, packt sie am Arm und zerrt sie zurück zum Stuhl, wo er ihr die Hände hinter dem Rücken fesselt. Sie faucht und wehrt sich.

»Du musst dich beruhigen«, erklärt er. »Sonst können wir dir nicht helfen.«

Der Mann auf der Chaiselongue stellt immer wieder dieselbe Frage, fast wie ein Kinderreim oder ein hypnotisches Spiel. Mia antwortet jedes Mal mit Flüchen.

Als sie verstummt, hören auch die Fragen auf. Der Mann, der sie gefesselt hat, betastet ihren Bauch, bevor er aus dem Bild verschwindet.

Mia murmelt etwas Unverständliches.

Der Mann auf der Chaiselongue beugt sich zu ihr. »Wer bist du, und was hast du mit Mia gemacht?« Er zieht sich leicht zurück. »Was hast du mit Mia gemacht?«, wiederholt er.

»Wovon zum Teufel redest du da?«, schreit sie. »Bist du jetzt völlig durchgeknallt, oder was?«

Der Mann schüttelt den Kopf, dann beugt er sich wieder vor. *»Exorcizo deo immundissimus spiritus …«*

»Hör auf, du kranker Mistkerl!«, schreit das Mädchen.

Sie weint, er presst seine rechte Hand auf ihr Herz und spricht weiter: *»Infer tibi libera … Time satana inimici fidem … Recede in nomine patris …«*

Ein summendes Geräusch, wie von einem Bienenschwarm. Die beiden Männer beten, ihre manischen Stimmen überlagern einander.

Mia zuckt auf einmal nach vorne, als ob sie sich erbrechen müsse.

Der Mann auf der Chaiselongue fragt leise, ob sie versteht, dass ihr *Gnade* zuteil geworden sei und sie sich *freuen* solle. Sie murmelt etwas. Wieder legt er seine Hand auf ihr Herz.

Ein großer, dunkler Fleck breitet sich zwischen Mias Beinen aus, als sie sich einnässt. Weinend sagt sie, dass sie versteht. Sie verspricht, nicht mehr störrisch zu sein. Der Mann legt seine Hand auf ihr Knie, sie versucht, ihm auszuweichen.

Sie sind bei dem Teil des Films angekommen, bei dem sie den Laptop entdeckt haben.

Der Mann, der Mia festgebunden hat, hinkt mit einem Messer in der Hand heran, schneidet ihre Fesseln durch, und sie fällt zu Boden. Als er ihr aufhilft, ist sein Gesicht deutlich zu erkennen.

Frank Roos.

»Sorg dafür, dass Rebecca herkommt«, sagt der Mann auf der Chaiselongue zu ihm. »Sie muss sich um sie kümmern.«

Frank nickt. »Rebecca kommt und sieht nach dir.« Er streicht Mia übers Haar.

Nachdem die Männer gegangen sind, sitzt sie still da. Dann steht sie auf, zieht den Stuhl Richtung Kamera und steigt darauf. Der Raum verschwindet, als sie die Hand über die Linse legt. Der Film endet.

»War das wirklich das, was ich glaube?«, fragt Eir matt. »In welchem verdammten Jahrhundert lebt ihr auf dieser Insel eigentlich?«

Sanna antwortet nicht. Ein Exorzismus. Der Mann auf der Chaiselongue hat versucht, Mia Askar den Teufel auszutreiben. Sie lässt den Blick über Franks Leiche schweifen, dann durch den Raum. Sein Blut ist auf dem Tisch, dem Boden, der Wand, seinen Kleidern, seinen Händen. Ihr fällt seine Haltung ins Auge, wie er mit Blick auf den kleinen Laptop dasitzt. Wollte der Mörder, dass er sah, was er Mia angetan hatte, während das Blut zusammen mit dem Leben aus ihm herausströmte?

»Er wurde bestraft«, sagt sie schließlich. »Sie alle. Marie-Louise, Rebecca und jetzt Frank. Sie wurden bestraft für das, was sie Mia angetan haben.«

KAPITEL EINUNDZWANZIG

Um zwei Uhr nachts wacht Sanna auf. Zitternd zieht sie ihren Mantel enger um sich, wirft zwei Tabletten ein und kriecht zurück unter die Decke. Als sie ein paar Stunden später erneut aufwacht, ist ihr Kopf schwer wie Blei. Auf dem Weg zum Revier ruft sie Sudden an, der bestätigt, dass der Laptop aus dem Keller im Labor ist. Die Ratten hätten allerdings vieles verunreinigt, weshalb sie keine allzu großen Erwartungen hegen solle.

An der Tankstelle kauft sie sich Kaffee und Kopfschmerztabletten und ruft Eir an.

»Wie geht's?«, fragt diese.

»Ich habe schlecht geschlafen.«

»Das dachte ich mir. Ich auch. Aber ich habe getan, was du gesagt hast.«

»Was meinst du?«

»Deine Nachricht?«

»Was für eine Nachricht?«

»Machst du Witze? Du hast mir um halb drei geschrieben, dass wir mit Mias Mutter sprechen müssen.«

Plötzlich erinnert sich Sanna. »Stimmt. Hast du Lara erreicht? Wusste sie, ob Mia einen Freund hatte?«

»Ich bin vorbeigefahren und habe bei ihr geklingelt. Eine Nachbarin hat mich gesehen und gesagt, dass Lara weggefahren sei und sie gebeten habe, die Blumen zu gießen. Sie wollte in ein paar Tagen zurück sein.«

»Hast du es auf ihrem Handy versucht?«

»Keine Antwort. Die Nachbarin hat gesagt, Lara wollte sich ausruhen und hätte das Telefon vielleicht nicht immer eingeschaltet, doch sie hat die Nummer auf jeden Fall Freunden gegeben, falls etwas Wichtiges sei. Bei denen habe ich auch angerufen.«

»Und immer noch keine Fortschritte wegen Mias Telefon oder zumindest ihrer Nummer? Nichts, was uns weiterhelfen könnte?«

»Nichts. Ich habe gerade noch mal mit Bernard gesprochen.«

»Okay, ich bin gleich da. Ich mache unterwegs nur noch halt bei Mias Schule.«

Die alten Heizkörper im Büro des Direktors sind noch nicht richtig angelaufen. Das Kondenswasser liegt wie ein Schweißfilm auf den Fenstern. Der Direktor bittet Sanna, sich zu setzen.

Mit fleischigen Fingern tippt er auf die Tastatur ein und sucht nach Dokumenten zu Mia. Er erzählt, dass sie vor ihrem Tod einige Tage nicht in der Schule war und dass sie im letzten Jahr viel geschwänzt hat.

»Aber wie kommt es, dass Sie in einem Selbstmord ermitteln?«, fragt er.

Sanna ignoriert die Frage. »Wissen Sie, ob Mia Freunde hatte?«

»Wir haben darüber in der Krisensitzung nach ihrem Tod gesprochen. Laut ihrer Klassenlehrerin war sie meistens allein.«

»Aber irgendwelche Freunde muss sie doch gehabt haben? Sitznachbarn im Unterricht zum Beispiel?«

»Nein, auch nicht.«

»Ich habe gehört, dass sie gut in Mathematik war?«

Er nickt, und seine Augen leuchten stolz auf. »Eine der besten Schülerinnen, die wir je hatten.«

»War sie in einem Mathematikclub oder Ähnlichem in der Schule? Vielleicht hatte sie dort Freunde oder Turnierkollegen?«

Er schüttelt den Kopf. »Wir haben keine Clubs oder so etwas. Mia hat selbst gelernt. Sie war eine Naturbegabung, sagen ihre Lehrer.«

»Hatte sie einen Freund?«

»Ich kannte sie ja nicht. Aber in der Krisensitzung hat eine der Lehrerinnen berichtet, dass sie einen sehr persönlichen Aufsatz über Liebe und Vertrauen geschrieben hat, in dem sie wohl von einem Jungen sprach.«

»Könnte ich den Aufsatz wohl lesen?«

»Die Schülerinnen und Schüler bekommen die Aufsätze nach der Benotung zurück, wir behalten leider keine Kopien.«

»Hatte dieser Junge einen Namen? Ich meine, hat die Lehrerin erwähnt, ob Mia einen Namen genannt hat?«

»Da fragen Sie sie am besten selbst. Aber ich glaube es nicht. Ich habe sie in der Krisensitzung gefragt, ob es sich um jemanden von der Schule handelt, weil er in diesem Fall vielleicht zusätzliche Unterstützung und Hilfe benötigen könnte. Doch Mia hat keinen Namen genannt, wenn ich mich recht erinnere. Nur, dass es sich um einen Kindheitsfreund handelt, der ihr sehr am Herzen liegt.«

Sanna denkt über das Wort »Kindheitsfreund« nach, dann schreibt sie Eir eine Nachricht und bittet sie, dazu eine Aktennotiz anzulegen und Bernard und Jon zu informieren, dass sie zur Schule fahren und mit allen reden sollen, die Kontakt zu Mia hatten.

Der Direktor räuspert sich und sieht auf die Uhr.

»Hat hier in der Schule jemand bemerkt – Lehrpersonal oder Schüler –, ob sie sich in letzter Zeit verändert hatte?«, fragt Sanna. »Wurde bei der Krisensitzung vielleicht etwas angesprochen?«

»Wir haben so viele Schülerinnen und Schüler«, antwortet der Direktor rasch. »Wir können sie unmöglich alle ständig im Blick behalten.«

»Na gut. Einige meiner Kollegen werden sich noch eingehender mit Mias Lehrerinnen und Lehrern unterhalten, wenn es Ihnen recht ist.«

Plötzlich wird er abweisend. »Ich verstehe nicht so ganz, warum Sie so viele Fragen zu Mia haben, wenn sie doch Selbstmord begangen hat. Müssen wir uns wegen irgendetwas Sorgen machen?«

»Nein«, erwidert Sanna knapp. »Aber ich kann Ihnen im Moment leider auch nicht mehr sagen.«

Er seufzt. »Ihre Kollegen sind jederzeit willkommen.«

Sanna steht auf und öffnet die Tür. »Hatte Mia eigentlich ein Schließfach? Für ihre Sachen?«

»Wir haben es letzte Woche geleert und alles mit einem Kurier zu ihrer Mutter geschickt.«

»Was für einen Eindruck hat ihre Mutter auf Sie gemacht? Hatten Sie persönlichen Kontakt zu ihr?«

»Sie war immer freundlich. Wir haben uns ein paarmal getroffen. Sie war unter anderem hier, um über Mias Unterricht zu sprechen und Informationen und Lehrpläne für sie zu holen, vor ihrer Abreise.«

»*Abreise?* Was meinen Sie damit?«

»Sie sollte für ein oder zwei Jahre zu ihrem Vater ziehen, ab dem Frühjahrshalbjahr. Er wohnt im Ausland, ich weiß aber nicht mehr, wo.«

Vor dem Schulgebäude entdeckt Sanna plötzlich Mette und Benjamin auf dem Parkplatz. Der Junge wirft seinen Rucksack und eine Sporttasche auf den Rücksitz des Wagens.

»Guten Morgen«, sagt Mette und strahlt. »Ich habe Jack gerade auf dem Revier abgeliefert. Sollten Sie ihn nicht treffen? Ich dachte, Sie hätten etwas mit ihm vereinbart.«

Sanna sieht sie verwundert an. Ein Termin? Sie denkt an das Treffen mit Jack am Tag zuvor zurück. Seine Fragen zu Erik. Ihre Lügen als Antwort. Hat sie irgendwas Abschließendes gesagt, das er als Verabredung für heute interpretiert haben könnte? Sie kann sich nicht erinnern. Die letzten Minuten des Gesprächs scheinen wie ausgelöscht.

»Also«, fährt Mette fort, »Sie kommen ja offensichtlich gerade aus der Schule. Ist etwas passiert?«

Benjamin stellt sich hinter seine Mutter.

»Gehst du hier zur Schule?«, fragt Sanna ihn.

»Ja«, antwortet er.

»Auch wenn er sich heute nicht so gut fühlt«, erklärt Mette. »Deshalb musste ich umkehren und ihn wieder abholen.«

Sanna versucht, Benjamin in die Augen zu sehen, doch er hält den Kopf abgewandt. »Kanntest du ein Mädchen namens Mia Askar?«

Mettes Gesicht verdunkelt sich. »Das war die, die sich ...«

»Ja«, unterbricht Sanna. »Kanntest du Mia, Benjamin?« Sie ringt sich ein Lächeln ab. »Hübsches Mädchen, rothaarig?«

»Nein, er kannte sie nicht«, schaltet sich Mette ein. »Wie

läuft es mit den Ermittlungen? Was ist mit Rebecca? Haben Sie etwas herausgefunden?«

Ihre Stimme ist plötzlich einschmeichelnd.

»Als wir uns zum ersten Mal im Krankenhaus begegnet sind, sagten Sie, Sie hätten Rebecca nicht gut gekannt.«

»Nein, das stimmt auch.«

»Aber hat sie Jack nicht zu Ihnen gebracht und wieder abgeholt?«

»Manchmal. Manchmal hat das auch das Jugendamt übernommen. Es kam auf Rebeccas Verfassung an.«

»Was für einen Eindruck hatten Sie von ihr? Wie war das Verhältnis zwischen Ihnen beiden?«

»Wie meinen Sie das?«

»Es muss doch frustrierend gewesen sein, mitanzusehen, wie schlecht es einem Kind geht. Schwer, nicht die Mutter dafür verantwortlich zu machen. Vor allem jemanden wie Rebecca.«

Ein harter Zug zeigt sich um Mettes Mund. »Ich habe ihr nie Vorwürfe gemacht«, sagt sie. »Sie hat ihr Bestes gegeben.«

Sie wirkt angespannt und kratzt sich leicht an der Nase, während Benjamin zur Seite geht, auf sein Handy schaut und es wieder einsteckt.

»Und wie läuft es mit den Jungen?«, fragt Sanna.

»Nun, es geht so. Jack ist wie gesagt auf dem Revier und wartet auf Sie.«

»Benjamin und Mia Askar sind doch im selben Alter und gingen auf dieselbe Schule. Sind Sie sicher, dass die beiden sich nicht kannten?«

In ein paar Metern Entfernung zupft Benjamin die Blätter an einem spindeldürren Baum ab.

»Benjamin!«, ruft Mette nach ihrem Sohn.

Er schlendert herbei, einen Arm erhoben, als würde er etwas darauf balancieren. Sanna erkennt eine Raupe, die auf seinem Arm zu seiner Hand kriecht. Sie ist grün, fett und von kurzen, borstenartigen Härchen bedeckt. Ungeschickt arbeitet sie sich bis zu den Fingerknöcheln voran, dann muss sie umkehren und versucht, über Benjamins Handrücken zurückzukriechen.

»Ich muss noch einkaufen, bevor ich dann Jack wieder abhole«, sagt Mette zu ihrem Sohn. »Wir haben nicht viel Zeit. Setz die Raupe jetzt zurück auf den Baum.«

Er gehorcht. Als er zurückkommt, schiebt er sich auf den Rücksitz und schnallt sich an. Mette startet den Wagen, fährt rückwärts und winkt Sanna zu.

Die sieht gerade noch, wie Benjamin die fette Raupe aus der Brusttasche holt, sie sich in den Mund steckt und abbeißt. Dann verspeist er genüsslich den Rest.

KAPITEL ZWEIUNDZWANZIG

Der Empfangskollege auf dem Revier spielt auf seinem Handy, auf dessen Display ein Apfelschimmel an einem Wasserufer herumläuft. Das Tier lockt Kinder, sich auf seinen Rücken zu setzen. Je mehr Kinder auf ihm sitzen, desto länger wird es. Der Empfangskollege versucht, mit Pfeil und Bogen auf das Pferd zu schießen. Als er es verfehlt, galoppiert es ins Wasser.

»Kennst du das Spiel?«, fragt er und sieht auf, als Eir aus dem Aufzug steigt.

Sie schüttelt irritiert den Kopf. »Du hast mich angerufen?«

Er nickt zu jemandem hinter Eir. Sie dreht sich um, und da sitzt Jack auf einem Stuhl in der Ecke.

»Er ist ja sicher wegen Sanna hier«, sagt der Kollege. »Aber sie ist nicht da. Kannst du dich in der Zwischenzeit um ihn kümmern? Der Verhörraum mit der Landkarte ist frei.«

Eir bedeutet Jack, ihr zu folgen, und fragt, ob er etwas trinken möchte, Wasser oder Limo vielleicht. Er schüttelt den Kopf. Sie bittet ihn, sich in den Verhörraum zu setzen und fragt, ob sie bei ihm bleiben soll, bis Sanna kommt, doch er lehnt wieder ab und tippt etwas auf seinem Handy.

»Ich lasse die Tür offen«, sagt sie. »Wenn du doch etwas brauchst, ist der Empfang gleich hier.«

Im Flur ruft Eir Jon an und fragt, ob er schon mit den Jägervereinigungen gesprochen hat, was seiner Aussage nach leider nichts ergeben hat.

Als sie in den Ermittlungsraum kommt, steht eine Frau am großen Tisch und sortiert Notizen, Anruflisten, Checklisten und Bilder von den Tatorten und Obduktionen in ordentliche Stapel.

Eir räuspert sich.

Die Frau ist jung, trägt eine hellgraue Seidenbluse und eine beige Brille. Sie hat ruhig blickende, mandelförmige Augen, und das glatte braune Haar ist ordentlich zu einem Knoten im Nacken zusammengefasst. Die Frau ist dünn, die Kleider ein wenig zu groß. Sie hat etwas Schwebendes, fast schon Schmetterlingshaftes an sich. Auf dem Tisch liegen ein Aktenordner und ein Stapel mit großen, zusammengefalteten Papierbögen, die aussehen wie gebügelte Laken.

»Hallo?«, sagt Eir.

»Hallo.« Die Frau zögert einen Moment. »Ich habe die Zahlen«, fährt sie dann fort. »Wie möchtest du meine Ergebnisse?«

»Was für Zahlen?«

»Von der Vermögensanalyse.«

Eir überlegt. Die Frau muss die Verstärkung sein, die Eken schließlich angefordert hat.

»Darf ich …?« Die Frau nickt zu dem Whiteboard.

Dann verschiebt sie alle Bilder an den Rand und malt einen großen Kreis, um den sie drei kleinere zeichnet, in die sie je einen Namen schreibt: Marie-Louise, Rebecca und Frank. Den großen Kreis beschriftet sie mit dem Wort »Gryningen«. Die Morgendämmerung.

Sie schiebt Eir den Ordner zu.

»Ich bin dem Geld gefolgt. Eken hat gesagt, ihr hättet schon mit den Finanzen angefangen, aber nicht richtig weiterverfolgen können, weshalb ich sie mir vorgenommen und die Bankkonten und so weiter überprüft habe.«

Eir befühlt den Ordner und lächelt breit und überrascht.

Die Frau erwidert das Lächeln. »Gryningen ist – oder besser gesagt war – eine kleine Organisation«, erklärt sie. »Ein gemeinsamer Nenner, der alle Opfer verbindet. Sie ist unter verschiedenen Namen registriert, weshalb ihr sie wahrscheinlich bisher nicht gefunden habt. Man stößt nur darauf, wenn man bei allen Opfern über die Kontonummer geht. Ich habe versucht, mehr über diese Organisation herauszufinden, doch sie war nie unter einer konkreten Adresse registriert, nur einem Postfach beim alten Postamt am Södertorg, das vor ein paar Jahren abgerissen wurde. Gryningen existierte nur wenige Monate vor sieben Jahren und war ein Sommerlager für Kinder.«

»Moment mal. *Du* bist dem Geld gefolgt? Allein?«

»Eken hat mir alles zur Verfügung gestellt, um die Finanzen analysieren zu können.«

Eir steht auf und späht durch die Tür zum Empfang. Sanna ist nirgends zu sehen.

Die Frau deutet auf das Foto von Marie-Louise. »Sie hat Gryningen eine große Geldsumme gespendet.«

Dann macht sie bei Rebecca weiter. »In der kurzen Zeit, in der Gryningen aktiv war, hat jemand Rebecca eine große Summe Geld bezahlt. Sie hat in irgendeiner Form für die Organisation gearbeitet. Sie war ja Krankenschwester. Vielleicht hat sie sich um die Kinder im Lager gekümmert?«

Zum Schluss deutet sie auf Frank. »Auch er hat Geld bekommen, hat also für die Organisation gearbeitet. Er und seine

Frau hatten offensichtliche getrennte Konten, weshalb die verschiedenen Transaktionen auch nicht verwunderlich sind.«

Eir sieht die Frau an, die unsicher zu sein scheint, ob sie bleiben oder gehen soll.

»Also«, fährt sie schließlich fort, »das war jedenfalls die Kurzfassung. In dem Ordner ist die ausführliche Zusammenstellung, mit allen Unterlagen der Banken der Opfer.« Sie nickt in Richtung Tisch. »Die Zahlungen an und von Gryningen habe ich rot markiert.«

Eir sieht die Frau immer noch an. Die ganze Situation, dass ein Mensch, den sie noch nie zuvor gesehen hat, jetzt vor ihr steht und über Zahlen und Fakten redet, ist irgendwie absurd. Dass sie etwas gefunden hat, das alle Opfer verbindet – ein Sommerlager für Kinder vor sieben Jahren –, ist fast schon komisch.

Sie überlegt, ob ihr jemand einen Streich spielen will, dass das ein verspäteter Initiationsritus ist, zu dem die Kollegen hier erst jetzt gekommen sind.

Doch die ruhige und professionelle Haltung der jungen Frau flößt ihr Respekt ein.

»Bist du auf einen Namen gestoßen? Irgendeine Kontaktperson?«

Die Fremde schüttelt den Kopf. »Ich habe einen gewissen Holger Crantz gefunden. Er war wohl früher Priester in der katholischen Kirche hier auf der Insel. Aber bei der ersten Recherche war Schluss. Ich versuche es weiter.«

»Gryningen war also ein Sommerlager der katholischen Kirche?«

»Es war eine registrierte Organisation, die meines Wissens nach keine finanzielle Verbindung zur katholischen Kirche hatte.«

»Okay, gib mir alles, was du hast, dann mache ich weiter«, sagt Eir.

»Es steht alles in dem Ordner.«

»Gut. Kannst du mir dann alles besorgen, was Sudden und die Techniker am Fundort von Franks Leiche gefunden haben? Und Fabians Obduktionsbericht. Du weißt, wer Sudden und Fabian sind, oder?«

»Natürlich. Sudden hat vor einer Stunde angerufen und nach Sanna gefragt. Er wollte nur bestätigen, dass das nicht identifizierte Blut auf dem Messer, das nach dem Mord an Marie-Louise vor der Roos-Villa gefunden wurde, das ihres Mannes ist.«

»Danke. Damit hatten wir ja gerechnet. Aber jetzt können wir nicht mal mehr davon ausgehen, dass der Täter ein Mann ist … Wenn das Blut zu jemand anders gehört hätte …«, sagt Eir. Dann steht sie auf und sieht der Frau zum ersten Mal direkt in die Augen. »Entschuldigung, wer zum Teufel bist du eigentlich?«

»Alice Kyllander. Analytikerin. NOA.«

»Von der NOA? Aha. Bist nur du hier?«

»Ja, Eken wollte kein Aufsehen erregen. Wenn noch etwas passiert, bekommt ihr noch mehr Verstärkung.«

»Und was soll die dann tun? Gräber ausheben?«

Eir dreht sich zum Whiteboard. Alice wartet noch einen Moment, dann wendet sie sich zum Gehen. In der Tür begegnet sie Sanna.

»Hat man dir am Empfang deine Nachrichten gegeben?«, fragt Alice.

»Welche Nachrichten?«

»Ein gewisser Vilgot Andersson hat mehrere Male versucht, dich zu erreichen.«

»Danke. Du, könntest du mir eine Tasse Kaffee besorgen und sie mir ins kleine Verhörzimmer bringen?«

»Klar.«

Nachdem Alice gegangen ist, fällt Sanna die Veränderung auf dem Whiteboard auf, vor allem der Kreis mit dem Wort »Gryningen«.

»Wer war das denn gerade eigentlich?«, fragt sie Eir. »Eine neue Sekretärin?«

»Sie kommt von der NOA.«

»NOA?«

Eken erscheint in der Türöffnung. »Ihr habt also Alice Kyllander getroffen?«

»Ja, super, dass du uns erzählt hast, dass wir ein neues Teammitglied bekommen«, meint Sanna trocken.

»Ich fand es besser, wenn sie sich selbst vorstellt. Sonst hättet ihr euch nur beschwert.«

»Ach ja?«, sagt Eir.

»Ja. Oder wollt ihr euch etwa jetzt beschweren?«, fragt er lächelnd.

»Nein, sie scheint ganz okay zu sein.«

»Gut. Sie wird euch sehr helfen. Sie ist die Enkelin von jemandem, mit dem ich früher zusammengearbeitet habe und der einer der Weltbesten und Klügsten auf seinem Gebiet war. Seid nett zu ihr«, sagt er und lächelt wieder.

»Wie hieß er?«, fragt Eir provozierend. »Dieser Starkollege? Kennt man ihn?«

»*Sie* hieß Agnes.«

»Wie bitte? *Agnes Kyllander?*«, fragt Sanna. »Du willst damit sagen, du hast mit Agnes Kyllander gearbeitet und mir nie etwas davon erzählt?«

Eken nickt nur und geht.

»Wer zur Hölle ist Agnes Kyllander?«, fragt Eir.

»Meinst du das ernst? Du hast noch nie von ihr gehört?«, entgegnet Sanna.

»Wer ist sie denn?«

»A-K. Oder man hat zumindest immer geglaubt, dass sie A-K war, auch wenn es nie richtig bestätigt wurde.«

»Ist das ein Codename oder was? War sie etwa eine Spionin?« Eir lacht laut.

Sanna sieht sie an.

»Verdammt. Du meinst das ernst?« Eir schüttelt den Kopf.

»Was hatte die Enkelin denn zu sagen?«, wechselt Sanna das Thema.

Eir schiebt ihr den Ordner zu.

»Ganz schön viel.«

Sanna schlägt den Ordner auf, hebt die Augenbrauen und pfeift beeindruckt, als sie Seite für Seite durchblättert, auf denen Zahlen unterstrichen und sorgfältige Anmerkungen notiert sind.

»Hat sie das alles gemacht?«

Eir nickt. »Scheint so.«

»Aber das ist mindestens die Arbeit eines Monats ...« Sanna hat das Gefühl, dass das Team durch die Kollegin, die gerade den Ermittlungsraum verlassen hat, plötzlich doppelt so stark geworden ist.

Eir deutet auf Alices Zeichnung auf dem Whiteboard. »Gryningen. Eine kleine Organisation. Vor sieben Jahren hat sie ein Sommerlager für Kinder veranstaltet, das Marie-Louise finanziert hat. Rebecca und Frank haben dort gearbeitet und wurden beide bezahlt. Wir können davon ausgehen, dass Rebecca die Kinder verarztet hat und Frank ... Nun, er hat sicher keine Vorträge zu Fossilien gehalten. Er hat wahrscheinlich eine Art … Austreibung praktiziert.«

Sanna blättert weiter. »Ein Sommerlager? In dem Fall müsste man doch an mehr Informationen herankommen? An Übersichten, wer dort gearbeitet hat und welche Kinder teilgenommen haben, zum Beispiel. Haben wir eine Adresse, an der wir uns mal umschauen können?«

»Es gibt so gut wie keine Informationen. Und laut Alice auch keine offizielle, registrierte Adresse, nur ein altes Postfach in einem mittlerweile abgerissenen Postamt.« Eir überlegt. »Aber warte mal. Wir könnten doch über die Medien gehen, damit sich die Eltern der Kinder, die in dem Lager waren, melden?«

Sanna zögert. »Nicht, während wir gleichzeitig einen Mord nach dem anderen aufzuklären versuchen, irgendjemand könnte eins und eins zusammenzählen und dann einen reißerischen Artikel schreiben, um die Auflage in die Höhe zu treiben. So einen Zirkus hält Eken nicht aus. Und die Aufmerksamkeit könnte diejenigen abschrecken, die vielleicht mit uns reden würden.« Sie trommelt mit den Fingern auf dem Ordner. »Hat Alice herausgefunden, wer das Lager organisiert hat?«

»Nur einen Namen: Holger Crantz, der früher wohl Priester in der katholischen Kirche hier auf der Insel war. Dann ist sie nicht mehr weitergekommen.«

»Wir müssen noch einmal zurück zur katholischen Gemeinde und um Hilfe bitten«, sagt Sanna.

Bevor Eir antworten kann, ertönt ein Schrei, und Mette brüllt laut in einem der Verhörzimmer.

Sanna und Eir stürzen in den Raum und sehen einige umgeworfene Stühle. Faustschläge hallen durch die Luft. Mette und der Empfangskollege versuchen, Benjamin und Jack voneinander zu trennen, die wild aufeinander einprügeln.

Sanna will Mette aus dem Raum und dem Weg ziehen, wird jedoch weggestoßen. Bei Mettes hysterischen Protesten richtet sich Benjamins Wut auf Sanna, und er will sich auf sie stürzen. Jack packt ihn jedoch an der Schulter, drängt ihn gegen die Wand und hält ihn fest.

Sein Griff ist eisenhart, seine Brust hebt und senkt sich unter den schweren Atemzügen, und er hebt Benjamin fast vom Boden hoch.

»Hör auf, bitte …!«, fleht Mette.

Jack steht da, als würde er von unterdrückten Gefühlen erstickt, als wäre er in seiner eigenen Welt.

»Lass ihn los«, sagt Sanna und legt ihm vorsichtig die Hand auf die Schulter.

Sanft zieht sie ihn zurück, zu sich, bis er Benjamin freigibt und zusammensinkt. Benommen lehnt er sich gegen sie.

Benjamin starrt ihn an. Mette hält ihren Sohn fest, der sich verwirrt und aufgebracht losreißen will. Seine Lippen bewegen sich, er murmelt etwas.

»Für wen hältst du dich eigentlich, du Scheißkerl!«, brüllt er.

Dann stürzt er sich wieder auf Jack, wirft ihn gegen die Wand und schlägt mit den Fäusten auf ihn ein. Systematisch verpasst er Jacks Gesicht einen Schlag nach dem anderen, bis Eir und Sanna ihn fortzerren, wobei er Jack noch kräftig in den Bauch tritt.

Nachdem sie Benjamin endlich aus dem Raum geschafft und ihn zum Empfang geschleift haben, packt Sanna ihn am Kragen.

»Was sollte das?«

Seine Knöchel sind blutig. Er reißt sich los und stellt sich neben seine Mutter, die ihn mit hartem Griff um seine Schultern vor sich hertreibt.

»Was fällt dir eigentlich ein?«, schreit sie ihn an. »Bist du verrückt geworden?«

Benjamin verzieht keine Miene.

»Wir wollten Jack abholen«, sagt Mette verzweifelt zu Sanna. »Wir waren zu früh, weshalb wir uns hier hingesetzt und gewartet haben. Doch dann ist Benjamin weggegangen und hat Jack gesehen und …«

Sanna lehnt sich an die Wand. Wegen der Begegnung mit Alice hatte sie völlig vergessen, was Mette zu ihr gesagt hatte. Dass Jack auf sie wartete. Aus dem Augenwinkel sieht sie Jon, der sich hastig nähert.

»Wir müssen dich wegen Körperverletzung festnehmen«, sagt sie zu Benjamin.

Dann wendet sie sich an Mette. »Eir und Jon bringen Sie beide in ein Verhörzimmer. Ich komme gleich.«

Mette protestiert, doch Eir und Jon führen sie und ihren Sohn weg.

Zurück in dem kleinen Verhörraum setzt sich Sanna neben Jack, der mit hängendem Kopf am Tisch sitzt. Sie legt ihm die Hände an die Schultern und dreht ihn vorsichtig zu sich.

»Die anderen sagen, dass du deinen Kaffee pechschwarz trinkst. Entschuldige, dass es so lange gedauert hat, ich …«, ertönt Alices Stimme von der Tür. Dann erfasst sie, was sie vor sich sieht.

Sanna schreit ihr zu, sie solle einen Krankenwagen rufen. Sie selbst versucht, Jack wachzuhalten, während Alice nach dem Telefon greift. Er hat schwere Verletzungen im Gesicht, die Augen zucken, und er schwebt zwischen Wachsein und Bewusstlosigkeit. Schließlich sackt er in ihren Armen zusammen.

Sie sieht zu der Landkarte der Insel, die schief hinter ihm an der Wand hängt und völlig mit Blut verschmiert ist, sodass die Insel kaum mehr zu erkennen ist.

»Jack«, sagt sie, »der Notarzt ist unterwegs. Gleich kümmert man sich um dich.«

Die Sanitäter kommen und bringen ihn auf einer Trage hinaus.

Sanna stemmt die Hände in die Hüften und sieht ihm nach.

»Ich mache hier mal sauber«, sagt Alice und sieht sich resigniert in dem Raum um.

Sanna nickt müde.

»Wer war der Junge, der ihn überfallen hat?«

»Nur ein aufmüpfiger Teenager«, erwidert Sanna. »Der Sohn von Mette, Jacks Pflegemutter.«

Alice hebt Jacks Rucksack auf.

»Ich sorge dafür, dass man ihm den ins Krankenhaus bringt.«

»Danke«, sagt Sanna.

Dann sieht sie den Spiegel. Das nüchterne Glasoval an einer der Wände ist zersprungen. Einige Scherben sind zu Boden gefallen, andere sitzen noch im Rahmen. Als sie ihn vom Haken nimmt, sieht sie ihr Gesicht ebenfalls zersplittert und verzerrt. Kubistisch, erschöpft und kalt starrt ihr Spiegelbild zurück, und sie denkt an ihren Sohn. Wie er Gespräche mit den Wesen geführt hat, die er auf der anderen Seite der Glasscheibe gesehen hat. Wie sie die Spiegel versteckt hat. Sie fragt sich, wie gerade dieser hier kaputtgehen konnte, ob die Schlägerei dafür verantwortlich ist oder ob ihn jemand mit Absicht entzweigeschlagen hat.

Ihr Magen verkrampft sich, als sie in den Raum zu Mette und Benjamin tritt. Mette streicht ihrem Sohn über den Arm.

Die Nasenflügel des Jungen blähen sich, an seinen Schläfen pulsieren geschwollene Adern, und er wirkt, als könne er jeden Moment explodieren. Mette flüstert ihm etwas ins Ohr.

»Kommen Sie mit«, befiehlt Sanna.

Beide stehen auf, doch Sanna hält Benjamin zurück.

»Nur Sie«, sagt sie zu Mette.

»Schon gut, mein Junge«, sagt diese angespannt zu ihrem Sohn. »Ich bin gleich wieder da.«

Sanna schließt die Tür hinter ihr.

»Was soll das, Sie können ihn deswegen nicht hierbehalten …«, beginnt Mette sofort.

»Er ist strafmündig. Der Staatsanwalt wird ihn vorladen, Sie sind die ganze Zeit dabei. Wenn Sie keinen Anwalt haben …«

»Den haben wir.«

»Wir werden auch das Jugendamt einschalten.«

»Das Jugendamt?«, empört sich Mette. »Das meinen Sie nicht ernst.«

»Was ist denn eigentlich passiert?«

»Es sind Jungen. Jungen streiten.«

»Benjamin hat aber nicht aufgehört, auf ihn einzuprügeln. Er hätte ihn töten können.«

»Benjamin hat überreagiert, ja, aber …«

»Warum?«

Mette antwortet nicht.

»Wenn mir niemand erzählt, was für ein Problem zwischen den Jungen besteht, dann wird vielleicht nicht nur Jack woanders untergebracht.«

Mettes Augen werden schwarz. »Sie würden es nie wagen, meinen Sohn anzufassen«, sagt sie mit zusammengebissenen Zähnen.

»Na gut. Aber erzählen Sie mir doch bitte, wie es zu Hause läuft«, versucht Sanna es etwas milder.

Mette blinzelt misstrauisch, dann entspannt sie sich.

»Die beiden wohnen in verschiedenen Teilen des Hauses. Ich hatte ja gehofft, dass man in der Zwischenzeit eine neue Familie für Jack gefunden hätte.«

»Warum hasst Benjamin ihn so sehr?«

»Er findet, dass ich Jack ihm vorziehe. Dass ich ihn wie einen Sohn behandle.«

»Eifersucht? So simpel? Und es steckt nichts anderes dahinter?«

»Benjamins Eifersucht ist speziell.«

»Wie meinen Sie das?«

Ihr Blick flackert, als sie nach Worten sucht. »Mit fünf wurde er plötzlich sehr anhänglich und hat geklammert«, sagt sie schließlich. »Das klingt vielleicht nicht so schlimm, aber es war anstrengend. Ich konnte nichts ohne ihn tun. Wenn er nicht bei mir sein durfte, machte er seltsame Sachen. Sein Vater und ich hatten uns ein Jahr zuvor scheiden lassen, ab da hat er sich wohl falsch entwickelt. Oder er hatte es die ganze Zeit in sich, ich weiß es nicht.«

»Was meinen Sie mit ›seltsamen Sachen‹?«

Mette zögert. »Wir hatten eine Katze«, erzählt sie. »Oder besser gesagt, ich hatte eine Katze. Ich hatte sie schon lange, bevor ich Benjamins Vater kennengelernt hatte, lange vor der Geburt meines Sohnes. Sie schlief bei mir, lag vor dem Fernseher in meinem Schoß. Eines Abends war ich gerade in der Küche und kochte das Abendessen, da hat er sie in der Badewanne ertränkt. Das war furchtbar … Er hat gesagt, sie wäre ins Wasser gefallen, aber ich weiß, dass er gelogen hat.«

Sanna nickt und sucht nach Worten.

»Kurz darauf lernte ich jemanden kennen, einen Mann vom Festland, der nett zu mir war«, fährt Mette fort. »Irgendwann habe ich ihn bei mir übernachten lassen, damit er Benjamin kennenlernen und Zeit mit uns verbringen konnte. Alles schien gut zu laufen. Doch in der Nacht hat sich Benjamin ins Schlafzimmer geschlichen und ihm das Gesicht zerkratzt, bis es geblutet hat.«

Mette beginnt zu weinen. »Irgendetwas stimmt nicht mit ihm«, flüstert sie.

Sanna holt eine Packung Taschentücher aus der Tasche und gibt sie Mette. »Welche Hilfe haben Sie bekommen?«

»Er wurde untersucht, wir wurden durch das System geschickt. Man sagte, er habe Kommunikationsprobleme, Zwangsstörungen und sei unfähig, soziale Zeichen zu lesen. Dann beruhigte sich alles, es wurde keine Diagnose gestellt. Benjamin war wieder ausgeglichen, alles war in Ordnung.«

»Bis jetzt?«

Mette nickt. »So war er schon lange nicht mehr. Alles war gut.«

»Ja, das glaube ich Ihnen, schließlich durften Sie Pflegekinder aufnehmen. Aber Sie müssen sich Hilfe suchen. Und Sie verstehen sicher, dass das Konsequenzen haben wird. Sie sind ja eine offizielle Pflegestelle, das muss geklärt werden.«

Mette nickt wieder und sieht zur Seite. »Natürlich, das verstehe ich.« Sie wendet sich ab und beginnt zu weinen.

»Hören Sie«, sagt Sanna. »Benjamin ist bisher nicht straffällig geworden. Er wird sehr wahrscheinlich noch vor dem Abend wieder mit Ihnen nach Hause fahren dürfen.«

Mette wischt sich das Gesicht ab und sieht auf.

»Das habe zwar nicht ich zu entscheiden, aber ich vermute

es«, fährt Sanna fort, während Mette sich schnäuzt. Sie strafft die Schultern und sieht durch die Tür zu Benjamin.

»Aber hat er denn recht?«, fragt Sanna. »Bevorzugen Sie Jack?«

Mette seufzt und schüttelt den Kopf. »Als ich Jack zum ersten Mal begegnet bin, war er sehr klein. Erst dreieinhalb Jahre alt. Damals hat er noch gesprochen. Er kam ins Zimmer, als ich und ein paar meiner Pflegekinder gerade ein Spiel spielten. Sie sollten auf Bildern erkennen, was fehlte. Ich hielt das Bild von einem Handschuh hoch, von dem ein Finger abgeschnitten war. Ich fragte Jack, was fehlte. Die anderen Kinder kicherten, sie hatten die Frage schon beantwortet und waren stolz darauf, wie schnell sie das geschafft hatten. Die Lösung war ja so offensichtlich. Wissen Sie, was Jack geantwortet hat?«

Sanna schwieg.

»Er sagte, *der andere Handschuh.*« Mettes Augen füllen sich wieder mit Tränen. »Ich habe immer gewusst, dass er besonders ist.«

Sanna nickt. Der Gedanke, dass Benjamin Jack hasst, weil dieser ein Teil der Familie geworden ist und genauso geliebt wird, erscheint logisch, normal sogar. Vor allem jetzt, nachdem Jack seine eigene Mutter verloren hat.

»Der Spiegel«, fragt Sanna impulsiv. »Hat Benjamin ihn mit Absicht eingeschlagen?«

»Ich bezahle für alle Schäden«, sagt Mette rasch und schüttelt den Kopf. »Kann ich jetzt bitte zurück zu ihm?«

Sanna nickt. »Es kommt so bald wie möglich jemand zu Ihnen.«

Mette nickt, sie wirkt unsicher. »Sie haben mich zuvor nach Rebecca gefragt.«

»Ja?«

»Mir ist etwas eingefallen. Einmal hat sie Jack zu uns gebracht und etwas in der Diele vergessen, deshalb bin ich ihr nachgelaufen. Sie saß schon im Auto, und sie schien mit jemandem zu sprechen. Doch es war niemand da.«

Sanna nickt. »Es ging ihr nicht gut.«

»Das war es nicht. Sie war völlig klar, als sie Jack abgeliefert hat. Es war keine Halluzination, da bin ich mir ziemlich sicher. Doch sie brabbelte nervös vor sich hin, als hätte sie Angst.«

»Wie meinen Sie das?«

»Als hätte sie Angst vor einem Mann.«

»Vor wem?«

»Ich weiß es nicht genau, aber ich glaube, sie hat Lukas gesagt.«

KAPITEL DREIUNDZWANZIG

»Was für ein Chaos«, sagt Eir, als Sanna zurück in den Ermittlungsraum kommt. »Was soll denn das Jugendamt jetzt mit Jack machen, wenn er nicht mehr bei Mette bleiben kann?«

Sie hat recht. Er hat keine Pflegefamilie mehr. Er wird sicher noch ein paar Tage im Krankenhaus bleiben, doch dann wird man ihn durch das System schleusen, von einer Pflegefamilie zur nächsten, bis man eine dauerhaftere Lösung gefunden hat.

Sie denkt an das, was Mette ihr gerade erzählt hat, und schreibt den Namen Lukas neben Rebeccas Namen auf das Whiteboard.

»Lukas?«, fragt Eir. »Warum habe ich das Gefühl, ich sollte wissen, wer das ist?«

»Erinnerst du dich, was Ines Bodin gesagt hat? Dass Rebecca etwas von einem Lukas gemurmelt hat, als sie an dem Abend bei ihr war?«

»Genau. Aber wir haben doch alle Verwandten, Bekannten und Anruflisten überprüft und niemanden mit dem Namen gefunden. Und Ines hat gesagt, sie sei verwirrt gewesen.«

»Vielleicht war sie das gar nicht.«

»Wieso?«

»Mette Lind hat mir gerade erzählt, dass sie auch gehört hat, wie Rebecca von einem gewissen Lukas geredet hat.«

Eir kratzt sich nachdenklich am Ohr. »Haben wir überprüft, ob es in Marie-Louises Umfeld einen Lukas gibt?«

»Ja, das hat Bernard erledigt. Kein Lukas, weder bei Marie-Louises noch Franks Freunden.«

Eir macht eine resignierte Geste.

»Wir vertagen das erst einmal«, sagt Sanna. »Was haben wir noch alles im Moment? Hat sich etwas Neues ergeben?«

»Fabian hat wegen Frank angerufen«, antwortet Eir. »Dieselbe Todesursache wie bei den anderen, und wir hatten recht: Er saß mehrere Tage dort unten. Sudden hat die DVD überprüft. Ein normaler Rohling aus einer Großpackung aus irgendeinem Laden, ohne Auffälligkeiten, ohne Spuren. Und die Spuren vom Laptop waren nicht zu gebrauchen. Hat dich Sudden eigentlich erreicht? Alice hat jedenfalls gesagt, dass das nicht identifizierte Blut auf dem Messer, das man vor der Roos-Villa gefunden hat, Franks war. Dann wissen wir das jetzt.«

»Okay. Wir können also nicht mal mehr davon ausgehen …«

»… dass unser Täter ein Mann ist, genau.«

Eir fährt sich durch die Haare und streckt die Arme hinter dem Rücken, dann beugt sie sich wieder über den Tisch.

»Also, wir haben das Geld, das die Opfer mit dem Sommerlager verbindet. Gryningen. Ein Sommer, vor sieben Jahren. Marie-Louise hat große Summen gespendet. Und Rebecca und Frank haben zum ungefähr selben Zeitpunkt Geld bekommen. Alice überprüft gerade diesen Crantz und versucht, ihn zu finden.«

Sanna nickt. »Und dann haben wir einen schwangeren Teenager, dem man einen Exorzismus aufgezwungen hat, sowie ein verbranntes Buch über den Sündenfall«, fasst sie weiter zusammen.

»Genau.«

»Und die Zahl 26 auf Mias Hüfte.«

»Und dann noch dieser verdammte Lukas.«

»Ich fahre noch mal zu dem katholischen Priester.«

»Wir sollten den Film mit Mia, Frank und diesem anderen Schwein mitnehmen«, sagt Eir. »Das sollte den Mann doch wohl zum Reden bringen, oder?«

Sanna nickt. »Das erledige ich sofort. Außerdem müssen wir Mias Eltern noch mal überprüfen. Ich denke da vor allem an den Vater, der offensichtlich im Ausland wohnt. Der Direktor von Mias Schule hat erzählt, dass sie zu ihm ziehen und eine Weile bei ihm wohnen sollte.«

Überrascht denkt Eir an das Interview mit dem Mädchen, nachdem es den Mathematikwettbewerb gewonnen hatte, dann an die Situation zwischen Lara und Bernard in der Küche. Was Lara über die Topfpflanze im Fenster gesagt hat, über ihre Firma, über alles.

»Mias Vater wohnt nicht im Ausland. Er ist *tot*«, sagt sie, als Sannas Mobiltelefon klingelt.

Vilgot Anderssons Name erscheint auf dem Display, Sanna drückt den Anruf weg. Da klingelt das Telefon auf dem Tisch.

»Ja?« Sanna schaltet auf Lautsprecher.

Der Empfangskollege verbindet weiter ohne zu sagen, wer sie zu erreichen versucht. Schwere Atemzüge sind am anderen Ende der Leitung zu hören.

»Ja?«, fragt Sanna erneut.

»Hallo?«, ertönt eine keuchende Stimme. Vilgot.

»Sanna … Ich glaube, du musst herkommen. Beeil dich«, bittet er, dann bricht das Gespräch ab.

Der Sonnenuntergang färbt den Himmel rot, während der Saab sich der kleinen Kirche an der südlichen Landzunge der Insel nähert. Ein paar Möwen schießen auf die dampfende, frisch gepflügte Erde des Ackers neben der Straße hinunter.

»Hier draußen ist er Pfarrer?«, fragt Eir. »Wohnt hier im Nirgendwo überhaupt jemand?«

Sanna deutet auf einen Hof auf dem Hügel. »Da habe ich gewohnt.«

Eir kneift die Augen zusammen und beugt sich vor. Das Wohnhaus ist hübsch, die Fenster allerdings schwarz und ausgebrannt. Leer starren sie auf die Abhänge und Felder.

Sie parken vor dem Pfarrhaus und sehen, dass die Tür offen steht.

»Vilgot?«, ruft Sanna.

Keine Antwort. Sie bedeutet Eir, ihr zu folgen. Die Diele ist sauber und einladend, es brennt Licht im Haus.

»Sollen wir einfach reingehen, oder willst du noch mal nach ihm rufen?«, flüstert Eir, während sie zur Wohnzimmertür gehen.

Sanna hebt nur stumm ihre Waffe, öffnet vorsichtig die Tür und blickt auf ein einziges Chaos. Auf Anhieb ist nicht zu erkennen, ob jemand eingebrochen ist oder nur nach etwas gesucht hat. Sanna und Eir sehen hastig den Raum durch und gehen weiter zur Küche.

Die Terrassentür ist angelehnt. Sanna erspäht Vilgot, der bei den Fischerhütten unten am Strand steht.

»Komm«, sagt sie zu Eir.

Sie gehen den Abhang hinunter. Eir sieht zurück. Etwas Verlassenes und Zeitloses liegt über der Gegend, etwas fast schon schmerzhaft Schönes.

Vilgot wartet vor einer Hütte auf sie, die deutliche Spuren von Wind und Meer aufweist. Eine raue Salzschicht haftet auf Tür und Fenstern. Die Steinplatten auf dem Dach ruhen wie eine schwere Hand auf dem Gebäude, die bestimmt alles an ihrem Platz hält.

»Sanna«, sagt Vilgot, als wolle er sie umarmen, was er jedoch nicht tut.

»Wir sind so schnell wie möglich gekommen. Was ist los?«

Misstrauisch sieht der alte Pfarrer zu Eir.

»Was machst du hier bei den Hütten?«, fragt Sanna. »Das ist meine Kollegin. Eir, das ist Vilgot.«

Eir streckt die Hand aus, und sein Griff ist so hart, dass sie danach die Finger lockern muss.

Sanna kann sich nicht erinnern, jemals bei den Hütten gewesen zu sein. Natürlich hatte sie sie gesehen und hübsch gefunden, aber sie war nie hier gewesen. Die am weitesten von ihnen entfernte ist in gutem Zustand und nicht älter als zwanzig oder dreißig Jahre. Die Tür ist ockerfarben gestrichen, im Fenster hängt eine dünne Gardine. Die Hütte, vor der sie gerade stehen, sieht allerdings aus, als hätte sich seit Jahren niemand mehr darum gekümmert.

»Gehört die hier nicht dem Heimatverein?«, fragt sie.

Ein aufgebrochenes Vorhängeschloss liegt vor der Tür im Gras.

»Vilgot, entschuldige«, fährt sie fort. »Aber wir stecken mitten in einer Mordermittlung, und auch wenn du dich immer an mich wenden kannst …«

»Ich habe nicht angerufen, weil jemand die Tür aufgebrochen hat«, sagt er und bedeutet ihnen, in die Hütte zu gehen. »Es wurde etwas gestohlen, und deshalb wollte ich, dass du herkommst. Kein normaler Bauer stiehlt alte Jagdmesser. Und du hast doch etwas von Jagdmessern gesagt, als du hier warst, nicht wahr?«

»Jagdmesser?«, wiederholt Sanna und bleibt an der Schwelle stehen.

»Ja, alle sind weg. Und das beunruhigt mich. Es gibt so viele seltsame Menschen da draußen. Ich wollte das unbedingt melden, aber wenn ich die normale Nummer der Polizei wähle, kommt ja niemand. Du weißt genauso gut wie ich, dass man keinen Streifenwagen hier rausschickt. Vor allem nicht wegen eines kleinen Einbruchs.«

Sanna sieht ihn an. »Wie sahen die Messer genau aus, die hier aufbewahrt wurden? Kannst du sie beschreiben?«

»Ich weiß es nicht. Ich glaube, man hat sie verwendet, als hier unten noch gejagt wurde. Aber das ist lange her. Sie lagen einfach nur hier drin, soweit ich weiß. Wie gesagt, die Hütte gehört dem Heimatverein.«

Sanna zeigt Vilgot ein Bild des Messers aus der Roos-Villa auf ihrem Mobiltelefon. Er runzelt die Stirn, nickt aber.

»Ja, genau. Das ist eins. Wo habt ihr es gefunden?«

»Bist du sicher?«

Er nickt nachdrücklich.

Sanna bedeutet Eir, ihr in die Hütte zu folgen. Sie ist leer und dunkel, der Boden ist aus festgestampfter Erde, und in einer Ecke befindet sich ein alter Kalksteinkamin.

»Dort hingen sie in einer Art Tasche«, sagt Vilgot und deutet auf die Wand beim Fenster. »Es waren sechs oder sieben Stück, glaube ich.«

Sanna geht zu dem betreffenden Haken und hebt langsam die Hand. Sie berührt ihn nicht, lässt die Hand nur in der Luft schweben, als wäre sie der Täter und würde gleich die Tasche abnehmen.

»Die Spurensicherung muss herkommen«, sagt sie.

Vilgot hebt die Augenbrauen. »Die Spurensicherung? Wirklich?«

Sie nickt.

»Sollen wir hochgehen und im Haus einen Kaffee trinken?«, fragt er.

»Nein, danke. Eir und ich bleiben hier, bis die Techniker da sind.«

Sie gehen hinaus, und Vilgot schiebt die Tür zu und sichert sie mit einem Stein. »Ich muss hochgehen und im Haus alles zumachen, der Wind ist so stark«, sagt er. »Soll ich uns Kaffee mitbringen?«

Eir hat das Gefühl, dass er nicht möchte, dass sie allein bei den Hütten bleiben. Sie sieht zu Sanna, die nicht antwortet, sondern nur knapp nickt und sich dann ein Stück entfernt, um Eken und Sudden anzurufen.

»Trinken Sie Ihren Kaffee auch schwarz und kochend heiß?«, fragt Vilgot.

Er sieht zwischen Sanna und den Hütten hin und her.

»Wasser wäre mir lieber«, antwortet Eir.

Er lässt Sanna nicht aus den Augen.

»Sie ist sicher gleich fertig«, meint Eir. »Wollen Sie noch mit ihr sprechen, bevor Sie zum Haus gehen?«

Er seufzt. »Wie geht es ihr? Was glauben Sie?«

»Wer weiß das schon.«

»Ihr Sohn wäre jetzt fünfzehn geworden.«

»Das habe ich gehört. Kannten Sie ihn?«

Er nickt. »Er war oft bei mir in der Kirche, und auch hier unten hat er gespielt.«

Eir sieht es vor sich: Kinder, die herumlaufen und sich die Zeit bei den Hütten und am Strand vertreiben. Das weiche

Gras auf den Hügeln. Das Meer rauscht. Watvögel stolzieren durch das Wasser. In einiger Entfernung liegt ein großer Kalksteinbrocken, der von den Wellen glatt geschliffen ist und wie ein Gesicht aussieht. Eine Welt, wie geschaffen für ein Kind.

Ein paar Stunden später packt Sudden seine Sachen zusammen.

»Du siehst ganz schön müde aus …«, sagt er und legt Sanna eine Hand auf die Schulter. »Schaffst du das alles?«

Sie weiß nicht, was sie antworten soll. Hat sie denn eine Wahl?

»Hm?«, drängt er.

Sie sieht aufs Meer, schließt die Augen und hält das Gesicht in den kalten Wind.

»Mehrmals am Tag höre ich eine Stimme«, erwidert sie schließlich. »Weißt du, was sie sagt?«

Er schüttelt den Kopf.

»Dass ich nicht gut genug bin. Dass ich nur meine Arbeit habe. Doch dass dieser Fall … dass ich ihn nicht lösen kann.«

»Du musst aufhören, mit dir selbst zu kämpfen.«

Sie öffnet die Augen. »Das mache ich nicht. Ich kämpfe *für* mich. Auch jetzt, jeden verdammten Tag.«

Sudden geht die Anhöhe hinauf, und Sanna setzt sich auf eine Bank aus Treibholz, die vor der neueren Hütte steht. Sie lehnt sich an die Hauswand, legt den Kopf gegen das Fenster. Das Glas ist eiskalt im Nacken, doch das ist ihr egal. Es ist ruhig und still, und sie entspannt sich.

Eir kommt mit Vilgot zusammen den Hügel hinunter.

»Zurück in die Zivilisation?«, ruft sie.

Sanna schließt trotzig die Augen.

»Komm schon!«, ruft Eir erneut. »Steh auf. Ich fahre.«

Eirs Schritte klatschen auf dem Boden. Wahrscheinlich sind ihre alten Turnschuhe mittlerweile völlig durchweicht.

»Hey, komm jetzt …« Eir verstummt. *»Scheiße, was ist das denn?«*

Sanna öffnet die Augen. Eir starrt auf das Fenster hinter ihr.

Die Bank knarzt, als Sanna aufsteht. Vorsichtig dreht sie sich um und sieht zuerst ihr eigenes Spiegelbild in der Scheibe. Dann erkennt sie es. Halb hinter der Gardine verborgen sitzt eine zerschlissene Puppe, die fest in schwarzbraune Stofffetzen gewickelt ist.

Eine Wange an die Gardine gelehnt, starrt das Ding leer durchs Fenster. Die Augen sind rot, die Züge grob. Ein länglicher Kopf ohne Haare auf einem kräftigen Hals.

Eriks Schreie aus ihren Träumen überwältigen sie. Wie er ruft und ruft. Die Stoffpuppe.

»Hau ab! Verschwinde zurück in den Spiegel!«

Das Geräusch der zufallenden Schlafzimmertür, dann die Flammen, die sich hindurchfressen.

Zitternd schlägt sie die Hände vor den Mund, doch sie kann nicht schreien. Der Geschmack ihrer eigenen Angst erstickt sie, ihres eigenes Blutes, das aus der Nase in ihren Mund läuft.

Vilgot kommt stöhnend auf sie zu, atemlos nach dem raschen Marsch den Abhang hinunter. Eir hilft Sanna, den Kopf in den Nacken zu legen und das Blut von der Oberlippe zu wischen. Vilgot legt ihr eine Hand auf die Schulter.

Sie schlägt sie weg. »Mach die Tür auf«, sagt sie.

»Aber Sanna …«

Sie reißt ihm den Schlüsselbund aus der Hand, schließt auf und stolpert in die Hütte.

»Sanna, beruhige dich«, sagt Vilgot.

Sie dreht sich um und starrt ihn an.

»Mich beruhigen? *Er* war hier? Hast du Mårten Unger *hier wohnen lassen?*«

»Sanna ...«

Sie geht zum Fenster und packt die Puppe, die in Baumwolle und Leinen eingewickelt ist und in mittlerweile getrockneten Teer getränkt, als hätte man sie aus der Erde gezogen. Die aufgeklebten Augen sind zwei rote Knöpfe.

Sie schleudert ihm die Puppe entgegen. »Wie konntest du das nur tun? Sag, dass das nicht wahr ist. Sag, dass ich mich irre!«

Vilgot senkt den Blick.

»Hat er Erik getroffen? Hat Erik hier unten gespielt, als er hier gewohnt hat?«

Tränen laufen langsam Vilgots Wangen hinab.

Eir sieht zwischen den beiden hin und her und versteht. Sie weiß, dass Mårten Unger sich nach Einstellung der Ermittlungen eine Weile versteckt hat, weil man ihn umbringen wollte. Das hier war also seine Zuflucht gewesen, mit Sannas Hof in Gehweite und ihrem Sohn, der vor seiner Tür spielte. Die Rachsucht.

»Er kam zu mir und hat mich um Hilfe gebeten«, erzählt Vilgot. »Er konnte nirgendwohin, man hat Jagd auf ihn gemacht. Ich hatte keine Ahnung, dass *du* in seinem Fall ermittelt hast. Hätte ich das gewusst, hätte ich niemals ...«

»Wie konntest du nur?«

»Er war nur ein paar Wochen hier und ist vor dem Brand bei euch ausgezogen. Er wohnte nicht mal mehr hier, als ...«

»Alle auf der Insel wussten doch, dass er ein Pyromane war. Dass es ein großer Fehler war, die Ermittlungen einzustellen ...«

»Er hatte zu Gott gefunden, Sanna, als er zu mir kam. In meiner Position muss ich allen eine Chance geben zu …«

»Er hat gesagt, er hätte zu *Gott* gefunden?«

»Sanna …«

»Du sagst, du wusstest nicht, dass ich den Fall geleitet habe? Dass du ahnungslos warst, als er herkam?« Sannas Augen sind völlig leer. So hat Eir sie noch nie gesehen. »Aber dann hast du es doch erfahren, nach dem Brand?«

Vilgot schweigt und starrt ins Leere.

»Warum hast du *da* nichts gesagt?«

»Ich weiß es nicht, Sanna …« Er stockt. »Ich habe mich wohl nicht getraut …«

Er verstummt, als sie auf ihn zukommt.

»Du hast ihn nahe genug herangelassen, um meinen Erik umzubringen.«

Sanna rennt den Abhang hinauf, und Eir folgt ihr, ist jedoch nicht schnell genug. Verzweifelt ruft sie ihr nach, sie solle warten, doch es hat keinen Sinn.

KAPITEL VIERUNDZWANZIG

Eir versucht, Sanna aufrechtzuhalten, während sie in die Garage stolpern, doch sie sinkt auf das Feldbett. Zerbrechlich, fast schon wie ein Strichmännchen, nestelt sie an der Decke herum. Im Wagen hat sie schon Tabletten geschluckt, und als sie jetzt noch mehr nehmen will, reißt Eir ihr den Blister aus der Hand.

»Versuch jetzt einfach zu schlafen«, sagt sie. »Und nimm nicht noch mehr von dem Mist.«

Sanna schließt die Augen. Eir legt ihr die Decke über und sieht sich um. Es ist düster im Raum. Ungeöffnete Briefe liegen auf einem Stapel. Sie sieht den Kleiderständer mit den schwarzen Hosen, die aufgereihten Stiefel darunter, die getragenen T-Shirts im Mülleimer.

Über dem Feldbett sind die Wand und die niedrige, abfallende Decke bekritzelt mit Notizen, unzähligen Spekulationen und unbeantworteten Fragen zu dem Brand, zu Eriks und Patriks Tod. Ein blauschwarzes Durcheinander aus einzelnen Wörtern, eng nebeneinanderstehenden Sätzen und Zweifeln.

Sanna bewegt sich unruhig auf dem wackeligen Bett, offensichtlich hat sie einen Albtraum. Eir steht zögernd mit dem Blister in der Hand da. Schließlich legt sie die Tabletten neben Sannas Arm. Sie setzt sich eine Weile auf die Bettkante, dann streicht sie Sanna übers Bein und geht.

Eine Stunde später hievt Eir sich mühsam aus dem Wasser und bricht auf der Brücke am kleinen Strand der Stadt zusammen. Sie bleibt liegen und lässt sich vom Wind trocknen.

Ein metallisches Scheppern ertönt, als sei jemand im Hafen über eine große Tonne gestolpert. An Land ist alles still, im Kaltbadehaus brennt kein Licht. Eir ist fast schlecht vor Erschöpfung, als sie ein Lachen vom Strand hört. Ein paar junge Männer stehen bei ihren Schuhen und ihren Kleidern und beobachten sie neugierig. Ihr wird ihre Nacktheit bewusst, sie versucht aber nicht, sich zu bedecken, sondern geht nur ruhig zu ihren Sachen.

Die Männer machen einen Schritt zurück. Einer flüstert etwas und bekommt dafür einen harten Stoß gegen die Brust.

Sie denkt, dass sie unglaublich verantwortungslos war, weil sie ihre Waffe nicht vorher auf der Dienststelle eingesperrt hat, als einer der Männer vortritt. Er ist groß und kräftig, mit dichtem Bart und ebensolchem Haar, das an den Seiten abrasiert ist. Sein Blick ruht auf ihren nackten Brüsten und wandert dann zu ihrem Schoß.

»Alles okay?«, fragt er. »Scheiße, wir haben uns Sorgen gemacht und wollten schon die Bullen rufen, als wir deine Klamotten hier gefunden haben. Und dann haben wir in deinem Geldbeutel gesehen, dass du ja Bulle bist.«

»Ihr könnt jetzt verschwinden«, sagt Eir ruhig.

Sie streckt sich nach ihren Sachen und überprüft diskret die Jacke. Die Waffe ist noch da, stellt sie erleichtert fest. Rasch zieht sie sich an. Doch als sie in die Schuhe schlüpfen will, verliert sie beinahe das Gleichgewicht, und Salzwasser läuft ihr aus der Nase. Einer der Typen packt ihren Arm.

»Du, ist ganz sicher alles okay?«

Der mit dem Bart. Er grinst.

»Danke«, sagt Eir, reißt sich los und zieht die Schuhe an. »Ich komme klar.«

Sie geht davon. Alles dreht sich. Normalerweise ist sie voller Endorphine, wenn sie ihren Körper an seine Grenzen gebracht hat. Jetzt dagegen steigt Panik in ihrer Brust auf. Sie friert, zieht die Kapuze über den Kopf und geht schneller.

Als sie den Hafen hinter sich lässt und in eine Straße einbiegt, glaubt sie, Schritte hinter sich zu hören. Sie dreht sich um, sieht jedoch niemanden. Sie geht mitten auf dem Weg, wo es nicht ganz so dunkel ist, und ruft Cecilia an. Die Mailbox schaltet sich ein, und sie lässt das Telefon ungeschickt zurück in die Tasche gleiten, um es nicht fallen zu lassen.

Eine schwere Hand landet auf ihrer Schulter. Sie dreht sich um. Der Typ mit dem Bart.

»Ich dachte, ich bringe dich nach Hause. Damit dir nichts passiert …«

Die Kälte und der unberechenbare Ausdruck in seinen Augen lassen ihr unangenehm bewusst werden, wie schwach sie ist.

»Also?« Er kommt näher.

»Nein …«

Ein gedämpftes Murmeln ertönt irgendwo in der Dunkelheit. Ihr wird klar, dass sie zu mehreren sind, als er sich auch schon hinter sie gestellt hat und sie in den Schwitzkasten nimmt. Sie versucht, sich zu befreien, denkt, dass sie sterben wird, wenn er sie auf einen Parkplatz schleift. Sie versucht, seinen Arm wegzubiegen, doch bei jeder Bewegung glaubt sie, ihr Hals würde brechen, und sie bekommt keine Luft.

Auf dem Parkplatz presst er sie gegen eine Mauer und legt ihr eine Hand um die Kehle. Mit der anderen zieht er den Reißverschluss seiner Hose auf.

Er beugt sich dicht vor sie, sein Atem stinkt nach Bier. Der Bart kratzt an ihrer Wange, als er sich an sie drückt. Seine Stimme ist scharf:

»Auf die Knie und nimm ihn in den Mund, bis ich dir sage, dass du fertig bist… Wenn du aufhörst, schlage ich dir den Schädel an der Mauer ein. Verstanden?«

Die Angst lähmt sie, und sie hat das Gefühl, dass ihr Körper bei vollem Bewusstsein taub wird.

Er packt sie fest an den Haaren und tritt einen Schritt zurück, um ihr Platz zu machen.

In dem Moment, in dem er sie nach unten drückt, geschieht etwas. Als sie mit den Knien auf dem Boden auftrifft und die Augen schließt, sieht sie sich selbst. Die Erde scheint zu beben. Das Zittern erfasst ihren ganzen Körper, das Adrenalin schießt ihr ins Herz und breitet sich in der Brust aus.

»Komm schon…«, keucht er.

Sie beugt sich fügsam näher und windet sich etwas, um zu zeigen, dass sie mehr Platz braucht. Er lockert den Griff in ihrem Haar ein wenig und schiebt ihren Kopf leicht nach hinten. Doch statt den Mund zu öffnen, verpasst sie ihm eine Kopfnuss in den Schritt.

Mit einem Aufschrei lässt er sie los und umklammert seine Hoden. Schon ist Eir auf den Füßen und stößt ihn auf die Knie.

Sie zieht ihre Pistole, packt seine Haare und legt die Waffe an seinen Mund. Zitternd lässt er sie das Metall zwischen seine Lippen schieben, bis sie Widerstand spürt. Er würgt, während sie die Waffe entsichert.

Sie sieht ihm in die weit aufgerissenen Augen. Ihre Knie schmerzen, als hätte sie sie aufgeschürft. Sie geht einen Schritt zurück, hebt die Hand und schlägt ihm mit der Pistole ins Gesicht.

Das Wohnzimmer ist dunkel und still. Als Sixten Eir sieht, hüpft er vom Sofa und stupst liebevoll gegen ihren Schenkel.

Auf dem Couchtisch liegt ein Zettel von Cecilia. Sie ist abgehauen. Eir schafft es nicht, alles zu lesen. Sie weiß, was das heißt. Es ist nur eine Frage der Zeit, bis sie sich wieder täglich fragen wird, ob Cecilia lebt oder tot in einem Parkhaus oder in einem billigen Hotelzimmer liegt.

Sie hat das Gefühl, sich gleich übergeben zu müssen. Sixten sieht ihr fragend nach, als sich die Badezimmertür schließt. Sie stellt die Dusche an, zieht den Pullover aus. Betrachtet sich im Spiegel. Das weiße Unterhemd hängt über die Schultern und ist von Salzwasser und Schweiß durchweicht.

Sie streift die restliche Kleidung ab und steigt unter die Dusche. Lässt das Wasser über Nacken und Rücken strömen, bevor sie die Temperatur so heiß wie möglich einstellt.

Dampf steigt auf. Sie schließt die Augen und lässt sich davon verschlucken. Sixten trippelt ängstlich vor der Tür auf und ab.

Eir tastet sich an der Wand entlang nach unten, geht in die Hocke und lässt den Tränen freien Lauf. Ihr Weinen wird vom Rauschen des Wassers mitgerissen.

Plötzlich kommt Cecilia mit der Reisetasche über der Schulter ins Badezimmer. Sie ist leichenblass, hält Eir das Handy entgegen und spielt einen Anruf ab. Ihre Mailbox hat den Angriff aufgezeichnet, nachdem Eir ihr Telefon wieder in die Tasche gesteckt hatte. Der Überfall erwacht im Badezimmer erneut zum Leben.

Cecilia lässt die Tasche zu Boden fallen, steigt in die Dusche und geht neben Eir in die Hocke. Sie nimmt ihre Schwester in die Arme und schützt sie vor dem dampfend heißen Wasser.

KAPITEL FÜNFUNDZWANZIG

Jemand hämmert fest gegen die Garagentür und reißt Sanna aus dem Schlaf. Ihr Hals ist trocken, und sie taumelt verschlafen zur Tür.

Sie muss einen Moment überlegen, bis sie den Mann zuordnen kann. Er ist groß, dünn und ernst. Erst als ein Hund bellt und sein Blick zuckt, weiß sie, dass Priester Isak Bergman von der katholischen Kirche vor ihr steht.

Sie bittet ihn herein, und er setzt sich auf einen wackligen Stuhl ein Stück von ihrem Bett entfernt.

»Ich habe versucht, Sie anzurufen«, sagt er.

Sanna sieht auf ihr Handy, das mehrere verpasste Anrufe anzeigt.

Bergman verlagert das Gewicht. »Ihre Nummer ist unter dieser Adresse hier registriert.«

»Was wollen Sie?«, fragt Sanna müde und lässt sich auf das Bett sinken.

Er faltet die Hände und legt sie an die dünnen Lippen.

»Ich wollte heute auch zu Ihnen fahren«, fährt Sanna fort und öffnet die Videodatei, die sie auf ihr Handy geladen hat. »Ich will Ihnen etwas zeigen. Ich glaube, es handelt sich dabei um einen Exorzismus, der …«

»Ich bin hier, um über die Kinder zu sprechen«, unterbricht er sie.

Sie sieht auf. »Welche Kinder?«

»Die auf dem Gemälde, das Sie mir gezeigt haben.«

»Sie haben gesagt, Sie wüssten nichts darüber.«

Bergman wendet den Kopf ab.

»Worüber wollen Sie also sprechen?«

Er holt eine Papiertüte aus seiner Innentasche. Behutsam holt er ein Foto heraus, das er ihr vorsichtig reicht.

»Ich habe die ungeöffnete Post der letzten Woche durchgesehen, und das hier lag in einem Umschlag, ohne Absender. Kein Porto, keine Aufschrift, jemand muss das Kuvert also unter der Tür zum Pfarramt durchgeschoben haben. Beim ersten Blick darauf war mir klar, worum es sich handelt.«

Das Foto hat Feuchtigkeitsschäden. Das Papier wirkt so empfindlich, dass Sanna es zwischen den Fingerspitzen ins Licht hält. Dann sieht sie das Motiv.

Sieben Kinder stehen auf einer gepflasterten Fläche, hinter ihnen ragt eine verwitterte Kalksteinmauer in die Höhe. Ein dünner, aber deutlicher Riss im Putz breitet sich über den Schultern der Kinder aus. Ein kleines Sprossenfenster ist über ihren Köpfen zu erkennen. Die Jungen sind barfuß und in Unterhose, manche tragen T-Shirt oder Unterhemd. Die Mädchen haben Badeanzüge und Gummistiefel an. Alle Kinder bis auf eines, ein größerer Junge, der eine Hand hinter dem Rücken versteckt, tragen Tiermasken. Eine Ziege, ein Pfau, ein Hund, ein Schwein, ein Esel und ein Fuchs.

Alle sind mit dicker, dunkler Schmiere bedeckt. Blut. Das Gesicht des Jungen ohne Maske ist unter der roten Schicht kaum zu sehen. Seine Augen sind dunkelbraun und wirken durch die großen Pupillen fast schwarz.

Einige Kinder halten etwas in den Händen. Kleine, dunkle

Klumpen mit dünnen Tentakeln, die zwischen ihren Fingern hervorragen. Sanna wird übel.

Es sind Augäpfel, möglicherweise von Tieren.

»Es war Sommer«, sagt Bergman. »Ich hatte meinen Posten gerade angetreten und war auf einer Konferenz. Ein früherer Priester aus unserer Gemeinde hat ein Sommerlager für Kinder organisiert, auf dem Hof seiner Familie, draußen auf dem Land. Er hielt es für eine sinnvolle Erfahrung für einige der Kinder, die sieben Todsünden darzustellen. Er wollte ihnen den Sinn des Lebens beibringen, den Wert eines Lebens. Doch das ging schief. Richtig schief.«

Sanna betrachtet das Foto. Ihr wird immer schlechter.

Bergman sieht zu Boden. »Manchmal stellt Gott uns mehr auf die Probe, als wir verstehen«, meint er leise.

Das kleine Mädchen mit der Fuchsmaske sieht müde aus. Als ob die Beine gleich unter ihr nachgeben. An einem Arm hat sie blaue Flecken. Das rote Haar fällt ihr über die Schultern. Der Badeanzug und die Gummistiefel sind blutverschmiert.

»Mia Askar«, sagt Sanna. »Das Mädchen mit der Fuchsmaske. Das ist Mia Askar …«

Bergman windet sich.

»Das also ist Gryningen«, murmelt Sanna leise vor sich hin. Sie steht auf, öffnet die Tür des Saabs und sucht etwas im Handschuhfach.

Bergman sieht sie verwundert an. »Sie wissen schon davon?«

Sie schüttelt den Kopf und schiebt das Foto vorsichtig in den Beweismittelbeutel, den sie gerade geholt hat. »Gryningen ist uns bei den Ermittlungen begegnet, und Mias Fuchsmaske habe ich selbst gesehen, aber …«

Wieder betrachtet sie das Foto. Das Mädchen mit der Pfauenmaske starrt ihr mit weit aufgerissenen Augen entgegen. Auf dem verknitterten Unterhemd des Jungen mit der Eselsmaske prangt ein schmutziger Handabdruck, auf der Unterhose ein Urinfleck.

»Sie haben gesagt, dass einer Ihrer Priesterkollegen dafür verantwortlich war?«

Bergman schüttelt den Kopf. »Ein *ehemaliger* Priester.«

»Wir sind auf einen Namen gestoßen, einen gewissen Crantz ...«

Röte breitet sich auf Bergmans Hals aus. »Ja. Holger Crantz.«

Wieder dieser Name, bei dem etwas Unheilvolles anklingt. Sanna versucht, das Gefühl abzuschütteln, doch es gelingt ihr nicht.

»Ich will nur verdeutlichen, dass nichts von alldem etwas mit unserer Kirche zu tun hatte«, fährt Bergman fort. »Außer, dass er Priester in unserer Gemeinde gewesen war.«

»Was haben Sie gemeint, als Sie gesagt haben, die Kinder sollten die sieben Todsünden *darstellen?*«, fragt Sanna. »Wie ein Theaterstück?«

»Als Sie bei mir waren, haben Sie nach der Symbolik der Tiere gefragt.«

»Ja. Und Sie haben abgewiegelt, nicht wahr?«

Bergman nickt. »Holger Crantz war wie besessen von den Todsünden. Für *ihn* waren die Tiere eine Art, mit den Kindern darüber zu reden. Schon vor dem Lager hatte er entschieden, welches Kind welche Sünde verkörpern sollte.«

»Und die Masken?«

»Die hat er bestellt, es waren Spezialanfertigungen. Sieben Stück, für die sieben Tiere.«

»Mia hat ihre Maske getragen, als sie sich das Leben genommen hat. In Wirklichkeit war – beziehungsweise ist – das Ding noch widerwärtiger als hier auf dem Bild …«

»Ja … Leider ist das noch nicht alles«, sagt Bergman seufzend. »Er hat auch Waffen organisiert.«

»Als Teil des Stücks?«

»Es gab kein Stück. Sie sollten sich in Reihen aufstellen, mit sieben der älteren Kinder vor sich. Diese hatten Waffen. Und sie hatten keine andere Wahl. Das Tier musste sterben. Die Sünde ausgemerzt werden.«

Sanna starrt ihn an. »Scheinhinrichtungen? Bei denen Kinder die Scharfrichter waren?«

Er nickt. »Ich glaube, er wollte ihnen damit beibringen, sich von der Sünde fernzuhalten, selbst wenn man das Gefühl hat, ohne sie nicht leben zu können.«

Sanna klopft mit dem Fingernagel auf die Augäpfel, die einer der Jungen in den Händen hält.

»Aber was ist das hier?«

»Ein paar Kinder haben nicht verstanden, dass alles nur gespielt war, dass die Pistolen nicht geladen waren. Das Mädchen mit der Fuchsmaske ist vor Angst ohnmächtig geworden.«

»Mia.«

»Ja. Ein paar andere Kinder haben sie ausgelacht. Einer der Jungen hat sie verteidigt. Die beiden standen sich laut Crantz sehr nahe. Es gab eine schreckliche Prügelei. Crantz hasste Prügeleien. Als Strafe hat er den Kindern je ein Lamm auf dem Nachbarhof gekauft. Sie sollten verstehen, dass es ihm ernst war. Todesurteile sollten vollstreckt werden, real, nicht gespielt. Mia und der Junge versuchten zu fliehen, wurden aber wieder zurückgeholt. Dann mussten die Kinder die Lämmer selbst schlachten und sich mit dem Blut einreiben. Und die Augen essen, damit sie niemals …«

»… erzählen würden, was sie gesehen und erlebt hatten«, vervollständigt Sanna den Satz.

Bergman sitzt da, frisch rasiert und in seinen ordentlichen Kleidern. Ein erwachsener Mann in den besten Jahren. Sanna betrachtet die Kinder auf dem Foto. Jung, hilflos, verängstigt. Das Schreckliche, das sie an dem Tag erleiden mussten. Sie versucht, sich zu erinnern, ob sie etwas Ähnliches schon mal gehört hat; eine Anzeige vielleicht in den letzten Jahren wegen schwerer Kindesmisshandlung. Doch ihr fällt nichts ein.

»Das haben Sie doch sicher angezeigt?«

»Nein«, antwortet er leise.

»Aber das sind doch schwere Misshandlungen …«

Bergman sieht zu Boden. »Zum ersten Mal habe ich davon gehört, als ich in dem Sommer von der Konferenz zurückkam. Es wurde viel darüber geredet, und ich habe Crantz sofort kontaktiert, denn mir war klar, dass es mit seinem Lager zu tun hatte. Er gab alles zu, weigerte sich aber, die Namen der Kinder zu nennen und sagte, alle Teilnehmerlisten und Unterlagen seien verloren gegangen. Er sagte nur, alle Kinder seien von der Insel und im Schulalter gewesen und dass er die Familien kannte. Außerdem sei eine Krankenschwester dabei gewesen, die sich um die Kinder gekümmert hatte, und sogar jemand vom Jugendamt, den die Schwester kannte. Eigentlich hätte er auch versucht, psychologischen Beistand zu bekommen, als ihm klar wurde, dass nicht alles nach seinem Plan gelaufen war und die Kinder traumatisiert waren. Das gelang ihm wohl nicht, weshalb die Frau vom Jugendamt mit den Kindern reden sollte. Es war ja alles sehr chaotisch gewesen, und die Kinder, die versucht hatten zu fliehen, hatten sich verletzt. Doch sowohl die Krankenschwester als auch die Frau vom Jugendamt bestätigten ihm, dass es den Kindern gut ging und man sich keine Sorgen machen müsse.«

»Und Sie haben ihm geglaubt?«

»Nein, überhaupt nicht. Ich habe ihm gesagt, dass ich zur Polizei gehen würde. Doch da hat er mir die Namen der beiden Frauen genannt und gesagt, ich könne gern mit ihnen sprechen. Dann würde ich einsehen, wie sehr ich mich irrte.«

»War die Krankenschwester Rebecca Abrahamsson?«, fragt Sanna.

Er nickt. »Sie war ein wenig seltsam, irgendwie traurig, aber nett. Wir haben uns während ihrer Mittagspause am Krankenhauseingang getroffen und geredet. Sie hat alles bestätigt, was Crantz gesagt hat. Sie hat mich beruhigt.«

Sanna denkt an Ines Bodins Aussage zurück, dass Rebecca vor vier oder fünf Jahren verrückt geworden war. Ein paar Jahre nach dem Sommerlager. Bergman musste sich mit ihr getroffen haben, als sie noch gesund gewesen war.

»Hat Rebecca Abrahamsson gesagt, warum Crantz Kontakt zu ihr aufgenommen hatte? Warum ausgerechnet zu ihr? Woher kannten die beiden sich?«

»Sie kannte das Ehepaar Roos. Frank hatte ja damals den Unfall und benötigte lange Zeit Pflege …«

»Und sie war eine der Pflegekräfte, die sich um ihn gekümmert hatten? Als Crantz dann also jemanden für das Lager benötigte, empfahlen sie ihm Rebecca?«

Er nickt.

»Und die Frau vom Jugendamt?«

»Bei ihr war ich auch. Das Gespräch werde ich nie vergessen. Im Gegensatz zu Rebecca war diese Frau kalt und unsympathisch. Doch sie war tatsächlich im Lager gewesen und hatte auch mit den Kindern gesprochen. Sie kannte auch Rebecca von irgendwoher. Und sie war felsenfest davon überzeugt, dass alles nur ein Spiel gewesen war, das sie verarbeiten konnten. Das reichte mir.«

Sanna schließt einen Moment die Augen und denkt an die Kinder, die man gezwungen hat, nach allem, was sie durchgemacht hatten, mit Ines Bodin zu sprechen. Und daran, dass Ines der Polizei nicht alles über ihr Verhältnis zu Rebecca erzählt hat.

Sie betrachtet wieder das Foto. »Warum jetzt?«, fragt sie und schwenkt es durch die Luft.

»Was meinen Sie?«

»Sie haben jahrelang geschwiegen, und jetzt kommen Sie an und erzählen mir davon. Warum?«

Bergman windet sich. »Sie haben mir doch ein Bild von dem Gemälde gezeigt. Ich dachte, es könnte Ihnen bei den Mordermittlungen helfen. Und als ich das Foto hier gefunden habe …«

Er verstummt.

»Warum glauben Sie, dass die Ereignisse in dem Lager etwas mit den Morden zu tun haben?«

»Warum nicht?«, entgegnet er und setzt sich anders hin.

In seiner Stimme liegt eine gewisse Überzeugung, die Sanna nicht richtig nachvollziehen kann. Sie hat selbst das Gefühl, dass die Morde mit Mias Tod zusammenhängen, und sie weiß, dass Gryningen das Verbindungsglied zwischen allen Opfern ist. Dennoch passt sein Bericht nicht ganz zu seiner Überzeugung, dass diese Informationen entscheidend sein könnten. So entscheidend, dass er extra hierhergekommen ist.

Die Scheinhinrichtungen und die Schlacht- und Blutspiele

sind furchtbar. Unverzeihlich. Aber war das wirklich genug, um eine Mordserie auszulösen?

Bergmans Lippen sind zu einem Strich aufeinandergepresst.

Irgendetwas verschweigt er, denkt sie.

»Was ist?«

Wieder rötet sich sein Hals.

»Da ist doch noch mehr, oder? Was erzählen Sie mir nicht?«

Er richtet sich auf. »Ich weiß nicht …«

»Was?«

»Das war vor meiner Zeit in der Gemeinde.« Die innere Anspannung ist ihm anzusehen. »Wie ich vorher gesagt habe«, fährt er fort, »war Crantz schon nicht mehr als Priester tätig, als er das Lager organisiert hat.«

»Und?«

»Er wurde direkt vor meinem Beginn hier aus der Gemeinde ausgeschlossen.«

»Warum das?«

»Ein junges Mädchen hatte Dinge behauptet, aber …«

Sanna wird unbehaglich zumute, und sie hat das Gefühl, als wüsste sie schon, was jetzt gleich kommt. »Was für Dinge?«, fragt sie.

»Ich weiß keine Einzelheiten, aber …«

Bergman atmet tief durch und sucht nach Worten.

»Sexuelle Übergriffe?«, hört sich Sanna sagen.

Er nickt leicht.

»Und es war Crantz?«

Er nickt wieder, sein Mund steht halb offen. »Deshalb wurde er ausgeschlossen.«

»War das alles?«

»Was meinen Sie?«

»Waren das die einzigen Konsequenzen? Dass er sein Amt niederlegen musste? Wurde der Aussage des Mädchens nicht nachgegangen?«

Er schüttelt den Kopf.

»Keine Anzeige bei der Polizei?«

Wieder schüttelt er den Kopf.

»Warum nicht?«

»Soweit ich weiß, haben die Eltern keine Anzeige erstattet.«

»Es wurde also einfach unter den Teppich gekehrt?«

Er schweigt.

»Wer war das Mädchen?« Sanna reicht ihm das Foto. »Ist sie hier drauf? Sind Sie deshalb hergekommen?«

Er wendet den Kopf ab und schiebt das Foto von sich weg.

»Ich habe erfahren, wie sie hieß, aber ich habe sie nie kennengelernt. Erst als Sie bei mir waren, habe ich die Verbindung hergestellt. Das Mädchen, das sich das Leben genommen hat …«

»Mia Askar.«

Er nickt.

»Wie lang?«

Er verzieht fragend das Gesicht.

»Wie lange ging das? Hören Sie nicht, was ich sage?«, fährt Sanna fort. »Die Übergriffe. Geschah es einmal, zweimal, öfter?«

Er massiert sich eine Schläfe. »Ich erinnere mich nicht, ich weiß es nicht …«

»Versuchen Sie es.«

»Ich glaube, es kann schon einige Jahre angedauert haben, bis ich meine Stelle hier angetreten habe, im selben Sommer wie das Ferienlager, aber das weiß wohl niemand so genau … Und nach einer Weile hat niemand mehr darüber geredet.«

»Einige *Jahre?*«

Schweigend massiert er weiter seine Schläfe. Verkörpertes Schweigen, das Mia bis in den Tod gefolgt ist, denkt Sanna.

»Sie war ein Kind! Ist Ihnen das nicht klar?«

Bergman schluckt. »Ja, aber vielleicht waren das auch nur Fantasien, Albträume …«

»Ach, wirklich?«

Sanna steht auf. Als sie sich wieder zu ihm dreht, hat er die Hände zwischen die Oberschenkel geschoben.

»Ich weiß«, sagt er leise. »Ich schäme mich, dass ich nicht mehr getan habe … Aber zumindest wissen Sie es jetzt, und falls es Ihnen weiterhilft …«

Er verhält sich unfasslich vage, die Worte des Bedauerns scheinen wie von Spinnweben eingehüllt.

Sanna denkt an Mia und den Jungen, der sie an dem Tag verteidigen wollte, die Angst, die beide empfunden haben mussten. Immerhin hatten sie einander. Vielleicht hat er sie auch unterstützt oder sogar verteidigt, als sie von den anderen Übergriffen erzählt hat? Jetzt ist sie tot. Aber was ist mit dem Jungen?

»Wird der Eingang zum Pfarramt mit einer Kamera überwacht?«

Er schüttelt den Kopf.

»Wer könnte Ihnen das Foto gebracht haben?«

»Ich weiß es nicht.«

»Sie haben keine Ahnung?«

Er schüttelt erneut den Kopf und starrt ins Leere.

»Welcher der Jungen auf dem Bild hat Mia geholfen?«, fragt sie.

»Ich weiß nicht mehr als das, was ich Ihnen gerade erzählt habe.« Bergman seufzt. »Crantz hat gesagt, der Wolf sei es gewesen. Daran erinnere ich mich, weil der Junge wohl vollständig den Verstand verloren hat und sehr gewalttätig geworden ist.«

Der Wolf.

Sanna denkt an Jacks Zeichnung. Das Wolfsgesicht.

Doch keines der Kinder auf dem Foto trägt eine Wolfsmaske. Sie deutet auf den Jungen neben Mia, dessen Gesicht als Einziges zu sehen ist.

»Er?«, fragt sie und sieht zu dem Priester. »Ist *er* der Wolf?«

Bergman betrachtet den Jungen näher. »Ich weiß es nicht. Wahrscheinlich.«

Das Gesicht des Jungen ist geheimnisvoll, aber so blutverschmiert, dass man seine Züge kaum erkennen kann. Die braunen Augen verraten nicht, wer er ist.

»Und dieser Crantz, was macht er heutzutage?«

»Persönlich habe ich keinen Kontakt mehr zu ihm gehabt, seit ich ihn mit den Ereignissen konfrontiert habe.«

Es piepst in Bergmans Manteltasche. Er wirft einen raschen Blick auf sein Mobiltelefon.

»Ich muss zurück ins Pfarramt«, erklärt er.

»Wissen Sie, wo ich Crantz finden kann?«, fragt Sanna.

»Ich glaube, er wird in einem Hospiz behandelt, das neue am Stadtrand.«

»Ein Hospiz?«

»Er hat Herzprobleme. Herzinsuffizienz im Endstadium, was ich gehört habe.«

»Dann muss er hier Freigang oder so etwas gehabt haben«, sagt Sanna, holt ihr Telefon und startet das Video von Mias Teufelsaustreibung.

Bergman sieht ein paar Minuten zu, dann schließt er die Augen und bittet sie, den Film abzuschalten.

»Ja, das ist Crantz«, bestätigt er.

Sanna betrachtet wieder das Foto. Mia Askar. Der Bildrand verläuft genau durch ihre schmale Schulter und schneidet ihren rechten Arm ab. Sie sieht Mia in die Augen. Das Fuchsgesicht wirkt riesig, scheint sich über ihr in die Luft zu erheben und sich zur Kamera zu strecken.

»Wo wurde das aufgenommen?«

»An der Strandkapelle, die zu Crantz' Hof gehört.«

»Und der liegt wo?«

»Im Osten der Insel, fast am Meer.«

KAPITEL SECHSUNDZWANZIG

Die Kapelle zeichnet sich geisterhaft vor dem blaugrauen Meer ab. Sie ragt aus dem abgeschiedenen Strand auf, als hätte eine Sturmbö sie dort abgeworfen. Die hohen, schmalen Fenster gehen nach Osten, zum Meer hin, und nach Süden, Richtung Kiefernwald. Sanna bleibt an einer Längsseite stehen und lehnt sich mit dem Rücken dagegen, atemlos nach der Wanderung vom Auto durch den Wald.

Die Landschaft ist öde und felsig. Flaches Weideland. Eine einsame, gebeugte Strandkiefer. Ein paar Büsche. An der Fassade vertrocknete Wiesenblumen, die sich im Wind bewegen. Crantz' verlassener Hof, zu dem die Kapelle gehört, liegt einige Kilometer entfernt. Auf dem Weg hierher ist sie daran vorbeigefahren.

Der Eingang zur Kapelle liegt an der Breitseite, zum Meer hin. Die geteerte Doppeltür ist verschlossen. Sie hat hübsche alte Angeln und einen massiven, geschmiedeten Türgriff. Darüber ist ein dunkles Holzschild mit der Aufschrift »Geöffnet für die private Andacht« angebracht. Sanna rüttelt noch einmal an der Tür. Sie lässt sich einen Spalt aufschieben, dann trifft sie auf einen Widerstand.

Auf dem geteerten Holzdach ist ein schwarzes Eisenkreuz montiert. Im Gegensatz zu vielen älteren Kapellen, die an den Stränden und in den Fischerdörfern der Insel stehen, ist diese gut erhalten. Wahrscheinlich hat Crantz jemanden bezahlt, der sich darum kümmert.

Zwei Raubvögel trotzen dem Wind und jagen über dem Wasser durch die Luft. Sanna folgt ihnen mit dem Blick. Als sie wieder zur Kapelle sieht, entdeckt sie, dass jemand die Steinplatten an der einen Breitseite entfernt hat, auf denen die Kinder auf dem Foto gestanden hatten. Sie streicht mit der Hand über die verputzte Mauer.

Fast sieht sie sie vor sich. Die Gummistiefel. Den Badeanzug, der über die schmalen Hüften hängt. Das rote Haar. Mia Askar, sechs oder sieben Jahre alt.

Zurück im Auto trommelt Sanna aufs Lenkrad, um ihre Hände warm zu halten. Der Schotterweg ist holprig, das Handy rutscht auf dem Beifahrersitz hin und her. Sie hat Alices Nummer gewählt und auf Lautsprecher gestellt. Alice antwortet, sie ist auf dem Revier und holt Eir dazu.

Sanna erzählt ihnen, was sie von Bergman erfahren hat. Die Misshandlungen im Lager. Dass Mia Askar Crantz sexuellen Missbrauch vorgeworfen hat, der schon in den Jahren vor dem Ferienlager stattgefunden hat. Dann nimmt sie das Telefon vom Beifahrersitz, fotografiert das Bild der Kinder mit den Tiermasken und schickt es den Kolleginnen. Am anderen Ende der Leitung ist es totenstill.

»Was zum Teufel«, ertönt schließlich Eirs Stimme. »Dieses Lager war also der Höhepunkt nach vielen Jahren Hölle?«

»Ja, scheint so.«

»Verdammt«, sagt Eir leise. »Das ist alles so verflucht krank …«

»Glauben wir, dass der Täter Mias Tod rächen will?«, fragt Alice vorsichtig.

»Ich weiß es nicht«, erwidert Sanna. »Aber ich glaube, dass die Möglichkeit besteht. Alles, was in diesem Lager passiert ist, ist schrecklich, aber Mia ist das Schlimmste zugestoßen, und auch das wurde unter den Teppich gekehrt. Wenn wir bedenken, dass alle Opfer eine Verbindung zu Gryningen haben, dass Mia dort war und die Morde direkt nach ihrem Selbstmord begannen … Der Täter kann tatsächlich jemand sein, der ihr nahestand.«

»Mias Mutter, Lara?«, schlägt Alice vor.

»Lara Askar hat ein wasserdichtes Alibi, zumindest für den Mord an Marie-Louise, und auch an Frank, da ja beide in derselben Nacht verübt wurden. Sie wurde nach der Nachricht von Mias Tod ins Krankenhaus eingewiesen und war dort, als das Ehepaar Roos getötet wurde«, sagt Sanna.

»Okay«, meint Eir. »Dann gehen wir also davon aus, dass Marie-Louise sterben musste, weil sie Crantz Geld gegeben und ihm dadurch seine Taten ermöglicht hat. Und Frank musste sterben, weil er Crantz mit dieser widerlichen Teufelsaustreibung geholfen hat. Aber was ist mit Rebecca Abrahamsson?«

»Sie hat sich um die Kinder im Lager gekümmert«, sagt Sanna. »Nach den Scheinhinrichtungen ist sie dorthin gefahren und hat bezeugt, dass die Kinder körperlich unversehrt sind, trotz allem, was passiert ist. Vielleicht hat sie gesehen, dass mit Mia etwas nicht gestimmt hat, hat etwas gemerkt, doch das ist Spekulation. Wir wissen jedoch, dass sie Crantz geschützt und ihn gedeckt hat. Sie war daran beteiligt, dass alles totgeschwiegen wurde. Sie hat sogar Ines Bodin hinzugerufen, damit die mit den Kindern spricht und die Wogen glättet.«

»Die nächste auf der Liste potenzieller Opfer könnte also Ines Bodin sein?«, folgert Alice.

»Ines Bodin?«, meint Eir lachend. »Die größte Zielscheibe sollte doch wohl Holger Crantz sein, oder?«

»Ich bin gerade auf dem Weg zu ihm«, antwortet Sanna. »Er ist in einem Hospiz. Ich wollte schon früher fahren, doch ...«

»Hospiz?«, unterbricht Eir sie verwundert.

»Ja.«

»Aber Bergman hat doch bestätigt, dass der Mann in dem Video Crantz war?«

»Er leidet offensichtlich unter schwerer Herzschwäche. Entweder wurde er erst kürzlich dort eingewiesen, oder er hatte irgendeine Art Ausgang, als er und Frank auf Mia losgegangen sind.«

»Verdammt«, sagt Eir. »Was er wohl sonst noch angestellt haben könnte auf diesem Ausflug?«

»Ja, er ist kein ganz unwahrscheinlicher Täter«, stimmt Sanna zu. »Jemand könnte angefangen haben, über den Missbrauch zu reden. Mias Tod kann der Startschuss gewesen sein. Vielleicht hatte er Angst, dass alles herauskommt und die Leute erkennen, wer er wirklich ist.«

»Ausreichend krank im Kopf und verrückt ist er auf jeden Fall.« Eir denkt an den Film, die Teufelsaustreibung. »Wir treffen uns dort.«

»Nein, ich möchte, dass du dich stattdessen mit Ines Bodin triffst«, widerspricht Sanna.

Ines Bodin ist tough, denkt sie, da kann Eir sicher kaum Schaden anrichten, egal, wie undiplomatisch sie ist. Um Crantz will sich Sanna lieber selbst kümmern.

»Na gut«, stimmt Eir widerwillig zu.

»Danke. Bodin soll erzählen, wer die Kinder auf dem Bild sind, vor allem der Junge neben Mia. Sie hat sie ja getroffen und sich mit ihnen unterhalten. Versuch, sie mit aufs Revier zu nehmen, und ich komme dann so schnell wie möglich.«

»Moment mal«, sagt Eir, »warum interessieren wir uns für den Jungen neben Mia?«

Sanna zögert. Sie hat den beiden Kolleginnen ihre neue Theorie noch nicht präsentiert und merkt, wie weit hergeholt sie klingt.

»Du erinnerst dich doch an Jacks Zeichnung?«, sagt sie schließlich.

»Der Wolf?«

»Ich glaube, dass der Junge auf dem Foto der Wolf sein könnte, den Jack gesehen hat.«

Es wird still in der Leitung.

»Meinst du das ernst?«, fragt Eir.

»Ja.«

Eir schnaubt. »Also, ich weiß ja nicht …«

Sanna versucht es noch einmal. »Die Kinder sollten die sieben Todsünden darstellen. Jede Sünde wird von einem Tier repräsentiert. Doch eines – der Wolf – fehlt auf dem Bild. Der Junge ohne Maske müsste daher der Wolf sein.«

»Und du meinst, dass Jack einen Wolf gezeichnet hat, weil dieser Junge seine Mutter abgeschlachtet hat? Dass Jack auch in dem Lager war und ihn wiedererkannt hat, als er Rebecca angegriffen hat?«

»Nein, Jack war sicher nicht dort, er war noch zu klein. Laut Bergman waren die Kinder schon in der Schule. Jack war in dem Sommer sechs Jahre alt.«

»Aha, aber wenn er nicht in dem Ferienlager war, wie konnte er ihn dann wiedererkennen …« Eir verstummt. »Du willst damit nicht sagen, dass du glaubst, dass …«

»Warum nicht?«

Alice räuspert sich. »Entschuldigung, aber ich kann euch gerade nicht folgen. Erklärt ihr es mir?«

Eir lacht wegwerfend. »Sanna glaubt, dass der Täter die Morde hinter einer Wolfsmaske begangen hat.« Sie lacht wieder. »Und dass Jack deshalb einen Wolf gezeichnet hat.«

Sanna wartet, bis Eir sich beruhigt hat, und fährt dann fort: »Bei ihrem Selbstmord trug Mia die Maske. Warum sollte jemand, der ihren Tod rächen will, nicht dasselbe tun? Außerdem kann man so auch vorzüglich sein Gesicht verbergen.«

Alle schweigen.

»In dem Fall wäre er also vierzehn, fünfzehn Jahre?«, folgert Eir. »Trotzdem ist es nicht besonders wahrscheinlich, dass …«

»Fabian hat gesagt, dass für die Morde gar nicht so viel Kraft nötig war, wie man vielleicht glauben könnte. Marie-Louise und Rebecca lagen, und es wurde von oben auf sie eingestochen«, sagt Sanna. »Und Mia hat einen Aufsatz in der Schule über einen Kindheitsfreund geschrieben, den sie geliebt hat. Wenn es diesen Freund gibt und sie ihn nicht nur erfunden hat, warum sollte der nicht ein möglicher Täter sein, der ihren Tod rächt?«

»Du glaubst also wirklich, dass das eine Möglichkeit ist?«, versichert sich Eir.

»Ich glaube auf jeden Fall nicht, dass es *unmöglich* ist.«

»Ach, jetzt hör schon auf. Hast du dich schon mal gefragt, ob Jack uns nicht einfach nur verarscht mit der Zeichnung? Hast du daran schon gedacht?«

»Warum sollte er das tun?«

»Was weiß denn ich. Auf jeden Fall steht er unter einem schweren Schock und könnte aus unzähligen Gründen einen Wolf zeichnen.«

»Du musst meiner Theorie ja nicht gleich vollständig zustimmen«, entgegnet Sanna. »Ich will nur, dass ihr es im Hinterkopf behaltet. Er kann ihn gesehen haben, und ich habe ihn ja schließlich gebeten, das zu zeichnen, was er gesehen hat.«

Alle schweigen.

»Okay«, sagt Alice schließlich zögernd. »Nehmen wir an, der Junge auf dem Bild könnte unser Täter sein. In dem Fall wäre er heute ein Teenager, vielleicht groß gewachsen für sein Alter, wie schon auf dem Foto. Wahrscheinlich hat er noch dasselbe dunkle Haar und natürlich dieselben braunen Augen.«

»Ja«, bestätigt Sanna. »Wenn ihr mit Leuten redet, beschreibt ihn. Fragt, ob die Beschreibung auf jemanden aus Mias Umfeld passt.«

»Was kannst du noch über ihn sagen?«, fragt Alice.

»Im Moment nichts.«

Alice seufzt. »Ich könnte das Foto an das Bildanalyseteam schicken und die Kollegen um Hilfe bitten.«

»Mach das. Ich bringe das Original zu Sudden, nachdem ich bei Crantz war, vielleicht können die Techniker noch Spuren daran sichern.«

»Nein, du liegst falsch«, sagt Eir mit erhobener Stimme. »Tut mir leid, aber ich kann einfach nicht glauben, dass ein Teenager eine solche Wut oder Kraft in sich haben soll, wie wir sie an den Tatorten gesehen haben. Wir verlieren den Fokus, wenn wir uns davon ablenken lassen.«

Alice räuspert sich. »Was brauchst du noch von mir, Sanna?«, fragt sie.

»Nimm noch mal Kontakt zu Mias Mutter auf und bitte sie, aufs Revier zu kommen, damit wir eingehender mit ihr über Mia und Gryningen sprechen können.«

»Aber sie ist doch verreist? Ihr habt gesagt, dass sie …«

»Ruf sie an und bring sie dazu, sofort wieder auf die Insel zu kommen.«

»Okay.«

»Wisst ihr was«, meldet sich Eir zu Wort. »Als Bernard und ich zu Hause bei Lara Askar waren, hat sie etwas sehr Komisches gesagt. Dass Mia ›keine Hure‹ wäre. Irgendwie so was. Es ging ihr zwar überhaupt nicht gut, sie war kurz davor, hysterisch zu werden, aber wir sollten sie trotzdem danach fragen.«

»Warum hast du das bisher nicht erwähnt?«, fragt Sanna verärgert.

»Jetzt sage ich es ja. Sie hat sich wirklich seltsam an dem Tag verhalten, und dich konnte man ja nicht erreichen …«

»Okay«, fällt Sanna ihr ins Wort. »Alice, wenn du Lara erreichst, frag sie danach und ob jemand Mia besonders nahestand. Wir haben alles überprüft und nichts gefunden. Mias Social-Media-Accounts, die Schule. Nichts deutet darauf hin, dass sie einen Freund oder eine Freundin hatte oder andere gute Bekannte, aber das muss nicht heißen, dass es da niemanden gab. Lara Askar weiß das vielleicht. Sie soll sich auch das Foto aus dem Sommerlager so schnell wie möglich ansehen. Frag sie, ob sie weiß, wer die anderen Kinder sind. Besonders der Junge.«

Alice schweigt.

»Gibt es ein Problem?«, fragt Sanna.

»Nein, aber … Du willst also, dass ich ihr das Foto zeige, auf dem ihre Tochter mit der Maske und völlig blutverschmiert zu sehen ist?«

»Ja.«

»Gut«, antwortet Alice nach einer Weile. »Noch etwas?«

»Ja. Überprüf alle Anzeigen wegen sexuellen Missbrauchs an Kindern der letzten sechs oder sieben Jahre. Wer weiß, vielleicht hat jemand von den Eltern oder ein anderer Angehöriger Anzeige erstattet? Vielleicht kommen wir auf diesem Weg an Namen.«

Sie beenden das Gespräch. Sanna schaltet hoch und biegt auf die Landstraße ein, die sie zu dem Hospiz und zu Crantz bringen wird. Dem Mann, der Hand an Mia Askar gelegt und zu Satan gesprochen hat.

Eine ältere Pflegerin führt Sanna durch eine Tür mit Zugangscode und einen langen Flur entlang. Die Beleuchtung im Hospiz ist sanft und warm. Es duftet nach frisch gebackenem Brot. Weiter hinten im Korridor dringen lachende Stimmen aus einem Radio.

»Das hier ist eine offene Einrichtung, nicht wahr?«, fragt Sanna.

»Ja, aber vor ein paar Jahren wurde öfter eingebrochen und Medikamente wurden gestohlen. Deshalb bekamen wir eine Sondererlaubnis und haben auf dem gesamten Gelände Überwachungskameras installiert. Warum?«

Sanna sieht sich um. Kameras und elektronische Schlösser. Ist Crantz deshalb noch am Leben? Hier drin kommt niemand an ihn heran.

»Sie können mir bestimmt eine Liste mit den Daten und den Uhrzeiten geben, an denen Holger Crantz in der letzten Zeit die Einrichtung verlassen hat?«

»Ja, natürlich. Aber ich kann Ihnen jetzt schon sagen, dass Holger im letzten Monat kaum draußen war. Da begann es ihm richtig schlecht zu gehen. Ich erinnere mich, dass ihn einmal ein Freund abgeholt hat, aber seither war er in seinem Zimmer.«

Als Sanna der Pflegerin ein Bild von Frank Roos zeigt, bestätigt sie, dass dieser der Besucher war. Sie gehen den Korridor entlang bis zu einer Tür, an dessen Rahmen ein Schild mit der Aufschrift »Crantz« angebracht ist.

»Wie schlecht geht es ihm?«, fragt Sanna leise.

»Er ist erschöpft und bekommt schnell Atemnot. Er hat viel Wasser im Körper, geschwollene Beine und so. Und er hat Schmerzen. Wir versuchen, sie so gut wie möglich zu lindern, doch die Medikamente sind nicht stark genug.«

»Ich verstehe.«

»Dann hat er schwere Angstattacken. Das Gehirn hat wohl in der letzten Zeit einiges abbekommen, allein in der letzten Woche hatte er diverse kleinere Schlaganfälle und ist verwirrt.«

»Okay«, sagt Sanna leise.

Die Pflegerin räuspert sich.

»Uns hat ja keiner was gesagt. Sie tauchen einfach hier auf, und ich weiß, dass Sie von der Polizei kommen …«

Sanna lächelt kühl. »Sollen wir hineingehen?«

Es ist dunkel und warm im Zimmer. Die Pflegerin zieht rasch einen Stuhl an die Tür und lässt sich darauf nieder. Sanna lässt die schwere Tür lautlos ins Schloss gleiten. Es riecht süßlich, fast schon klebrig. Ein Mann sitzt zusammengesunken in einem Rollstuhl und wendet ihr den Rücken zu. Im Fernsehen läuft mit abgeschaltetem Ton irgendein Quiz.

»Holger Crantz?«

Er reagiert nicht. Sannas Unbehagen wächst, als sie sich ihm nähert. Sie sieht die Kinder vor sich, die Masken. Mia als kleines Mädchen, ihre Leiche auf der Bahre im Kalksteinbruch.

Die eingesunkene Gestalt im Rollstuhl bewegt sich kaum merklich. Das blaue Licht aus dem Fernseher fällt auf seinen Oberkörper. Er scheint zu schlafen.

»Herr Crantz«, wiederholt sie leise. »Ich heiße Sanna Berling. Ich bin von der Polizei und muss Ihnen ein paar Fragen stellen.«

Vor ihr sitzt nur noch die Hülle eines Menschen. Er schläft nicht, ist aber kaum ansprechbar. Seine Lippen bewegen sich, als würde er leise vor sich hin murmeln. Der Holger Crantz, der sich an Mia vergriffen und Scheinhinrichtungen in einem Ferienlager angeordnet hat, ist weit weg. Die Vorstellung, er könnte in den letzten Tagen jemanden ermordet haben, ist lächerlich.

Er scheint den Kopf zur Seite legen zu wollen. Der Rollstuhl quietscht, als er sich bewegt.

Sie geht vor ihm in die Hocke. »Ich will mit Ihnen über das Sommerlager Gryningen sprechen. Über die Kinder.«

Er blinzelt, atmet rasselnd ein.

»Mia Askar ist tot«, hört sie sich sagen.

Er sieht sie an, scheint sie aber nicht richtig wahrzunehmen.

»Sie hat sich umgebracht.«

Ein Speichelfaden sammelt sich im Mundwinkel, dann wird sein Blick plötzlich klar, und er schüttelt steif den Kopf.

»Wie gesagt, ich bin von der Polizei. Ich muss Ihnen einige Fragen stellen.«

Ein kaum merkbares Nicken.

Sie setzt sich auf einen Stuhl. »Ich brauche die Namen der Kinder, die damals an dem Sommerlager teilgenommen haben, das Sie veranstaltet haben. Gryningen.«

»Gryningen?«, wiederholt er leise.

»Ja. Ich bin von der Polizei und muss Sie danach fragen. Einige der Kinder mussten Scheinhinrichtungen erdulden.«

So etwas wie Trauer huscht über sein Gesicht, bevor er es abwendet.

»Die Kinder?«, fragt er.

»Nach den Scheinhinrichtungen haben sich einige geprügelt.« Sie seufzt leise. »Verstehen Sie, was ich sage?«

Er nickt. Vorsichtig holt sie den kleinen Beweismittelbeutel mit dem Foto hervor und legt ihn auf sein Knie.

»Wir versuchen herauszufinden, wer der Junge war, der den Wolf verkörpert hat«, erklärt sie.

Crantz streicht mit den Fingern, deren Nägel ungleich lang sind, über die Gesichter der Kinder.

»Wo ist er?«, flüstert er.

Das Handy der Pflegerin piepst, und sie verlässt den Raum. Sanna hält Crantz das Foto dichter vors Gesicht.

»Wer ist das hier?«, fragt sie und deutet auf das Kind neben Mia. »Erinnern Sie sich, wie er heißt?«

Crantz schiebt das Foto zu ihr zurück. Dann rollt er mit seinem Rollstuhl in eine Ecke und verschränkt die Hände im Schoß. Er atmet röchelnd ein, schließt die Augen und beginnt leise zu schnarchen.

Sanna sieht sich um. Die Möbel scheinen zur Unterkunft zu gehören, sie sind massiv und aus lackiertem, hellem Holz. An einer Wand stehen ein Schreibtisch und ein Sessel.

Sie sieht zu Crantz, der immer noch schläft, dann geht sie zum Schreibtisch und zieht die Schubladen auf. Sie sind tiefer, als sie gedacht hätte. Und leer.

»Entschuldigung«, ertönt da Crantz' Stimme laut und deutlich. »Ich schlafe immer wieder ein.«

Er ist wach und sieht sie an. Ihr misslingt ein nervöses Lächeln.

»Erinnern Sie sich an die Namen der Kinder?«, wiederholt sie.

Die Pflegerin kommt herein und bemerkt die offen stehenden Schubladen. Sie nimmt Sanna beiseite.

»Sie sollten ein andermal wiederkommen«, sagt sie leise.

Plötzlich rasselt es in Crantz' Brust. Er presst die Hand darauf und sieht Hilfe suchend zu der Pflegerin. Er weint, und in seinen Augen stehen Angst und Verwirrung.

»Wo bin ich …?«, flüstert er.

KAPITEL SIEBENUNDZWANZIG

Sanna streckt sich nach der Mappe, die im Fußraum vor dem Beifahrersitz liegt. Sie blättert zwischen den Fotos von den Tatorten, bis sie bei Marie-Louise Roos angelangt ist. Das riesige Sofa, der magere Körper der älteren Frau. Der Arm, der über den Sofarand hängt, der blaue Kimono. Der Stoff ist hübsch, mit sorgfältig aufgestickten Blumen. In besinnungsloser Wut aufgeschlitzt von unzähligen Stichen und Hieben.

Eir hat recht, ein Teenager kann das nicht gewesen sein. Sie trommelt auf das Lenkrad, betrachtet das Viertel, in dem Ines Bodin wohnt und denkt, dass ihre neue Kollegin wirklich immer zu spät kommt. Eigentlich hätte Eir ja allein mit Ines sprechen sollen, aber im Jugendamt hatte sie erfahren, dass Ines nicht zur Arbeit aufgetaucht war. Daraufhin hatte sie Sanna informiert, doch dieses Gespräch war schon eine ganze Weile her.

Sanna ruft Fabian in der Gerichtsmedizin an.

»Ja?« Er klingt abwesend.

»Ich würde gern mit dir über die Verletzungen der Opfer am Brustkorb sprechen. Hast du gerade Zeit?«

»Mm.«

»Fabian?«

»Ich höre zu.«

»Soll ich später noch mal anrufen?«

»Nein, schieß los.«

Er legt etwas zur Seite, Metall klirrt.

»Bei Marie-Louise Roos hast du gesagt, die Stichkanäle sind sehr tief«, sagt sie. »Dass jeder Hieb mit viel Kraft ausgeführt wurde.«

»Ja, genau.«

»Wie war es bei Rebecca Abrahamsson und Frank Roos? Bist du dir sicher, dass die Einstichkanäle da auch tief waren?«

»Ich habe euch doch den Obduktionsbericht geschickt. Du willst doch nicht andeuten, ich hätte nachlässig gearbeitet?«, erwidert er scherzhaft.

Sanna klappt die Mappe zu und holt das Foto der Kinder aufs Handydisplay.

»Ich frage mich nur, ob du etwas zur Größe und dem Gewicht des Täters sagen kannst. Wie viel Kraft könnte er wohl haben?«

»Wie ich bei eurem Besuch hier gesagt habe, könnte es jemand wirklich Muskulöses gewesen sein, aber auch jemand mit durchschnittlicher Kraft, da die Verletzungen von oben zugefügt wurden. Wegen des Winkels hatte der Täter einen Vorteil.«

»Rein hypothetisch hätte es zum Beispiel auch ein Teenager sein können?«

Schweigen. »Ja«, antwortet Fabian zögernd. »Rein hypothetisch vielleicht. Aber mit Sicherheit kann ich das nicht sagen.«

»Denkst du an noch etwas?«

»Nein.«

»Ganz sicher nicht?«

»Stell mir eine konkrete Frage, wenn du unter uns meine

Meinung zu etwas hören willst. Ansonsten muss ich weiterarbeiten.«

Sanna schweigt.

»Du glaubst also, dass der Täter noch jung ist«, fasst Fabian zusammen.

»Ja.«

»Ein Teenager?«

»Ja.«

»Aber?«

Sie antwortet nicht.

»Sanna?«

»Entschuldige. Ich … Ich denke nur an alles, was dagegenspricht.«

»Ach, du hast wohl nie an einer Intuition gezweifelt?«

»Natürlich.«

Sie beendet das Gespräch. Alles hat mit Mia Askars Selbstmord angefangen, denkt sie. Sie ist das Verbindungsglied zwischen allen Opfern. Und dann die Tatorte. Das Blutbad. Das Vorgehen des Täters, die Raserei. Die unbeherrschten Messerstiche. Jemand mit besinnungsloser Wut in sich. Jemand, der Mia Askars Tod rächt? Der sich schon einmal für sie eingesetzt hat? Der Junge aus dem Lager.

Und wie gesagt: Wenn Mia sich mit der Maske vor dem Gesicht umgebracht hat, warum sollte der Täter seine bei seinem Rachefeldzug nicht auch aufsetzen? Vielleicht hatten sie es sogar so verabredet.

Wieder ruft sie das Bild auf. Der Junge neben Mia hat braune, fast schwarze Augen und ist für sein Alter kräftig gebaut. Die rechte Hand hängt herab, die linke verbirgt er jedoch hinter dem Rücken. Hält er etwas darin?

Sie ruft noch einmal Fabian an.

»Ich habe eine konkrete Frage. Unter uns.«

»Okay?«

»Kannst du sagen, ob der Täter Rechts- oder Linkshänder ist? Ausgehend von den Einstichkanälen, ihrer Richtung im Verhältnis zum Standort des Täters – wie könnte das abgelaufen sein?«

»Moment.«

Schritte erklingen, dann tippt er auf einer Tastatur, um seine Aufzeichnungen und Fotos zu öffnen. Sie wartet.

»Ist er Linkshänder?«, fragt sie schließlich.

Schweigen.

»Ja, das stimmt«, antwortet Fabian nach einer Weile. »Woher wusstest du das?«

In diesem Moment biegt Eir in die Straße ein, parkt neben Sanna und steigt aus.

Sanna beendet das Gespräch.

»Wo warst du?«, fragt sie Eir verärgert, als sie ebenfalls aussteigt.

»Tut mir leid, ich habe mich verfahren«, antwortet Eir und gibt ihr eine Kopie des Fotos der Kinder mit den Tiermasken. »Die ist von Alice.«

»Komm jetzt.« Sanna nickt in Richtung der Straße, in der Ines Bodin wohnt.

Das Kopfsteinpflaster ist frisch gereinigt. Das Viertel wirkt wie eine blank polierte Szene aus einem alten Kinderfilm. Perfekt, abgeschieden und hübsch beleuchtet liegt die Gasse vor ihnen. Es herrscht Stille. Als ob alles nur darauf wartet, dass eine Kinderschar aus einem Tor stürmt.

Eir wirft Sanna einen Blick zu und will ihr gerade ihre Beobachtungen mitteilen, als sie die gefurchte Stirn ihrer Kollegin sieht. Mittlerweile weiß sie, dass das ein Zeichen für rasende Kopfschmerzen ist. Daher schweigt sie und geht nur rasch neben Sanna her. Ihr Atem steht in kleinen Wölkchen in der kalten Meeresluft.

»Was ist los?«, fragt Sanna, als sich Eir nervös umdreht, als habe sie etwas gehört.

»Nichts.«

»Hier müsste es sein, wenn die Hausnummer stimmt.« Sanna deutet auf ein schwarz geteertes Bohlenständerhaus mit seinen rapsfarbenen Fensterrahmen und Schnitzereien. Eir denkt, dass selbst das zur Kulisse passt. Neben einem hohen Gatter wächst ein magerer Rosenbusch. Einige Zweige sind abgeknickt, wahrscheinlich von vorbeifahrenden Autos, und die übrigen sind grau von Schmutz. Hinter dem Gatter ist ein kleiner Innenhof zu erkennen, der wie ein Kokon zugewachsen ist. Jahre der Vernachlässigung haben einen Dschungel aus dicken Blattgewächsen, struppigen Büschen, vertrockneten Stockrosen und verholztem Lavendel in den schmalen Beeten wuchern lassen. In einer Ecke steht ein verwitterter Holzschuppen, dessen Tür im Wind schlägt.

Sanna klopft vorsichtig an die Haustür. Keine Reaktion. Eir tritt neben sie und späht durch das Fenster.

»Verdammte Scheiße«, flucht sie und zieht ihre Waffe.

Zwei parallele Blutspuren führen wie ein schmaler, gestreifter Teppich über den Boden, von einem Zimmer mit geschlossener Tür durch die Diele die Treppe hinauf, nur ein paar Meter von ihrem Standort entfernt.

»Wir brauchen Verstärkung an der Adresse, die ich euch gleich schicke«, spricht Sanna leise in ihr Handy. »Gebt auch Eken Bescheid. Wir gehen jetzt rein.«

Sie öffnen die unverschlossene Tür und gehen vorsichtig durch die Diele, ohne in das Blut zu treten.

Das Zimmer, in dem die Schleifspuren beginnen – oder enden – ist ein Büro. Die Jalousie ist heruntergelassen, doch es ist hell genug in dem kleinen Raum. Der einzige Wandschmuck ist ein Diplom, ausgestellt auf Ines Bodin, für ihren Abschluss als Sozialpädagogin. Die Schreibtischschubladen sind herausgezogen, der Safe steht weit offen. Ein Bücherregal liegt umgestürzt mitten auf dem Boden.

Die Blutspur führt ins Obergeschoss. Es ist still, nichts rührt sich. Sanna und Eir tauschen einen Blick. Sie gehen die Treppe nach oben, bewegen sich vorsichtig durch ein Schlafzimmer mit niedriger Dachschräge. Die Blutspur endet an einer weiteren Tür.

Sie öffnen sie und finden eine steile, schmale Treppe, die zum Dachboden führt. Es ist stockfinster. Eir hält sich an einem eiskalten Stahlrohr fest und tastet gleichzeitig nach einem Lichtschalter. Als sie nichts findet, drängt sich Sanna an ihr vorbei.

Ein krächzendes, rasselndes Geräusch ertönt, dann ist es wieder still.

»Wir sind von der Polizei«, sagt Sanna. »Ich will Ihre Hände sehen.«

Endlich findet Eir den Lichtschalter und legt ihn um. Sie streckt sich und späht mit der Waffe im Anschlag die Treppe hinauf. Ein Stück über Sanna liegt jemand zusammengekrümmt in der Schräge zwischen Dach und Absatz, als wolle er oder sie sich verstecken.

»Stehen Sie auf«, befiehlt Sanna.

»Hilfe«, flüstert die Gestalt.

»Stehen Sie auf«, wiederholt Sanna.

»Ich kann mich nicht bewegen. Haben Sie überall nachgesehen? Sie kann noch im Haus sein.«

Die Stimme ist leise, aber auch aufgebracht, gestresst.

Sanna nähert sich vorsichtig, Eir dicht hinter ihr.

Vor ihnen liegt Ines Bodin. Sie trägt ein Nachthemd, und ihre Hand ist an einen Holzbalken gefesselt. Füße und Beine sind mit Klebeband aneinandergebunden. Sie blutet stark aus Wunden an Stirn, Handfläche und Knien.

»Vielleicht ist sie noch im Haus«, krächzt Ines.

»Schh«, sagt Sanna. »Wir binden Sie los.«

Eir lauscht und überprüft den Dachboden. Das Dach ist schimmlig, und in einer Ecke tropft Wasser. Auf einem Kleiderständer hängen alte Pelze in Plastiksäcken. Sanna bedeutet ihr, das ganze Haus abzusuchen, und sie geht mit der Waffe in der Hand wieder nach unten.

Ines Bodin stöhnt, als Sanna das Seil und das Klebeband löst. Sie fällt nach vorne, bevor sie unsicher aufstehen kann.

»*Wer* kann noch im Haus sein?«, fragt Sanna und schüttelt die verletzte Frau leicht. »Was ist hier passiert?«

»Sie war hier, als ich aufgewacht bin. In meinem Büro. Ich bin hinuntergegangen, und sie hat sich einfach auf mich gestürzt.«

»Wer?«, wiederholt Sanna frustriert.

Ines Bodin presst die Lippen zu einem schmalen Strich aufeinander. »Sie hat mich geschlagen, und dann erinnere ich mich an nichts mehr. Als ich aufgewacht bin, war ich gefesselt, und es war stockdunkel.«

Sie entdeckt das Blut an sich, würgt und wird fast ohnmächtig.

»Von wem reden Sie?«, versucht es Sanna wieder.

»Ava Dorn!«

Ava Dorn. Die Künstlerin, die die Masken angefertigt hat. Und das Gemälde aus der Roos-Villa. Die Frau, die angeblich tot ist.

»Sie ist schon lange tot«, sagt Sanna. »Sie stehen unter Schock. Versuchen Sie, ruhig zu atmen und …«

»Sie ist *ganz bestimmt nicht* tot.«

Sanna versucht, die neuen Informationen zu verarbeiten. Außerdem steht sie gerade am Tatort eines neuen Gewaltverbrechens. Auch wenn diesmal niemand tot ist, wurde die Tat mit genügend Kraft ausgeübt, um zu töten.

»Wie dumm ihr doch alle seid!«, sagt Ines Bodin plötzlich lachend. »Ava Dorn versteckt sich seit Jahren in einem alten Haus auf dem Land. Ich kann Ihnen die Adresse geben, dann können Sie das selbst überprüfen. Sie finanziert ihren Unterhalt, weil ein Kunsthändler direkt Bilder von ihr kauft, und die Nachbarskinder erledigen die Einkäufe. Was für eine bessere Werbung gibt es, als plötzlich zu verschwinden? Und immer wieder neue, mysteriöse Werke auf den Markt zu bringen? Alle sind zufrieden – sie, der Kunsthändler, und die Käufer auch.«

Sanna weiß nicht, was sie glauben soll, und will das Gespräch in eine andere Richtung lenken, damit Ines sich beruhigt, doch stattdessen faucht sie:

»Was hat sie hier gemacht?«

Ines zögert.

»Was hat sie hier gemacht?«, wiederholt Sanna ungeduldig.

»Sie wollte ein paar alte Notizbücher.«

»Was stand darin?«

Ines legt die Hand über ihr Knie. »Ich muss genäht werden. Wo ist der Krankenwagen?« Bestürzt mustert sie ihre abgesplitterten Fingernägel, als wären es gebrochene Finger.

Sanna holt das Foto aus dem Sommerlager aus der Tasche, zeigt es Ines und sucht in ihrem Gesicht nach einer Reaktion. Doch die Frau wirkt gleichgültig.

»Wer sind diese Kinder?«

»Was soll das sein?«, fragt Ines kühl.

»Sie *wissen,* dass das Foto in dem Ferienlager aufgenommen wurde. Wir wissen, dass Sie dort waren und mit den Kindern geredet haben. Wie lauten ihre Namen?«

Ines dreht den Kopf weg. »Ich möchte Ava Dorn wegen Einbruchs und Körperverletzung anzeigen«, sagt sie trotzig. »Die Frau ist lebensgefährlich.«

Sanna sieht zwischen dem Foto und Ines hin und her und fragt sich, wie diese eigentlich tickt. »Wer ist er?« Sie deutet auf den Jungen neben Mia. »Schauen Sie hin. *Wer ist er?*«

Ines sieht Sanna nur schweigend an, als sei die Polizistin verrückt.

»Ich sage gar nichts, bevor ich nicht Polizeischutz bekomme«, antwortet sie. »Diese Alte ist bei mir eingebrochen, hat mich misshandelt und meine Sachen gestohlen. Fahren Sie zu ihr, anstatt mich zu schikanieren. Wenn Sie es wagen. Sie ist ein verdammtes *Monster!*«

KAPITEL ACHTUNDZWANZIG

Das Sonnenlicht spiegelt sich in den Pfützen vor dem schmutziggrauen Eternithaus, in dem Ava Dorn wohnt. Es liegt weit abgelegen. In einiger Entfernung stehen an einem Feldweg ein paar Häuser sowie eine Maschinenhalle. Sonst besteht die Umgebung nur aus Feldern und Wald. In der Ferne bellen Hunde. Eir atmet tief ein. Die Luft schmeckt nach Erde, es hat gerade erst geregnet. Sie sieht zu den beiden Streifenwagen, die in der Nähe parken. Ein paar junge Männer in Uniform steigen aus und strecken sich entspannt.

»Wie zum Teufel können die so ruhig sein?«, sagt Eir. »Mir läuft es schon beim Anblick dieses Schuppens kalt den Rücken hinunter. Und die Alte dadrin kann völlig durchgeknallt sein.«

»Nicht unbedingt«, antwortet Sanna.

»Ach, komm schon. Sie hat Crantz bei seinen kranken Hinrichtungsspielchen geholfen …«

»Das wissen wir noch nicht. Wir gehen da jetzt ganz ruhig ran«, unterbricht Sanna sie. »Ein Schritt nach dem anderen, ja?«

Eir nickt.

»Sollen wir reingehen?«

Sanna lässt den Blick über den Garten schweifen. Von einer großen Esche baumelt eine morsche Holzschaukel. Weiter hinten ist eine tiefe, beschattete Sandgrube zu erkennen.

»Wir brauchen die Notizbücher«, fährt sie fort. »Oder zumindest die Namen der anderen Kinder im Lager.«

»Natürlich«, erwidert Eir. »Aber vor allem sind wir ja hier, um sie wegen des Überfalls und der Körperverletzung mitzunehmen. Alles andere können wir ja auf dem Revier klären?«

»Nein«, sagt Sanna. »Das machen wir jetzt.«

Sie klopfen an die Tür. Nach einer Weile öffnet eine Frau in einem weiten, fleckigen Malerkittel und Holzschuhen. Sie ist blass und sehnig, ihr Gesicht völlig ausdruckslos. Hinter einem Ohr klemmt eine Zigarette.

»Ja?« Sie mustert die beiden Polizistinnen.

Hinter ihnen beginnt ein Rudel Hunde aufgeregt zu kläffen.

»Ruhe!«, brüllt die Frau scharf.

Eir dreht sich um und sieht den Hundezwinger in einiger Entfernung. Einer der Streifenpolizisten hält ein belegtes Brot in der Hand.

Die Frau droht den Hunden mit ihrer kräftigen, tätowierten Hand.

»Ava Dorn?«, fragt Sanna und zeigt ihren Polizeiausweis.

»Worum geht es?«

Der Blick der Frau ist eiskalt, sie ignoriert die Streifenwagen. Eir bemerkt die kleinen Narben auf ihren Wangen, die sie von den Bildern im Internet wiedererkennt. Ava Dorn, kein Zweifel.

»Wir müssen Sie bitten, mit uns aufs Revier zu kommen …«, beginnt Eir.

»Jaja«, erwidert Dorn. »Kommen Sie erst mal rein.«

Bevor sie reagieren können, ist die Malerin schon im Haus verschwunden. Sanna folgt ihr. Eir sieht zu den Hunden, einem Haufen magerer Labradore, und bleibt an der Tür stehen. Sie springen am Gitter hoch und kläffen den Polizisten mit seinem belegten Brot an. Ein besonders abgemagertes Exemplar bleibt mit den Krallen im Gitter hängen. Die anderen Tiere versuchen, über ihn ganz nach vorn zu kommen, doch sein Jaulen erweicht das Herz des Polizisten, der sein Brot in den Zwinger wirft. Die Hunde stürzen sich darauf und kämpfen um die Reste.

Bis auf einen Regenmantel, eine Peitsche und einen spitzen Spaten ist die Diele leer. Eir schaudert. Das ganze Haus hat etwas Abwartendes, Lauerndes an sich.

Ava Dorn geht vor ihnen in eine alte Holzküche. Die Schränke haben grüne Glasknäufe, der Boden ist aus dunkelbraunem Linoleum. Einige Teller stehen in der Spüle aus rostfreiem Stahl, ein paar Pinsel liegen zum Trocknen im Abtropfgestell. Das Spülbecken glänzt vor Sauberkeit. Im Tageslicht, das durch das Fenster hereinfällt, sieht es fast spiegelblank aus. Dorn zündet sich eine Zigarette an und wirft das Feuerzeug auf den Küchentisch. Es landet zwischen schmuddeligen Zeichnungen von Kinderhänden. In den Fingern der Kinder stecken rostige Nägel, und überall sind Zahlen hingekritzelt.

Sie gehen weiter ins Wohnzimmer. Eine Wand wird völlig von einem Bücherregal eingenommen, und die Möbel sind extravagant. An den anderen Wänden hängen ihre Werke, die grotesk sind. In einer Ecke brennt ein Feuer in einem Specksteinkamin. Auf dem Couchtisch steht ein Einmachglas mit einem Heidekrautbund, das Wasser ist trüb, die Blumen braun und papierartig.

Ava Dorn ist klein und robust, ihre Unterarme sind grob und muskulös. Sie hält sich sehr gerade, als ob die Hand eines Riesen ihren Rücken stützen würde. Die sehnigen, fast schon reptilienartigen Züge lassen ihr Alter schwer schätzen, doch die Falten um die Augen und die kräftigen Hände erzählen von einem Leben voller Widerstände.

»Sind Sie wegen dieser Bodin hier?«, fragt sie.

»Wir besprechen das auf dem Revier«, erwidert Eir. »Wir sind hier, um Sie wegen Körperverletzung festzunehmen, und bitten Sie, mit uns mitzukommen.«

Dorn lacht höhnisch auf und setzt sich ruhig, aber bestimmt auf das Sofa.

»Und wir brauchen die Notizbücher, die Sie Ines Bodin gestohlen haben«, fügt Sanna ernst hinzu.

Dorn lächelt sie kalt an. »Ich nehme an, sie hat Ihnen nicht erzählt, dass sie mich erpresst hat?«

Draußen winselt ein Hund.

»Vor ein paar Monaten hat sie angefangen, mich mit diesen Notizbüchern zu erpressen. Sie hat gesagt, sie würde sie an die Zeitung verkaufen und irgendeine Geschichte erzählen, von wegen, ich hätte geholfen, Kinder zu ›foltern‹. Heute Morgen hatte ich genug. Ich bin zu ihr gefahren und habe sie mir geholt.«

»Außerdem haben Sie Ines Bodin misshandelt und sie auf den Dachboden geschleppt, um sie dort sterben zu lassen«, sagt Eir.

Staub schwebt im Sonnenlicht vor Ava Dorns unbeweglichem Gesicht. Nicht einmal die Augen zucken. Sie sitzt einfach nur aufrecht da, drückt die Zigarette an der Tischplatte aus – nicht die erste – und legt dann die Hände auf die Knie.

»Die Notizbücher«, fährt Sanna fort. »Würden Sie sie bitte holen?«

Dorn kratzt sich mit einer Faust an der Nase und verzieht die Lippen zu einem Lächeln, das blendend weiße, perfekte

Zahnreihen entblößt. Eir hätte fast geschworen, dass die Eckzähne im Oberkiefer länger als die übrigen sind.

»Mir war klar, dass Sie nach der Auseinandersetzung hier auftauchen würden«, sagt Dorn und wendet sich an Sanna. »Aber warum brauchen Sie ihre Notizbücher?«

»Wir müssen wissen, was darin steht«, antwortet Sanna ruhig.

Eir räuspert sich. »Das besprechen wir dann auf dem Revier.«

Dorn zuckt mit den Schultern und erwidert lächelnd an Sanna gewandt: »Wenn Sie mich wegen Körperverletzung festnehmen wollen, dann tun Sie das. Nach den Büchern können Sie in der Hölle suchen.«

Sie nickt in Richtung des alten Kamins. Sanna geht mit ein paar raschen Schritten darauf zu und öffnet die Klappe. Dahinter befindet sich nur ein brennender Holzscheit und Asche.

Als sie sich umdreht, bemerkt sie auf dem Fensterbrett ein abgegriffenes Schreibheft mit schwarzem Ledereinband. Sie geht rasch dorthin und blättert darin, doch es enthält nur Bleistiftskizzen von toten Bäumen und Büschen.

»Moment mal«, sagt Dorn. »Sie glauben, dass ich etwas mit den Morden zu tun haben könnte, oder wie? Deshalb benehmen Sie sich so komisch?«

Eir wirft Sanna einen raschen, besorgten Blick zu.

»Bis auf den Besuch bei Ines Bodin war ich in den letzten Tagen mit einem Kunsthändler zusammen«, erklärt die Malerin. »Er war einige Tage hier und hat darauf gewartet, dass ich ein paar neue Bilder fertigstelle. Das können Sie ihn fragen. Es ist der Typ, der das Fischrestaurant am Stortorget betreibt.«

Eir nickt Richtung Tür. »Wir besprechen das auf dem Revier«, wiederholt sie.

Dorn seufzt. Dann steht sie auf und stampft mit dem Fuß auf, sodass der Boden wackelt. Sie ist klein, aber sehr kräftig.

Eir und Sanna tauschen einen Blick. Aus der Küche ertönen Schritte, doch als sie sich umdrehen, greift eine Hand nach Eirs Knöchel. Jemand liegt unter dem Sofa. Sie reißt sich los und zieht die Waffe, wobei sie gegen den Couchtisch stößt und das Glas mit dem Heidekraut umwirft.

»Los, raus da!«, befiehlt sie.

Eine Hand ragt unter dem Sofa hervor, dann noch eine, und schließlich wird ein Mädchen mit großen, vor Angst aufgerissenen Augen sichtbar. Ihr Gesicht ist wie ein Reh bemalt.

Eir atmet aus und verstaut die Waffe wieder.

»Schluss für heute«, sagt Dorn barsch.

»Aber du hast doch gesagt, dass wir …«, protestiert das Mädchen.

»Heute nicht. Für heute sind wir fertig. Raus mit dir.«

Die Kleine kriecht hervor. Sie trägt T-Shirt und Shorts, und ihr bemaltes Gesicht ist voller Angst. Selbst Arme und Beine sind in verschiedenen Rot- und Rosttönen bemalt.

»Was zum Teufel …«, sagt Eir.

»Die Nachbarskinder. Sie dürfen hier spielen.«

»Müssen wir gehen?«, ertönt plötzlich eine Jungenstimme von der Küchentür.

Er kommt ins Wohnzimmer. Im Gegensatz zu dem Mädchen ist er vollständig bekleidet und hält eine Hand hinter dem Rücken.

»Wie heißt du«, fragt Sanna freundlich und geht einen Schritt auf ihn zu.

»Vilhelm Svensson.«

»Wohnt ihr hier in der Nähe?«

»Ja, nicht weit von hier.«

»Sind dein Vater oder deine Mutter zu Hause?«

Er schüttelt den Kopf.

»Wissen deine Eltern, dass du hier bist?«

»Ja, Papa hat es erlaubt. Sie bezahlt uns, dass wir hier spielen. Mehr, als er mir als Taschengeld geben kann.«

»Was hast du hinter dem Rücken, Vilhelm?«

»Nichts«, antwortet er mit brüchiger Stimme.

»Ach, zeig es ihr«, sagt die Malerin.

Der Junge wird rot und zeigt das alte Gewehr vor, das er hinter dem Rücken versteckt hatte.

»Das ist nur mit Gummikugeln geladen«, sagt Ava Dorn und lacht hohl, als Eir wieder die Dienstwaffe ziehen will. »Ein paar blaue Flecken haben noch keinem Kind geschadet. Ist gut für den Charakter. Als ich in ihrem Alter war, konnte ich eine Pferdezunge zum Frühstück häuten.«

»Geht jetzt nach Hause«, sagt Sanna ruhig zu dem Mädchen. »Sofort. Wir sprechen später mit euren Eltern darüber.«

Sie laufen davon. Ava Dorn legt den Kopf schräg und sieht ihnen nach. Dann setzt sie sich wieder aufs Sofa.

»Heilige Scheiße«, murmelt Eir.

Die Künstlerin fletscht die weißen Zähne, ihr Blick bleibt direkt über Eirs Kopf hängen.

»Hat Ihnen schon mal jemand gesagt, dass Ihr Kopf von einem Schein umgeben ist?«, fragt sie. »Einem sehr *speziellen* Schein. Ich könnte Sie im Dunkeln malen.«

Eir sieht angespannt zu Sanna.

»Ein Mädchen hat gerade Selbstmord begangen«, wechselt diese scharf das Thema. »Sie trug dabei eine Maske, die Sie hergestellt haben.«

Dorns Ausdruck verändert sich. Sie streicht sich über die Lippen.

»Sie meinen das Fuchsmädchen? Ich habe davon gehört. Ines Bodin hat es mir erzählt.«

»Sie hieß Mia Askar. Wir haben erfahren, dass Holger Crantz, der die Masken bei Ihnen bestellt hat, sich wahrscheinlich an ihr vergriffen hat. Wussten Sie davon?«

Dorn starrt auf die Tischplatte und schüttelt den Kopf.

»Mir ist aufgefallen, dass Holger sie beobachtet hat.«

Sanna schaudert. Bei der Vorstellung von Holger Crantz und Mia wird ihr übel. »Wer waren die anderen Kinder, für die Sie in dem Sommer Masken angefertigt haben?«, fragt sie.

Die Malerin lässt sich tiefer in die Sofakissen sinken, atmet langsam ein und sucht nach etwas in ihrer Tasche. Sie holt eine Kautabakdose hervor und schiebt sich einen Klumpen Tabak unter die Oberlippe.

»Es waren sieben Stück. Ich habe sie nur ein paarmal getroffen. Ein paar Stunden, insgesamt. Ich habe mit ihnen gespielt und ihre Psyche beobachtet, die Schwächen in der Gruppe. Ihre Ängste, ihre Scham. Und ihre Gesichter. Den Abstand zwischen den Augen, die Länge der Nase, die Breite des Kinns.«

Sie überlegt und holt wieder Luft. »Es war eine spannende Erfahrung, sie zu berühren, ihre Haut zu spüren, ihre unschuldigen Augen zu sehen, bevor sie sich für immer verändern würden. Alles, was geschehen ist, wurde dokumentiert. Das waren die Notizbücher, die Ines Bodin dann an sich genommen hat. Weil sie den Kindern helfen sollte, als alles vorbei war. Ein Kind hat offensichtlich um Hilfe gebeten.«

Eir verknotet die Hände und geht einen Schritt näher auf

die Frau zu, während Sanna das Foto aus dem Ferienlager auf den Tisch legt.

»Wie hießen die anderen Kinder, außer Mia?«

Dorn verengt die Augen, denkt nach. Dann deutet sie mit dem Finger auf die einzelnen Personen. Sogar die Nachnamen weiß sie noch.

»Svante Lind, Selma Karlsdotter, Elena Johansson, Daniel Orsa, Jesper Berg, Mia Askar.«

Eir tippt die Namen in ihr Handy.

»Das waren sechs«, sagt Sanna. »Und Mia Askar kennen wir bereits. Wir brauchen *alle* Namen.«

Dorns Gesicht wird wieder kalt, und sie verbirgt ein Lächeln hinter der Hand.

»An mehr kann ich mich nicht erinnern«, sagt sie.

Sanna legt den Zeigefinger auf den Jungen neben Mia. Die Bildqualität ist schlecht, doch der Blick der dunkelbraunen Augen springt beinahe aus dem Foto.

»Ich habe gesehen, dass Sie ihn hier ausgelassen haben. Wer ist er?«, fragt sie scharf. »Wie heißt er?«

»Ich erinnere mich nicht.« Dorn lächelt schief. »Und man kann ihn auch nur schwer erkennen, finde ich. Außer dass er stark und gut aussieht.«

»Wer *ist* er?«, drängt Eir frustriert.

Statt einer Antwort holt Dorn wieder die Kautabakdose hervor und tauscht den Klumpen unter ihrer Oberlippe durch einen größeren aus.

Eir hebt die Stimme. »Sie erinnern sich doch an die anderen Namen. Warum nicht an diesen?«

Die Malerin verzieht keine Miene.

»Das Leben ist ein Albtraum«, erwidert sie schließlich leise und schiebt das Foto von sich weg. »Die Schwachen schaffen es nicht. Sie sollen es auch nicht. Manche würden vielleicht sagen, dass wir diesen Kindern einen Dienst erwiesen haben. Schauen Sie sich nur das Fuchsmädchen an. Vielleicht wäre es besser gewesen, wenn sie nie geboren worden wäre.«

Mit einem Schritt ist Eir bei der Frau, packt sie am Kragen und zieht sie hoch. »Sie verdammter Freak!«, zischt sie.

Bevor Sanna eingreifen kann, schreit Eir auf und stößt die lächelnde Ava Dorn zu Boden.

»Verdammt … Sie hat mir genau in die Augen gespuckt.«

Sie wischt sich das Gesicht ab. Zäher, brauner Speichel läuft über ihre Wange.

Dorn sitzt still auf dem Boden. Als Sanna sie hochzieht, grinst die ältere Frau breit.

Sanna übergibt die Malerin an die uniformierten Kollegen, dann eilt sie zurück ins Haus. Eir steht in der Küche über das Spülbecken gebeugt und spült sich die Augen mit Wasser aus.

»Alles in Ordnung?«

»Nein, verdammt«, erwidert Eir aufgebracht. »Es brennt wie Hölle … Kautaubak ist ätzend, oder?«

»Spül weiter«, sagt Sanna. »Wenn es nicht bald besser wird, rufe ich den Giftnotruf an. Vielleicht müssen wir dann ins Krankenhaus.«

»Kannst du mir ein sauberes Handtuch suchen?«

Sanna zieht Schubladen auf und öffnet Schranktüren, findet jedoch keine Handtücher. »Ich schaue mal im restlichen Haus«, sagt sie.

Eir lässt weiter das Wasser laufen. Das Brennen wird erträglicher, und sie atmet erleichtert aus. Ihre Sicht ist zwar noch verschwommen, als sie sich umdreht, doch sie sieht es trotzdem. Das Licht in dem Gemälde ist bedrohlich. Sie blinzelt, spült noch einmal die Augen, versucht es erneut.

Ein Jäger steht vor ihr, ein Junge. Er steht über einem Reh mit einem Mädchengesicht. Über ihnen schwebt in einem grellen, trunkenen Licht eine magere, gesichtslose Gestalt. Sie hat große, fledermausartige Flügel aus Fell, und von den mit Widerhaken versehenen Beinen hängen durchtrennte Ketten.

Der Teufel. Und er ist frei.

KAPITEL NEUNUNDZWANZIG

Die Frau trägt eine Krone aus blauen, tangähnlichen Blättern auf dem Kopf, Locken ringeln sich um ihre Wangen. Eir zieht das Etikett mit der Meerjungfrau von der Wasserflasche ab, faltet daraus ein Flugzeug und wirft es in den Papierkorb im Ermittlungsraum.

Als Sanna hereinkommt, richtet sie sich auf und reibt sich die Augen.

»Wie ist es jetzt?«, fragt Sanna. »Hat das Mittel geholfen, das man dir in der Notaufnahme gegeben hat?«

Eir nickt und blinzelt. »Fast wieder in Ordnung.«

»Gut.«

Laub hängt an Sannas Mantel, und sie sieht zerzaust aus.

»Was ist los?«, fragt sie, als Eir zu lachen beginnt.

»Du solltest dich mal anschauen.«

»Warum?«

»Du siehst beschissen aus.«

»Danke.«

»Fahr heim und schlaf ein paar Stunden.«

»Mir geht es gut. Ich habe einen Spaziergang gemacht.«

Eir sieht sie skeptisch an. »Ich weiß, dass du willst, dass wir weitermachen. Aber das, was unten bei den Strandhütten passiert ist, sollte vielleicht ein Warnzeichen sein?«

»Wo ist Alice?«, fragt Sanna und streift den Mantel ab.

»Ich habe sie draußen irgendwo gesehen, sie kommt sicher bald.«

Am Whiteboard hängt Jacks Zeichnung aus dem ersten Verhör. Die Augen des Wolfs, inmitten scharfer schwarzer Striche, starren direkt in den Raum. Sanna nimmt das Blatt Papier ab und hält es ins Licht. Eir denkt an das, was Jack durchgemacht und was er wohl gesehen hat. Ein paar Sekunden lang scheint ihre Kollegin fast in Tränen auszubrechen, bis sie sich wieder fasst. Sie hängt die Zeichnung zurück und mustert sie mit ihrem üblichen kühlen, analytischen Blick.

»Wie geht es Jack?«, fragt Eir vorsichtig.

»Er ist noch im Krankenhaus. Sein Zustand ist nicht besonders gut, aber stabil. Benjamin hat ihn ordentlich erwischt.«

Sie holt das Foto aus dem Sommerlager hervor und legt es auf den Tisch.

»Fangen wir an. Alice kommt bestimmt bald.«

Eir nimmt das Foto und legt es wieder zurück. Sie weiß nicht, wie sie es sagen soll. Dass Jack vielleicht etwas verheimlicht. Instinktiv ist ihr klar, dass Sanna weiteren Verhören nicht zustimmen wird.

»Was ist das eigentlich für ein Foto?«, fragt sie stattdessen.

»Sicher irgendwo billig oder zu Hause entwickelt.«

Eir beobachtet sie. »Du«, sagt sie schließlich. »Müsste Jack nicht etwas über Gryningen wissen? Seine Mutter hat ja schließlich dort für Crantz gearbeitet. Sollten wir ihn nicht danach fragen?«

»Sein Zustand ist zu schlecht«, antwortet Sanna knapp. »Das geht nicht.«

»Okay. Was machen wir dann?«

»Lass uns noch mal ganz von vorn anfangen und schauen, wo uns das hinführt.«

Sie deutet auf das Foto.

»Mia. Vor sieben Jahren.«

Eir seufzt. »Man sollte die Todesstrafe für solche Leute einführen, die Kindern wehtun.«

»Der ehemalige Priester«, fährt Sanna fort. »Holger Crantz. Er wollte den Kindern also den Wert des Lebens beibringen. Und dann das, was er Mia angetan hat...«

»Ja, alle auf dem Foto sind gezeichnet und sicher psychisch auf die eine oder andere Weise geschädigt«, sagt Eir.

»Und wir müssen mit denen sprechen, deren Namen wir kennen.« Sanna deutet auf den Jungen neben Mia. »Einer von ihnen muss doch wissen, wer er ist.«

»Hast du von Alice etwas dazu gehört?«

»Keinen Ton, seit wir ihr die Namen gegeben haben.«

»Wo zum Teufel ist sie nur?« Eir trinkt ihre Wasserflasche aus, wirft sie in den Papierkorb und geht hinaus auf den Flur, um nach der NOA-Kollegin zu suchen.

Da kommt ihr Alice entgegen. Sie balanciert Kaffeetassen und ein großes Glas Wasser, und unter dem Arm trägt sie wie üblich einen Stapel Unterlagen, der wieder einmal sorgfältig zusammengelegter Bettwäsche ähnelt.

»Willkommen zurück im Bunker«, sagt sie lächelnd. Sie stellt eine Tasse mit dampfend heißem Kaffee vor Sanna ab. »Wir haben also die Malerin einkassiert?«

»Sie wurde wegen des Überfalls auf Ines Bodin verhaftet«, berichtet Sanna. »Dann blühen ihr eventuell noch andere Anklagen, nachdem sie ihren eigenen Tod vorgetäuscht und Eir angegriffen hat...«

»Und was ist mit ihrem Alibi für die letzten Tage?«, fragt Eir.

»Das hat keine Priorität«, wiegelt Sanna ab. »Sie wird nicht wegen der Morde verdächtigt.«

»Aber überprüfen müssen wir es doch trotzdem?«, erwidert Eir scharf.

Alice räuspert sich. »Bernard hat den Kunsthändler angerufen, mit dem sie angeblich zusammen war.«

»Und?«

»Wir warten noch auf seine Rückmeldung.«

»Okay«, sagt Sanna. »Und was ist mit Mias Mutter, hat die jemand erreichen können?«

»Ihr Telefon ist ausgeschaltet, und die Freunde, die sie angeblich besucht, rufen nicht zurück. Ich habe eine Nachricht hinterlassen und mit den Kollegen vor Ort gesprochen. Wir müssen nur Bescheid sagen, dann fahren sie heute im Lauf des Tages noch vorbei.«

»Okay, gut. Was noch?«

»Man kümmert sich um Dorns Hunde, wie du gebeten hast«, sagt Alice und sieht zu Eir. »Ich habe auch einen Nachbarn angerufen, der gleich hinfährt und nach ihnen sieht.«

»Danke«, antwortet Eir.

»Also«, fährt Alice fort, »die Kinder aus dem Ferienlager. Wir haben sie überprüft und Kontakt mit den Eltern aufgenommen. Es scheint, als würden wir mit allen sprechen können, es dauert nur ein wenig. Elena Johansson ist zum Beispiel gerade auf einem Volleyballturnier.«

Eir deutet auf ein Mädchen auf dem Bild, das eine Hundemaske trägt. »Ist sie das? Dorn hat ihren Namen genannt und auf sie gezeigt.«

Alice zuckt mit den Schultern. »Ich kenne bisher nur das eine Foto und habe auch nur mit ihren Eltern geredet.«

Das Hundemädchen ist pummelig und sehr viel kleiner als die anderen Kinder. Die Maske sitzt schief und bedeckt die Augen fast vollständig. Die Sehnen an ihrem Hals treten wie Seile hervor; das Kind weint verzweifelt unter seiner Maske.

»Diese ganze beschissene Religion«, murmelt Eir.

»Auf ihn müssen wir uns konzentrieren«, sagt Sanna und deutet auf den Jungen neben Mia. »Er kann der Schlüssel zu allem sein.«

»Ich glaube immer noch, dass du falschliegst«, meint Eir trocken.

»Und was glaubst du?« Sanna wendet sich an Alice.

»Ich weiß es nicht«, antwortet diese zögernd. »Es ist schon ein wenig seltsam, dass weder Ines Bodin noch Ava Dorn trotz eingehender Befragung mit seinem Namen herausrücken wollen. Sie müssen ihn doch kennen?«

»Okay«, sagt Eir. »Ich sehe ein, dass der einzige potenzielle Zeuge einen Wolf gezeichnet hat. Und dass der Priester erzählt hat, dass der Junge, der im Lager den Wolf verkörpert hat, Mia beschützen wollte. Immer wieder dieser Wolf, schön und gut. Aber …«

»Wie läuft es mit der Schule?«, unterbricht Sanna ihre Tirade. »Wissen Mias Lehrerinnen und Lehrer oder andere Leute dort etwas über sie?«

Alice schüttelt den Kopf. »Bernard und Jon waren dort. Sie haben mit allen gesprochen, die mit Mia zu tun hatten, vom Lehrpersonal bis zu den Angestellten in der Küche. Sie hatten sogar die Erlaubnis der Eltern, mit einigen Schülern zu sprechen. Niemand konnte sagen, mit wem Mia Kontakt hatte. Sie scheint hauptsächlich für sich geblieben zu sein, war bei keinen Freizeitaktivitäten dabei, sondern ist nach der Schule immer sofort nach Hause gefahren.«

»Wir haben also nichts?«, sagt Sanna frustriert. »Niemand hat sie mit irgendwem zusammen gesehen?«

»Nichts.«

»Und was ist mit Kindesmissbrauch? Keine Anzeigen in den letzten Jahren, die wir uns näher ansehen sollten?«

Alice schüttelt wieder den Kopf. »Wir haben nichts gefunden.«

Bernard reißt die Tür auf. Seine Glatze glänzt im Neonlicht, als er sich lächelnd an Sanna wendet.

»Ava Dorn hat einen Rechtsbeistand abgelehnt. Ihr könnt sie also sofort verhören.«

»Aber sie ist doch festgenommen, sollte da nicht der Staatsanwalt …«, wendet Eir ein.

»Ihr macht das ohne Leif«, sagt Bernard. »Er hat zu viel mit anderen Sachen zu tun und will nur, ja, wie üblich …«

Sanna nickt. »Noch was?«

»Dorns Alibi ist gerade geplatzt. Der Kunsthändler war auf einer Messe auf dem Festland.«

Während Ava Dorn in einen Verhörraum gebracht wird, öffnet Sanna die Tür zu Ekens Büro. Er strahlt bei ihrem Anblick. Die dunkle Brille rutscht ein wenig die Nase hinunter, und er fährt sich mit der Hand durch die Haare.

»Was gibt es denn?«, fragt Sanna. »Ava Dorn wartet auf mich.«

»Ich habe dich auch vermisst«, antwortet er scherzhaft. »Komm rein und setz dich, ich will mit dir reden.«

Sein Schreibtisch ist unordentlicher als sonst. Zwischen Ausdrucken und offenen Aktenordnern liegen Zeitungen mit fett gedruckten Schlagzeilen zu den Morden. Er trinkt einen Schluck Hagebuttensuppe aus seiner orangefarbenen Tasse.

»Die tauchen jetzt überall auf«, sagt er kopfschüttelnd. »Die Journalisten.«

»Aha.« Sanna lehnt sich an die Wand, sieht auf die Uhr, die auf einem der vollgestopften Regale steht, und trommelt mit den Handflächen gegen die Oberschenkel.

»Ich habe gerade wegen etwas anderem mit Sudden gesprochen, und da hat er das Foto erwähnt, das du ihm gegeben hast.«

»Und, was hat er gesagt?«

»Dass sie nichts damit anfangen können. Es ist zu feucht und zu schmutzig.«

Sanna seufzt.

»Bernard hat gesagt, dass Ava Dorns Alibi geplatzt ist?«, sagt Eken.

»Ja.«

»Interessant.«

»Ach ja?«

»Ja. Wo ist Eir?«

»Sie wollte einen Anruf erledigen.«

Eken steht auf und holt tief Luft.

»Also, was hältst du von dieser Ava Dorn?«

»Wie meinst du das?«

»Auf einer Skala von eins bis zehn, wie psychopathisch ist sie?«

»Sie kann uns vielleicht etwas Verwendbares liefern. Zum Beispiel sollte sie den Täter identifizieren können, wenn ich etwas Zeit mit ihr bekomme. Es ist wie gesagt definitiv möglich, dass es eines der Kinder aus dem Lager war. Darüber habe ich dich informiert, nicht wahr?«

Eken streicht sich übers Kinn, dann erwidert er: »Aber jetzt hat sie ja kein Alibi mehr.«

Sanna starrt ihn an. »Das meinst du nicht ernst, oder?«

»Doch. Warum nicht? Sie wollte vielleicht nicht, dass ihre

Verbindung zu dem Lager ans Licht kommt. Sie hat viel zu verlieren. Ines Bodin hat sie erpresst. Und wir haben ja gesehen, wie gewalttätig sie werden kann.«

»Schon, aber warum sollte sie das Ehepaar Roos ermorden? Rebecca Abrahamsson? Damit nicht herauskommt, dass sie an Kindesmisshandlung beteiligt war? Ich glaube nicht mal, dass du selbst daran glaubst.«

»Aber Sanna, unter uns – du hast doch ihre Gemälde gesehen. Überall nur Tod, Weltuntergang, der Teufel … Sie hat vielleicht nach Motiven gesucht und dann beschlossen, diese zu inszenieren?«

»Das ist doch verrückt. Sie ist gestört, da stimme ich zu, aber nicht *so* gestört.«

»Warum? Außerdem war sie ja für ihre Umwelt tot, und sie konnte tun und lassen, was sie wollte.«

Sanna sieht ihn resigniert an. »Du meinst es also tatsächlich ernst?«

Eken nickt. »Natürlich ist das nur eine Theorie. Aber wir müssen uns alle Möglichkeiten offenhalten. Wenn du sie also gleich verhörst, frag sie nicht länger nach den Kindern, sondern wo sie zum Zeitpunkt der Morde war.«

Sanna schüttelt den Kopf. »Bitte nicht«, sagt sie. »Wir haben keine Zeit für einen Haufen Umwege. Und wir können es uns definitiv nicht leisten, auf die falsche Person zu setzen. Das hier ist noch nicht vorbei, wir haben den Täter noch nicht gefasst, wir wissen nicht, wer als Nächstes auf der Liste steht …«

Eken hebt die Hand, er hat genug gehört.

»Keine Widerworte«, entgegnet er. »Nicht heute.«

Vor dem Verhörraum schickt Sanna Eir eine verärgerte Nachricht, wo sie denn sei und dass man ohne sie anfangen würde.

Sie öffnet die Tür. Irgendetwas an Ava Dorn jagt ihr Angst ein. Ekens Theorie ist da auch keine Hilfe, und sie hat das Gefühl, von Chaos umgeben zu sein und nicht einmal mehr ihrer eigenen Intuition vertrauen zu können. Sie denkt an Mia und dass sie mit Ava Dorn von einer weiteren Erwachsenen im Stich gelassen worden war. Die kranke Gegenwart der Malerin im Ferienlager. Die Rollenverteilung. Der Fuchs.

Sie zwingt sich zur Ruhe, tritt ein und schließt die Tür hinter sich.

Im Gegenlicht kann sie Dorns Gesicht kaum erkennen und lässt die Jalousie herunter, bevor sie sich der Künstlerin gegenübersetzt. Der Raum schrumpft, wird dunkler, nackter. Die ältere Frau sitzt bewegungslos da. Die groben, tätowierten Hände ruhen auf der Tischplatte. Ihr Blick ist so eiskalt wie zuvor.

»Wo ist Ihre Kollegin?«, fragt Dorn ausdruckslos. »Wie geht es ihren Augen?«

»Brauchen Sie etwas?«, entgegnet Sanna. »Ein Glas Wasser?«

Ava Dorn streckt die Hände aus und knackt mit den Fingern. Etwas Unberechenbares liegt in der Luft, und Sanna denkt, dass Eken vielleicht recht hat. Ist sie ausreichend gestört und gefühlskalt für einen Mord?

»Ich hätte gern eine Zigarette«, erwidert Dorn. »Und mein Handy.«

»Das geht leider nicht«, sagt Sanna. »Aber wir könnten über Ihre Kontakte zur Umwelt in den letzten Tagen sprechen.«

Ava Dorn rührt keine Miene, blinzelt nicht einmal. Sanna strafft die Schultern, verschränkt die Arme.

»Sie sagten, Sie hätten ein Alibi, doch das hat sich leider als falsch herausgestellt«, fährt sie fort. »Möchten Sie uns erzählen, was Sie stattdessen in den letzten Tagen gemacht haben?«

Dorn streckt sich und kratzt sich an der Nase, bevor sie die Hände in den Schoß legt. Eine langsame, fast schon bedrohliche Bewegung.

»Sind Sie bei dem Jungen auf dem Foto weitergekommen?«, fragt sie. »Es schien Ihnen sehr wichtig zu sein, ihn zu finden.«

Einen Moment lang verliert Sanna die Fassung und fragt sich, was Dorn eigentlich weiß. Sie sollte nicht so reagieren, tut es aber trotzdem:

»Wer ist er?«

Die Künstlerin verzieht den Mund zu einem Lächeln und beugt sich vor. Sanna wirft einen Blick zur Tür und ertappt sich dabei, dass sie die Schritte dorthin abschätzt. Als ob Dorn sich auf sie stürzen könnte.

Es klopft, Eir kommt herein.

»Kann ich kurz mit dir sprechen?«, sagt sie zu Sanna und nickt Richtung Flur.

Sie schließt die Tür und tritt gestresst von einem Fuß auf den anderen. »Verdammt. Ich habe etwas Dämliches getan.«

Bevor Sanna etwas sagen kann, hat sie schon ein Handy aus der Tasche geholt. »Das hier habe ich mitgenommen«, erzählt sie leise und sieht sich verstohlen um, ob auch niemand zuhört.

Sanna erinnert sich an das Portemonnaie, das Eir dem Jungen mit den blau gefärbten Haarspitzen abgenommen und dann stolz in die Höhe gehalten hatte. Jetzt steht sie mit einem fremden Mobiltelefon in der Hand da.

»Wem gehört das?«, fragt sie.

Eir beißt sich auf die Lippe. »Es ist ihres«, antwortet sie und deutet mit dem Kinn auf die Tür des Verhörraums. »Ich habe es gestohlen, als ich sie vom Sofa hochgerissen habe. Das hier ist Dorns verdammtes Handy.«

Sanna sieht sie nur an. Eir will ihr das Telefon geben, doch sie schlägt es weg.

»Was hast du dir nur dabei gedacht?«, zischt sie. »Bist du bescheuert?«

»Ich weiß nicht, was ich gedacht habe, außer dass sich alles, was mit dieser Alten zu tun hat, komisch anfühlt. Verstehst du? Ich wollte nur mal nachsehen, was sie auf ihrem Handy hat. Es war nicht geplant… Ich habe es einfach genommen. Und jetzt musst du es nehmen.«

Sanna hebt die Hand. »Geh zu Eken. Ich habe jetzt keine Zeit dafür. Du darfst nicht länger an dem Fall mitarbeiten, ich kann nicht mit jemandem arbeiten, der…«

Eir packt ihren Arm und sieht ihr in die Augen.

»Nein, du verstehst nicht. Du *musst* es nehmen, und du musst *hineinsehen*. Sofort.«

Als Sanna keine Anstalten macht, der Aufforderung Folge zu leisten, lässt Eir ihren Arm los und ruft das Bilderverzeichnis in Ava Dorns Mobiltelefon auf. Sie scrollt. Hält inne. Scrollt weiter. Hört auf. Dann hält sie Sanna das Display vors Gesicht.

»Schau verdammt noch mal hin«, faucht sie.

Auf dem Foto ist ein Arm zu sehen, der leblos über eine Sofakante hängt. Es ist eine Nahaufnahme.

»Scroll weiter.«

Sanna wischt mit dem Finger über den Bildschirm zum nächsten Bild, zum übernächsten. Nahaufnahmen verschiedener weiblicher Körperteile. Hände, Füße, Ohren. Eine faltige Stirn unter rauchgrauem Haar.

»Da«, sagt Eir. »Siehst du, was ich sehe?«

Glänzender blauer Stoff, der mit hübschen Blumen bestickt ist, auf einem zerfetzten Brustkorb.

KAPITEL DREISSIG

Ava Dorn starrt ins Leere, als Eir in den Verhörraum stürzt und das Handy vor der Malerin auf den Tisch wirft.

»Was zum Teufel haben diese Bilder auf Ihrem Telefon zu suchen?«

Sanna versucht, die Konfrontation abzuwenden, doch als sie das Gerät aufnehmen will, hebt Dorn die Hand. Sie sieht Sanna in die Augen und lächelt.

»Sie hat es verdient«, sagt sie dumpf. »Dieses Miststück hat es verdient.«

»Sind das Ihre Fotos?« Eir hält ihr das Gerät dicht vors Gesicht. »Na?«

»Ja. Natürlich sind das meine.«

Sanna setzt sich der Frau gegenüber und atmet ein paarmal tief durch. Ava Dorns Gesichtsausdruck ist trotzig und eigensinnig.

»Warum haben Sie Fotos von Marie-Louise Roos' Leiche auf Ihrem Handy?«

Dorn lächelt leicht und sieht zu Eir, die mittlerweile an der Tür steht. Sanna bedeutet ihr verärgert, den Raum zu verlassen, und sie schlüpft hinaus.

»Warum?« Sanna deutet auf das Telefon.

Dorn wendet den Kopf ab und legt die Hände auf die Tischplatte. Sanna denkt, dass sie sich die Tätowierungen selbst gestochen haben muss. Körperlicher Schmerz macht ihr nichts aus, sie genießt ihn vielleicht sogar.

Ein Kichern.

»Was ist so lustig?«

Dorns ernster Blick steht im Gegensatz zu ihrem Lächeln, als sie sich vorbeugt: »Dass sich Ihre Kollegin wegen der Fotos so aufregt. Sie jedoch wissen, trotz Ihrer Fragen, dass sie keine Rolle spielen. Sie glauben nicht daran, dass ich jemanden umgebracht habe. Sie sind überzeugt, dass es der Junge aus dem Lager war, nicht wahr? Das war mir schon klar, als Sie zum ersten Mal nach ihm gefragt haben.«

»Sie liegen falsch«, erwidert Sanna.

»Ach ja?« Dorn sieht nach unten. »Ich bin bald hier weg«, fährt sie fort.

Sie schiebt eine Hand auf das Telefon zu. Ohne auf das angezeigte Foto zu sehen, tippt sie auf das Display und leckt sich über die Lippen.

»Dann komme ich Sie vielleicht besuchen«, sagt sie kaum hörbar.

»Was war das?«

Die Malerin unterdrückt ein Lächeln und verengt ein wenig die Augen.

»Drohen Sie mir etwa?«, fragt Sanna.

Es klopft an der Tür. Eken schaut herein und bedeutet Sanna, nach draußen zu kommen. Sie steht auf und nimmt Dorns Telefon mit. Die Malerin nickt bedächtig vor sich hin, was Sanna nicht versteht. Die Frau lächelt immer noch, wobei ihr Gesicht trotzdem starr wirkt. Ava Dorn scheint in sich hineinzuhören, als würde ihr Gehirn niemals abschalten.

»Sanna«, sagt Eken. »Komm jetzt.«

Plötzlich kommt Bewegung in Ava Dorn.

»Das sind meine Bilder«, sagt sie langsam. »Aber ich habe sie nicht geschossen, ich habe sie gekauft.«

Etwas in ihrem Blick, als sie erzählt, wie sie an die Bilder der toten Marie-Louise Roos gekommen ist, überzeugt Sanna, dass sie die Wahrheit spricht. Schritt für Schritt führt Dorn sie, Eken und Eir durch ihre Geschichte.

Alles begann mit Vilhelm und Tilda Svensson, den Nachbarskindern, die Eir und Sanna kennengelernt haben. Die beiden haben eine deutlich ältere Halbschwester namens Petra, die um die dreißig ist. Von ihr erfuhr Ava Dorn, als ihr die Kinder eines Tages Modell saßen. Vilhelm und Tilda lagen auf dem Boden, stellten sich tot und erzählten ihrer älteren Freundin, dass ihre große Schwester schon ganz oft richtige Tote gesehen habe. Nach einigen Nachfragen wurde klar, dass Petra als forensische Fotografin arbeitete.

»Dann dauerte es nicht lange, bis ich Besuch von ihr bekam. Sie hatte von ihren Geschwistern gehört, dass ich für die richtigen Bilder gut zahlen würde«, sagt Dorn. »Sie können sich vielleicht vorstellen, was es für mich und meine Kunst bedeutet, Zugang zu Fotos von *echten* Leichen zu haben?«

Eir zieht die Augenbrauen hoch. »Sie behaupten also, dass jemand von *uns* für *Sie* gearbeitet hat?«

Dorn lächelt. »Sie sollten Ihre Leute vielleicht besser bezahlen.«

Nach dem Verhör gehen Eir und Sanna zu Eken ins Büro. Er beendet sein Telefonat und wirkt, als würde er etwas kaputt schlagen wollen.

»Ja«, sagt er. »Eine Petra Svensson gibt es, sie hat erst vor Kurzem bei uns angefangen. Ihr habt sie doch sicher getroffen? Sie hat tatsächlich die Bilder vom Tatort in der Roos-Villa gemacht.«

Sanna erinnert sich an die Fotografin und macht sich Vorwürfe, dass sie den Kontakt nicht gesucht, sich vorgestellt und ein paar Worte mit der Frau gewechselt hat. Sich nicht einem Gefühl geöffnet hat, einer Vorahnung, dass irgendetwas nicht stimmt.

Eine halbe Stunde später ruft Eken das ganze Team zu einer Besprechung. Er berichtet, dass Petra Svensson den Verkauf der Tatortfotos an Ava Dorn gestanden hat, darunter einige Nahaufnahmen der Leiche.

»Warum?«, fragt Eir.

»Rechnungen und Mahnungen.« Er seufzt. »Wir sind also wieder am Anfang.«

»Verfolgen wir dann jetzt meine Spur weiter?«, fragt Sanna kalt. »Wir müssen die Kinder aus dem Sommerlager befragen. Und die Identität des Jungen herausfinden, die uns Dorn verschweigt.«

Eken wendet sich fragend an Leif Liljegren.

»Sind sie über fünfzehn?«, fragt dieser, ohne von seinem Handy aufzublicken.

»Ja«, antwortet Alice. »Und wir haben mit ihren Erziehungsberechtigten gesprochen, sie haben uns die Erlaubnis gegeben.«

»Gut, dann befragt sie.«

»Schützt sie nur vor den Journalisten, das ist alles, worum ich bitte«, murmelt Eken.

Eins nach dem anderen kommen die Kinder aus dem Sommerlager aufs Revier. Zusammen mit ihren Erziehungsberechtigten werden sie über verschiedene Eingänge hereingebracht, um keine Aufmerksamkeit zu erregen.

Eken entscheidet, dass Sanna und Alice die Jugendlichen befragen sollen. Die beiden setzen sich in einen Verhörraum, und Alice legt eine Kopie des Fotos aller Kinder auf den Tisch. Dann zögert sie und dreht es schließlich um.

»Oder?«, meint sie.

»Ja«, sagt Sanna. »Wir fangen so an.«

Zuerst sprechen sie mit Daniel Orsa, einem schlanken, adrett gekleideten Teenager. Auf dem Foto stellt er das Schwein dar. Er setzt sich ruhig auf den am weitesten von Sanna und Alice entfernten Stuhl und lächelt knapp und freundlich. Seine Mutter, auch sie gepflegt gekleidet in beigefarbener Schluppenbluse, dunkelblau plissiertem Rock und glänzenden Stiefeln, setzt sich neben ihn. Vom Foto her hätte Sanna ihn niemals wiedererkannt. Nicht nur wegen der Maske, sondern weil er sich ziemlich verändert hat. Wir haben keine Chance, denkt sie, den unbekannten Jungen zu finden, wenn uns niemand seinen Namen sagt. Heutzutage kann er völlig anders aussehen.

Erst als Daniel Orsa den Kopf schräg legt und gehorsam und respektvoll ihren einführenden Worten lauscht, wozu sie ihn befragen wollen, erkennt sie etwas in seinem Blick wieder. Eine freundliche Wärme breitet sich zwischen ihnen aus. Er antwortet auf alles mit sanfter, ruhiger Stimme. Als Sanna das Foto umdreht, sagt er, dass er sich daran nicht erinnern kann.

Nach Daniel Orsa kommt Svante Lind herein, ein Fünfzehnjähriger mit leuchtend grünen Augen und desinteressierter Ausstrahlung. Zusammen mit seiner Mutter beantwortet er kaum eine Frage. Manchmal scheint er sogar einzuschlafen, während Sanna spricht. Als Alice ihn nach dem Wolf fragt, steckt er sich einen Kaugummi in den Mund und bildet eine Blase, um seine Mutter zu provozieren, bevor er gähnend antwortet, dass er sich nur erinnern kann, dass der Junge auf dem Bild etwas zurückgeblieben war. Oder zumindest ganz schön langsam im Kopf. Alice und Sanna wechseln einen frustrierten Blick. Sanna wendet sich an Svante Linds Mutter und fragt, was sie von den Ereignissen in dem Ferienlager hält. Die Frau seufzt.

»Was soll man schon davon halten?«, sagt sie. »Ich meine, es war ja auch nicht so viel schlimmer als vieles andere, was Kinder so treiben.«

»Wie meinen Sie das?«, fragt Sanna.

»Das waren doch nur Spiele. Und Kinder sind Kinder.«

»Svante und die anderen auf dem Foto wurden Scheinhinrichtungen ausgesetzt«, wiederholt Sanna. »Nennen Sie das Spiel?«

»Zum Spaß. Alles war zum Spaß. Wissen Sie nicht, womit sich Kinder heutzutage beschäftigen? Mit Spielen, bei denen man Menschen erschießt? Ihnen Arme und Beine abhackt? Sie vergewaltigt? Heutzutage können sie mit allem Möglichen spielen. Ich bin Lehrerin, ich habe viel gesehen, ich weiß Bescheid.«

Sanna sieht zu Svante Lind und dann auf das Foto, auf dem er die Ziegenmaske trägt. Sie will seine Mutter konfrontieren, fragen, warum das niemand zur Anzeige gebracht hat, weiß jedoch, dass es sinnlos ist. Als Svante Lind von seiner Mutter aus dem Raum geführt wird, bittet sie die beiden nur, sich zu melden, wenn ihnen noch etwas einfällt, vor allem der Name des anderen Jungen.

Selma Karlsdotter, das Pfauenmädchen, schlüpft zusammen mit ihren Eltern ins Zimmer und schließt die Tür leise hinter sich. Sie riecht stark nach einem einfachen, frischen Parfüm, ihre Haare sind ordentlich gebürstet und reichen ihr bis zur Taille. Obwohl sie fünfzehn Jahre alt ist, wirkt sie wie ein kleines Mädchen. Ihr Blick ist unsicher, beobachtend. Als Sanna und Alice sie am Ende nach dem Jungen auf dem Foto fragen, zieht sie das Bild vorsichtig, fast schon schüchtern näher. Sie beugt sich vor und studiert ihn genau. Dann sieht sie Sanna ernst an.

»Warum wollen Sie ihn finden?«, fragt sie.

Plötzlich ist sie defensiv, abweisend. Eine Mauer aus Unbehagen wächst zwischen ihnen.

»Wir wollen nur mit ihm sprechen«, antwortet Alice sanft.

»Hat er etwas getan?«, fragt Selma und sieht Alice an.

»Glaubst du das denn?«, erwidert Sanna.

Selma sieht weiter zu Alice. »Tut mir leid, ich erinnere mich nicht an seinen Namen.«

»Warum willst du uns nicht erzählen, wer er ist?«, fragt Sanna. »Hast du Angst vor ihm?«

»Er war nicht nett«, antwortet das Mädchen. »Aber ich schwöre, ich lüge nicht. Ich kann mich nicht an seinen Namen erinnern. Ich würde ihn nicht schützen. Wenn ich Ihnen helfen könnte, würde ich es tun, aber das ist jetzt so lange her, und seither habe ich ihn nicht mehr getroffen.«

Als Nächstes kommt der Eseljunge, Jesper Berg. Träge, aber ehrlich versucht er, alle Fragen zu beantworten, während seine Mutter ständig lautstark Gegenfragen einwirft. Sie will wissen, warum man mit ihrem Sohn sprechen will, ob man ihr den entgangenen Lohn ersetzen wird, weil sie ihn hierherbegleiten muss, und so weiter. Irgendwann ist Sanna so verärgert, dass sie die Stimme hebt. Da packt Jesper Bergs Mutter den Jungen an den Schultern und bugsiert ihn aus dem Zimmer.

Sanna folgt ihnen und versucht, ihm das Foto zu zeigen. Jesper Berg zuckt nur mit den Schultern und wartet. Dann sieht er Sanna an.

»Du weißt, wie er heißt, nicht wahr?« Sie deutet auf den Jungen neben Mia.

Er schüttelt den Kopf. »Aber ich weiß, dass er beißt«, erwidert er, bevor er hinter seiner Mutter hergeht.

Es dauert ein paar Minuten, bis Elena Johansson als Letztes der Kinder auf dem Revier auftaucht. Eir löst Alice ab und geht mit Sanna in einen der Verhörräume beim Empfang. Sie lässt sich auf einen Stuhl sinken und zieht das Foto zu sich.

»Also, das ist Elena«, sagt sie und betrachtet das Mädchen mit der Hundemaske.

Es hat etwas Hysterisches an sich. Im Gegensatz zum Hundemädchen sieht Mia Askar fast wie eine Elfe aus. Das schöne feuerrote Haar wallt über ihre schmalen Schultern. Sie ähnelt einem Wesen aus einem von John Bauers Bildern, wären da nicht die Augen voller Angst. Sanna ruft Alice an und fragt sie nach Mias Mutter, Lara Askar, doch man hat sie immer noch nicht erreicht.

»Die örtliche Polizei auf dem Festland wird morgen zu ihren Freunden fahren und versuchen, Kontakt aufzunehmen.«

»Sie sollen noch *heute Abend* fahren. Wir können nicht noch mehr Zeit verstreichen lassen«, sagt Sanna, beendet das Gespräch und verschränkt die Arme vor der Brust.

»Alles in Ordnung?«, fragt Eir. »Woran denkst du?«

Sanna sieht sie müde an. »Keiner sagt, wer er ist. Warum?«

»Ich weiß nicht, wie du und Alice bisher mit den Jugendlichen umgegangen seid, aber wir können es jetzt ja vielleicht etwas direkter angehen?«, schlägt Eir vor.

Sanna will gerade etwas antworten, als der Empfangskollege den Kopf zur Tür hereinstreckt und mitteilt, dass Elena und ihre Mutter Claudia da sind, Claudia aber erst einmal allein mit ihnen sprechen möchte.

Sie ist eine Frau in den mittleren Jahren, schlank und durchtrainiert und in Sportkleidung. Ihre Wangen sind gerötet, und sie nippt an einem Energydrink, als sie in den Verhörraum kommt. Sanna und Eir stellen sich vor. Claudia Johansson kratzt sich nervös am Hals.

»Also, Ihre Kollegin hat am Telefon gesagt, dass das hier nur ein Gespräch ist, mehr nicht. Aber ich verstehe überhaupt nicht, was Sie von meiner Tochter wollen.«

Eir hält das Foto aus dem Ferienlager hoch. Claudias Blick wird traurig, sie räuspert sich und setzt sich. Still betrachtet sie das Bild.

»Woher haben Sie das?«

Sanna deutet auf den Jungen. »Kennen Sie oder Elena ihn? Wissen Sie, wie er heißt?«

Sie betrachtet die Kinder eingehender, dann zuckt sie mit den Schultern. »Leider nicht. Können Sie mir sagen, worum es hier geht? Sonst kann ich Sie nicht mit meiner Tochter sprechen lassen.«

»Wir sind gerade mitten in einer Mordermittlung«, erklärt Eir ruhig.

Claudia zuckt zusammen. »Sind wir in Gefahr?«, fragt sie aufgewühlt. »Muss ich mir um meine Familie Sorgen machen?«

Sanna sieht sie beruhigend an. »Nein, keine Angst. Wir wollen Ihnen nur ein paar Fragen stellen.«

Claudia lehnt sich erleichtert zurück. »Fragen Sie, was Sie wollen. Aber Elena weiß nichts mehr aus der Zeit.«

»Wie meinen Sie das?«

»Nach Gryningen hat sie einen Gedächtnisverlust erlitten.«

»Sie kann sich also an gar nichts von damals erinnern?«, fragt Sanna.

»Ihre gesamte Kindheit ist ausgelöscht. Ihre erste Erinnerung ist der Tag, als sie aus dem Lager zurückkam.«

Eir und Sanna sehen einander überrascht an.

»Und das nehmen Sie einfach so hin?«, fragt Eir. »Was ist passiert?«

»Hinnehmen und hinnehmen«, erwidert Claudia. »Elena hatte im Auto auf dem Heimweg einen Blackout. Eine Art epileptischen Anfall. Im Krankenhaus hat man gesagt, die Hitze im Wagen sei schuld, und sie habe Glück, dass sie den Anfall ohne größere Schäden überstanden hat. Der Gedächtnisverlust war also ein geringer Preis.«

Sanna lehnt sich zurück und mustert Elenas Mutter. Eir versucht es noch einmal mit dem Foto.

»Sind Sie sicher, dass Sie den Jungen nicht kennen? Sie haben keine Ahnung?«

Sie schüttelt den Kopf. »Tut mir leid.«

Es klopft an der Tür. Der Empfangskollege sagt, dass Elena Johansson mit ihrer Mutter sprechen möchte. Dann kommt das Mädchen herein. Es trägt ebenfalls Trainingskleidung und hat die Haare zu einem hohen Pferdeschwanz gebunden. Zärtlich legt sie die Arme um ihre Mutter und gibt ihr einen Kuss auf die Wange. Sie hat etwas Offenes und Unschuldiges an sich.

»Kann ich dein Handy haben?«, flüstert sie Claudia zu. »Mein Datenvolumen ist schon wieder zu Ende.«

Dann sieht sie Sanna und Eir an, und ein ängstlicher Ausdruck huscht über ihr Gesicht. Claudia legt beruhigend ihre Hand auf die ihrer Tochter.

»Schon okay, Schatz. Sie wollen dir nur ein paar Fragen stellen. Aber du musst nicht, wenn du nicht willst, ja?«

Eir lächelt so freundlich wie möglich.

»Na gut«, sagt Elena zögernd. »Worum geht es?«

Eir hält das Foto in die Höhe und wartet auf eine Reaktion. Nichts. Elena betrachtet es nur traurig.

»Bin das da ich, Mama?«

Claudia nickt.

»Wie dick ich da war«, sagt das Mädchen tonlos.

Claudia lächelt ihr zu. »Überhaupt nicht, Schatz. Sei nicht albern.«

Es wird still im Raum. Sanna nimmt Eir das Foto aus der Hand und schiebt es dem Mädchen mit einem warmen Lächeln hin. »Elena, ich weiß, dass du dich nicht an das Sommerlager erinnerst. Und das ist auch völlig in Ordnung. Aber erkennst du vielleicht den Jungen hier wieder?«

»Ich weiß nicht …« Elena sieht von dem Bild zu Sanna.

»Schau es dir ganz genau an.«

»Okay.«

Sie kneift die Augen zusammen und versucht, sich zu erinnern. »Tut mir leid«, sagt sie schließlich und wischt sich hastig eine Träne aus dem Augenwinkel. »Ich kann nicht … Ich weiß nicht, wer sie sind.«

Claudia dreht das Foto um. »Vielleicht sollten wir jetzt Schluss machen«, sagt sie vorsichtig.

Es klopft an der Tür, der Empfangskollege würde gern mit Sanna sprechen. Sie folgt ihm hinaus in den Flur.

»Ja?«, fragt sie ungeduldig.

»Das Krankenhaus hat angerufen. Jack Abrahamsson ist wieder bei Bewusstsein. Die sollten sich ja melden, wenn er aufwacht, deshalb dachte ich, du möchtest das sofort wissen.«

Jack. Ihn hätte sie fast vergessen. Sie nickt dankbar und hört zu, während der Empfangskollege erklärt, dass der Junge noch unter starken Schmerzmitteln steht und immer wieder einschläft. Er trinkt Wasser, verweigert aber Nahrung.

»Haben sie was gesagt, ob das Jugendamt eine Pflegefamilie für ihn gefunden hat?«, fragt Sanna.

Der Empfangskollege hebt die Augenbrauen. »Nein, hätten sie das denn?«

»Nein …«

Er schüttelt desinteressiert den Kopf und geht davon. Sanna denkt daran, was Jack bisher zu den Ermittlungen beigetragen hat. Wegen seiner Zeichnung konzentrieren sie sich jetzt auf das Foto aus dem Ferienlager. Sie schämt sich, dass sie nicht selbst im Krankenhaus und beim Jugendamt angerufen und sich versichert hat, dass sie alles in ihrer Macht Stehende für ihn tun. Sie beschließt, am nächsten Tag zu ihm zu fahren, und sieht auf die Uhr. Es ist bereits Abend.

»Sanna«, hört sie Ekens Stimme hinter sich.

Sie dreht sich um, er kommt rasch auf sie zu.

»Ich habe bereits eine Beschwerde erhalten, von Selma Karlsdotters Mutter. Wegen seltsamer Fragen und abstoßender Fotos, Unterstellungen und so weiter. Es reicht jetzt. Wir hören mit dieser Hexenjagd auf den Jungen auf und greifen morgen neu an.«

»Aber wir haben doch keine anderen Spuren«, entgegnet Sanna.

»Kein Aber. Schließt ab, was ihr dadrinnen gerade noch treibt, und dann sehen wir uns morgen früh.«

Als Sanna zurück in den Verhörraum kommt, brechen Claudia und Elena gerade auf.

»Melden Sie sich, wenn noch was ist«, sagt Claudia und drängt ihre Tochter vor sich durch die Tür.

Eir wirft Sanna einen ungeduldigen Blick zu. Diese überlegt fieberhaft, was sie noch fragen könnten, solange sie die Gelegenheit dazu haben. Ermittlungsdetails kommen ihr in den Sinn, dann denkt sie wieder an Jack und seine Mutter.

»Nur eins noch«, sagt sie rasch. »Sagt Ihnen der Name Rebecca Abrahamsson etwas? Oder Marie-Louise Roos? Frank Roos?«

Elena zuckt mit den Schultern, doch Claudia erwidert: »Rebecca Abrahamsson?«

»Ja. Sie ist Krankenschwester. Nach dem Sommerlager hatten Sie Kontakt zu ihr, oder?«

Claudia überlegt, dann sieht sie Sanna an. »Nein, wir hatten nach dem Lager mit niemandem Kontakt. Wir haben uns voll und ganz auf Elena konzentriert.«

»Aber Sie haben den Namen wiedererkannt?«

»Abrahamsson ist ja ein ziemlich verbreiteter Name, vielleicht ist es also nicht wichtig. Aber Elena hatte einen Klassenkameraden, der Abrahamsson mit Nachnamen hieß. Und seine Mutter hieß Rebecca. Ich erinnere mich von den Elternabenden her an sie. Aber das ist sehr lange her.«

Sie streicht Elena lächelnd übers Haar. »Daran erinnerst du dich nicht, Schatz, aber ich weiß es noch, weil es mit diesem Jungen immer Ärger gab, der dann am Elternabend besprochen wurde.«

»Jack Abrahamsson?«, fragt Sanna.

»Nein, Jack hieß er nicht«, antwortet Claudia entschieden. »Das war sein kleiner Bruder. Er war zwei Jahre jünger, soweit ich mich erinnere. Die Familie wohnte in diesem Hochhaus – Mylingen? Elena ist jetzt fünfzehn, dann müsste der Abrahamsson, den ich meine, auch in dem Alter sein.«

»Jack ist dreizehn, oder?«, sagt Eir zu Sanna.

Sie nickt.

»Ah«, sagt Claudia. »Jetzt erinnere ich mich. Er hieß Alexander. Alexander Abrahamsson. Ein richtiger Unruhestifter, dem nahezu alles zuzutrauen ist.«

KAPITEL EINUNDDREISSIG

»Verdammt noch mal, wie konnte uns entgehen, dass Jack einen Bruder hat?«, flucht Eir.

Sanna schüttelt den Kopf.

»Was!?«

»Ich weiß nicht… Ich muss raus, an die frische Luft.«

Eir fixiert sie. »Der Junge hat etwas an sich, dass du nicht mehr klar sehen kannst. Hast du überhaupt beim Einwohnermeldeamt überprüft, ob er Geschwister hat?«

Sanna scheint sie kaum zu hören und kurz vor einer Ohnmacht zu stehen. Eir hilft ihr, sich zu setzen.

»Danke«, flüstert sie kaum hörbar.

Der Junge macht sie zerbrechlich, denkt Eir.

Eir holt eine Tasse Kaffee, die Sanna schweigend trinkt.

»Aber jemand muss ja etwas über Alexander wissen. Während Alice ihn in den Datenbanken sucht, rufen wir jeden an, der uns hätte erzählen sollen, dass Jack einen Bruder hat?«

Erschöpft beginnt Sanna, die Namen aufzuzählen.

»Das ist doch echt nicht zu glauben«, murmelt Eir vor sich hin und wählt die erste Nummer. »Nicht einmal in der Akte dieses verfluchten Psychiaters steht etwas davon.«

Sie hinterlässt eine Nachricht nach der anderen. Niemand nimmt ab. Als sie gerade Mette Lind die zweite Nachricht aufs Band gesprochen hat, wird es dunkel. Stromausfall.

Eir blickt hinaus in den Flur. Die Kollegen stehen in kleinen Gruppen zusammen und leuchten mit der Taschenlampenfunktion ihrer Mobiltelefone. Alle sind entspannt.

»Das passiert oft«, sagt Sanna. »Der Strom fällt ständig aus. Vor allem jetzt, da sie die Kabel zwischen der Insel und dem Festland reparieren. Es kann Stunden dauern, bis der Strom wieder da ist. So lange ist alles dunkel.«

»Heißt das, es ist auf der ganzen Insel gerade stockfinster?«

Eir geht zum Fenster. Die Straßenbeleuchtung ist ausgefallen. Häuser und Gebäude sind dunkel, nur hier und da flackern Kerzen in den Fenstern. Autos und Busse kriechen die Straßen entlang. Jemand geht in einiger Entfernung mit einer Taschenlampe über eine Grasfläche.

»Aber wir haben doch sicher einen Notfallgenerator hier im Polizeigebäude?«, fragt sie, ohne sich umzudrehen.

»Ja, aber der braucht eine Weile, bis er anläuft.«

»Dann können wir ja morgen früh hiermit weitermachen?«, schlägt Eir vor, während sie eine Nachricht von Cecilia liest. »Meine Schwester will, dass ich heimkomme.«

»Ich glaube, ihr wollt noch ein paar Minuten bleiben«, ertönt da Alices Stimme von der Tür.

In einer Hand hält sie etwas, das wie ein Kontoauszug aussieht, in der anderen eine Blockkerze, deren Flamme gegen das Erlöschen ankämpft.

»Du hast ihn doch in der kurzen Zeit nicht etwa schon überprüft, oder?«, fragt Eir.

»Doch, eine schnelle Recherche nach Alexander Abrahamsson in unserer Datenbank habe ich noch geschafft, bevor der Strom weg war.« Alice wirkt verlegen. »Viel konnte ich nicht lesen, aber eins habe ich gesehen. Vor acht, neun Jahren wurde er diverse Male als vermisst gemeldet.«

»Vermisst?«, wiederholt Sanna. »Er ist also von zu Hause weggelaufen?«

Alice nickt. »Offenbar. Und das öfter.«

»Okay, was hast du noch?«, fragt Eir.

»Nichts mehr, dann ist der Strom ausgefallen. Aber als ich mir die Zahlen angeschaut habe, ist mir noch etwas anderes eingefallen, weshalb ich mir noch mal Rebecca Abrahamssons Finanzen angesehen habe, in der Zeit vor dem Sommerlager. Im Lauf weniger Tage hat sie damals ziemlich viel in einem Geschäft für Kindersportbekleidung, Camping und Outdoorbedarf ausgegeben. Das war ein paar Monate vor Gryningen. Ich habe den Geschäftsinhaber auf seinem Handy angerufen. Er hatte natürlich auch keinen Strom, aber er ist altmodisch, weshalb er alle Unterlagen in Papierform aufbewahrt, die er auch geholt hat.«

»Du hast ihn also dazu gebracht, dass er ihre Einkäufe nachgeschlagen hat? Du bist ja irre ...«, meint Eir grinsend.

Alice nickt. »Ja. Stiefel, eine Windjacke und sowas. Und, hört zu, das Geschäft verkauft auch Namensschilder. Ihr wisst schon, solche, die man in Kinderkleidung und so was einnäht. Die hat sie auch bestellt. Ratet mal, auf welchen Namen? Alexander Abrahamsson.«

»Moment mal. Wir glauben also, dass Alexander mit im Lager war?«, fasst Eir zusammen. »Dass er der Junge auf dem Foto ist?«

»Es scheint zweifellos so«, sagt Alice. »Aber ich konnte wie gesagt noch nicht weiter recherchieren, alle Systeme sind ja down.«

Eir nickt und sieht zu Sanna, die den Blick nicht erwidert.

»Habe ich nicht gesagt, wir sollten uns näher mit der Familie Abrahamsson befassen?«, zischt Eir. »Und was machen wir jetzt? Wir müssen noch einmal mit Jack sprechen. Es ist definitiv möglich, dass das sein Bruder auf dem Foto ist und er uns etwas verschweigt.«

»Ich rede mit ihm, ich wollte heute Abend sowieso zu ihm fahren«, sagt Sanna.

»Aber da muss doch jemand dabei sein?« Alice klingt angespannt. »Ich meine, ein Sozialarbeiter oder jemand vom Jugendamt. Du solltest besser nicht mit ihm reden, ohne dass ein offizieller Vertreter bei ihm ist...«

»Wir hören jetzt auf, den Jungen zu verhätscheln«, sagt Eir. »Er könnte gut und gern einen verdammten Mörder schützen...«

»Ich fahre sofort hin«, unterbricht Sanna sie kalt. »Ich kümmere mich darum.« Sie nimmt ihren Mantel. »Wir können nicht warten. Ihr bleibt hier, und wenn der Strom wieder da ist, recherchiert ihr weiter nach Alexander.«

Eir protestiert, doch Sanna ist schon auf dem Weg.

Im Auto wühlt sie im Handschuhfach, bis sie einen Tablettenblister findet. Sie drückt eine Tablette heraus, betrachtet sie auf ihrer Handfläche, will sie in den Mund werfen und spüren, wie die Ruhe sie durchflutet und der Stress nachlässt. Doch sie tut es nicht. Sie startet den Wagen und fährt vom Parkplatz in die Dunkelheit.

Ein Fußgänger läuft ihr vors Auto. Sie bremst abrupt und bedeutet dem erschrockenen Mann, von der Straße zu verschwinden. Ohne Reflexkleidung ist er nur ein schwarzer Schatten, als er in der Dunkelheit verschwindet. Aus dem Seitenfenster sieht sie das warme Licht, das aus dem Krankenhaus fällt. Die Notfallgeneratoren lassen es wie eine Fähre im großen schwarzen Meer aussehen.

Sie fährt an der dunklen Tankstelle vorbei. An einem normalen Abend hätte sie anhalten und sich einen Kaffee kaufen können. Heute nicht. Sie lässt das Fenster ein Stück herunter, atmet die kühle Luft ein. Endlich wacht ihr Gehirn auf. Sie geht noch einmal das Wenige durch, was sie über Alexander Abrahamsson haben. Er ist zwei Jahre älter als Jack. Mehrere Male von zu Hause weggelaufen. Hat mit größter Wahrscheinlichkeit an dem Ferienlager teilgenommen. Claudia Johansson hat gesagt, dass er ein Unruhestifter war und zu allem Möglichen fähig.

Sie kurbelt das Fenster wieder hoch, fährt an den Straßenrand und wählt die Nummer des Jugendamtes. Sie hinterlässt eine Nachricht, dass sie auf dem Weg zu Jack ins Krankenhaus ist, um mit ihm über seinen Bruder Alexander zu sprechen. Außerdem bittet sie, dass der Bereitschaftsdienst einen offiziellen Vertreter für Jack schickt und man sie zurückruft. Sie wartet eine Weile. Niemand meldet sich.

Sie fährt weiter und denkt über den mysteriösen Alexander nach. Warum waren in der Wohnung keine Hinweise auf ihn? Keine Fotos, nichts, das auf ein weiteres Kind hindeutete? Und warum hat Jack seinen Bruder nicht erwähnt? Ganz zu schweigen von Gunnar Billstam, dem Psychiater. Und Mette. Und Ines Bodin.

Beim Kreisverkehr angekommen, biegt sie nicht zum Krankenhaus ab, sondern fährt stattdessen geradeaus, zum Hochhaus Mylingen.

Das Haus liegt im Dunkeln, die einzige Lichtquelle ist ein Mann mit langen Haaren, Stirnlampe und orangefarbener Reflexkleidung. Mit einem benzinbetriebenen Laubbläser in den Händen geht er einen der Wege entlang. Er scheint völlig in seiner Welt zu sein, mit dem schweren Gerät sieht er aus wie ein Roboter.

Sie steigt aus. Mit eingeschalteter Taschenlampenfunktion an ihrem Handy geht sie in den dritten Stock und bleibt vor der Wohnung der Familie Abrahamsson stehen, die mit Klebeband abgesperrt ist. Eine Frau schlurft mit einem Rollator an ihr vorbei und ignoriert sie. Irgendwo weiter unten streiten zwei oder drei Menschen miteinander. Die Stimmen hallen aggressiv von den Betonwänden wider.

Sie atmet tief durch und hofft, dass der Sauerstoff gegen das Rauschen im Kopf hilft. In der glänzenden Wohnungstür sieht sie ihr Spiegelbild. Die Konturen ihres Gesichts scheinen zu verschwimmen. Die dunklen Ringe unter den Augen sehen wie eine Kriegsbemalung aus. Sie denkt, dass sie schon so viele Grenzen überschritten hat.

Widerwillig holt sie ihre Kreditkarte hervor und macht sich am Schloss zu schaffen. Dann erkennt sie, dass der letzte Besucher die Tür nur zugezogen und nicht abgeschlossen hat. Sie muss nur die Klinke hinunterdrücken und das Klebeband abreißen, schon steht sie in der Wohnung.

Es ist dunkel und stickig. Sie leuchtet mit ihrem Handy umher und öffnet vorsichtig Schubladen und Schränke.

Irgendwo hier drinnen muss doch etwas sein, denkt sie. Ein Schlüsselanhänger, ein Kleidungsstück oder irgendein persönlicher Gegenstand, der etwas über Alexander Abrahamsson sagen kann.

Sie tastet zwischen Schals und Handschuhen in den Körben in der Diele, betrachtet Schuhe und Stiefel, die an der Wand aufgereiht stehen. Beinahe stolpert sie über ein Skateboard, das unter einem Hocker hervorragt. Dann geht sie weiter in die Wohnung hinein, blättert in Zeitungen und Plastikmappen mit Rechnungen. Schiebt die Tassen im Küchenschrank beiseite, wühlt in einer Schüssel mit alten Münzen und Schlüsseln.

Je länger sie sucht, desto mehr grübelt sie. Sie denkt an alles, was sie über Jack weiß. Wie zerbrechlich er ist, und dass er in seiner Kindheit eine Art Trauma durchlebt hat. Hat es mit Alexander zu tun? Einem grausamen älteren Bruder? Oder war Alexander etwas zugestoßen, das Jack beeinflusst hat? Schützt er ihn?

Erfolglos durchsucht sie Kommodenschubladen und einen Kleiderschrank in Rebeccas unpersönlichem Schlafzimmer. Dann glaubt sie, ein Geräusch aus dem Wohnzimmer zu hören, doch als sie nachsieht, ist alles still und leer.

Sie sieht Jack vor sich, wie er sich unter Benjamins Schlägen krümmt, Mette, die außer sich ist. Sie wirft einen Blick auf ihr Telefon, auch wenn sie weiß, dass niemand angerufen oder eine Nachricht geschickt hat. Keine Rückmeldung von denen, die sie kontaktiert haben, nichts vom Bereitschaftsdienst des Jugendamtes.

In Jacks Zimmer hat man das meiste mit ins Labor genommen. Nur einige Bücher stehen im obersten Fach des Bücherregals, und an den Wänden hängen noch ein paar Poster. Mit dem nackten Bettgestell und den schmutzigen Gardinen wirkt der Raum ausgehöhlt.

Sie nimmt ein paar Bücher aus dem Regal, dann ein Landkartenposter von der Wand und rollt es zusammen. Die Tür zu dem Wandschrank, in dem er sich versteckt hatte, hat man aus den Angeln genommen, sie lehnt an der Wand.

Im Wohnzimmer bleibt Sanna stehen und überlegt, ob sie irgendwo vergessen hat zu suchen.

Der Boden in der Diele knarzt. Ein dunkler Umriss im

Lichtschein. Sie macht einen Schritt nach vorn und hört ein gedämpftes, knurrendes Geräusch. Die Gestalt weicht zurück.

»Hallo«, sagt Sanna behutsam. »Ich bin von der Polizei.«

Plötzlich erlischt die Handytaschenlampe. Der Schatten verschmilzt mit der Wand. Der Boden knarzt wieder. Jemand beobachtet sie. Vielleicht ein Nachbar, der sie gehört hat. Doch sie befindet sich im Hochhaus Mylingen. Hier würde niemand auf die Idee kommen, bei verdächtigen Geräuschen nachzusehen. Ein Einbrecher, denkt sie, dem nicht klar war, dass jemand in der Wohnung ist.

Sie zieht ihre Waffe.

Jemand steht vornübergebeugt an der Wand, es wirkt fast so, als wolle die Gestalt auf alle viere sinken.

»Alexander?«, fragt sie, ohne nachzudenken.

Es wird totenstill.

Sie sammelt sich, um den letzten Schritt nach vorn zu machen. Ein leiser, gurrender Laut aus dem Dunkeln. Dann tritt sie auf etwas, das unter ihr wegrutscht, sie verliert das Gleichgewicht und fällt. Der Schmerz schießt ihr in Rücken und Hinterkopf. Rasche Schritte, die Wohnungstür fällt ins Schloss. Als sie sich wieder aufgerappelt hat und die Tür aufreißt, liegt Mylingen still und verlassen da.

KAPITEL ZWEIUNDDREISSIG

Die Station ist ruhig, auf dem Flur herrscht eine geradezu verschlafene Atmosphäre. Vielleicht, weil wegen der Notfallgeneratoren nur wenige Lichter brennen, vielleicht, weil es spät ist und die Besuchszeit längst vorbei. Im Aufenthaltsraum nimmt Sanna ein verkratztes Glas und schenkt sich Wasser aus einem Krug ein. Es schmeckt nach Gurke und Metall.

Sie hält Ausschau nach Jacks Zimmer, vor dem ein Polizist stationiert sein soll. Eken hat versprochen, dass der Junge rund um die Uhr überwacht wird. Doch nirgends ist ein Polizist zu sehen. Vielleicht hat sie sich in der Station geirrt, denkt sie, und hält eine Krankenschwester auf, der sie ihren Dienstausweis zeigt.

»Ich möchte zu Jack Abrahamsson. Können Sie mir sagen, wohin man ihn verlegt hat?«

Die Krankenschwester deutet auf eine Tür. »Er liegt dort, schläft aber gerade. Er schläft sehr viel.«

»Aber es sollte doch ein Polizist vor seinem Zimmer Wache halten. Er soll rund um die Uhr beschützt werden.«

»Ah. Ich glaube nicht, dass jemand da war. Soll ich mal am Empfang nachfragen?«

Sanna schüttelt den Kopf und ruft Eken an, der schlaftrunken antwortet.

»Du wolltest doch Personenschutz für ihn organisieren.

Warum wird Jack Abrahamsson nicht überwacht?«, sagt sie ohne Begrüßung.

»Sanna?«

»Ich bin im Krankenhaus, und hier ist nirgends ein Beamter.«

Eken erklärt langsam, dass Jack während der letzten vierundzwanzig Stunden keinen Personenschutz hatte, weil die Mittel dafür nicht gereicht haben. Seiner Ansicht nach besteht keine Gefahr für Jacks Leben, außerdem wissen sie ja nicht einmal, ob er etwas gesehen hat. Er hat ihnen nur die Zeichnung eines Tieres geliefert.

»Was soll das?«, erwidert Sanna aufgebracht. »Du riskierst das Leben eines Jungen? Ohne mir Bescheid zu geben? Noch dazu jemand, der uns vielleicht noch mehr Informationen geben kann?«

»Also …«

»Nein«, unterbricht Sanna ihn. »Eir sollte dich anrufen, hat sie das nicht gemacht? Er braucht *sofort* Personenschutz. Er hat einen Bruder, der wahrscheinlich auch im Lager war. Wir wissen nicht, ob er …«

»Hör mir mal zu …«, fällt ihr Eken ins Wort.

»Nein, *du* hörst mir zu. Ich weiß, was du sagen willst. Dass das Krankenhaus Sicherheitspersonal hat. Doch das reicht definitiv nicht.«

Es rauscht in der Leitung, Ekens Worte dringen nur bruchstückhaft hindurch.

»Hallo?« Sie spricht lauter. »Hörst du mich?«

Das Gespräch bricht ab. Sie wählt erneut seine Nummer, landet jedoch auf der Mailbox, auf die sie eine Nachricht spricht, dass sie nicht weiter diskutieren wird und er sofort einen Beamten zum Krankenhaus schicken soll. Dann soll er sie zurückrufen und bestätigen, dass jemand unterwegs ist.

Sie geht in Jacks Zimmer. Er liegt mit leicht hochgestelltem Kopfteil im Bett und schläft. Seine Lippen und Augenlider vibrieren sanft, wenn er atmet. Sie legt die Bücher, die sie aus der Wohnung mitgenommen hat, auf den Tisch vor dem Fenster und befestigt das Poster an der Wand. Die kleinen Klumpen Klebemasse saugen sich an der Tapete fest.

Er wacht auf, als sie einen Stuhl ans Bett heranzieht.

»Ich habe dir ein paar Sachen aus deinem Zimmer zu Hause mitgebracht«, sagt sie und setzt sich. »Die Zeit vergeht bestimmt schneller, wenn du etwas zu lesen hast.«

Er kneift die Augen zusammen und verzieht das Gesicht, als er sich aufzusetzen versucht. Vom Ellenbogen bis zum Handgelenk erstreckt sich eine Prellung. Die blauen Flecken im Gesicht sind riesig, die Nase geschwollen und verpflastert. Er gibt auf und sinkt wieder nach hinten.

Vorsichtig legt sie die Hand neben seine auf das Bett. Ihr bricht ein wenig das Herz beim Anblick der blaulila Haut, und sie denkt daran, was Mette über Benjamin gesagt hat. Eifersucht. Krankhaft, Sannas Meinung nach. Doch Benjamin und Mette waren trotzdem eine Art Familie für ihn gewesen, wenn auch eine dysfunktionale.

»Das wird Folgen für Benjamin haben …«, sagt sie.

Jack schließt die Augen, öffnet sie wieder.

Sie sammelt sich. Zögert. Schließlich holt sie eine Kopie des Fotos aus der Tasche.

»Ich würde dir gern etwas zeigen. Schaffst du das?«

Er sieht sie schweigend an.

»Du musst nicht antworten. Und falls du das doch willst, sollst du wissen, dass du in Sicherheit bist. Dir wird nichts passieren. In Ordnung?«

Er blinzelt.

»Schaffst du das?«

Nach einer Weile nickt er. Vorsichtig hält sie ihm das Foto hin, unsicher, ob sie das Richtige tut. Dann deutet sie auf den Jungen neben Mia.

»Ist das da dein Bruder?«

Wieder schließt er die Augen.

»Alexander, dein Bruder? Ist er das? Ich verstehe, wenn das furchtbar schwer für dich ist...« Sie verstummt. »Aber hast du deinen Bruder in der Nacht gesehen, in der deine Mutter gestorben ist?«

Er öffnet die Augen, sieht erst zu ihr, dann auf das Foto.

»Ist das Alexander?« Sie beobachtet sein Gesicht, sucht nach Hinweisen auf Gefühle, was auch immer.

Nichts. Er schüttelt nur den Kopf.

»Bist du sicher?«

Er hebt langsam die Hand und schiebt das Foto von sich.

»Okay«, sagt Sanna leise.

Er schwitzt, sie holt ein mit kaltem Wasser getränktes Handtuch aus dem Bad. Sie legt es ihm auf die Stirn, und er schläft wieder ein. Der Gedanke, Papier und Stifte zu holen, ihn noch weiter zu Alexander zu befragen, erscheint ihr grausam. Stattdessen redet sie mit ihm über andere Dinge, versucht zu sagen, dass alles in Ordnung kommen, alles gut werden wird.

Nach einer Weile klopft es an der Tür, und die Krankenschwester von zuvor kommt herein.

»Soll ich Ihnen ein Brot schmieren?«, fragt sie leise. »Falls Sie noch bleiben wollen. Bisher hat ihn ja noch niemand besucht...«

»Danke, ich brauche nichts.«

Die Krankenschwester hat den Raum schon fast wieder verlassen, da eilt Sanna ihr nach.

»Ist der Beamte, der hier draußen Wache halten soll, schon da?«

Die Frau schüttelt den Kopf.

»Und weil Sie gesagt haben, dass ihn bisher niemand besucht hat … Es war also auch niemand vom Jugendamt da?«, fragt Sanna leise.

»Doch, am Nachmittag. Aber sonst war keiner hier.«

»Hatten Sie da Dienst? Haben sie etwas gesagt, wie es mit der Suche nach einer Pflegefamilie aussieht?«

Die Schwester sieht über die Schulter, als fürchte sie, jemand könne sie belauschen.

»Wohl nicht so gut«, antwortet sie leise. Dann lächelt sie. »Aber auch für ihn wird alles gut werden, Sie werden sehen«, flüstert sie.

Nein, denkt Sanna, da wäre ich mir nicht so sicher. Aus dem Augenwinkel erahnt sie eine Bewegung im Bett, doch als sie sich umdreht, liegt er still da.

»Vielleicht würde ich doch ein belegtes Brot nehmen«, sagt sie zu der Schwester. »Und haben Sie vielleicht eine Extradecke? Ich warte, bis unsere Leute kommen.«

Wieder wählt sie Ekens Nummer, doch er antwortet nicht. Dann setzt sie sich auf den Stuhl an Jacks Bett und nimmt seine Hand.

»Ich bleibe, wenn es dir recht ist«, flüstert sie.

Er dreht den Kopf zu ihr, dann senkt er den Blick. Eine Träne bildet sich in seinem Augenwinkel und rinnt schließlich über seine Wange. Sanft drückt sie seine Hand, zieht den Stuhl näher ans Bett, streift die Stiefel ab und legt die Füße auf die Bettkante. Dann schließt sie die Augen.

Ihr Handy vibriert am frühen Morgen in ihrer Tasche und weckt sie. Rasch stellt sie es auf lautlos und sieht zu Jack. Er schläft tief.

Alice hat versucht, sie zu erreichen. Vorsichtig streckt sie den Rücken, schiebt die Decke beiseite, die ihr die Krankenschwester übergelegt hat, und nimmt die Beine vom Bett. Ihr ganzer Körper ist verspannt nach der unbequemen Schlafhaltung. Leise geht sie hinaus auf den Flur und lässt die Tür vorsichtig zugleiten.

Eken hat immer noch niemanden geschickt. Wütend versucht sie noch einmal, ihn anzurufen, erreicht ihn aber immer noch nicht und spricht ihm eine weitere Nachricht auf die Mailbox.

Der Strom ist wieder da. Im Büro der Pflegekräfte brummt ein Drucker, ein warmes Surren, das sie an die Geräusche auf dem Revier erinnert. Eine Mikrowelle piepst im Nebenraum. Überall brennt Licht, aus dem Aufenthaltsraum riecht es nach Kaffee, und irgendwie fühlt sich alles nach einem hoffnungsvollen Neustart an.

Sie holt sich einen Kaffee und versucht, Alice zu erreichen.

Als sie zurück in Jacks Zimmer kommt, ist er wach. Mit schmerzverzerrtem Gesicht hievt er sich in eine sitzende Position, während sie vorsichtig die Jalousien hochzieht. Sie reicht ihm ein Glas Wasser.

»Wie fühlst du dich?«

Er nickt leicht.

»Ich muss zurück aufs Revier. Aber ich kann später wiederkommen, wenn du möchtest.«

Sie nimmt ihren Mantel. Plötzlich streckt er sich nach ihr, nimmt ihre Hand. Sie setzt sich neben ihn.

»Brauchst du noch etwas, bevor ich gehe? Ich kann die Schwestern bitten, dir etwas Frühstück zu bringen?«

Er schüttelt ängstlich den Kopf. Sie hat Schuldgefühle, weil sie gehen muss, aber auch, weil sie Alexander ihm gegenüber angesprochen hat. Sie fragt sich, ob ihn das aufgewühlt oder traurig oder ihm sogar Angst gemacht hat. Und sie fragt sich ständig, ob er sie belügt. Ob der Junge auf dem Foto trotz allem sein Bruder ist. Den er beschützt.

»Bald kommt jemand«, sagt sie. »Ein Polizist wird hier vor deinem Zimmer sitzen. Wie beim ersten Mal, als du hier warst.«

Er lässt ihre Hand los.

»Okay«, sagt sie zögernd. »Dann bis später, oder?«

Seine Augen werden glasig, und sein Gesicht bekommt einen fast schon fiebrigen Ausdruck. Auf dem Nachttisch steht ein leerer Medikamentenbecher, vielleicht hat er seine Medizin bekommen, als sie draußen im Aufenthaltsraum war. Vorsichtig umfasst sie seine Hand.

»Ich verspreche, dass ich wiederkomme, okay?«

Auf dem Weg nach draußen begegnet sie dem Polizisten, den Eken schließlich geschickt hat. Sie wechselt ein paar Worte mit ihm und zeigt ihm Jacks Zimmer.

Als sie am Empfang auf dem Revier vorbeigeht, mahlen die Gedanken in ihrem Kopf. Jack, die Bilder von den Tatorten, alles verschmilzt miteinander. Die gesuchte Antwort liegt irgendwo da, das weiß sie. Irgendwo tief in ihrem Unterbewusstsein vergraben, sie kann sie nur nicht greifen.

Bernard winkt ihr im Flur zu. »Alice und Eir warten auf dich im Ermittlungsraum. Wo zum Teufel warst du?«

»Guten Morgen«, murmelt sie und geht weiter.

Er legt ihr eine Hand auf den Arm. »Der alte Crantz ist tot.«

Sie versteift sich. »Was? Warum hat mir das keiner gesagt?«

»Das mache ich doch gerade.« Er klingt irritiert.

»Was ist passiert? Wann hat man ihn gefunden?«

»Er hatte heute Nacht einen Herzinfarkt, in seinem Zimmer. Spektakulärer war es nicht.«

Sie nickt. Seltsame Erleichterung vertreibt die Unruhe, wird jedoch dann zu Wut. Dieser widerwärtige Mensch, denkt sie. Kein Gerichtsverfahren, er muss sich nicht für seine Taten verantworten.

Im Ermittlungsraum begrüßt sie Eir und Alice knapp. Am Whiteboard hängt das Foto aus dem Ferienlager. Die aufgereihten Kinder blicken sie aus der Vergangenheit an. Plötzlich findet sie, dass der Junge neben Mia größer aussieht, die Augen breiter und dunkler, als sie in Erinnerung hat.

»Du?«, sagt Eir. »Nachdem du endlich da bist, können wir dann jetzt anfangen? Alice wollte unbedingt auf dich warten.«

»Tut mir leid«, erwidert Sanna. »Ich habe nicht so gut geschlafen. Ich war die Nacht über bei Jack im Krankenhaus. Eken hatte seinen Personenschutz eingestellt. Jemand musste dort sein.«

Eir und Alice wechseln einen Blick.

»Ist das hier Alexander Abrahamsson?«, fragt Sanna und deutet auf das Foto.

Alice schiebt ein Heft über den Tisch. Eir beugt sich vor. Ein Schulverzeichnis.

»Schaut auf Seite achtzehn«, sagt Alice. »Ich habe bei Elena Johanssons früherer Schule angefragt und durfte mir das Verzeichnis ausleihen.«

Sanna schlägt das Heft auf und blättert auf Seite achtzehn. Dort überfliegt sie die Liste der Schülernamen.

»Dritte Reihe ganz rechts«, sagt Alice. »Alexander Abrahamsson.«

Sie kneift die Augen zusammen und findet den Jungen schließlich auf dem Klassenfoto. Er sieht Jack ähnlich, ist jedoch dünner. Am rechten Arm trägt er eine Digitaluhr, die aussieht wie Jacks. Vielleicht hat er sie seinem jüngeren Bruder vererbt. Das Haar ist genauso zerzaust wie Jacks, die Augen haben dieselbe blaue Farbe und Intensität.

»Blau«, sagt sie. »*Blaue* Augen.«

»Der Junge auf dem Foto ist also nicht Alexander Abrahamsson? Mist«, meint Eir.

Alice schüttelt den Kopf. »Alexander ist vor sieben Jahren gestorben, direkt vor dem Sommerlager. Eine Kombination aus verschiedenen Herzfehlern. Er hat es nie nach Gryningen geschafft.«

Sanna vertieft sich in Alexander. Nach und nach wird die Krankheit sichtbar, die Farben seines Gesichts verändern sich. Die Haut und die Lippen sind gräulich, das Haar stumpf. Auch wenn er von anderen Kindern umgeben ist, scheint er in einem leeren Raum zu stehen. Seine Haltung zeigt, dass etwas schwer auf ihm lastet. Der Tod sitzt ihm im Nacken.

»Herzfehler kann man doch operieren oder behandeln?«, meint Eir.

»Ja«, antwortet Alice. »Wenn man sie rechtzeitig entdeckt.«

Sanna denkt an Jack. Umgeben von Wahnsinn und Tod ist er durchs Leben geschlittert. Nicht einmal seinen Bruder durfte er behalten. Einen Moment wandern ihre Gedanken zurück zu der Gestalt in der Wohnung der Abrahamssons, die sie für Alexander gehalten hatte. Es musste ein Einbrecher gewesen sein.

Eir schlägt das Heft zu. »Verdammt noch mal. Aber wie konnte Rebecca in diesem Lager arbeiten, mit den Kindern anderer Menschen, wenn ihr eigener Sohn gerade gestorben war? Und warum steht davon nichts in ihrer Akte?«

»Man kann auf viele Arten um ein Kind trauern«, sagt Sanna langsam.

Eir senkt den Blick und bereut ihre Worte.

»Vielleicht konnte sie nicht begreifen, dass er tot war«, fährt Sanna ruhig fort. »Und vielleicht hat sie Billstam auch nichts davon erzählt. Er wusste vielleicht gar nicht, dass sie ein Kind verloren hatte. Oder er hat sich aus irgendeinem Grund entschieden, es nicht in ihrer Akte zu vermerken. Du hast doch selbst gesagt, dass er nicht besonders vertrauenswürdig ist?«

»Aber die anderen, wie Mette und Ines Bodin, warum haben die nichts davon gesagt, dass Rebecca noch ein Kind hatte?«, erwidert Eir vorsichtig.

Sanna nickt. Irgendetwas stimmt hier nicht. Warum schweigen alle? Dann ein weiteres Gefühl: Angst.

Bald kommt Eken. Er wird verlangen, dass sie die Spur mit dem Lager fallen lassen und umdenken. Sie weiß, dass sie alle Freiheiten bekommen hat, diese aber nicht nutzen konnte. Dann wird er auch Jacks Personenschutz wieder abziehen.

Als Eken schließlich auftaucht, sieht sie sofort, dass etwas passiert ist. Er ruft ihnen entgegen, dass man Lara Askars Leiche mit aufgeschlitztem Hals gefunden hat. Es wird still im Raum, dann stürzen alle zur Tür.

KAPITEL DREIUNDDREISSIG

Fünfzehn Minuten später werden Sanna und Eir von lautlosem Blaulicht empfangen, als sie am Fundort von Lara Askars Leiche ankommen. Das kleine Wohnviertel – schlicht, aber einladend – besteht aus Reihen fünfstöckiger Häuser mit glatten Ziegelfassaden und vorspringenden Balkonen. Sanna parkt den Wagen, während Eir an die früheren Besuche in der Gegend zurückdenkt.

»Als wir das erste Mal hier waren, haben wir sie vom Tod ihrer Tochter informiert.«

»Ja«, antwortet Sanna tonlos, und sie steigen aus.

Jon ist schon vor Ort. Er steht bei einem weißen Transportwagen und spricht mit einem Mann in Arbeitskleidung, der die Tote gefunden hat. Er zittert in seiner dünnen Kleidung vor Kälte und kickt immer wieder unruhig in den Schotter vor sich. Er erzählt, dass er vor etwas mehr als einem Monat einen Auftrag bekommen hat. Er sollte Lara Askars Putzfirma schallisolieren, die in einem Kellerbüro untergebracht ist. Doch dann hat er nichts mehr von ihr gehört. Als er jetzt wegen eines anderen Auftrags in der Gegend war, beschloss er, bei Lara vorbeizuschauen, um einen Termin zu vereinbaren.

»Schallisolierung?«, fragt Eir. »Aber ihre Firma gab es nicht mehr, warum dann die Räume isolieren?«

Sanna ist bereits auf dem Weg zum Kellerbüro, und Eir folgt ihr rasch. Sannas zerzauste Haare wippen vor ihr auf und ab. Sie hat etwas Flüchtiges, fast schon Unfassbares an sich, denkt Eir. Dann erinnert sie sich, was Bernard erzählt hat. Dass sie die Adresse des Brandstifters Mårten Unger die ganze Zeit in der Manteltasche mit sich herumträgt. Wie labil sie dadurch wirkt.

Sanna öffnet die Tür und dreht sich um. »Wollen wir?«

Kurz darauf betreten sie mit Handschuhen und Schuhüberziehern die Kellerräume. Eir schlägt die Hand vor den Mund, steckt den Kopf hinaus und bittet jemanden, die Tür offen zu halten. Die Zimmer sind düster und niedrig. Der erste Raum hat ein paar kleine, vergitterte Sicherheitsfenster, die gedämpftes Licht hereinlassen. Der Boden ist gefliest, die Einrichtung weiß und dunkelgrau. Die Tür zum Nebenraum steht offen.

Das Hinterzimmer hat keine Fenster, aber eine Chaiselongue, auf der die übel zugerichtete Leiche von Lara Askar liegt. Sie weist dieselben Verletzungen auf wie die anderen Opfer – die kreuzförmigen Schnitte im Hals, die unzähligen Hiebe in den Brustkorb. Neben der Chaiselongue liegt eine umgestürzte französische Kaffeekanne, die Lara vielleicht aus der Hand gefallen ist. Der Inhalt ist zu einer steifen, lehmartigen Masse eingetrocknet.

In der angrenzenden Toilette sind Boden und Wände mit demselben Kunststoff ausgelegt, und am Waschbecken ist eine Handdusche angebracht. Es riecht nach Chlor und Zitrus.

Im ersten Raum steht ein Schreibtisch. Auf der ledernen Schreibunterlage liegt ein zerbrochenes, gerahmtes Foto von Lara und Mia. Mutter und Tochter, in irgendeinem Studio aufgenommen. Das Bild ist kühl und unpersönlich. Lara ist sehr hübsch und lächelt mit geradem Rücken in die Kamera. Mia dagegen steht schlaff da, die herabhängenden Hände sind zu Fäusten geballt.

Eir geht in die Hocke und zieht vorsichtig einen halb gefüllten Müllbeutel auf, der unter dem Schreibtisch hervorragt. Darin liegen einige Nachthemden mit Retromotiven, ein paar Fleece- und Trikotklamotten sowie ein paar Taschenbücher und ein Kulturbeutel, der mit bunten Steinen besetzt ist. Außerdem Wollmäuse, zusammengeknülltes, schmutziges Küchenpapier und eine leere Flasche Chlorreiniger.

»Hat sich jemand an der Tür zu schaffen gemacht?«, fragt sie.

»Nicht, soweit ich sehen konnte«, antwortet Sanna und nickt Richtung Müllbeutel. »Was hast du gefunden?«

»Es scheint, als wäre sie gerade dabei gewesen, hier sauber zu machen oder aufzuräumen, als sie unterbrochen wurde. Vielleicht kam jemand, vielleicht hat sie jemanden hereingelassen.«

»Aufräumen?«

»Keine Ahnung, es scheint jedenfalls so. Ich glaube, dass das hier Mias Sachen sind. Vielleicht gibt es einen Abstellraum, den sie leeren wollte …?«

Sanna und Eir öffnen Schränke, die Kanister mit Chemikalien zur Industrieanwendung enthalten, doch keine andere Putzausrüstung. Alles ist von Hand mit präzisen blauen Buchstaben beschriftet.

Sanna geht zurück in den Nebenraum und mustert die Chaiselongue. Etwas zieht sie dorthin. Der Platz in der Ecke kommt ihr vertraut vor. Das dämmrige Licht. Die grobkörnigen Mauern. Vielleicht liegt es an den Verletzungen der Leiche, dass alles so bekannt wirkt.

»Siehst du«, sagt Eir hinter ihr. »Das verdammte Sofa …«

Natürlich. Der beige Stoff mit dem grünen Blättermuster. Lara Askar liegt auf derselben Chaiselongue, auf der Crantz bei Mias Exorzismus saß. Sie stehen in dem Raum, in dem alles passiert ist.

Mias Handy, denkt Sanna. Wo war es, während es alles gefilmt hat? Schon entdeckt sie einen Paravent, hinter dem ein hoher Schrank und ein Eisenbett stehen.

»Ich nehme an, hier hat Lara geschlafen, wenn sie spät gearbeitet hat«, meint Eir.

Die Luft ist feucht und kalt, wie in den Parkhäusern auf dem Festland. Klaustrophobisch, denkt sie. Als ob Wände, Boden und Decke beständig näher rücken. Kurz glaubt sie, Cecilia in den Schatten zu sehen, wie sie mager und zugedröhnt an der Wand kauert.

Auf dem Eisenbett liegt eine dicke Matratze, die mit einem rosa Bettlaken bezogen ist. Am Kopfende liegt auf dem Boden ein einsamer, abgewetzter Riesenteddy. Er trägt eine rote Samtfliegc um den Hals, und die schwarze Knopfnase hängt an einem Faden. Neben dem Bären steht eine nicht angebrochene Großpackung Wasserflaschen.

Irgendetwas stimmt nicht. Die rosa Bettwäsche und der schäbige Teddybär wirken falsch in dieser rohen, groben Umgebung. Jemand hat ein Stück Karton unter ein Bein des Schranks an der Wand geschoben, damit er nicht wackelt. Sanna öffnet die Schranktür. Bis auf ein paar Wolldecken, zwei Extrakissen und ein paar Schulbücher ist er leer. Auf einem Regalbrett stehen zwei ungeöffnete Dosen mit Vitaminen.

»Und, ist da was?«, fragt Eir.

Sanna wirft die Schulbücher und die Vitamine vor Eir aufs Bett. Folsäure und Eisen.

»Warum sollte sie hier Folsäure und Eisen aufbewahren?«, fragt diese. »Das nimmt man doch, wenn man ...«

Das Wort »schwanger« bleibt ihr im Hals stecken. »Sie haben *Mia* hier festgehalten?«

Sanna nickt schweigend.

»Hier? Verdammt ...«

Plötzlich versteht sie, was Lara Askar meinte: »Nein, nicht die beiden«, hat sie gesagt, als sie bei der Übermittlung der Todesnachricht vor ihnen zusammengebrochen ist. Lara wusste, dass Mia schwanger war. Mit »die beiden« meinte sie ihre Tochter und das ungeborene Kind.

»Lara wusste, dass Mia schwanger war«, spricht sie laut aus.

»Ja ...«, antwortet Sanna. »Und jetzt ist sie tot.«

Eir betrachtet die Leiche. Der Gestank im Raum ist durch die offene Tür erträglicher geworden, liegt aber immer noch schwer in der Luft. »Sie muss schon seit ein paar Tagen tot sein, oder?«

Sanna nickt.

Eir sieht zum Bett und denkt an das Mädchen, das sich im Kalksteinbruch umgebracht hat. Fast wie eine Porzellanpuppe sah Mia aus, wie sie an der Wasseroberfläche trieb. Ein Kind. Zerbrechlich, empfindlich und bestimmt niemand, den man kontrollieren oder einsperren musste.

»Aber *warum?* Warum haben sie sie hier versteckt?«

Aus irgendeinem Grund hört Sanna Bernards Stimme in ihrem Kopf. Der Filzstift, denkt sie. Er hat gesagt, dass man die Zahl 26 mit blauem Edding auf Mias Hüfte geschrieben hatte. Die Kanister mit den Chemikalien waren auch mit blauem Stift beschriftet.

Sie versucht, sich genauer an das Exorzismusvideo zu erinnern. Hatte sie da nicht einen blauen Fleck auf Mias Unterhemd gesehen?

Eir sieht verständnislos zu, als ihre Kollegin in den Schreibtischschubladen zu wühlen beginnt und mit einem Edding zurückkommt. Sie zieht die Kappe ab, packt Eirs Hand und schreibt die Ziffer 26 darauf. Die feuchte Farbe glänzt im Schein der Neonröhren. Die Strichbreite und der Blauton deuten darauf hin, dass das der betreffende Stift sein könnte.

»Sie haben sie *gekennzeichnet*«, sagt sie.

Eir reißt ihre Hand zurück. Sanna spricht von Roos und Crantz, so viel ist ihr klar, der Rest jedoch ein Rätsel.

»Wie gekennzeichnet? Ich kapiere gerade gar nichts! Wovon redest du? Warum sollten Frank Roos und das andere Arschloch sie bemalen?«

»Denk mal nach«, sagt Sanna müde. »Mia war schwanger. Und in der Gynäkologie hat man Fabian gesagt, dass sie abtreiben wollte.«

»Ja?«

»Frank Roos und Holger Crantz haben Mia einem Exorzismus unterzogen.«

»Ja?«

»Warum haben sie das getan, glaubst du?«

Eir starrt sie an. »Was, sie wollten nicht, dass sie abtreiben lässt? Deshalb haben sie sie hier festgehalten? Und deshalb wollten sie ihr sündige Gedanken austreiben? Aber warum war ihnen so wichtig, dass sie das Kind behält?«

Sanna zieht wieder Eirs Hand zu sich. Vor die Ziffer 26 schreibt sie noch eine Eins und einen Doppelpunkt. 1:26. Dann hält sie Eir die eigene Hand vor Augen.

»Lukasevangelium, 1:26«, sagt sie. »1:26–38.«

Eir weiß immer noch nicht, wovon Sanna spricht.

Sanna probiert es noch einmal: »Als der Engel Gabriel Maria erscheint und ihr sagt, dass sie Gottes Kind gebären soll? Deshalb hat Rebecca dauernd von Lukas gesprochen.«

»Ich muss hier raus«, erwidert Eir.

»Moment.«

Auf dem Schrank liegt etwas, ungefähr an der Stelle, von der aus Mia gefilmt haben muss.

»Ich glaube, Mia hatte ein Versteck«, sagt Sanna. »Hilf mir mal.«

Eir macht eine Räuberleiter, und Sanna tastet mit der Hand auf der Schrankoberfläche. Mit einem Knall stürzt ein Karton zu Boden, aus dem alte, abgegriffene DVD-Hüllen fallen, auf denen die Diebstahlsicherung der Stadtbibliothek klebt.

»Sie hat sich also wirklich darauf vorbereitet, länger hierzubleiben?«, bemerkt Eir.

Sanna kniet sich zwischen die Hüllen. Eine davon steht offen, sie nimmt die DVD heraus. Klappt die nächste Hülle auf, holt auch hier die Disc heraus. Dann hebt sie eine Bedienungsanleitung für einen Laptop auf, sie ist auf der Seite mit Anleitungen zum Brennen einer DVD aufgeschlagen.

Das Bild auf der Vorderseite zeigt den Laptop, den sie bei Frank Roos gefunden haben.

»Die waren nicht gerade zur Unterhaltung gedacht«, sagt sie und gibt Eir eine der DVDs.

Auf so einer war das Exorzismusvideo gespeichert, das sich Frank Roos vor seinem Tod ansehen musste.

»Mia hat die alle gebrannt?«

Sanna erinnert sich an den Zettel wegen der Diebstähle in der Bibliothek. Ein Stapel DVDs war entwendet, die Discs aber im Park weggeworfen worden. Sie betrachtet die Hüllen. Hatte *Mia* sie gestohlen? Bevor man sie eingesperrt hatte, weil ihr schon klar war, was mit ihr passieren würde? Die Hüllen waren ihr Versteck. Wenn jemand die Filme auf dem Schrank gefunden hätte, wären es nur ein paar alte Dokumentationen gewesen.

»Aber warum hat sie sie so versteckt?«, fragt sie. »Warum hat sie sich die Mühe gemacht, sie hatte die Videos doch auf ihrem Handy. Und warum durfte sie das überhaupt behalten?«

Eir holt ihr Telefon hervor. Kein Empfang, ebenso wie bei Sanna.

»Sie wussten wohl, dass sie es hier unten sowieso nicht verwenden konnte.«

»Aber ihr war klar, dass sie darin herumschnüffeln würden. Es war nicht sicher, etwas darauf gespeichert zu lassen. Genauso wie auf dem Laptop.«

Eir mustert die Hüllen. Es sind bestimmt zwei Dutzend. »Was ist nur auf den ganzen DVDs? Und weshalb musste sie sie verstecken?«

Das Neonlicht im Ermittlungsraum ist unbarmherzig. Nachdem sie die Schulbücher und die Vitamintablettendosen auf dem großen Tisch in Beweismittelbeuteln verstaut haben, schweigen alle.

»Ich kann das einfach nicht begreifen«, sagt Eir. »Dieser verdammte Keller… Sie dort festzuhalten, ist doch keine langfristige Lösung. Selbst wenn man sie von der Schule und Untersuchungen ferngehalten hätte, wäre das Kind doch irgendwann auf die Welt gekommen…?«

»Sie dachten wohl, dass sie bis dahin ›gesund‹ sein würde. Gereinigt von allen Sünden, und dass sie sich dann trotz allem um das Baby kümmern würde.«

»Wie läuft es?«, fragt Alice beim Hereinkommen und schließt die Tür hinter sich.

»Habt ihr etwas auf den DVDs gefunden?«, sagt Sanna statt einer Antwort.

Alice schüttelt den Kopf. »Sie enthalten Videotagebücher«, erwidert sie. »Mia scheint es unglaublich schwer gehabt zu haben. Doch nichts Konkretes bisher über einen speziellen Menschen in ihrem Leben, nichts, das uns bei der Suche nach dem Täter helfen könnte.«

»Und Bernard, hält er sich wach?«

Alice wirkt amüsiert. »Ja, er hat sich gerade durch *Albert Engströms Islandsfjärd* gekämpft und fängt bald mit *Alla bara försvinner* oder *Armbryterskan från Ensamheten* an.«

Etwas in Alices Antwort lässt Sanna aufhorchen. Ein Puzzleteil, nur welches? Dann fällt es ihr ein. *Alice och jag.*

»Wo sind die Sachen aus der Roos-Villa?« Sie wartet die Antwort nicht ab, sondern rennt nach draußen.

Der DVD-Player, den man aus der Villa mitgenommen hat, liegt in einer Asservatenkammer und wird geholt. Sanna weiß noch nicht, ob sie recht hat, aber alle gefundenen Hüllen gehören zu Dokumentationen, die mit A anfangen. *ABBA – Der Film. Aku-Aku, Algeria* und so weiter. Bei Marie-Louise lag *Alice och jag* auf dem Couchtisch.

»Erklär uns, was wir da gerade machen«, sagt Bernard, als er einen Augenblick allein mit Sanna ist.

Sie antwortet nicht, sondern verfolgt, wie Jon den DVD-Player an einen Fernseher anschließt. Es geht langsam voran, Jon drückt auf verschiedene Knöpfe einer Fernbedienung und steckt ein Kabel mehrmals um.

»Sanna?«, wiederholt Bernard frustriert.

»Fabian hat gesagt, dass der Täter Marie-Louise eine Weile festgehalten hat«, antwortet sie langsam. »Er hat sie von hinten überfallen und sie dann festgehalten, bevor er ihr die Kehle durchgeschnitten hat.«

»Und?«

»Ich glaube, er wollte sie zwingen, etwas anzuschauen. Genau wie bei Frank.«

»Du denkst, dass dieser Film immer noch im DVD-Player liegt?«

»Wenn ich mich irre, sehen wir gleich eine Dokumentation über eine Jazzsängerin. Wenn ich recht habe, ist es der Film, den unser Täter Marie-Louise vorgespielt hat. Eines von Mias Videos, das ihn zum Mörder von vier Menschen werden ließ.«

KAPITEL VIERUNDDREISSIG

Mia Askar sitzt mit nach vorn gezogenen Schultern auf dem Eisenbett mit der rosa Bettwäsche. Ihr Gesicht ist fleckig, sie hat offenbar geweint. Sie nestelt an der Kette mit den drei Herzen, die auf ihrem Schlüsselbein ruht.

»Ich will nicht länger in meinem Körper sein. Ich halte es nicht mehr aus. Alles ist so krank«, sagt sie.

Dann wird ihr Ausdruck wachsam.

»Wir haben ja schon seit einer Weile nicht mehr geredet. Das ist total okay, ich meine, ich habe dich vermisst, aber die Schule kann echt beschissen sein, was? Wenn du das hier siehst, hast du meinen kleinen Laptop und die DVDs gefunden. Du denkst bestimmt, dass das typisch für mich ist – alles so kompliziert zu machen. Aber ich will, dass es jemand weiß. Wenn ich weg bin.«

Sie senkt den Blick. »Der Wolf … Der Fuchs …« Dann lächelt sie schwach. »Was ist eigentlich aus uns geworden? Wie konnte es so weit kommen?«

Sie sieht müde aus. »Kannst du dich an unser letztes Treffen erinnern, als du gesagt hast, was ich tun sollte? Ich habe es getan. Ich habe eines der alten Jagdmesser geholt, von denen ich erzählt habe, aus dem Schuppen bei der Kirche. Dann habe ich ihn zur Rede gestellt.«

Sie weint, wischt sich eine Träne vom Kinn und schluckt.

»Aber er hat mir nur widersprochen und gelacht, als sei das alles bloß irgendein Unfall … Dann hat er es wieder getan. Danach habe ich gekotzt. Ich wollte ihn umbringen. Ich wollte ihm in den Hals stechen. Aber ich konnte es nicht … Ich habe es nicht geschafft.«

Sie streicht sich eine Haarsträhne hinters Ohr, dann spricht sie mit eintöniger, leiser Stimme weiter. »Ich bin ins Krankenhaus gegangen, um es wegmachen zu lassen. Aber offenbar kannte dort jemand meine Mutter und hat sie angerufen. Und Mama ging zu der alten Roos, der wir nach dem Ferienlager Dankeskarten schreiben mussten. Weil sie für alles bezahlt hatte, weißt du noch? Danach haben sie mit dem hier angefangen …«

Sie bewegt die Hand, damit die verpackten Wasserflaschen und das Bett sichtbar werden. »Sie sagen, ich muss hierbleiben. Dass sie mir helfen, dass es mir nicht so schlecht geht. Dass sie mir helfen, alles aus mir herauszutreiben, das dem Ding, was in mir wächst, schaden will. Und sie haben Rebecca wieder auf ihre Seite gezogen. Sie hat mir Tabletten und alles Mögliche gebracht, das ich nehmen soll.«

Mia zögert, dann wird ihr Blick kalt. »Rebecca war zuerst so nett. Deshalb habe ich versucht, letzte Woche mit ihr zu sprechen, als wir allein waren. Aber sie wollte überhaupt nicht zuhören, sie war so hart und komisch. Und als ich gesagt habe, dass ich dir und der Polizei alles erzählen würde, wurde sie wütend und hat gesagt, dass dich das nur traurig machen würde. Und danach wurde alles nur noch schlimmer. Sie haben mich eingeschlossen, ich durfte nicht mal mehr rausgehen. Und noch andere Sachen, die siehst du dann in dem zweiten Film. Ich schleiche mich jetzt hinaus und lege die Videos in unser Versteck. Ich schicke dir eine Nachricht, bevor ich das Handy zerstöre, damit du sie findest.«

Sie hält den Laptop hoch. »Den hier packe ich in eine Tüte und lege ihn dazu, damit du die Filme anschauen kannst.«

Sie nestelt wieder an ihrer Kette. »Das hier ist das schönste Geschenk, das ich je bekommen habe. Aus Papas Lieblingsfilm. Ich habe mich immer neben ihm aufs Sofa gekuschelt und ihn mit ihm zusammen angeschaut, wenn Mama nicht daheim war. Ich lege die Kette zu den DVDs. Ich gebe sie dir zurück, weil ich sie nicht mehr brauche. Dann haue ich an den Ort ab, an dem ich meinen Körper verlassen werde.«

Sie sieht direkt in die Kamera, dann lächelt sie, doch ihre Augen sind leer. »Ich liebe dich«, sagt sie. »Wir sehen uns auf der anderen Seite.«

Das Team versammelt sich im Ermittlungsraum. Eken schließt die Tür und mustert angespannt sein Team. Alle warten stumm darauf, dass jemand etwas sagt.

Mias Bericht werden sie bis zum Ende ihres Lebens nicht vergessen können. Sanna denkt daran, wie langsam und bewusst sich das Mädchen ins Wasser gleiten ließ. Ohne Eile, ohne Zögern.

»Nun«, sagt Eken schließlich und seufzt. »Wo ist eigentlich Alice?«

Keine Antwort.

»Okay, dann fangen wir trotzdem an. Ich weiß nicht genau, was ich sagen soll. Sanna, möchtest du vielleicht …?« Er nickt ihr zu.

»Ja, wie fängt man nach so etwas an?«, beginnt sie und hebt die Stimme. »Holger Crantz hat sich also an Mia vergriffen und sie wiederholt vergewaltigt, als sie noch ein Kind war. Wir wissen nicht genau, wann es angefangen hat, aber es hat sicher vor und während des Sommerlagers angedauert. Damals war Mia sieben Jahre alt. *Sieben.* Als sie ihn einige Jahre später damit konfrontierte, hat er sie wieder vergewaltigt, und sie wurde schwanger.«

»Mia Askar wollte nicht einfach nur sterben«, fährt Sanna fort. »Sondern auch jemandem erzählen, warum sie sterben wollte. Sie spricht zu jemandem in ihrem Alter, sie erwähnt die Schule, das Lager. Und sie nennt ihn den Wolf.«

Der Empfangskollege kommt herein und flüstert Eken etwas ins Ohr. Der entschuldigt sich und eilt hastig in den Flur. Sanna sieht ihm genervt nach, spricht aber weiter:

»Mia spricht zu dem Jungen, der im Lager den Wolf verkörpert hat. Die Filme, die er von ihr bekommen hat, wurden an zwei Tatorten gefunden, so arrangiert, dass die Mordopfer sie vor ihrem Tod anschauen mussten.«

Sie deutet auf das Foto aus dem Lager Gryningen.

»Daher haben wir gute Gründe anzunehmen, dass unser Täter ein Teenager ist.«

Eken kommt zurück. Sanna versteht nicht, was wichtig genug gewesen sein könnte, um die Besprechung zu verlassen. Nicht diese Besprechung.

»Mach weiter«, sagt er.

»Okay. Ich habe gerade gesagt, dass Mias Selbstmordankündigung nur an eine Person gerichtet gewesen sein kann, und das ist der Junge aus dem Lager.«

Eken brummt zustimmend.

»Können wir uns irgendwie die Medien zunutze machen?«, fragt Sanna. »Ihn mit ihrer Hilfe finden? Irgendwer da draußen muss ihn doch wiedererkennen.«

Bevor Eken antworten kann, schlägt Eir mit den Handflächen auf den Tisch.

»Wir müssen uns Ines Bodin und Ava Dorn noch mal vorknöpfen«, sagt sie aufgebracht. »Die beiden wissen doch, wer er ist, verdammt noch mal. Sie *müssen* es wissen. Sie haben bei dem Lager mitgemischt. Dorn war dort. Ich nehme sie mir gern gleich noch mal vor.«

Eken räuspert sich verlegen und schweigt.

»Sagt nicht, dass ihr sie habt gehen lassen?«, fragt Eir. »Habt ihr Ava Dorn etwa freigelassen?«

Eken nickt. »Liljegren hat es mir gerade gesagt. Die Entscheidung ist fix. Ines Bodin hat alle Anschuldigungen wegen des Überfalls zurückgenommen.«

»Was zum Teufel …«, braust Eir auf. »Aber wir können doch versuchen, sie noch eine Weile hierzubehalten, oder? Sie ist doch noch nicht gegangen? Und Ines Bodin können wir doch …«

Eken hebt eine Hand, um sie zum Schweigen zu bringen. »Ines Bodin hat zu Liljegren gesagt, dass sie einen Flug auf die andere Erdhalbkugel gebucht hat – sie hat also sicher bereits das Land verlassen. Und Ava Dorn wurde gerade von ihrer Tochter abgeholt.«

»Tochter?«, wütet Eir. »Diese Hyäne hat Kinder?«

Sanna wendet sich an sie. »Kannst du dich erinnern, was Dorn gesagt hat, als wir den Namen des Jungen von ihr erfahren wollten?«

Eir sieht sie fragend an.

»Stark und gut aussehend. Sie hat gesagt, sie findet ihn stark und gut aussehend.«

»Und? Sie hat uns doch nur verarscht.«

»Vielleicht. Oder es ist ihr herausgerutscht. Eine Sekunde Ehrlichkeit inmitten der ganzen Lügen.«

Eir denkt nach. »Du glaubst, sie kennt ihn?«

»Mehr noch, ich glaube, sie versucht, ihn zu schützen. Wer

ist Dorns Tochter?«, fragt Sanna an Eken gerichtet. »Und hat sie Enkel?«

Eken nickt angespannt und wählt eine Nummer auf seinem Telefon. Er spricht mit dem Gefängnis und fragt nach dem Namen der Person, die Ava Dorn abgeholt hat.

Alice öffnet die Tür und kommt leise herein. »Entschuldigung«, sagt sie. »Das Telefonat mit der NOA hat länger gedauert.«

Alice hat so etwas an sich, denkt Sanna. Sie gleitet in die Räume hinein und wieder hinaus, ohne dass man sie hört oder sieht. Meistens hat sie neue Informationen dabei. Dieses Mal bringt sie nichts mit, sieht aber eifrig aus.

»Was ist los? Ist etwas passiert?«, fragt Sanna.

»Ihr erinnert euch doch, dass wir das Foto der Kinder an die Bildanalysegruppe geschickt haben? Sie haben was gefunden.«

»Und was?«, fragt Sanna ungeduldig.

Alice öffnet den Mund, doch es dauert, bis sie die Worte aussprechen kann.

»Ein großes Feuermal.«

Es wird still. Sanna sieht sie eindringlich an.

»Was soll das heißen?«

Alice schluckt. »Über dem rechten Auge und der Schläfe. Sie schicken noch ein Bild, aber ein Analytiker hat es wie eine Klaue über dem rechten Auge beschrieben.«

»Moment mal«, sagt Eir, während die Information einsinkt. »Du bist *total* sicher, dass sie das gesagt haben?«

Eken beendet sein Telefonat.

»Mette Lind ist Dorns Tochter«, berichtet er.

KAPITEL FÜNFUNDDREISSIG

Mette Linds Viertel liegt still da, als Sanna und Eir sich nähern. Sanna schaltet hinunter und lässt den Wagen vorsichtig über eine Bremsschwelle rollen.

Die Gegend ist idyllisch mit ihren Jahrhundertwendehäusern. Ligusterhecken und weiß gestrichene Zäune umrahmen gepflegte Rasenflächen, kahle Obstbäume und Beete mit Staudenpflanzen. Trampoline und zugedeckte Gasgrille stehen in den Gärten.

Eir wirft Sanna einen Blick zu. »Alles in Ordnung?«, fragt sie leise.

»Ich weiß es nicht. Was meinst du?«

»Du hast kaum etwas gesagt, seit wir vom Revier losgefahren sind.«

»Ich rechne damit, dass das hier schwierig werden wird.«

»Klar. Aber stell dir vor, wenn wir jetzt recht hätten? Wenn wir ihn haben sollten?«

»Wir haben noch gar nichts. Nur eine Theorie.«

»Ja, aber …«

»Bisher haben wir nur Benjamin auf dem Foto identifiziert und wissen, dass er in dem Sommerlager war«, sagt Sanna ernst. »Wir müssen abwarten, ob er überhaupt mit uns über Mia reden will. Vielleicht verweigert er ja ein Gespräch.«

»Ja.«

»Wir müssen vorsichtig sein, ernsthaft. Wir haben nur Vermutungen. Wie wir an das Ganze herangehen, kann entscheidend sein, ob er mit uns spricht oder nicht.«

Eir nickt.

Ein paar Teenagerjungen schrauben vor einer Garage an einem Moped. Werkzeug und Ersatzteile liegen auf dem Boden verstreut. Einer beugt sich vor und testet das Vorderlicht. Sanna muss plötzlich an Erik denken. Wäre er noch am Leben, hätte er vielleicht auch so dagestanden und in irgendeinem Hinterhof mit einem Kumpel an einem Motorrad gebastelt.

»Das da muss es sein«, sagt Eir und lehnt sich vor. Sie gleicht die Nummer an einem Haus auf der linken Straßenseite mit der Adresse ab, die sie in ihrem Handy gespeichert hat.

Das Haus ist ziemlich klein, aus Holz und frisch hellgrau gestrichen. Türen und Fenster haben Sprossengitter und breite weiße Rahmen. Ein sorgfältig gerechter Kiesweg führt zur Haustür und um das Haus herum. Sie biegen in die Einfahrt, wo Mettes Auto mit offener Fahrertür und laufendem Motor steht. Es ist niemand zu sehen.

»Ich komme gleich«, sagt Sanna, als Eir aus dem Saab steigt.

Sie streicht mit den Fingern über die Tabletten in der Manteltasche und sieht zum Haus. Jemand steht hinter einem Fenster, die Gardine bewegt sich.

Sie mustert die restlichen Fenster. Sie kann sich Benjamin in dieser Umgebung nur schwer vorstellen, hinter den hellgrauen Wänden, wie er vielleicht auf dem Sofa vor dem Fernseher liegt. In einem Teenagerzimmer mit Bandpostern an den Wänden vor dem Computer sitzt und etwas spielt.

Auch Jack hat viel Zeit in dem Haus verbracht, das so hell und einladend wirkt. Zusammen mit Benjamin. Der ihn hasst. Wer ist er eigentlich, dieser Benjamin Lind?

Vielleicht hat er schon immer gewusst, dass er anders als andere ist, irgendwie seltsam. Er hat pathologische Angst, von Mette getrennt zu werden. Beim kleinsten Anzeichen, dass jemand sich zwischen ihn und seine Mutter schieben könnte, verliert er die Fassung, und diese rasende Wut hat er mehr als einmal gegen Jack gerichtet. Sie haben gesehen, zu welcher Gewalt er fähig ist. Ohne Zweifel hat er die verschobene Wirklichkeitsauffassung, die Kraft und den Hass, die für den Mord an einem anderen Menschen nötig sind.

Doch wie passt Mia dazu? Welche Verbindung hat sie zu Benjamin? Sanna sieht die Kette vor sich, so ein aufmerksames und persönliches Geschenk. Dann denkt sie daran, wie oft sie sich in ihrem Leben schon über die Liebe gewundert hat. Sie weiß, wie unberechenbar sie sein kann, sie hat selbst jemanden geliebt, der das genaue Gegenteil von ihr war. Kein Mensch kann seine Gefühle vollkommen kontrollieren. Aber sie kann sich trotzdem nicht vorstellen, wie jemand wie Benjamin mit seiner harten, schroffen Persönlichkeit jemanden wie Mia über alles lieben könnte. Auch rein praktisch kann sie es sich nicht vorstellen. Wann sollte er, neben seiner Fixierung auf Mette, überhaupt die Möglichkeit gehabt haben, seiner Liebe auf die Weise Ausdruck zu verleihen, wie sie Mia beschrieben hat? Dass Mia Benjamin geliebt haben könnte, wenn er der Einzige sein sollte, der sie wirklich zu schützen versucht hatte, konnte sie auf gewisse Weise nachvollziehen. Doch Benjamins Gefühlsleben, sein bizarres Verhalten, ist ein viel größeres Rätsel.

Eir tritt vor dem Auto ungeduldig auf der Stelle. Als Sanna aussteigt, leuchtet eine Lampe hinter den kleinen Dielenfenstern neben der Haustür auf.

Diese öffnet sich, und Benjamin kommt heraus. Er scheint

es eilig zu haben, schaut auf sein Handy und zieht die Tür hinter sich zu, ohne die beiden Polizistinnen zu bemerken. Als er aufsieht und sie entdeckt, rennt er ängstlich ins Haus zurück.

Ein paar Sekunden später stehen Sanna und Eir in der Diele, Benjamin läuft durch eine Hintertür ins Freie, doch Eir holt ihn im Garten ein.

»Wir wollen nur mit dir reden«, keucht sie.

Er will sich auf sie stürzen, doch sie kann ihn rechtzeitig festhalten.

Mette kommt eilig hinzu und versucht aufgebracht, ihren Sohn aus Eirs Griff zu befreien, doch Sanna drängt sie zur Seite.

»*Sie* wollt ihr doch, oder?«, schreit Mette und deutet zum Haus.

Als Sanna sich umdreht, steht Ava Dorn in einem Fenster und beobachtet ausdruckslos das Geschehen. Ihr Mund steht leicht offen, und sie streicht sich langsam übers Kinn.

Mette zerrt an Sannas Arm. »Benjamin und ich dachten bis vor ein paar Tagen, sie sei *tot.* Was auch immer sie angestellt hat, mein Sohn hat nichts damit zu tun! Ich habe sie nur aus dem Gefängnis abgeholt. Wir haben hier haltgemacht, weil Benjamin abgesetzt werden wollte, dann sollte ich sie heimfahren. Was auch immer sie getan hat, wir haben *nichts* damit zu tun. *Hören Sie, was ich sage?*«

Mette sieht sie verzweifelt an. Sanna will gerade etwas sagen, als Benjamin brüllt:

»Lass mich los, du Bullenschwein!«

Er schlägt wild um sich, Eir kann ihn kaum bändigen. Sanna bedeutet ihr, sich zu beruhigen und ihren Griff zu lockern.

»Benjamin, wir müssen kurz mit dir reden«, sagt sie. »Deine Mutter darf dabei sein.«

Sofort wird er ruhiger, sieht fragend zu Mette, dann wieder zu Sanna.

»Worüber?«

»Das besprechen wir in Ruhe«, erwidert Sanna.

Die Angst in seinen Augen ist fast kindlich, aber sie weiß, dass sie jederzeit in Gewalt umschlagen kann.

»Nein«, flüstert er.

Sanna tritt einen Schritt näher. »Warum nicht?«

Er schüttelt den Kopf. »Ich habe Nein gesagt, du blöde Kuh.«

Bei seinem Tonfall packt Eir seinen Arm wieder fester. Da reißt er sich los und schlägt wieder wild um sich. Eir versucht, ihn einzufangen, zuckt jedoch auf einmal zurück, als hätte man sie gestoßen.

»Beißt du jetzt auch noch? Hä? *Hä?*«, schreit sie ihn an.

Er geht schwankend einen Schritt zurück und bleibt stehen. Eirs Hand blutet. Ava Dorn kommt in den Garten.

»Natürlich beißt er«, sagt sie. »Er ist doch wie ein verängstigter Hund.«

»Geh wieder ins Haus, Mama.« Mette sieht zwischen Benjamin und der Malerin hin und her.

Eir packt den Jungen von Neuem.

»Eine Weile dachte ich, dass Sie vielleicht recht hätten, dass er all diese Menschen ermordet haben könnte«, fährt Dorn fort. »Aber Sie sehen ja, wie er ist.«

»Wovon redest du?«, fragt Mette. »Was soll das heißen, ermordet …« Sie verstummt und dreht sich zu Sanna.

»Sind Sie *deshalb* hier?«

»Wir wollen mit Benjamin über sein Verhältnis zu Mia Askar sprechen …«

Ein Schrei zerreißt die Luft. Eir packt ihren Arm, Blut quillt zwischen ihren Fingern hervor.

»Er muss es irgendwo versteckt gehabt haben …«, sagt sie unter Schock.

Benjamin lässt das Taschenmesser zu Boden fallen, starrt auf Eirs blutenden Arm und dann zu Mette, die zu weinen beginnt. Ihr Körper bebt unter den Schluchzern, sie bringt keinen Ton heraus und kann ihren Sohn nicht ansehen.

»Du bist schuld!«, brüllt er sie an.

Sanna zieht ihre Waffe und hält ihn dadurch ab, sich auf seine Mutter zu stürzen.

»Wegen dir bin ich so, du verdammtes schwaches Miststück!«, schreit er. »Ich töte, wen ich will, du bist schuld, und dich töte ich auch. Du wirst auch sterben, du verdammte Fotze!«

Sanna fordert Verstärkung und einen Krankenwagen für Eir an, während sie ihre Waffe weiterhin auf Benjamin gerichtet hält. Er starrt sie an, der Hass in den fast schwarzen Augen geradezu greifbar.

Plötzlich stürzt er sich auf sie. Sie entsichert die Waffe, und er bleibt vor ihr stehen. Er stößt einen Schrei aus, und mit verzerrtem Gesicht schleudert er ihr einen obszönen Fluch nach dem anderen entgegen. Er brüllt, dass er ihr den Kopf abschlagen und ihr Gehirn ficken wird, bevor er ihre Kinder auslöscht.

Als die Verstärkung eintrifft und er aus dem Garten gebracht wird, scheint Sanna wie aus großer Höhe hinabzustürzen. Sie atmet tief ein und erlaubt sich zum ersten Mal seit Langem, Erleichterung zu verspüren.

Dann wählt sie Ekens Nummer, und als er antwortet, durchflutet sie ein Gefühl von Befreiung.

»Ich glaube, wir haben ihn jetzt«, sagt sie.

Am Abend wird Benjamin Lind schließlich in eine Zelle gesteckt, nachdem ein Sozialarbeiter mit ihm gesprochen hat. Man hat ihn wegen gewaltsamen Widerstandes gegen eine Beamtin offiziell festgenommen. Der Staatsanwalt Leif Liljegren beschließt eine Verlegung in eine besondere Einrichtung für Kinder und Jugendliche, was jedoch bis zum nächsten Tag warten muss. Sanna lässt sich auf ihren Schreibtischstuhl sinken, nachdem Benjamins Rechtsbeistand das Gebäude verlassen hat.

Sie öffnet die Mappe, in der sie ihr Material und ihre Aufzeichnungen von der Hausdurchsuchung bei Mette am Nachmittag gesammelt hat. Sie besieht sich die Bilder der Taschen- und Jagdmesser, die sie in Benjamins Zimmer gefunden haben, und fragt sich, wie er sie so erfolgreich vor seiner Mutter verstecken konnte.

Eir kommt mit einer Kaffeetasse in der Hand hinzu. Die andere Hand ist verbunden, ebenso wie ihr Arm.

»Du darfst gern mal lächeln«, sagt sie und setzt sich.

Sanna nimmt die Tasse, die Eir auf dem Tisch abstellt, trinkt davon und verzieht das Gesicht.

»Der ist ja kalt.«

»Danke der Nachfrage, mir geht's gut«, sagt Eir, streckt die Arme über den Kopf und stöhnt laut. »Der Stich war nicht so tief.«

Sanna schlägt die Mappe wieder zu und lehnt sich zurück. Sie wirkt nachdenklich.

»Was ist los?«

»Ich denke an Mia … Ich begreife immer noch nicht, was die beiden eigentlich für eine Beziehung hatten.«

»Ich weiß«, erwidert Eir. »Dass er mit einem Mädchen wie ihr eine Beziehung gehabt haben soll. Oder überhaupt mit jemandem.«

»Wir verstehen vielleicht mehr, wenn wir ihn morgen befragen.«

»Du, mir ist etwas eingefallen.« Eir beugt sich vor. »Die Sache mit Mia. So wie er auf Mette fixiert ist, das ist doch krank, oder? Du hast ja gesehen, wie er im Garten ausgeflippt ist, als sie sich von ihm abgewandt hat.«

»Ja, und?«

»Kann er nicht auch so für Mia empfunden haben?«

Sanna sieht ihre neue Kollegin an. Eir hat eine Klarheit an sich, die man selten bei Menschen findet.

»Ich meine, vielleicht liegen wir falsch, wenn wir versuchen, sie uns als zwei verliebte Teenager oder so was vorzustellen? Vielleicht hat er sie nicht so geliebt wie sie ihn? Vielleicht war es für ihn völlig anders? Liebe hat ja viele Gesichter.«

Sanna denkt, dass sie recht haben könnte, aber ihre Worte lassen sie schaudern. Wenn das stimmt, dann ist die Wirklichkeit noch dunkler und gestörter, als sie es sich vorgestellt hat. Mia war vielleicht in Benjamin verliebt, sah einen Beschützer in ihm. Doch für ihn war es etwas völlig anderes.

»Du meinst, er war besessen von ihr?«

Beide schweigen.

»Hast du eine andere Erklärung?«

Sanna schüttelt den Kopf. Sie steht auf, holt die Tabletten aus der Manteltasche. Sie nimmt eine mit einem Schluck kalten Kaffee.

»Wohin willst du?«, fragt Eir. »Du brauchst übrigens dringend Hilfe mit dem Zeug«, fährt sie fort. »Den Tabletten …«

»Ich nehme ein Taxi nach Hause und gehe schlafen«, antwortet Sanna.

»Ich fahre dich.«

Sanna hebt abwehrend die Hand. »Ich muss allein sein.«

Eir rafft stur ihre Jacke an sich. »Du musst dir vor allem mal auf die Schulter klopfen. Und dann musst du dir Hilfe wegen der Tabletten holen und …«

»Kannst du damit überhaupt fahren?« Sanna deutet auf Eirs Arm.

»Los, komm schon.« Eir lächelt.

»Na gut, dann fahr mich heim.«

»Wir haben ihn«, sagt Eir vorsichtig auf dem Weg zum Aufzug. »Es ist vorbei.«

Im Auto sieht Sanna, dass das Krankenhaus versucht hat, sie zu erreichen. Sie wählt die Nummer. Jemand antwortet mit weicher, freundlicher Stimme, und Sanna stellt sich vor.

»Sie hatten angerufen?«

Eir wirft ihr einen Blick zu. Sannas Gesicht scheint innerhalb einer Sekunde um Jahre gealtert zu sein.

»Wer war das?«, fragt sie, als Sanna auflegt.

»Eine Krankenschwester von Jacks Station.«

»Ist alles in Ordnung?«

Sanna nickt. »Er soll in eine Einrichtung verlegt werden.«

»Oh, warum?«

»Er soll Hilfe von Spezialisten bekommen, eine Art Traumabehandlung.«

»Das Jugendamt hat also keine Familie für ihn gefunden?«

Sanna schüttelt den Kopf. »Ihrer Meinung nach braucht er zuerst Hilfe.«

»Aber warum ruft man dann *dich* an?«

Sanna sieht aus dem Fenster. »Jack hat sie darum gebeten. Er will, dass ich zu ihm komme. Als ich dort war, habe ich ihm versprochen, zurückzukommen.«

Eir seufzt. Jack Abrahamsson hat sich wirklich tief in Sannas Seele gegraben. »Du weißt, dass du nicht hinfahren musst«, sagt sie. »Vielleicht wird es sogar schwerer für ihn, wenn ihr euch so aneinander gewöhnt? Vielleicht macht er sich falsche Hoffnungen, dass du etwas für ihn tun kannst.«

»Fahr mich bitte einfach zum Krankenhaus.«

Eir seufzt frustriert. »Du kannst ihn doch in ein paar Tagen in dieser Einrichtung besuchen, oder?«

»Die ist irgendwo in Norrland.«

»Norrland?«

Sanna zuckt mit den Schultern. »Sie haben ihm offenbar ein paar Adressen zur Auswahl gegeben. Er wollte wohl so weit weg von der Insel wie möglich.«

»Okay, aber heute Abend solltest du wirklich nicht ins Krankenhaus fahren. Du hast doch gerade erst so eine Tablette genommen. Ich kann dich morgen früh nach Benjamins Verhör hinbringen.«

»Das geht nicht.«

»Was soll das heißen?«

»Sein Flugzeug geht morgen früh um sechs Uhr.«

Kurz darauf steht Sanna vor Jacks Zimmertür. Sie kippt den letzten Kaffee aus dem Aufenthaltsraum hinunter und kneift die Augen zusammen, um ihre Sicht zu schärfen. Dann nähert sich dieselbe Krankenschwester, die sie schon bei ihrem letzten Besuch getroffen hat.

»Danke für den Anruf«, sagt Sanna. »Und dass Sie mir erzählt haben, was sein Betreuer vom Jugendamt gesagt hat. Ich weiß, dass Sie solche Informationen normalerweise nicht weitergeben, wenn man nicht zur Familie gehört …«

Die Schwester legt ihr eine Hand auf den Arm. »Jack hat

darauf bestanden«, antwortet sie und sieht ihr ruhig in die Augen. »Er will Sie wirklich sehen.«

Sanna lächelt schwach. Die Luft im Flur ist trocken, und das grelle Neonlicht blendet sie. Sie nickt der Schwester freundlich zu sowie dem Polizisten, der immer noch vor Jacks Zimmer Wache hält. Dann öffnet sie vorsichtig die Tür.

Im Zimmer ist es überraschend kühl und frisch. Das Fenster ist angelehnt, und Jack sitzt halb im Bett, dessen Rückenteil hochgestellt ist. Der Patientenkittel ist verschwunden, stattdessen trägt er dunkelblaue Jogginghosen und einen dazupassenden Kapuzenpullover. Der Fernseher ist eingeschaltet. Er wirkt deutlich lebendiger als bei ihrem letzten Besuch, doch sein Gesicht ist trotzdem verkrampft, die Augen traurig. Die Prellungen sind noch deutlich zu sehen, verheilen aber langsam.

»Darf ich das Fenster zumachen?«, fragt sie. »Draußen ist es eiskalt.«

Er nickt.

»Hallo, übrigens«, sagt sie und geht zum Bett.

Er rutscht ein wenig zur Seite, sodass sie sich neben ihn setzen kann. Die Matratze ist angenehm weich, und Sanna merkt, wie schläfrig sie bereits durch die Tablette geworden ist.

»Neue Kleider? Vom Jugendamt?«

Jack nickt.

»Ich habe gehört, dass du morgen früh abreist?«

Er nickt wieder.

»Hast du schon gepackt?«

Er deutet zur Wand, wo eine schwarze Reisetasche neben seinem Rucksack steht. Wärme breitet sich in Sannas Brust aus. Alice hatte nach dem Zwischenfall auf dem Revier gesagt, sie wolle sich darum kümmern, dass er seinen Rucksack bekommt. Offensichtlich hat sie Wort gehalten.

Ein kleiner Notizblock und ein stumpfer Bleistift liegen am Fußende des Betts. Sie streckt sich danach, schreibt ihre Handynummer auf, reißt das Blatt ab und gibt es dem Jungen.

»Du kannst mir schreiben, wann immer du willst und worüber du willst. Okay?«

Er nickt und schiebt den Zettel in die Hosentasche.

»Und wie heißt die Einrichtung, in die du kommst?«, fragt sie. »Ich könnte dort in ein paar Tagen anrufen und schauen, wie es dir geht. Wenn du das möchtest?«

Jack rutscht vom Bett und geht zu seinem Rucksack. Er holt eine Broschüre aus dem Außenfach und gibt sie ihr. Beim Anblick seiner Hand stockt sie. Der Bluterguss unter der Haut ist fast schwarz geworden, die Haut ist aufgeworfen. Er zieht die Hand zurück und setzt sich wieder aufs Bett.

»Soll ich die Krankenschwester bitten, dass sie sich das mal anschaut?«, fragt Sanna zurückhaltend. »Vielleicht musst du noch ein paar Tage länger bleiben?«

Er schüttelt den Kopf. Etwas blitzt in seinen blauen Augen auf, und er sieht zwischen der Uhr an der Wand und dem Fernseher hin und her. Er zählt die Stunden, bis er hier weg ist, denkt sie.

In der Broschüre steht, dass das Jugendwohnheim auf die Behandlung von schweren Traumata spezialisiert ist. Sie schiebt sie in ihre Manteltasche.

»Du siehst viel wacher aus«, sagt sie vorsichtig.

Er sieht ins Leere. Sie nimmt seine Hand, auch wenn ihr jeder Nerv ihres Körpers davon abrät, ihm näherzukommen.

Er drückt ihre Hand. Plötzlich hat sein jungenhaftes Gesicht einen entschlossenen Ausdruck. Sie versucht, in ihm zu lesen, würde gern über Benjamin mit ihm sprechen. So viel will sie sagen, will sie fragen. Aber sie weiß, dass sie das nicht kann, dass es dafür zu früh ist.

»Ich gehe dann mal«, hört sie sich verlegen sagen.

Jack nickt, packt ihre Hand aber fester.

Sanna weiß nicht, was sie tun soll, und bleibt sitzen. Erst als ihre Hand zu schmerzen beginnt, will sie sie zurückziehen, doch er hält sie fest.

»Hey, du tust mir weh«, sagt sie sanft.

Er lässt sie los. Sie massiert ihren Handrücken. Tränen glänzen in seinen Augen.

»Das macht nichts«, sagt sie leise.

Die Schwester klopft und steckt den Kopf zur Tür herein.

»Du solltest jetzt versuchen zu schlafen oder dich wenigstens auszuruhen«, meint sie lächelnd zu Jack. »Damit du morgen alles gut schaffst.«

Sanna merkt, dass die Schwester ihnen nicht mehr gemeinsame Zeit gewähren wird, und sieht zu dem Jungen. Langsam rutscht er von der Bettkante und steht auf. Seine Augen sind feucht, und er wirkt wie ein Kind. Als er die Arme fest um sie schlingt, kann auch sie die Tränen nicht zurückhalten. Sie umarmt ihn, bis sich die Krankenschwester im Hintergrund diskret räuspert.

Als sie ihn gerade loslassen will, spürt sie, wie seine Hände sich unter ihren Mantel stehlen und sie noch einmal umklammern.

So nahe wie möglich will er ihr sein.

»Ich werde dich nicht vergessen«, flüstert sie. »Das verspreche ich.«

KAPITEL SECHSUNDDREISSIG

Am nächsten Morgen nimmt Sanna ein Taxi zum Revier. Es ist ein schöner, klarer Tag. Obwohl die Sonne hell scheint, muss sie gähnen. Die gestrige Tablette wirkt noch nach, die Müdigkeit lässt ihre Muskeln schmerzen, ihr Hals ist rau. Sie räuspert sich und bittet den Taxifahrer, an der Tankstelle zu halten.

Als sie wieder einsteigt, schwappt der heiße Kaffee aus dem kleinen Trinkloch im Plastikdeckel. Sie flucht leise vor sich hin und trocknet ihre Hand mit einer Serviette ab. Es tut weh, sie hat einen blauen Fleck auf dem Handrücken und bewegt prüfend die Finger. Ein scharfer Schmerz schießt durch ihre Hand. Bruchstückhaft kommt der gestrige Abend zurück. Sie fragt sich, wo Jack jetzt gerade ist, sieht auf die Uhr ihres Telefons. Sicher ist er schon weit weg.

Als sie gerade das Taxi bezahlt, stürzt Eken aus dem Polizeigebäude auf sie zu. Er sieht gehetzt aus.

»Was ist passiert?«, ruft sie beim Aussteigen.

»Benjamin Lind ist tot«, berichtet er. »Er hat sich in der Nacht in seiner Zelle erhängt.«

Sanna lässt sich auf einen Stuhl sinken. Eir, Alice und Bernard sehen Eken schockiert an, der aufgewühlt im Ermittlungsraum auf und ab geht.

»Mette Lind kam gestern spätabends ins Gefängnis. Laut den diensthabenden Beamten hatte sie eine Sondererlaubnis von Liljegren, um Benjamin zu besuchen. Es gab offenbar Streit.«

»Weshalb?«, fragt Eir.

Eken sieht sie müde an. Langsam fährt er sich mit der Hand durchs Haar, und zum ersten Mal sieht Sanna ein paar graue Strähnen.

»Mette war bei Eddie Lind, dem Vater des Jungen, um ihm alles zu erzählen. Sie hat bei ihm Benjamins Zimmer auf den Kopf gestellt und sein Tagebuch gefunden. Es war voller Briefe an ein Mädchen. Außerdem hat sie Ausschnitte und Notizen dazu gefunden, wie man eine Leiche zerteilt. Und so weiter.«

»Und so weiter…?«, wiederholt Eir aufgebracht.

»Dinge, die so widerwärtig waren, dass ich nicht einmal darüber sprechen möchte.«

Sanna seufzt. Sie ist wütend und enttäuscht.

»Und dann hat sie Benjamin damit konfrontiert? Und jetzt hat er sich umgebracht?«, sagt sie zu Eken.

Er nickt.

»Wie *konnte* das nur passieren?«

Er schüttelt den Kopf. »Ich weiß es nicht«, antwortet er müde. »Man wird das untersuchen.«

Sanna denkt an Mette und wie sie ihren Sohn in die Ecke gedrängt hat. Was ihn vollständig und endgültig gebrochen haben muss.

»Laut der diensthabenden Beamten ist der Streit so eskaliert, dass man Mette wegführen musste. Dabei schrie sie, dass sie nicht mehr seine Mutter sei.«

»Aber ich verstehe das nicht«, sagt Alice. »Er stand doch

sicher unter Überwachung? Man lässt doch einen Teenager unter solchen Umständen nicht allein? Und sonst auch nicht?«

»Ich weiß es nicht«, antwortet Eken. »Ich kann es noch nicht erklären, mir fehlen noch einige Informationen.«

»Und wie kam er an etwas heran, mit dem er sich umbringen konnte?«, fährt Alice fort. »Ich verstehe das wirklich nicht …«

Eken setzt sich, nimmt die Brille ab und fährt sich mit der Hand über den Mund.

»Mette hat ihren Schal vergessen«, sagt er. »Er muss ihn vor den Beamten versteckt haben. Damit hat er sich dann offenbar das Leben genommen.«

Eir holt Luft. Sie erinnert sich an Benjamins leuchtend gelbe Regenjacke in der Schlinge am Klettergestell. Am selben Tag, als Mette mit Jack bei Gunnar Billstam war und Benjamin auf dem Parkplatz auf die beiden gewartet hatte. Er hatte seine eigene Strangulation inszeniert, um seine Mutter zu erschrecken. Eir bereut, dass sie einfach nur die Jacke heruntergeholt und es Mette gegenüber nicht einmal erwähnt hat.

»Vor dem Krankenhaus hat er einmal seine Regenjacke ausgestopft und sie an das Klettergerüst gebunden, sodass es wie jemand aussah, der sich erhängt hat«, erzählt sie nun leise. »Ich hätte es vielleicht melden sollen, aber ich hielt es nur für einen Dummejungenstreich …«

»Sei nicht zu hart zu dir«, sagt Eken. »Benjamin Lind war nicht gerade ein Engel.«

»Was soll das heißen?«, fragt Sanna. »Es ist doch wohl trotzdem unsere Pflicht, ihn zu schützen, wenn er sich in unserer Obhut befindet. Und wir wissen ja noch nicht mal, ob er wirklich etwas mit den Morden zu tun hat …«

Sie verstummt.

»Doch, das wissen wir«, entgegnet Eken.

»Wieso?«

»Die diensthabenden Beamten haben gehört, wie er zu Mette gesagt hat, er sei ein Henker, und er wünschte sich, noch mehr Schweine umgebracht zu haben.«

»Gut, aber das kann er auch einfach nur so gesagt haben. Mich und Eir hat er in ihrem Garten auch beschimpft …«

Sie schweigt.

»Was ist los?«, fragt Eken und legt dann still seine Hand auf ihre. »Sanna, es ist vorbei. Okay?«

Eir geht am Meer entlang. Der Wind peitscht ihr ins Gesicht, bis sie Wangen und Kinn nicht mehr spürt. Sie bleibt stehen und sieht auf die Wellen, die wütend an den Strand schlagen. Ihr Rhythmus erinnert sie an ihre eigene Atmung.

Sie schließt die Augen und hält das Gesicht in die Sonne. Da vibriert ihr Handy in der Tasche.

Die Nummer erkennt sie sofort. Es ist ihr früherer Chef bei der NOA.

Zurück auf dem Polizeirevier steigt ihr der Geruch nach Kaffee in die Nase. Bernard und Alice sprechen leise bei der neuen, zischenden Kaffeemaschine miteinander. Sie sehen müde, aber trotzdem fröhlich aus. Sanna steht in Gedanken versunken an einem Fenster. Eir fällt auf, wie schön sie ist. Groß und schlank, das blonde Haar etwas wild und ungezügelt, was zu ihr passt.

Eir geht zu ihr. »Woran denkst du?«

»Was glaubst du?«

Eir verzieht das Gesicht. »Ja, ich finde das alles auch sehr komisch«, antwortet sie. »Mein Kopf platzt gleich. Ich kann kaum begreifen, dass er tot ist.«

Sanna geht schweigend zu ihrem Schreibtisch.

»Diese Insel wird nie wieder dieselbe sein«, sagt Eir unbeholfen und folgt ihr.

»Das kann dir doch egal sein«, erwidert Sanna ruhig. »Du wartest doch nur darauf, wieder zur NOA zurückzudürfen.«

»Mein früherer Chef hat mich gerade angerufen.«

Sanna zuckt mit den Schultern. »Und?«

»Ja, er will, dass ich zurückkomme.« Eir hätte schwören können, dass Trauer in Sannas Augen aufblitzt. »Ich habe ihnen gesagt, sie sollen sich jemand anderen suchen«, fährt sie fort. »Ich bleibe hier.«

Sanna lächelt widerwillig, bevor sie sich an ihren Schreibtisch setzt.

Der Empfangskollege winkt ihr zu. »Ich nehme an, das gehört dir? Ich habe es aus Versehen mitgenommen, als ich meine Ausdrucke geholt habe.« Er legt Sanna ein Blatt Papier auf den Schreibtisch.

Eir wirft neugierig einen Blick darauf. Es handelt sich um ein Flugticket.

»Nimmst du endlich Urlaub?«

»Nur ein paar Tage.«

Sanna zieht das Ticket zu sich, doch Eir sieht noch den Zielort: Svartuna.

Was zum Teufel?, denkt sie und erinnert sich an Bernards Worte. Dass Mårten Unger, der Mann, der Sannas Ehemann und Sohn getötet hat, mit geschützter Identität in Svartuna lebt. Und dass Sanna seine Adresse in der Manteltasche mit sich herumträgt.

»Und was willst du da machen?«, platzt sie heraus.

Sanna holt seufzend die Broschüre von Jacks Therapieeinrichtung hervor und hält sie Eir hin. Im selben Moment fällt

Eir ein, was Sanna am Abend zuvor gesagt hat. Dass die Klinik, die Jack sich ausgesucht hat, in Norrland liegt.

Sanna tippt auf eine kleine Landkarte in dem Faltblatt.

»Vom Flughafen sind es mindestens noch drei Stunden Fahrt. Diese Einrichtung muss irgendwo in der Wildnis liegen. Ich muss schauen, ob ich dort irgendwo wohnen kann oder mir ein Zimmer in Svartuna miete.«

»Wie passend«, meint Eir schnaubend.

»Wieso?«

»Das weißt du ganz genau.«

»Nein, das weiß ich nicht. Hast du ein Problem damit, dass ich Jack besuche?«

Eir lacht auf. »Machst du Witze? Natürlich ist das total gestört, dass du zu ihm fahren willst. Das ist nicht normal. Du kannst dich doch nicht wegen irgendeines Jungen so benehmen, nur weil …«

»Weil …?«

Eir beißt sich auf die Lippe. Sie sucht nach den richtigen Worten, um Sanna nicht zu verletzen und zurückzustoßen.

»Was ist dein Problem?«, beharrt Sanna.

»Mein Problem? Es ist nicht nur, dass du viel zu eng mit Jack Abrahamsson bist. Dass er dich an deinen Sohn erinnert oder was auch immer. Sondern dass du einfach hochfliegen und ihn besuchen willst – ausgerechnet in diesem verfluchten Teil des Landes.«

Sannas Augen werden pechschwarz vor Enttäuschung. »Ich verstehe nicht, wovon du sprichst«, sagt sie.

Ihr Handy klingelt, sie steht auf und entfernt sich.

Eir wirft einen Blick auf Sannas Mantel, den sie über die Lehne des Schreibtischstuhls geworfen hat. Dann nimmt sie ihn und geht rasch auf die Toilette. Sie versteckt sich in einer

Kabine, lehnt sich mit dem Rücken gegen die Tür und tastet nach den Manteltaschen.

Sie wird nach vorn gestoßen, als die Tür aufgeschoben wird. Sanna versucht, ruhig und gefasst nach ihrem Mantel zu greifen, doch Eir dreht sich weg und tastet weiter.

»Was machst du da?«, fragt Sanna.

»Ich weiß, was du in der Manteltasche mit dir herumträgst. Dass du herausgefunden hast, wo er wohnt. Aber das hört jetzt auf.«

»Gib her«, sagt Sanna seufzend.

»Ist dir völlig egal, was mit deinem Job passiert? Und deinen Kollegen?«

»Okay, hör zu. Gib mir den Mantel, dann werde ich den Zettel wegwerfen … Wenn es dir denn so wichtig ist.«

Eir zögert, doch bevor sie sich entschieden hat, reißt Sanna den Mantel an sich und schiebt die Hand in eine Tasche.

»Gib her«, sagt Eir wütend. »Sofort.«

»Du glaubst, es spielt eine Rolle, wenn du einen Zettel vernichtest?«, erwidert Sanna kraftlos. »Glaubst du nicht, dass in mein Gehirn eingebrannt ist, wo er wohnt? Wie glaubst du schaffe ich es, jeden Morgen aufzustehen? Nur weil ich weiß, dass ich jederzeit dorthin fahren und ihn umbringen *könnte.*«

»Jetzt nicht mehr«, ertönt plötzlich Bernards Stimme von der Tür. »Mårten Unger ist tot. Man hat ihn gerade gefunden.«

Sanna wird kreidebleich, als sähe sie einen Geist.

»Was soll das heißen?«, bringt sie mühsam heraus. »Woher weißt du das?«

»Als du angefangen hast, ihm mit meiner Kennung hinterherzuschnüffeln, habe ich einen Kollegen, den ich da oben kenne, gebeten, ihn im Auge zu behalten. Vorhin hat man einen Mord gemeldet, und es hat sich herausgestellt, dass der Tote Mårten Unger ist …«

»Bist du sicher?«, fällt sie ihm ins Wort. »Sind die Kollegen sich ganz sicher?«

Bernard nickt. »Und das ist noch nicht alles.«

Schockiert sehen die beiden Frauen ihn an. Er schluckt.

»Sie sagen, dass seine …« Bernard schließt die Augen. »Seine Kehle war durchgeschnitten. Die Wunden sehen aus wie ein Kreuz.« Er deutet die Verletzung an seinem Hals an.

»Was zum Teufel sagst du da?« Eir starrt ihn an.

»Ja, wie ein Kreuz. Wie bei …«

Bilder von den Tatorten zucken an Sannas innerem Auge vorbei. Die Schnitte an der Kehle. Die Umgebungsgeräusche werden zu undeutlichem Murmeln.

»Was denkst du?«, stottert Bernard.

Sie öffnet den Mund, es dringt jedoch kein Wort heraus. Ihre Hand ist immer noch in der Manteltasche. Sie schließt sich um etwas. Nicht der zusammengefaltete Ausdruck aus dem System mit Mårten Ungers geheimer Adresse.

Jetzt befindet sich etwas anderes in der Tasche.

Ihre Finger zittern, als sie die Hand herauszieht. Ohne hinzusehen erkennt sie das glänzende, glatte Papier. Es erinnert sie an etwas, das sie nur allzu gut kennt: das Foto der Kinder.

Doch das hier ist kleiner.

Als sie es umdreht, starrt ihr ein Junge mit einer grotesken Wolfsmaske entgegen. Die abstoßenden Züge und das scharfe Maul scheinen einem Untier mit Raubtierklauen zu gehören. Doch das monströse Gesicht sitzt auf dem Körper eines kleinen Kindes.

Außer der Maske trägt der Junge nur Baumwollunterhosen. Der gerundete Bauch ist blutverschmiert, Schultern und

Knie sind kindlich. Er ist schmal gewachsen, fast schon mager. Seine Arme und Beine sind schmutzig und mit Kratzern übersät.

Sanna steht da, ohne sich zu bewegen. Trotz des Bildes vor sich kann sie nicht begreifen, was sie da sieht. Es ist unmöglich, sie will es nicht akzeptieren, auch wenn die Steinplatten unter den Füßen des Jungen keine optische Täuschung sind.

Ohne ein Wort an Bernard oder Eir eilt sie zum Ermittlungsraum, schaltet das Licht ein und geht direkt zum Whiteboard. Die Neonröhren erwachen flackernd zum Leben, und da ist es – das Foto mit den sieben Kindern.

Jeden Millimeter sucht sie mit dem Blick ab. Blutige Arme, Kinderbeine, pummelige Hände. Die schweigenden Schreie der Kinder aus der Vergangenheit. Immer weiter. Schließlich gelangt sie zu dem Jungen ohne Maske, neben Mia. Benjamin. Sie betrachtet ihn eingehend, starrt auf seinen Arm, den er hinter dem Rücken hält. Bisher hatte sie gedacht, dass er dort scine Maske versteckt. Doch dann sucht sie den Raum zu seinen Füßen ab. Sie blinzelt. Ein undeutlicher Gegenstand hinter seinem Knöchel. Sie kneift die Augen noch mehr zusammen, dann erkennt sie es: der Lauf einer Schusswaffe.

Sie will nicht. Die Schusswaffe, die hinter ihm liegt. Sie ist ihm aus der Hand gefallen. Benjamin war nie der Wolf. Er war ein Kind mit einer ungeladenen Waffe, einer der *Henker,* die die Scheinhinrichtungen durchgeführt haben.

Mit zitternden Händen nimmt sie das Foto vom Whiteboard und legt es auf den Tisch. Vorsichtig schiebt sie das Stück, das sie in ihrer Tasche gefunden hat, daran. Die Kanten passen genau. Jemand hat es auseinandergeschnitten. An Mias rechtem Arm, am rechten Bildrand, *da* steht er, der Wolfsjunge. Kleiner, sehniger, jünger. Die blauen Augen leuchten durch die Löcher in der Maske.

Jack blickt ihr entgegen.

Da wird ihr alles klar. Das Geräusch des Stifts auf dem Papier. Die Wolfszeichnung. Die hellen Augen inmitten der scharfen schwarzen Striche. Er war es. Von Anfang an war er es. Sie könnte sich umdrehen und die Zeichnung noch einmal anschauen, doch das ist nicht nötig. Alles fügt sich zusammen.

Jetzt steht er in der Reihe. Er hält Mias Hand. Die Knöchel sind aufgerissen, er hat sich wegen ihr geprügelt. Auf ewig gezeichnet stehen sie da zusammen. In Blut getaucht.

Sanna schließt die Augen und erinnert sich, wie Mia aus dem Wäldchen gekommen ist und das Fahrrad an die Kante des Sees geschoben hat. Wie sie sich die Maske übergezogen hat und dann das Leben aus ihrem Körper pulsieren ließ.

Ihr Tod, der einen Jungen dazu gebracht hat, die Welt auf den Kopf stellen zu wollen und die zum Schweigen zu bringen, die ihr wehgetan haben.

Sie denkt an die letzten Sekunden mit Jack. Wie seine Hände an ihrem Mantel entlanggetastet haben, wie er sie darunter umarmt hat. Die Sekunden, in denen seine Hand in ihrer Tasche gewesen sein und Mårten Ungers Adresse herausgeholt haben muss. In denen er sie durch das Stück des Fotos ersetzt hat, auf dem sein Platz in der grausamen Fabel zu sehen ist.

Mårten Unger ist tot. Jack hat den Dämon vernichtet, das Unmögliche geschafft. Am liebsten hätte sie geweint.

Jemand kommt in den Raum, sie weiß, dass es Eir ist. Ein Fluch erklingt, als die Kollegin das Foto sieht, dann wird ein Stuhl umgetreten. Eir spricht in ihr Handy und bittet, mit der Einrichtung verbunden zu werden, in die Jack überführt werden sollte. Sie fragt, ob Jack angekommen ist. Vielleicht sagt sie auch noch mehr, doch das nimmt Sanna nicht wahr.

»Man hat ihn heute Morgen am Flughafen abgeholt, das war vor über drei Stunden.« Eir legt ihr die Hand auf die Schulter. »Bei Transporten ist der Bus immer verschlossen, und er macht keine Pause.«

Sanna dreht sich um. Eir beißt sich auf die Lippe.

»Du, das ist unmöglich …«, sagt sie kaum hörbar.

Ein leiser, vibrierender Ton in Sannas Ohr. Sie streicht sich mit der Hand übers Ohrläppchen.

»Ich bleibe in der Leitung«, fährt Eir fort. »Die Einrichtung überprüft das. Aber es ist unmöglich. Hörst du mich?«

Sanna nimmt das Foto. Jack scheint so greifbar nahe.

»Hörst du mich?«, hallt Eirs Stimme.

Der Bluterguss auf dem Handrücken, sie legt ihre andere Hand vorsichtig darauf.

»Ich höre dich«, antwortet sie mechanisch, doch das tut sie nicht.

Eine junge Krankenschwester steht an der Rezeption der kleinen psychiatrischen Klinik und hält sich das Handy ans Ohr. Ihr Gesicht ist aufgeschwemmt, die Augen schwarz und lila geschminkt. Sie trinkt einen Schluck Wasser mit Vitaminzusatz, wischt sich über die Lippe und sieht träge auf einen Bildschirm an der Wand, auf dem eine Dokusoap läuft.

»Sie kommen jetzt«, sagt sie gähnend. »Ich sehe, wie der Bus parkt.«

Ein breitschultriger Pfleger läuft an ihr vorbei, tippt eine lange Zahlenfolge in ein elektronisches Schloss und geht durch die schweren Eingangstüren. Er wartet auf den Minibus und winkt dem Fahrer freundlich zu.

Als sich die Schwester neben ihn stellt, lächelt er und nickt zu dem Telefon in ihrer Hand.

»Mit wem sprichst du?«, fragt er leise.

Sie bedeutet ihm zu schweigen, legt die Hand über das Mikrofon und zuckt mit den Schultern.

»Irgendeine Polizistin, die überprüfen will, ob der Junge angekommen ist.«

»Polizistin? In seiner Akte stand doch nichts von Vorstrafen.«

»Was weiß denn ich«, antwortet sie. »Ich habe ihr jedenfalls gesagt, dass wir ihn heute Morgen am Flughafen in Svartuna abgeholt haben und der Bus seither ohne Pause auf direktem Weg hierhergefahren ist.«

»Der Bus ist doch während eines Transports abgeschlossen, oder?«

Sie nickt. »Das habe ich auch gesagt, aber sie lässt nicht locker.«

»Die nehmen's aber genau«, meint er seufzend.

Der Motor des Kleinbusses wird ausgeschaltet. Der Fahrer steigt aus, geht zur Seite und öffnet die Tür zum hinteren Teil des Busses. Der Pfleger steckt den Kopf hinein und sagt etwas. Dann dreht er sich fragend zum Fahrer, der ebenfalls ins Wageninnere blickt.

»Warten Sie kurz«, sagt die Schwester ins Handy.

Sie geht ebenfalls zum Bus und betrachtet die leeren Sitze.

Eine abgenutzte hellblaue Decke liegt über einer Rückenlehne. Eine Digitalarmbanduhr auf dem Sitz daneben.

Das ist alles. Sonst ist der Bus leer.

Die Schwester sieht nach oben und entdeckt die aufgebrochene Dachluke.

»Wo ist der Junge?«, fragt sie. *»Wo ist er?«*

Er hievt sich hoch, sein Körper erhebt sich wie ein Kreuz. Er lässt den Blick über die schroffe Landschaft schweifen. Der Himmel ist fast blau. Licht dringt durch die Wolken, und er sieht zur Sonne.

Irgendwo weit, weit weg heulen Suchhunde, dann erklingt das dumpfe Geräusch eines Helikopters.

Er macht einen Schritt vorwärts. Die klare Luft belebt ihn, hilft ihm, der Kälte und dem brennenden Gefühl im Hinterkopf zu trotzen. Sein Körper ist schwer, die Kräfte wollen ihn verlassen, aber er weiß, dass er bald frei ist.

Er geht schneller über das Heidekraut und durch die Schwarzen Krähenbeeren, bis seine Muskeln taub sind. Sein Atem wird immer lauter, immer rasselnder, bis er die Explosion aus Schmerz übertönt, die sich in seinem Kopf ausbreitet und die Stimmen, die im Hintergrund hetzen. Da drüben eröffnet sich die neue Welt. Kristallklar steht ihm alles vor Augen. Immer schneller hastet er voran. Fliegt beinahe über den Boden.

DANKSAGUNG

Ich danke:

Euch starken Frauen da draußen, die ihr Eir und Sanna für mich sichtbar gemacht habt.

Gotland, weil du deine Seele meiner fiktiven Insel geliehen und weil du mich inspiriert, gestärkt und geheilt hast, während ich dieses Buch geschrieben habe. Ich habe die Geschichte entlang deiner Pfade und Strände wachsen sehen, entlang deiner Stadtmauer und deiner Gassen, und du bist ihre Wiege.

Anna-Karin Selberg beim Verlag Modernista, weil du an einem Tag im Jahr 2016 gesagt hast: »Ich glaube an dich«; weil du bedingungslos hinter mir und der Geschichte gestanden und mir trotz riesiger Schwierigkeiten weitergeholfen hast. Dieses Buch gehört nicht mir, sondern uns. Durch deine Hand lebt es erst.

Pietro Maglio bei Modernista, weil du an den Text geglaubt hast – und darauf gewartet hast. Lars Sundh bei Modernista für das schöne Cover. Sebastian Stebe, Kristofer Andersson, Pär Sjölinder, Markus Hedström, Sophia Palmén und allen anderen bei Modernista sowie Kajsa Olofsson von Ascari PR, für eure unbezahlbare Arbeit mit dem Buch und weil ihr ihm ein Zuhause gegeben habt.

Vendela Fredricson, Corinna Müller und David Möllersten

für euer kritisches und wichtiges Lesen und die genaue Auseinandersetzung mit dem Text und der Story.

Erik Larsson und alle anderen bei Partners in Stories sowie Paul Sebes und alle anderen bei Sebes & Bisseling, weil ihr das Buch in die Welt hinausgebracht habt, und meinen ausländischen Verlegern, die sich des Buches angenommen haben.

Katarina Grip Höök für mein wunderbares Autorenporträt.

Mats Holst für unbezahlbare Einsichten in die Polizeiarbeit, und weil du unermüdlich meinen Szenarien zugehört und auf meine Fragen zu Mord und Mordermittlungen geantwortet hast.

Hans Glise, weil du dir im Lauf der Entstehung des Manuskripts die Zeit genommen hast, auf alle meine Überlegungen und Fragen rund ums Medizinische einzugehen.

Maria Wallmarker Kjell für ihr Wissen rund um Pflege und Arzneimittel.

Isabel Dias Ramos und Angela Dias Ramos für den Einblick in den katholischen Glauben, die Sitten und Gebräuche.

Wanja Andersson von der Stadtbibliothek Hemse, weil du mir von Beginn an bei der Informationssuche und Buchbeschaffung für dieses Projekt geholfen hast.

Rune Lickander und Pia Jakobsson, weil ihr mir den Schlüssel zur Hütte am Meer überlassen habt und ich dort schreiben durfte.

Anna und Andrew Granger von Jakobs Gotland für einen ruhigen Ort zum Arbeiten und zur Reflexion und für die Gespräche über das Manuskript und eure Lektüre des Textes.

Meiner Familie und meinen Freunden für ihre Liebe und Unterstützung.

Meinen Lieben – Martin, Emma und Sebastian – für unser Leben. Ohne euch wäre ich nichts.

Ihnen allen, die mein Buch gelesen haben, für Ihre Zeit in meiner – eines fremden Menschen – Welt.

Lesen Sie weiter >>

Bei einer stillgelegten Bushaltestelle, eine Viertelstunde östlich des Ortes biegt Sanna von der Landstraße auf einen holprigen, schmalen Waldweg ab. Nach einem Kilometer ruft sie den diensthabenden Beamten an, ob sie wirklich am richtigen Ort ist.

Fast die halbe Insel ist von Wald bedeckt. Früher einmal wuchsen hier Eichen und Fichten, und der Wald lieferte begehrten Teer und Kernholz. Doch rücksichtslose Ausbeutung, Abholzung und schwammige Gesetze haben Narben hinterlassen. Ausgedörrte Kahlschlagflächen und, wie hier, immer mehr vernachlässigte Wälder, die zuwuchern und ihrem Schicksal überlassen werden.

Ihr Blick fällt auf eine verfallene Hütte inmitten von Farnen, die wahrscheinlich einmal als Holzlager oder Unterstand für Tiere gedient hatte.

Der Weg wird noch schmaler und besteht am Ende nur noch aus zwei Reifenspuren. Der Wagen holpert durchs dichte Unterholz, und Sixten hechelt auf dem Rücksitz. Vielleicht ist ihm schlecht. Sanna lässt das Fenster herunter. Die Luft ist mild, es riecht nach Tannennadeln.

Sie will gerade noch mal auf dem Revier anrufen, als sie ein Stück vor sich hinter einer Biegung etwas Farbiges im Gebüsch sieht. Die Mädchen mit ihren Motorrädern. Ihre Stimmen werden lauter, je näher Sanna heranfährt. Jemand sagt, dass sie die Polizistin sein muss.

Als Erstes erblickt Sanna das Mädchen auf der schwarzen Aprilia, das gerade eine Drohne in einer großen Tasche verstaut, die über ihrer Schulter hängt. Das taillenlange rosafarbene Haar rahmt das stark geschminkte Gesicht ein, als das Mädchen Sanna anstarrt.

Sanna hält ihren Dienstausweis hoch.

»Ihr habt einen Mann gesehen, der hier nackt herumläuft?«

Das Mädchen deutet zu den beiden Reifenspuren, die tiefer in den Wald hineinführen. »Nina ist noch da hinten«, sagt sie und entblößt dabei eine Zahnspange.

»Nina?«

Das Mädchen stülpt den Helm über den Kopf. »Er hat nach uns geschnappt. Hat an uns gezerrt.«

»Hat er euch angegriffen?«

Das Mädchen startet wortlos die Aprilia. Die anderen tun es ihr nach. Sie lassen die Motoren aufheulen, dann wenden sie die Motorräder und Roller, schlängeln sich an Sannas Auto vorbei und fahren davon.

Sanna gibt vorsichtig Gas und behält die Reifenspuren vor sich im Blick. Sie kommt zu einer Lichtung mit einem verfallenen Hof aus dunkelrotem Holz. Das Gras steht hoch, Fenster und Tür des Wohnhauses sind nur noch gähnende schwarze Löcher. Ein alter Schuppen daneben ist eingestürzt. Sanna hält an, lässt das Fenster bis auf einen Spalt wieder hinauf. Im Rückspiegel sieht sie zu Sixten und sagt ihm, er solle ruhig sitzen bleiben.

Da sieht sie es.

Das Teenagermädchen in Shorts und Strickpullover, das am Morgen auch auf der schwarzen Aprilia gesessen hatte.

Die Füße in den weinroten Schnürstiefeln. Bewegungslos steht es ein paar Meter vom Auto entfernt da, den Helm und ein Paar Kopfhörer in der Hand. Die dunklen Haare sind mit Bändern zu Zöpfen geflochten, sodass die Tätowierung im Nacken zu sehen ist.

»Nina?«, fragt Sanna ruhig. Das Mädchen steht starr da. »Ich heiße Sanna Berling und bin von der Polizei.«

Behutsam geht sie näher. Das Mädchen sieht zu der leeren Türöffnung des Wohnhauses und berührt die Ketten, die um seinen Hals auf den knochigen Schlüsselbeinen hängen. Kleine Muscheln und bemalte Krabbenscheren an Bindfäden, glatte, an Lederbändern aufgereihte Steine. Hübsche, bunte Gebilde. Zwischen den Finger hält sie einen Anhänger, einen kleinen Köderfisch an einer weinroten Schnur. Der bemalte Fisch glänzt im Sonnenlicht, als sie ihn loslässt.

»Nina, hör mir zu«, sagt Sanna leise. »Ich bin von der Polizei. Wir wissen nicht, ob der Mann da drin gefährlich ist. Bitte folge mir zum Auto, während ich Verstärkung rufe.«

Nina dreht sich zu ihr. Ihre Haut ist porzellanweiß. Tränen stehen in den großen, dunkelbraunen Augen.

»Das ist mein Bruder«, antwortet sie mit brüchiger Stimme. »Ich habe versucht, zu ihm zu gehen, aber er erkennt mich nicht. Er ist da drin …«

»Komm«, sagt Sanna und legt ihr die Hand auf die Schulter.

Nina versteift sich. »Wir müssen etwas tun. Er ist überhaupt nicht bei sich. Und was macht er eigentlich hier draußen?«

Sanna bringt Nina zu ihrem Volvo und fragt sie, ob sie ein Handy dabei hat. Nina nickt und zieht es aus der Tasche, überprüft, ob sie Empfang hat.

»Wie heißt dein Bruder?«, fragt Sanna, nachdem sie eine Decke aus dem Kofferraum geholt hat.

»Pascal.«

»Gut. Bleib im Wagen, versperr die Türen. Ich versuche, mit Pascal zu reden und ihn zu beruhigen, bis Hilfe kommt. Falls etwas passiert, egal was, bleibst du im Auto und wählst sofort die 112. Du wartest hier, bis sie kommen. Verstanden?«

Nina wirft einen Blick zu Sixten auf dem Rücksitz, bevor sie stumm nickt. Sanna schließt die Beifahrertür und ruft Verstärkung sowie einen Krankenwagen.

Vorsichtig nähert sie sich dem alten Wohnhaus. Das Gras streicht an ihren Beinen entlang, Zapfen und Zweige knacken unter ihren Schuhen. Sie lässt den Blick umherschweifen, kontrolliert, ob nicht noch jemand in der Nähe ist. Ein Vogel flattert aufgeregt aus einer Fensteröffnung. Aus dem Inneren des Hauses ertönt ein gedämpfter Ton, vielleicht noch ein Vogel. An der Türschwelle hat ein Tier einen Erdhaufen hinterlassen. Überall im hohen Gras verbergen sich Kaninchenlöcher.

Ein Zweig knackt. Sanna zuckt zusammen. Dreht sich zu den grauen Baumstämmen neben dem Haus und lauscht angespannt. Noch ein Geräusch, ganz nahe. Schritte, Laubrascheln.

Dann taucht auf einmal ein Reh auf und springt erschrocken mit weiß leuchtendem Hinterteil wieder davon.

»Verdammt«, murmelt Sanna leise. Nervös ruft sie den diensthabenden Kollegen an, der bestätigt, dass Verstärkung und Krankenwagen unterwegs sind. Sie solle sich dem Mann nicht allein nähern.

Eine Bewegung im Auto. Nina beobachtet sie mit brennendem Blick.

Als Sanna das Haus betritt, schlägt ihr Gestank entgegen.

Verwesung. Und etwas Beißendes, vielleicht Urin. Außerdem der Geruch nach verfaultem Holz. Am liebsten wäre sie zurückgewichen.

»Pascal?«, ruft sie, während sie vorsichtig durch die dunklen Räume geht.

An manchen Wänden ist noch Farbe zu sehen. Schief hängende Bilder und vergilbte Porträts blicken zu ihr herab. Auch ein paar Möbel stehen noch da, und schmutzige Flickenteppiche wölben sich über dem feuchten, aufgequollenen Boden.

Im Wohnzimmer blättert die Tapete wie trockene Hautfetzen von den Wänden. Eine Erdspur verläuft in eine Ecke zu einem Eisenofen. Daneben kauert jemand in der Dunkelheit.

Sanna bewegt sie sich so behutsam wie möglich, bis sie seinen schnellen, flachen Atem hören kann.

Er ist Mitte zwanzig. Schmutzig. Nackt. Die Haare sind schweißnass, das Gesicht schwer auszumachen. Über dem linken Auge hat er eine Prellung. Die Haut ist wie marmoriert, gräulich. Er murmelt etwas vor sich hin. Der durchtrainierte Oberkörper ist von blauen Flecken und Kratzern übersät. Getrocknetem Blut. Die Beine sehen genauso aus. Ein großer blaulila Bluterguss überzieht Hüfte und Oberschenkel. Auf der Innenseite sind tiefe Wunden zu sehen, rotschwarze Kerben. Mit einer blutverschmierten Hand drückt er sich ein zusammengeknülltes Stück Stoff oder ein Handtuch an den Bauch. Sie würde die Wunde gern ansehen, ihm etwas Sauberes zum Draufpressen geben. Doch sie traut sich weder, näher heranzugehen, noch ihn allein zu lassen, um von draußen etwas zu holen, womit sie die Wunde verbinden könnte. Wenn sie überhaupt etwas im Wagen fände.

»Hier«, sagt sie und legt ihm stattdessen sanft die Decke um die Schultern, überrascht, dass er es zulässt. Seine Haut ist trocken und glühend heiß unter ihrer Berührung.

»Ich bin von der Polizei, der Krankenwagen ist gleich da«, sagt sie behutsam.

Seine Augen weiten sich ein wenig, als sähe er etwas hinter ihr im Raum. Sie dreht sich um, doch da ist nichts.

Unruhe steigt in ihr auf, ein Gefühl, dass gleich etwas passieren wird. Sie steht neben ihm, lauscht seinem Murmeln. Laut dem Mädchen mit den rosa Haaren hat er nach ihnen geschnappt und geschlagen.

Sie horcht, ob die Verstärkung endlich da ist. Versucht, nicht durch die Nase zu atmen, in der sich der Gestank seines Körpers festsetzt.

In der Ferne sind Autos zu hören.

Plötzlich zuckt der muskulöse Oberkörper. Seine Hand tastet nach ihrem Bein. Sie beugt sich so weit vor, wie sie kann, versucht, den beißenden Atem zu ignorieren, als er die Lippen öffnet.

»Das Mädchen …«

Tränen rollen über seine schmutzigen Wangen, Speichel rinnt aus seinem Mund. Dann sinkt er in sich zusammen. Die halb geschlossenen Augen blicken ins Leere, er lässt den Kopf hängen. Seine Hand rutscht vom Bauch und entblößt eine Wunde mit scharfen Rändern.

Sie packt ihn an den Schultern, schüttelt ihn.

»Pascal? Hallo, hören Sie mich? Hören Sie mich?«

Sie legt ihm die Hand auf die Stirn und überprüft, ob er atmet. Nichts. Panik steigt in ihr auf. Sein Brustkorb hebt sich nicht. Während die Autos näher kommen, legt sie die Hände auf seinen Brustkorb, drückt verzweifelt immer wieder gegen seine Rippen und bläst ihm Luft in den Mund. Doch ihre Wiederbelebungsversuche sind vergeblich.

Als die Sanitäter hereinstürmen und übernehmen, ist es zu spät. Sie sieht sein Gesicht nicht mehr, nur noch die Schatten, die sich auf dem schmutzigen Boden bewegen.

Er ist tot.

*

Die Krankenhaustoilette ist eng und fensterlos. Alles riecht nach Desinfektionsmittel, außer dem Wasser, das aus dem Hahn strömt. Sanna wäscht sich Gesicht und Hände gründlich mit Seife, krempelt die Ärmel hoch und wäscht sich noch einmal, bis zu den Ellbogen.

Die Ereignisse der letzten Stunde ziehen an ihr vorbei. Der Krankenwagen. Nina, die mit Mühe ihren Nachnamen herausbrachte. Paulson. Ihr Anruf bei Eir mit der Bitte, zum Krankenhaus zu kommen und zu veranlassen, dass Pascals und Ninas Eltern informiert werden. Nina. Am liebsten hätte sie das Mädchen in den Arm genommen und festgehalten. Den Schmerz irgendwie gelindert. Doch Nina war wie erstarrt. Vergoss nicht eine Träne, als die Sanitäter sich um sie kümmerten. Gab keine Antwort, setzte nur die großen Kopfhörer auf. Als ein Sanitäter diese vorsichtig herunterzog, um Kontakt zu dem Mädchen zu bekommen, drang die Musik heraus. Weich pulsierende Clubsounds, gedämpfte Bässe, rhythmische Drumbeats und eine helle, melancholische Frauenstimme. Dann traten Tränen in die dunklen Augen. Sanna griff nach Ninas Hand und drückte sie.

Danach erstattete sie Alice am Telefon Bericht, damit diese den neuen Chef informieren konnte. Als sie den Wald beschrieb, dachte sie an die Kaninchenlöcher in der Erde. Kaninchen sind verhasst auf der Insel und werden unerbittlich bekämpft und gejagt. Sie denkt an Pascal, seine zusammengekauerte, sterbende Gestalt an der Wand. Daran, dass Menschen nicht nur andere Arten jagen und töten, sondern auch ihre eigene.

Ein Mord.

Noch ein bestialischer Mord.

Wenn er sich die dunkle, klaffende Wunde am Bauch nicht durch einen Unfall zugezogen hatte, könnte sie von einem Messer stammen.

Als sie auf den Flur tritt, kommt Eir gerade mit einem Paar im mittleren Alter aus einem Krankenzimmer. Der Mann holt bei jedem zweiten Schritt tief Luft. Die Frau starrt leer vor sich hin.

»Das sind Stellan und Sonja Paulson«, sagt Eir im Näherkommen.

Sanna streckt die Hand zur Begrüßung aus und spricht ihr Beileid aus. Stellan Paulsons Handschlag ist fest. Er hat freundliche Augen, seine Wangen sind tränenfeucht. Kiefer, Augen und sein Teint erinnern an Pascal und Nina. Er ist frisch geduscht und trägt einen roten Trainingsanzug mit weißen Streifen an der Seite und weiße Turnschuhe. Die muskulösen Arme lässt er schwer hängen. Sonja Paulson ist groß und blond. Ein weiter Mantel verbirgt ihren Körper bis zu den Knien. Ihre Schultern hängen herab, ihre Augen sind gerötet, das Gesicht jedoch sorgfältig geschminkt. Sie hält eine große Handtasche in den Händen und hört zu, während Sanna knapp berichtet, was passiert ist.

»Wo ist Nina?«, fragt Stellan danach.

Sanna bringt sie zu dem Raum, in dem Nina versorgt wird. Die Tür öffnet sich mit einem Seufzen, und eine Krankenschwester empfängt sie. Nina steht mit dem Rücken vor dem hellen Fenster. Als Stellan sie umarmt, treffen sich Sannas und Sonjas Blicke, bevor sich die Tür wieder schließt.

»Scheiße«, sagt Eir, als sie und Sanna sich im Flur auf Wartestühle setzen. »Er war also wirklich splitterfasernackt da draußen? Wo genau?«

»In dem alten Wald beim Moor, auf einem verlassenen Hof. Ich habe ihn zusammengekauert im Wohnhaus gefunden.«

»Du siehst müde aus«, sagt Eir und legt eine Hand auf Sannas.

»Es war schrecklich«, sagt Sanna nach einer Weile. »Sein Körper …«

»Die Wunde am Bauch … War das vielleicht ein Unfall, kann das im Wald passiert sein?«

Sanna schüttelt den Kopf. »Es war ein Messerstich. Die Gerichtsmedizin muss es natürlich noch bestätigen, aber die Ränder, die Form der Wunde …«

Eir senkt die Stimme. »Es sah aber nicht aus wie …«

»Überhaupt nicht.«

»Du bist dir sicher …«

Sanna nickt. Abgesehen von der Brutalität und dass man Pascal Paulson mit einem Messer verletzt hatte, gibt es keine Ähnlichkeiten zu den Morden von vor drei Jahren.

»Vor dem Messerstich muss er extremer Gewalt ausgesetzt gewesen sein, der ganze Körper war voller Prellungen. Aber ich habe nur eine Stichverletzung gesehen. Es gibt also keinen Grund zu glauben …«

»Trotzdem.«

»Die Verletzungen waren völlig anders.«

»Okay.«

Sanna sieht zu der Tür, hinter der sich Nina mit ihren Eltern befindet.

»Wo ist Pascals Mutter?«

»Seit vielen Jahren tot.«

Sanna nickt. Denkt an Stellans ordentlich gekämmtes Haar, die sauberen Kleider, wie Sonja die Handtasche wie ein Schild vor die Brust gehalten hat.

»Hat man Zeit, sich zu duschen und ordentlich anzuziehen, sich zu schminken, wenn das eine Kind gestorben ist und das andere unter Schock steht und im Krankenhaus behandelt wird?«, fragt sie.

»Kommt darauf an. Die Nachbarin, die auf die kleineren Kinder aufpassen sollte, kam wohl erst nach einer ganzen Weile. Vielleicht mussten sie sich einfach ablenken.«

»Wie viele Kinder haben sie denn, außer Nina und Pascal?«

»Eine kleine Armee. Ich glaube, alle noch im Kindergartenalter.«

»Okay.«

»Und du kanntest Pascal nicht? Weil es in der Nähe deines Wohnorts passiert ist, meine ich. Hast du ihn noch nie vorher gesehen?«

Sanna schüttelt den Kopf.

»Verdammt.« Eir stützt die Ellbogen auf die Knie.

»Er hat noch etwas gesagt, bevor er gestorben ist«, erzählt Sanna. »Irgendetwas von einem Mädchen, aber es war schwer zu verstehen.«

»Ein Mädchen?«

»Zumindest habe ich das so gehört.«

»Noch etwas?«

»Danach ging alles so schnell.«

Eir liest eine gerade eingetroffene SMS: »Der neue Chef

ist schon auf dem Revier. Alice schreibt, dass man auf uns wartet.«

Sanna nickt. Der neue Chef. Alice hat gesagt, dass er sofort aufs Revier gefahren ist, als Sanna Verstärkung anforderte, obwohl er erst am Montag offiziell anfangen würde. Sie selbst war seit fast drei Jahren nicht mehr auf dem Präsidium in der Stadt, eine lange Zeit. Und sie hatte gehofft, es vielleicht nie wieder betreten zu müssen.

»Kommst du mit rein, um mit der Familie zu sprechen, und dann fahren wir zu den anderen?«

Sanna antwortet nicht.

»Hallo?«, fragt Eir vorsichtig.

Sanna zögert. Denkt an Nina in dem Krankenzimmer, sieht sie vor sich da draußen im Wald, zwischen den Bäumen. Als wäre sie selbst einer. Die Kette mit den Muscheln, die Krabbenscheren, der glänzende Angelköder. Und diese Tätowierung, das weibliche Naturwesen.

In ihren Ohren rauscht es.

Sie will ablehnen, nickt dann jedoch.